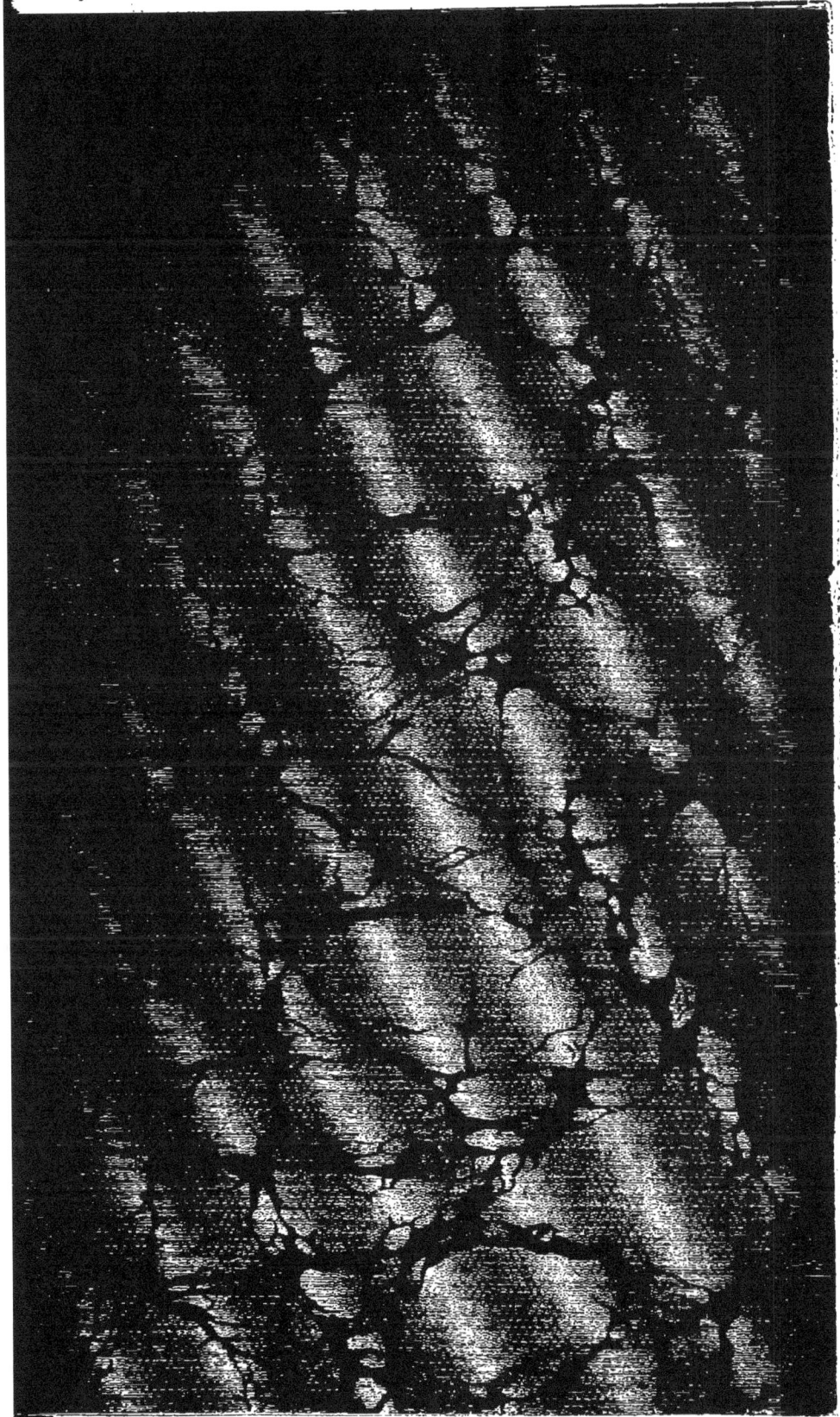

LA REVANCHE

DE CLODION

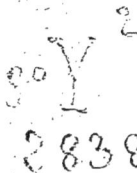

A LA MÊME LIBRAIRIE

DU MÊME AUTEUR

LA BRÉSILIENNE

Un volume in-18 jésus, prix. . . . . 3 fr.

Imprimerie de Poissy — S. Lejay et Cie.

A. MATTHEY

LA REVANCHE
DE CLODION

PARIS
MAURICE DREYFOUS, ÉDITEUR
13, RUE DU FAUBOURG-MONTMARTRE, 13

©

LA REVANCHE

DE CLODION

I

LE PRÉVENU

— Qu'on introduise le prévenu !

Aussitôt tous les yeux se tournèrent vers la petite porte qui allait donner passage au héros de ce drame de Cour d'assises.

La curiosité et l'anxiété du public étaient visibles. On sentait qu'il s'agissait là d'une de ces affaires qui soulèvent les passions de Paris et le préoccupent pendant des semaines et des mois.

Tout, d'ailleurs, contribuait à exciter, à justifier l'intérêt prodigieux que la population entière de la grande ville prenait à ce procès depuis si longtemps attendu, — et la position élevée de l'accusé, et le mystère impénétrable qui entourait l'accomplissement du crime, et enfin la politique, — oui, la politique, — car le prévenu appartenait au parti républicain d'alors, et l'on devinait avec quelle joie le gouvernement impérial avait dû saisir cette occasion de frapper,

1.

de déshonorer ses adversaires, dans la personne de l'un de ceux qui lui faisaient la guerre la plus acharnée.

Aussi Paris s'était-il partagé en deux camps. Les coreligionnaires et les amis personnels de l'accusé affirmaient avec force sa complète innocence et faisaient violemment ressortir toutes les invraisemblances de l'accusation. Les autres, les impérialistes, affirmaient la culpabilité avec une joie brutale, et annonçaient, pour le jour du jugement public, des révélations écrasantes.

On savait, du reste, que le siége du ministère public était occupé par l'un des hommes les plus propres à obtenir une condamnation, ambitieux sans scrupule, décidé à faire son chemin coûte que coûte, doué de cette faconde vide et bruyante qui aburit les jurés, et de cette habileté grossière qui ne recule devant aucun moyen pour arriver à son but.

D'autre part, l'avocat assis au banc de la défense, Me Steinbach, passait avec raison pour un homme éloquent, honnête et sérieux. On n'ignorait pas non plus qu'il appartenait également au parti républicain le plus avancé, qu'il était l'ami personnel de l'inculpé, et l'on prévoyait qu'il déploierait tous ses efforts pour le sauver.

On s'attendait donc à une joute des plus palpitantes, des plus dramatiques, entre ces deux hommes, dont l'un allait mettre tout son amour propre, tout son venin et toute son ardeur d'avancement à venir et de fortune future à prouver que l'accusé était coupable, — dont l'autre allait employer tout son talent, toute son amitié et toute sa passion politique à prouver que le prévenu était innocent.

La porte s'ouvrit, et l'accusé parut entre deux gardes de Paris.

C'était un homme grand, mince, élancé, encore jeune, l'air distingué. D'abondants cheveux châtains et bouclés encadraient le front intelligent. Une moustache plus claire et tirant sur le blond recouvrait, sans la cacher, une bouche légèrement moqueuse, dont l'expression contrastait avec la gravité et la douceur du regard. Le menton, vigoureusement dessiné, annonçait la fermeté et le courage. Le nez, un peu gros, révélait la bonté.

Il était strictement vêtu de noir, — ce qui faisait valoir encore l'élégance de sa taille, — et portait des gants sous lesquels on devinait une main aristocratique.

En apercevant la foule dont les mille prunelles se fixaient sur lui, il rougit d'abord, puis pâlit.

Quelques personnes l'ayant salué d'un geste de sympathie, il s'inclina. Il reporta ensuite ses yeux clairs d'un gris bleu vers le tribunal, derrière lequel se pressaient, sur des fauteuils apportés exprès, un certain nombre de dames du grand monde bonapartiste désireuses de voir un joli garçon disputer sa tête au bourreau, et d'entendre condamner un de ces coquins dont les opinions factieuses menaçaient le trône qui dorait leur prostitution et faisait la fortune de leurs maris.

Son regard passa sur elles avec une expression de fierté dédaigneuse et de mépris hautain dont plus d'une se sentit atteinte au vif, — et vint enfin se fixer sur la figure froide, glabre, en lame de couteau, et le crâne poli du président, qui prit la parole :

— Vos nom et prénoms ?

— Georges Delmont.

— Votre âge?

— Trente ans.

— Où êtes-vous né ?

— A Paris, le 9 mai 1836.

— Votre profession ?

— Journaliste.

— Vous êtes accusé de meurtre avec préméditation et guet-apens sur la personne du nommé Hippolyte Riccardi, votre ami.

— Cela est faux !

— On va vous donner lecture de l'acte d'accusation.

Georges Delmont s'assit.

Le greffier se leva, et commença, d'une voix monotone, la lecture de la pièce suivante, que nous abrégeons pour n'en donner que les points saillants.

II

L'ACTE D'ACCUSATION

Georges Delmont, rédacteur en chef de la *Foi nouvelle*, occupe, pendant l'été, près de Sceaux, une maison de campagne avec jardin. C'est là que sa femme et son enfant, une petite fille âgée d'une dizaine d'années, passent la belle saison. Quant à l'accusé, qui se rend tous les jours à Paris pour veiller à la direction et à la rédaction de son journal, il lui arrive assez souvent, lorsque ses occupations l'exigent, de coucher à Paris, dans l'appartement qu'il a conservé, et où il habite tous les hivers avec sa famille.

La maison de campagne du prévenu, située à l'extrémité de la ville de Sceaux, s'élève au fond d'un jardin assez vaste, ouvrant, par une grille, sur la rue de.....

A gauche de l'entrée principale, et près de la grille, se trouve une maisonnette en forme de châlet suisse, qui sert d'habitation au jardinier-concierge. — Non loin, et c'est un détail important, comme on le verra plus tard, se dresse la niche d'un chien de garde, extrêmement vigilant et cité, dans tout le pays, pour sa férocité contre les étrangers qui, la nuit, essayeraient de pénétrer dans la propriété.

Le derrière de la maison donne sur un chemin vicinal de grande communication, bordé de l'autre côté par des terrains vagues. Il y a là une petite porte bâtarde, et, au rez-de-chaussée, une lucarne grillée. Au-dessus, à une hauteur de 2 mètres 50 environ, s'ouvrent les baies de trois fenêtres.

Celle de droite, quand on regarde la maison, éclaire la chambre à coucher de Mme Delmont. Celle du milieu donne sur un petit salon-boudoir qui relie cette chambre au cabinet de travail du prévenu, recevant le jour par la dernière fenêtre à gauche.

Ces trois chambres communiquent ensemble par deux portes, une de chaque côté du salon-boudoir. Une troisième porte au fond, faisant face à la fenêtre, s'ouvre sur un corridor qui conduit à d'autres pièces, et rejoint le palier de l'escalier menant au jardin.

Enfin, une dernière porte met le cabinet de travail de Georges Delmont en communication directe avec ce même escalier, ainsi que le montre le plan très-exact soumis à MM. les jurés.

Le 12 juillet dernier, des gendarmes en tournée sur le territoire de Sceaux, passant, vers minuit, dans le chemin vicinal, furent frappés de voir, à cette heure avancée de la nuit, la fenêtre de la pièce du milieu complétement ouverte, — bien qu'aucune lumière n'y brillât.

Cela leur parut suspect. Leur première idée fut que des voleurs avaient pu s'introduire par effraction dans cette maison assez isolée, — car il est facile d'arriver jusqu'à cette fenêtre en se hissant sur le rebord de la lucarne grillée dont il a déjà été parlé, et l'inculpé jouissait dans le pays d'une réputation de richesse de nature à éveiller les convoitises.

La nuit était fort obscure. Les deux gendarmes s'arrêtèrent pour se consulter sur ce qu'il convenait de faire. Tout à coup leur attention fut attirée par un bruit de voix étouffé partant de la chambre au-dessus de leur tête.

Ils ne purent distinguer aucune parole. Il était évident qu'on parlait avec précaution. Ils entendirent presque aussitôt le bruit d'un meuble assez lourd, d'une table, ainsi qu'on l'a constaté, poussé brusquement, puis un cri aigu, suivi de ces mots :

— Je suis mort ! au secours !

Et enfin le son mat d'un corps tombant pesamment sur le parquet.

Les agents de la force publique, n'écoutant que leur devoir, n'hésitèrent pas à s'élancer dans la chambre, ce qui leur fut facile, en s'appuyant sur le rebord de la lucarne, et en se hissant, à force de poignet, jusqu'à la fenêtre ouverte.

La pièce était toujours dans l'obscurité, et le silence y régnait.

Ils allaient s'avancer à tout hasard, quand la porte de droite, celle de la chambre à coucher particulière de Mme Delmont, s'ouvrit. Une femme apparut une lumière à la main, en peignoir de nuit, comme une personne réveillée en sursaut.

A la lueur de la lampe qu'elle portait, ils aperçurent devant eux le cadavre d'un homme étendu sur le dos, et, accroupi près du cadavre, un autre homme tenant encore à la main un poignard ensanglanté.

La femme fit deux pas en avant et regarda. L'homme accroupi releva la tête, et l'on put voir sa figure.

La femme alors poussa un cri d'horreur, et, laissant échapper la lampe, s'enfuit dans sa chambre.

Cette femme, c'était Mme Delmont.

Le cadavre était celui d'Hippolyte Riccardi.

L'homme accroupi et encore armé du couteau homicide, — c'était Georges Delmont !

Que s'était-il donc passé ?

La version de l'accusé ne mérite aucune créance, et ne peut résister à une minute d'examen.

D'après lui, ayant fini son travail plus tôt qu'il ne croyait, à Paris, il se serait décidé à revenir passer la nuit à la campagne. — Comme il était tard, et qu'il supposait tout le monde couché et endormi, il aurait ouvert avec précaution la grille du jardin, en se servant de la clef qu'il avait toujours sur lui, serait entré dans la maison, aurait monté jusqu'à son cabinet de travail, qui communique directement avec l'escalier. Arrivé-là, et ne voulant pas réveiller sa femme, il aurait cherché des allumettes pour se procurer de la lumière et se rendre ensuite dans sa chambre personnelle, qui donne sur le jardin.

Au moment où il tâtait dans l'obscurité, il aurait entendu un cri étouffé suivi de la chute d'un corps pesant.

Il se serait alors élancé dans la pièce d'où partait le bruit, aurait heurté dans les ténèbres le corps étendu du malheureux Riccardi, se serait agenouillé près de ce corps, et, en étendant la main, aurait rencontré le manche du couteau, qu'il aurait tiré à lui instinctivement.

C'est à ce moment et quand, revenu de sa première surprise, il allait appeler au secours, que sa femme est apparue avec une lumière et que les gendarmes l'ont reconnu.

. Dans ce récit, les mensonges et les invraisemblances éclatent à chaque parole.

D'abord, comment Hippolyte Riccardi se trouvait-il, à cette heure indue, dans l'appartement de Georges Delmont?

Ensuite avec qui parlait-il à voix basse?

Enfin qui pourrait l'avoir frappé?

La première idée qui se présente naturellement est celle d'un rendez-vous donné, en l'absence du mari, par une épouse infidèle.

Mais, s'il en était ainsi, Georges Delmont serait le premier à faire valoir cette excuse, à pallier, de la légitime indignation du mari outragé, l'horreur de son assassinat.

Or, non-seulement le prévenu n'ose recourir à cette accusation contre une femme au-dessus de toutes les calomnies, mais il résulte d'une enquête minutieuse et de tous les témoignages entendus que Mme Delmont, femme pieuse, imbue de ses devoirs de chrétienne, d'épouse et de mère, ne peut être soupçonnée.

Bien que l'accusé soit habitué, dans sa polémique pleine de mauvaise foi et de calomnies odieuses contre le gouvernement et la religion, à ne rien respecter, à braver l'opinion publique ; bien qu'il ait fait souffrir souvent sa sainte compagne du spectacle de son impiété et de son mépris de toute morale, il reconnaît, il affirme tout le premier, qu'il n'a jamais soupçonné et qu'il ne soupçonne point celle qui porte son nom.

D'ailleurs, si Hippolyte Riccardi fût venu à un rendez-vous donné par Mme Delmont, elle l'aurait attendu, elle se serait trouvée là, auprès de lui.

Or, quand les gendarmes pénétrèrent dans la pièce, Mme Delmont n'y était pas, — et Georges Delmont y était.

A quel rendez-vous sinistre et mystérieux venait donc l'infortunée victime ?

C'est ce que la justice est parvenue à découvrir, malgré les dénégations intéressées de l'inculpé.

Il est prouvé, en premier lieu, que le soir même du crime, Hippolyte Riccardi, qui habitait avec son frère, réfugié italien comme lui, annonça à ce frère qu'un rendez-vous important l'appelait au dehors, et qu'il rentrerait probablement assez avant dans la nuit.

En second lieu, Georges Delmont, qui avait, le matin même, déclaré à sa femme qu'il passerait la nuit à Paris, revenait chez lui, à la campagne, et cela en employant de telles précautions, que le jardinier, dont le sommeil est pourtant léger, n'entendit rien.

Enfin les gendarmes, on se le rappelle, avaient entendu le bruit d'une conversation à voix basse, entre deux personnes, avant d'entendre le cri et l'appel désespéré qui les firent pénétrer dans le domicile de l'accusé.

La victime a donc été frappée par quelqu'un qui l'attendait et dont elle ne se défiait point.

La vérité, c'est que Delmont avait donné rendez-vous à Riccardi, et que Delmont lui-même l'a introduit dans sa maison. Là, ils ont eu ensemble une courte explication, et c'est à la suite de cette explication que le crime a été commis.

L'arme qui a servi à la perpétration du meurtre appartient à l'accusé. C'est un poignard de fabrication italienne, que plusieurs personnes ont vu souvent entre ses mains, — ce que le prévenu, d'ailleurs, n'a pu nier.

Maintenant, pourquoi ce meurtre au premier aspect si inexplicable ?

La justice encore a pu faire la lumière, une lumière éclatante, sur ce point obscur.

Des papiers saisis chez l'inculpé, et notamment de la pièce n° 3, signée du nom redoutable de Mazzini, il résulte que Georges Delmont et Hippolyte Riccardi ont été mêlés, avant la campagne d'Italie, aux agissements des *carbonari*, et que Riccardi passait pour un faux frère, ou, du moins, était soupçonné de trahison par ses odieux complices.

C'est donc entraîné par l'aveuglement et la violence des plus mauvaises passions politiques que Georges Delmont a fini par poignarder son ami Hippolyte Riccardi, sur l'ordre venu de quelqu'une de ces sociétés secrètes qui n'ont jamais cessé d'exister ni en Italie, ni en France.

Faut-il s'en étonner ? — Non !

Georges Delmont est, en effet, un de ceux qui furent poursuivis et condamnés à la suite du complot de l'Opéra-Comique.

A cette époque, faute de preuves suffisantes, il n'eut à subir que quelques mois de prison. Mais l'horrible crime commis par lui, dans la nuit du 12 au 13 juillet 1866, éclaire d'un jour rétrospectif la part qu'il prit à cet abominable complot, et sa participation à ce complot, au début de sa vie, indique quel dangereux individu la justice a devant elle.

On s'explique alors que cet homme de sang vienne échouer enfin sur le banc des criminels vulgaires après un meurtre compliqué de guet-apens et de trahison envers les liens sacrés de l'amitié !

III

L'INTERROGATOIRE

Georges Delmont avait écouté la lecture de l'acte d'accusation, immobile et le front entre ses deux mains.

Aux passages relatifs à sa femme, on put distinguer un léger tremblement du corps, et comme une sorte de tressaillement nerveux quand on parla de sa petite fille, âgée de dix ans. Mais, dès que le réquisitoire écrit du ministère public entra sur le terrain politique, parla de l'affiliation du prévenu aux Sociétés secrètes d'Italie, de la part prise par lui au complot de l'Opéra-Comique, il releva la tête et se tint droit, l'œil brillant, la bouche ironique.

L'effet produit sur le public par ce morceau d'éloquence judiciaire fut double.

1.

Les uns parurent triompher, les autres semblaient, au contraire, visiblement inquiets et déroutés.

C'est que les faits étaient, en vérité, accablants pour l'accusé, et que ses explications paraissaient bien peu concluantes, et surtout bien peu vraisemblables.

Allait-il se relever pendant l'interrogatoire?

Quelques regards sympathiques et pleins d'angoisse des amis les plus convaincus de Georges Delmont, se reportèrent sur le visage du défenseur, M⸰ Steinbach, afin de lire sa pensée, de deviner s'il conservait quelque espoir, s'il croyait à une victoire possible.

La figure de M⸰ Steinbach ne disait rien. Elle était de marbre. Il avait écouté cette longue lecture, la tête renversée en arrière, les yeux obstinément fixés au plafond. Pas un muscle de son visage, ordinairement si mobile, n'avait bougé. Il portait un masque impénétrable.

Après un léger murmure et comme un chuchottement universel de quelques secondes, un silence profond se rétablit à la voix du président commençant l'interrogatoire.

— Georges Delmont, vous venez d'entendre l'acte d'accusation. — Q'avez-vous à répondre?

Georges se leva et s'écria avec animation :

— J'ai à répondre que je suis innocent, que j'ai dit la vérité, la vérité tout entière, lorsque j'affirme qu'Hippolyte Riccardi gisait à terre, un couteau dans la poitrine, au moment où j'entrai dans la pièce, attiré par son cri et par le bruit de sa chute; lorsque j'affirme que j'ignorais sa présence chez moi, que j'ignore absolument encore quel motif avait pu l'y amener.

— C'est votre système. Il n'a pas le sens commun. Vous l'avez soutenu déjà devant le juge d'instruction. Nous espérions que vous en changeriez, comprenant qu'il vous perd.

— Je ne puis rien changer à la vérité, et je ne mentirai pas pour me sauver.

— Le 12 juillet, au matin, vous aviez prévenu votre femme que vous ne rentreriez pas le soir. — Pourquoi cela?

— Parce que je pensais que mes occupations me retiendraient à Paris. Me trouvant libre plus tôt que je ne l'espérais, j'ai voulu retourner à la campagne, près des miens.

— L'accusation affirme que vous vouliez seulement par là être assuré de rentrer sans que personne vous attendît, — et les faits de la cause démontrent qu'il en est ainsi. — Hippolyte Riccardi était votre ami?

— Mon ami est trop dire. Je le connaissais beaucoup, et je lui avais rendu quelques services. C'est sur ma recommandation qu'il était entré dans la maison de commerce où il remplissait la fonction de comptable.

— Vous vous étiez connus en Italie?

— Oui, monsieur le président.

— A quelle époque?

— Dix-huit mois après mon mariage, en 185... J'avais conduit à Milan ma femme désireuse de revoir son pays.

— Les frères Riccardi ont eu alors avec vous les relations les plus suivies. Tous deux étaient *Carbonari*. Ils vous ont fait entrer dans une société secrète dirigée par Mazzini, avec lequel même vous avez eu des rapports.

— Je n'ai aucune raison pour le nier. L'Italie gémissait sous d'abominables jougs. Je me suis mis du côté des vaincus et des opprimés. Je m'en fais honneur.

— Conspirer contre les gouvernements établis n'est jamais un honneur.— Il reste donc prouvé que vous aviez des relations politiques avec les frères Riccardi. Or, à la suite d'une conspiration, qui avorta, ces derniers ayant dû quitter l'Italie pour se réfugier en France, il s'éleva des soupçons sur leur compte.

— Contre l'un d'eux seulement.

— Vous avez raison. Je me trompais... Contre celui qui fut votre victime! — En effet, diverses pièces saisies chez vous, notamment une lettre de Mazzini, prouvent qu'Hippolyte Riccardi vous était signalé et qu'on vous engageait à vous défier de lui.

Le président donne lecture de quelques lettres et de plusieurs notes, dans lesquelles il est dit que, sans avoir de preuves contre Hippolyte Riccardi, on a trouvé sa conduite étrange, et qu'il sera bon à l'avenir de le surveiller, en évitant toutefois de le mettre sur ses gardes.

— Reconnaissez-vous avoir reçu ces lettres, notamment celle de Mazzini, la seule qui soit signée?

— Oui, monsieur le président, mais veuillez en donner la date.

— Elle est du mois de septembre 1858.

— Il y a donc huit ans de cela !

— Sans doute, mais depuis votre retour en France, où cette lettre vous était adressée, retour qui précéda de peu de mois l'arrivée à Paris des frères Riccardi, vos relations avec eux n'ont point cessé. Il est donc établi que vous aviez des motifs de haine et de vengeance contre l'un des deux frères.

— S'il en était ainsi, si j'étais homme à me faire le justicier d'un autre homme, je n'aurais pas attendu huit ans pour accomplir un semblable acte, alors que la situation politique a complétement changé en Italie.

— Tel est votre système de défense. — MM. les jurés apprécieront. — Le 12 juillet vous avez vu Hippolyte Riccardi?

— Oui.

— Et vous avez causé avec lui sans témoins ?

— Cela est vrai. — Riccardi ne se plaisait pas dans la maison de commerce où il se trouvait. Il aurait préféré un service plus actif. Il m'avait prié de lui trouver une autre position. — Avant de me rendre à mon journal, j'allai lui dire de prendre patience, et que je saisirais la première occasion de le satisfaire.

— C'est là votre version. Mais il est établi que, le soir même, en rentrant chez son frère, il lui annonça qu'un rendez-vous le tiendrait absent une partie de la nuit. Et, en effet, à minuit, on le trouve chez vous, percé d'un coup de poignard. — C'est donc vous qui lui aviez donné ce rendez-vous ?

— Je le nie absolument. A ce moment, je croyais moi-même passer la nuit à Paris.

— Des témoins prouveront le contraire. — En tout cas vous êtes revenu à la campagne. Vous avouerez que voilà de singulières coïncidences, et que vous les rendrez difficilement vraisemblables.

— Je ne puis les rendre vraisemblables,— mais elles sont vraies.

— Maintenant, reprit le président, venons aux faits accomplis dans la nuit du 12 au 13 juillet. — A quelle heure êtes-vous rentré chez vous?

— Je suppose qu'il devait être près de minuit, ou même minuit.

— Vous ne pouvez préciser le moment exact ?

— Non, monsieur le président. La nuit était obscure, et je n'avais pu consulter ma montre, depuis mon départ de Paris.

— Comment êtes-vous rentré?

— En ouvrant la grille du jardin avec ma clef.

— C'était contraire à vos habitudes.

— C'est-à-dire que, lorsqu'on attendait mon retour dans la soirée, le jardinier veillait et venait souvent m'ouvrir lui-même. Il m'accompagnait avec une lanterne jusqu'au fond du jardin où se trouve la maison.

— Pourquoi ne l'avez-vous pas appelé pour vous éclairer, ce soir-là, puisque la nuit était particulièrement obscure, ainsi que vous venez de le constater vous-même ?

— Je n'ai pas voulu interrompre son sommeil. Mon intention était de rentrer sans éveiller personne, et de gagner immédiatement ma chambre à coucher.

— Arrivé dans votre cabinet de travail, qu'avez-vous fait ?

— J'ai cherché les allumettes, qui devaient se trouver sur la cheminée, pour allumer une bougie.

— A ce moment, vous n'avez rien entendu ?

— Rien.

— Pas même le bruit de deux personnes parlant à voix basse dans la pièce à côté?

— Non, monsieur le président.

— Cependant, ces voix ont été entendues du dehors par les deux gendarmes stationnant sur la route.

— La porte de communication était fermée, et je n'ai entendu qu'un grand cri suivi de la chute d'un corps sur le parquet.

— Voilà qui est étrange.

— Je ne puis dire autre chose.

— Avec votre système, évidemment. Si vous déclariez avoir entendu parler dans la pièce à côté, vous devriez déclarer également que vous vous êtes élancé dans cette pièce pour voir quelles personnes parlaient chez vous, à cette heure avancée, alors que tout le monde dormait dans la maison. Et, dans ce cas, l'assassin, effrayé par votre arrivée, n'aurait pu accomplir son meurtre. Or, le meurtre ayant été accompli, il faut bien que vous disiez n'avoir rien entendu avant l'appel suprême de la victime.

— Je ne sais rien, je ne puis rien dire à cet égard.

— Un fait également certain, c'est que l'assassin ne pouvait être une personne étrangère à la maison.

— La fenêtre était ouverte, et l'on pouvait facilement l'atteindre du dehors.

— Sans doute, mais la femme de chambre a déclaré qu'après avoir couché sa maîtresse, madame Delmont, elle avait fermé soigneusement cette fenêtre, à onze heures et demie, — et il est prouvé que la fenêtre n'a pas été forcée. Elle a été ouverte du dedans, sans violence.

— Je ne m'explique point ce fait. Je maintiens seulement que, la fenêtre une fois ouverte, quelqu'un a pu pénétrer dans la chambre.

— En effet, il est certain que l'infortuné Riccardi est entré par cette fenêtre, puisqu'on a relevé ses empreintes sur le chemin qui passe au-dessous. Admettons, pour un moment, qu'un autre ait suivi cette voie. Par où aurait-il fui, le crime une fois accompli ? — Par la fenêtre ? Les deux agents de la force l'occupaient. — Par la porte du fond ? Elle était fermée au verrou, *en dedans*. — S'il fut sorti par là, il n'aurait pu remettre le verrou, qu'on avait *tiré*. — Par la chambre de madame Delmont ? Elle n'a point d'issue. Et madame Delmont, éveillée à cet instant, l'aurait vu. — Par votre cabinet ? — Mais il se serait rencontré avec vous, et l'on aurait aperçu ses traces sur le sable fin du jardin, où l'on n'a relevé que les vôtres. Puis le chien de garde aurait aboyé, et il s'est tu. D'autre part, les gendarmes qui pénétrèrent instantanément dans la pièce où venait de s'accomplir le drame, affirment que personne n'a marché dans cette pièce, n'y a ouvert une porte, qu'un silence de mort y régnait ! — Donc les deux personnes dont on avait distingué la voix ne peuvent être que vous et Hippolyte Riccardi !

Georges Delmont écoutait cette accumulation terrible de preuves, sous l'empire d'une émotion violente. Les veines de son cou se gonflaient, la sueur mouillait la racine de ses cheveux.

— Le juge d'instruction m'a déjà dit tout cela ! s'écriat-il enfin. C'est horrible, car je suis innocent et je ne puis le démontrer ; car je dis la vérité et je sens bien qu'elle est invraisemblable. Pourtant, que puis-je faire ? Oh ! c'est affreux !

Et Georges Delmont porta à son front ses poings fermés, dans un accès de désespoir amer.

— Vous le reconnaissez vous-même, — s'empressa de dire le président, — les preuves de l'accusation sont éclatantes.

— Mais enfin pourquoi aurais-je attiré ce malheureux chez moi ? Pourquoi ne serait-il pas entré avec moi par le jardin ?

— Pourquoi ? Je vais vous le dire. Vous vouliez que tout le monde ignorât sa présence chez vous. S'il s'était présenté à la grille du jardin, le chien de garde eût réveillé le jardinier par ses aboiements.

— Mais cet homme ne m'avait rien fait ! Je n'avais aucune raison pour le tuer. Je ne suis pas un assassin !

— Vous avez obéi à la consigne de quelqu'une de ces abominables associations secrètes qui ne reculent devant aucun crime pour assouvir leurs détestables passions.

— C'est faux ! Je le jure, c'est faux !

— Voici le poignard qui a servi à l'assassinat. — Le reconnaissez-vous ?

— Oui. Il me servait souvent de couteau à papier. Je ne le portais jamais sur moi. Ce jour-là, je me le rappelle parfaitement, il était resté sur la table du petit salon.

— Cela encore vous condamne. Le crime a été commis dans l'obscurité. Il y a eu lutte, le corps portait diverses traces qui le prouvent. La cravate était arrachée, ainsi que deux boutons du gilet, le chapeau avait roulé à l'autre extrémité de la pièce. — Qui donc aurait pu prendre, sans y voir, ce poignard qui vous appartient, — sinon celui qui savait exactement à quelle place il l'avait posé?

Georges Delmont garda le silence. On voyait qu'il renonçait à lutter, qu'il se sentait perdu, et qu'une résignation désespérée s'emparait de lui.

— Vous vous taisez? — continua le président. — Vous reconnaissez...

— Je reconnais que la fatalité m'écrase, — rien d'autre.

Puis, se redressant, il ajouta, d'une voix dont l'accent profond émut l'auditoire :

— Et pourtant, s'il est quelqu'un ici qui me connaisse, il doit bien savoir, celui-là, que je suis innocent!

— Je le sais, moi! s'écria brusquement Me Steinbach, en se levant tout à coup; et, prenant la main du jeune homme, il ajouta :

— Et, croyez-le bien, même à ce moment cruel, je suis heureux et fier de me dire votre ami!

Ce coup de scène inattendu produisit une vive impression sur le public.

Quelques applaudissements éclatèrent, qui furent promptement réprimés par une admonestation sévère du président, et les huissiers expulsèrent au hasard les prétendus perturbateurs.

— Vous voyez, Me Steinbach, dit alors le président avec une sourde irritation, l'inconvénient de ces manifestations. Attendez votre tour de parole, il viendra, et vous pourrez plaider ce que vous croirez le plus propre à la défense de votre client.

— L'avocat, tout à l'heure, défendra celui qu'il croit innocent, répliqua vivement Me Steinbach. Mais l'homme n'a pu s'empêcher de témoigner de sa profonde estime pour l'ami, je le répète, dont il comprend et dont il partage les angoisses.

— Maintenant, reprit le président, en se retournant vers l'accusé, passons aux derniers faits.

L'accusé semblait avoir recouvré toute sa force dans ce témoignage public d'estime que venait de lui donner son défenseur. Il relevait fièrement sa belle tête pâle, où se dessinait un sourire d'amère résolution.

— C'est inutile, monsieur le président, dit-il froidement. Je ne nie pas les faits patents. Je reconnais que les gendarmes m'ont trouvé agenouillé auprès du corps du malheureux Riccardi, et tenant à la main le poignard que je venais de retirer de la blessure, après avoir heurté, dans l'obscurité, contre le cadavre, sans savoir, comme je l'ignore encore aujourd'hui, ce qui s'était passé.

— En effet, cela suffit, ajouta le président; je crois que la cause est entendue pour tout le monde.

IV

LES TÉMOINS

C'était le tour des témoins.

Nous nous contenterons d'analyser rapidement les principales dépositions, laissant de côté toutes celles qui ne présenteront pas un intérêt direct.

Beaucoup, comme celle des gendarmes qui procédèrent à l'arrestation, ne firent que reproduire les faits mentionnés dans l'acte d'accusation.

On entend le MÉDECIN *chargé de l'autopsie.*

Il décrit la nature de la blessure, qui se trouvait sur le côté, un peu en arrière, et qui a percé le cœur après avoir traversé le poumon. Il prouve que la victime, au moment où elle a été frappée, devait être tenue et repoussée en même temps par une main vigoureuse, ce qui, en faisant obliquer le corps, avait eu pour résultat de présenter le côté gauche aux coups du meurtrier.

Interrogé s'il y a eu lutte, il déclare que oui, mais lutte peu importante et, en tout cas, très-rapide.

— Ainsi, demande le président, la victime, suivant vous, ne se serait pas doutée qu'elle allait être frappée?

— Nullement, monsieur le président. — Le visage du mort n'exprimait ni colère, ni terreur, mais simplement une sorte de stupeur, comme il arrive chez les personnes foudroyées. — D'ailleurs, Hippolyte Riccardi était un homme d'une force peu commune et qui aurait défendu chèrement sa vie.

— Alors il a été tué par surprise, comme un homme, par exemple, qui croirait causer avec un ami?

— C'est ma conviction.

— Cela explique aussi comment les vêtements de l'accusé, bien que couverts de sang, ne présentaient aucun désordre. — Vous entendez, Georges Delmont?

— Cela prouve tout autant que ce n'est pas moi qui l'ai frappé, — répond le prévenu.

PIERRE FURET, *jardinier, cinquante ans.*

Il est au service de Georges Delmont depuis longtemps. Il n'a jamais eu qu'à se louer de lui et de sa générosité.

— Lui arrivait-il souvent de rentrer, à l'improviste, chez lui au milieu de la nuit?

— Jamais, ou presque jamais. Depuis trois ans que nous sommes à Sceaux, c'est peut-être la seconde fois.

— Il prévenait toujours de son retour?

— Oui, monsieur le président.

— Ce soir-là, devait-il rentrer?

— Non, monsieur le président. Madame me fit dire que je pouvais me coucher sans l'attendre, que monsieur resterait à Paris.

— Vous ne l'avez pas entendu rentrer?

— Je n'ai rien entendu.

— Le chien de garde n'a pas aboyé? Vous en êtes bien sûr?

— Absolument. J'ai le sommeil très-léger. Le moindre bruit me réveille.

— La grille n'avait-elle pas été huilée depuis peu?

— Si. Il y avait huit jours environ. Elle grinçait un peu. Cela agaçait monsieur, qui me donna l'ordre de graisser les gonds.

— Messieurs les jurés voudront bien remarquer ce détail, qui indique une préméditation de longue date.

JULIE COUSTOU, *trente ans, femme de chambre de Mme Delmont.*

Elle a déshabillé sa maîtresse à onze heures, lui a fait la lecture pendant quelques instants, puis s'est retirée, en fermant soigneusement la fenêtre du salon.

— Quelle heure était-il ?

— Onze heures vingt ou onze heures et demie.

— Cette fenêtre pouvait-elle s'ouvrir ou se forcer facilement du dehors ?

— Non. Elle était garnie de contre-vents pleins et fortement assujettis par crainte des voleurs, la maison étant isolée.

— Elle n'a donc pu être ouverte que du dedans ?

— Evidemment.

— Hippolyte Riccardi venait-il souvent chez le prévenu ?

— Quelquefois, mais beaucoup plus rarement que son frère.

CHARLES-EMILE CORNAILLEUX, *quarante ans, rentier.*

Il a passé, à minuit moins un quart, ou minuit moins vingt, devant la maison de l'inculpé. Il revenait d'une partie de campagne. Il est certain qu'à ce moment la fenêtre était fermée.

— Vous voyez, — ajoute le président, en s'adressant à Georges Delmont, — à l'heure même fixée par vous, comme étant celle de votre retour, la fenêtre était close. Cinq minutes après, on a constaté qu'elle était ouverte.

— Ce n'est pas moi qui l'ai ouverte, répond l'accusé avec énergie.

On introduit l'*abbé* CLODION.

C'est un homme de taille moyenne, fort maigre. Yeux gris-clair tirant sur le vert, au regard dur et fuyant. Front dégarni et proéminent. Bouche lippue aux lèvres saillantes. Nez fort et recourbé. Menton rentrant. Teint bilieux. Les os des pommettes et des maxillaires se dessinent vigoureusement sous la peau sèche et tendue. Les joues sont creuses.

Il déclare être âgé de trente-cinq ans, bien qu'il en paraisse au moins quarante-cinq, et être attaché à la paroisse de...

— Dites ce que vous savez, monsieur l'abbé.

— Je ne sais rien, — répond-il d'une voix sèche et nette, — et je m'étonne qu'on m'ait appelé.

— Aussi, n'est-ce point sur les faits mêmes de la cause que nous désirons vous interroger, mais sur les précédents du prévenu.

— Mon caractère m'impose une grande discrétion, Monsieur le président.

— Le tribunal apprécie et respecte vos scrupules, mais il a le droit de rechercher la vérité auprès de tous ceux qui peuvent éclairer la justice. — Vous connaissez depuis longtemps la famille Delmont ?

— Depuis plusieurs années je suis le directeur de Mme Delmont.

— Vous alliez souvent chez le prévenu ?

— Rarement. J'avais quelque raison de croire que mes visites lui déplaisaient, et ce n'est guère qu'au tribunal de la pénitence que je voyais Mme Delmont.

— Pourquoi le prévenu vous voyait-il avec antipathie ?

— Ses opinions sont connues. La présence d'un prêtre chez lui ne pouvait lui être agréable.

— Cependant Mme Delmont accomplissait ses devoirs religieux ?

— Sans doute, monsieur le président.

— Cette divergence d'opinion, entre la femme et le mari, n'amenait-elle pas souvent des scènes pénibles, où la violence de caractère de l'accusé se révélait ?

— Je ne puis répondre à cette question, monsieur le président.

Georges Delmont qui avait écouté cet interrogatoire, d'abord avec une expression de mépris, se lève tout à coup.

— Rien de plus faux ! s'écrie-t-il. Jamais il n'y eut entre ma femme et moi de scènes violentes au sujet des questions religieuses. Nous n'avons pas la même croyance. C'est un malheur dont j'ai souffert souvent. Il a pu y avoir quelques tiraillements, notamment au sujet de l'éducation de notre enfant, mais j'aime ma femme, et je crois qu'elle m'aime, malgré les préjugés qui voilent son esprit et troublent quelquefois son cœur. Le témoin doit le savoir mieux que personne, et je ne comprends pas qu'il ne proteste point contre une semblable calomnie !

L'abbé Clodion répond froidement, en s'adressant aux jurés :

— Un prêtre doit tout voir, tout entendre et tout oublier.

— Cette réponse, si noble et si élevée, est votre condamnation, Delmont, — ajoute le président.

Puis, se tournant vers le témoin :

— La justice a le droit, néanmoins, d'être éclairée sur certains points de fait, et c'est en son nom que je vous prie de raconter la scène à laquelle vous avez assisté, il y a six mois. Il s'agit là d'un fait purement matériel, sur lequel vous devez la vérité entière.

— Il y a six mois, répond l'abbé Clodion de sa voix brève, je me rendais près de Mme Delmont, légèrement indisposée, et qui m'avait fait mander, lorsqu'en arrivant au fond du jardin j'aperçus M. Delmont, dans un état d'exaspération effrayant, tenant à la gorge un individu que je ne connaissais point, et qui se débattait péniblement. Je m'élançai entre ces deux hommes et parvins, non sans peine, à arracher l'inconnu des mains de son adversaire. Il était déjà à moitié suffoqué.

— Le prévenu l'eût tué, si vous ne fussiez arrivé à temps ?

— C'est ma conviction.

— Et à quelle occasion cette tentative de meurtre ?

— Je ne saurais le dire. J'ai oublié les explications qui me furent données à ce moment.

— Georges Delmont, pourriez-vous expliquer cet acte de sauvagerie ?

— Oui, monsieur le président. Ce jour-là j'ai, en effet, cédé à un mouvement de colère auquel aurait succombé tout honnête homme à ma place. Le misérable dont il s'agit avait, par sa dénonciation, envoyé aux potences de l'Autriche trois patriotes italiens, trois jeunes gens, trois frères, qui furent pendus à Milan. Leur mère devint folle de désespoir. Ce coquin ignorait que je susse son infâme trahison. Et quand il vint me trouver, se disant proscrit, sans doute pour m'espionner, me rappelant le sang dont il était couvert, j'ai eu un premier mouvement d'indignation...

— Et vous alliez commettre un assassinat. C'est tout ce que nous voulions savoir. Cela explique amplement comment vous avez frappé Riccardi pour un motif semblable.

— On peut céder à un mouvement de violence, sans être capable de l'odieux guet-à-pens dont on m'accuse. D'ailleurs rien n'a jamais été prouvé contre Hippolyte Riccardi.

L'abbé Clodion demande l'autorisation de se retirer, si le tribunal n'a plus besoin de sa présence, — ce qui lui est accordé.

En ce moment, un mouvement de vive curiorité agite l'auditoire.

Le président vient de donner l'ordre d'introduire le témoin Riccardi, frère de la victime.

V

LE FRÈRE DE LA VICTIME

A ce nom, on voit apparaître un grand homme resplendissant de santé, le sourire épanoui sur ses lèvres rouges, le front haut, encadré d'une chevelure dont l'ébène humilierait l'aile du corbeau, la barbe en éventail, soyeuse et luisante d'huile parfumée, la moustache roide et maintenue en pointe par la pommade hongroise, le nez aquilin, les yeux noirs largement ouverts, flamboyants, caressants, magnifiques. Il

porte la tête rejetée en arrière, la poitrine en avant ; un dia-
mant énorme et faux brille à sa cravate, une chaîne de
montre à lourds anneaux, surchargée de breloques voyantes,
où se distingue la corne de corail destinée à combattre le
mauvais œil, balafre son gilet et menace, par son poids, de
déchirer la boutonnière où elle s'accroche.

Il est vêtu de noir avec une élégance tapageuse. Pas de
redingote, mais un veston court, dont la poche de côté laisse
voir un mouchoir de batiste fine orné d'un chiffre colossal.
Des souliers vernis étranglent ses larges pieds. Ses gants
trop étroits éclatent sous la pression de sa main puissante.
Des bagues s'enroulent à tous les doigts de la gauche, par-
dessus la peau de chevreau.

Toute sa personne respire l'assurance, le contentement de
soi-même, la joie d'être au monde.

En somme, c'est un fort beau garçon, genre italien, dans
l'acception la plus vulgaire du mot, les jambes un peu trop
fendues, la taille un peu trop courte, mais débordant de
promesses aux yeux des femmes qui aiment le « bel homme »
et l'athlète.

Le public est, d'abord, assez surpris de voir « le frère de
la victime », qu'on supposait pâle, ému, tragique, courbé
sous la douleur, miné par le désespoir, dans cet état de jubi-
lation universelle.

Qu'aurait-il dit, s'il avait su que, le matin, ce rutilant
personnage s'était présenté dans la salle des témoins, avec
une fleur du rouge le plus éclatant à la boutonnière ? Il avait
fallu insister pour obtenir qu'il la quittât ; mais il l'avait
resserrée proprement pour ne point la perdre, et s'en servir à la sortie.

Le frère de la victime s'avance vers le tribunal, met cinq
minutes à défaire le gant de la main droite, afin de ne point
le déchirer et de ne point le froisser, et, à la formule du
serment, répond d'une voix éclatante, avec le zézaiement et
le roulement d'*r* propres à sa nationalité :

— Ze le zurrre !

— Vos nom et prénoms ?

— Cesare-Ercole Riccardi !

— Votre âge?

— Trente-deux ans.

— Votre profession?

— Professeurrr de belles-lettres et diverses langues, italien, espagnol, anglais, all...

— C'est bien.

— Histoirrre, géographie, mathématique, grammairrre!

— Cela suffit! — Vous connaissez l'accusé?

— Ze suis son meilleurrr ami!

— Veuillez vous tourner du côté de MM. les jurés, pour répondre à mes questions.

Hercule Riccardi se tourne vers les jurés, mais de façon à ne pas perdre de vue le personnel féminin disposé derrière les juges, et notamment une grosse commère blonde, fadasse et vulgaire, sans jeunesse, épouse d'un général de l'empire qui avait conquis ses épaulettes à graines d'épinards sur le boulevard Montmartre, du 2 au 5 décembre 1851.

Nous devons à la vérité de dire que Mme la générale, vrai type de femme à soldat déguisée en grande dame, ne tarda pas à fondre visiblement sous les effluves enflammées de cette prunelle méridionale.

— A quelle époque ont commencé vos relations et celles de votre frère avec l'inculpé?

— C'était en 1857, à Milan.

— Ces relations ont été tout de suite intimes?

— Ze le crois bien! Plus qu'intimes, beaucoup plus! Ze lui ai rendu, à cette époque, d'immenses serrrvices!

— De quelle nature?

— De toutes les naturrres!

— Vous l'avez affilié aux sociétés secrètes italiennes?

— Nous avons combattu ensemble pour l'indépendance de l'Italie. Ze fus condamné à morrrt par le gouverrrnement autrichien. C'est pourrrquoi ze vins demanderrr l'hospitalité à la Frrrance.

— A Paris, le prévenu a fort bien reçu votre frère, et continué ses relations avec vous deux?

— Naturrrellement!

— Vous alliez souvent chez lui?

— Très-souvent, moi. Mon frèrrre plus rarrrement.

— Il y avait donc refroidissement entre Georges Delmont et Hippolyte Riccardi?

— Pas le moins du monde. Mais mon povre frèrrre ne me ressemblait pas du tout. C'était un sauvage, comment dirrrai-je? Un peu sournois, un peu *en-dessous*, qui fuyait le monde.

Cette réponse, faite avec l'accent le plus triomphant, soulève une tempête de rires dans l'auditoire, qui avait déjà souri plus d'une fois, et ne comprenait rien à cette sorte de sincérité toute italienne, qui est complète, quand elle ne croit avoir aucun intérêt à se dissimuler.

Hercule Riccardi paraît très-étonné de cette explosion d'hilarité, et regarde autour de lui, pour savoir de qui ou de quoi l'on a ri.

— Que savez-vous sur la journée qui a précédé le meurtre?

— Mon povre frèrrre était allé, comme d'ordinaire, à son bureau. Mais il revint un peu plus tôt que d'habitude. Il semblait inquiet, préoccupé. Il me dit qu'il avait vu dans la zournée Georges Delmont. — Est-ce qu'il retourrrne ce soir à Sceaux? — lui demandai-je. — Oui, me répondit-il.

— C'est faux, absolument faux! s'écrie Georges Delmont.

— Rappelez bien vos souvenirs, Riccardi. J'ai dit exactement le contraire à votre malheureux frère, qui m'interrogeait à cet égard.

— Mon serrr ami, z'en suis désolé, mais mon povre frèrrre me dit textuellement ce que ze raporrrte..., et z'ai mille raisons de me le rappelerrr!

— Ainsi, reprend le président, vous maintenez votre affirmation?

— Ze la maintiens absolument. Mon povre frèrrre me déclara positivement que Delmont lui avait dit avoirrr l'intention, la certitude de retournerrr le soir même à sa villa.

Me Steinbach se lève.

— Je prie M. le président de demander au témoin s'il est bien sûr de sa mémoire, s'il ne cède pas, dans sa déposition, à son insu peut-être, à un sentiment d'animosité contre

2

l'accusé qu'il croit coupable du meurtre de son frère, dont il désire venger la mort.

— Non, non, s'écrie Hercule Riccardi, z'ai zurrré de dire la vérité. Ze la dis. Rien de plus, rien de moins. Ze ne dis même pas que ze crois Delmont coupable. Ze dis seulement que, malheureusement pour lui, tous les faits semblent établirrr sa culpabilité, et ze le regrrrette plutôt.

— Que vous dit encore votre frère?

— Zusqu'au dîner, rien. Mais le soirrr, après avoirrr manzé, il m'annonça tout-à-coup qu'il avait un rrrendez-vous, qu'il serait prrrobablement absent une parrrtie de la nuit.

— Vous ne lui demandâtes pas avec qui ce rendez-vous?

— Au contraire! Ze le plaisantai, lui demandant s'il avait enfin trrrouvé une belle?

L'auditoire éclate de rire.

— Parce que, voyez-vous, mon povre frèrrre, élevé par les zézuites, fuyait le beau sexe!

Les rires redoublent. Le président les réprime sévèrement.

— Que vous répondit-il?

— Que ze me trrrompais. Qu'il avait un rendez-vous d'affairrres, et qu'il ne pouvait me dirrre de quoi il s'azissait... ze n'insistai pas... ze vous le répète, mon povre frèrrre était un peu *en dessous*, comme vous dites en Frrrance.

— A quelle heure vous a-t-il quitté?

— Vers les neuf heures du soir. Moi, ze me suis couché, et ze ne me suis aperrrçu qu'il n'était pas rentrrré, qu'en m'éveillant, le lendemain matin.

— Vous ne savez rien d'autre?

— Non, monsieur le prrrésident.

— La défense n'a aucune question à adresser au témoin?

— Pardon, monsieur le président. Je désire qu'on demande au témoin si, en son âme et conscience, il croit Georges Delmont coupable du crime vraiment abominable dont on l'accuse.

Il se fait un grand silence.

Un léger nuage passe sur le front de Riccardi.

— En mon âme et conscience, dit-il après un moment d'hésitation, d'un air plus grave et avec un certain embarras, z'étais le meilleurrr ami de Georges Delmont... Ze lui ai rendu de grrrands serrrviçes.... Ze ne voudrais pas lui nuirrre.... Ze ne l'ai pas vu accomplirrr le meurrrtre, après tout.... Ze l'estimais beaucoup.... Ze ne sais que penserrr....

— Vous pouvez vous retirer.

Hercule Riccardi salue les jurés, lance une dernière flèche à la grosse femme qui porte le nom d'un général de l'empire, et va s'asseoir à côté des témoins qui l'ont précédé, l'air enchanté de l'importance de son rôle et de l'attention dont il est l'objet.

— Ainsi, — dit le président en s'adressant à Georges Delmont, — malgré vos dénégations, il est démontré que vous aviez annoncé votre retour à Sceaux à Hippolyte Riccardi, que c'est vous qui lui aviez donné le rendez-vous mystérieux dont il n'a pas voulu s'expliquer avec son frère. Cette dernière déposition, je ne dois pas vous le dissimuler, et vous devez le comprendre vous-même, est accablante pour vous. Persistez-vous, néanmoins, dans vos précédentes dénégations?

— Oui, monsieur le président, je persiste à nier ce qui est faux, à affirmer ce qui est vrai.

— MM. les jurés apprécieront. — En vertu de notre pouvoir discrétionnaire, ajoute le président, nous ordonnons que Mme Delmont soit entendue à titre de renseignement.

Le prévenu semble en proie à une profonde émotion.

— Elle! Elle ici! murmure-t-il, et ses yeux ardents et pleins d'angoisse se dirigent vers la porte par laquelle elle doit entrer.

Un mouvement de curiosité se manifeste dans le public, dont tous les regards suivent instinctivement la même direction que le regard de l'accusé.

VI

LA FEMME DU PRÉVENU

Elle entre, appuyée sur le bras d'un huissier, et s'avance péniblement, et comme si les forces allaient lui manquer.

Sur l'ordre du président, on apporte un siége sur lequel elle se laisse tomber défaillante.

On remarque qu'elle a passé devant son mari, la tête baissée, et sans lui jeter un seul regard.

C'est une femme assez grande, de formes élancées, de taille élégante. Elle porte une robe de soie à traîne exagérée; une voilette noire en dentelle épaisse couvre son visage.

Le président l'engage à la relever, ce qu'elle fait, et l'on aperçoit alors son visage pâle. Les yeux noirs et bien fendus sont admirables. Le nez est droit et mince, descendant bas. La bouche s'abaisse de chaque côté à la commissure des lèvres. Le front est petit, les cheveux sont magnifiques, à reflets bleus. La figure offre un ovale très-allongé.

En somme, c'est une très-jolie femme, reproduisant le type milanais dans toute sa pureté et toute sa distinction affectée.

Aux demandes du président, elle déclare se nommer Louise-Marie Bonelli, épouse de Georges Delmont. Elle est née à Milan, elle est âgée de 27 ans.

Tout cela dit à voix basse, et d'une façon peu intelligible, avec un léger accent étranger, qui ne manque pas de charme.

A chaque instant elle porte un mouchoir à sa bouche, et respire un flacon de sels, comme si elle craignait de s'évanouir.

Georges Delmont la dévore des yeux. Dans son regard, on peut lire la passion de l'homme qui aime, la douleur que

lui cause la vue de cette émotion et aussi une angoisse profonde, et comme une inquiétude aiguë mêlée de surprise.

En effet, Mme Delmont continue de fuir le regard de son
mari, sur lequel elle n'a pas levé les yeux une seule fois.

Après quelques questions sur les événements accomplis
dans la journée qui précéda le crime, et desquelles il résulte
de nouveau que Georges a prévenu sa femme qu'il passerait
la nuit à Paris, et qu'elle n'attendait nullement son retour,
le président s'apprête à l'interroger sur les faits eux-mêmes
de la nuit, quand Me Steinbach demande la parole.

— Je prierai, monsieur le président, avant d'aller plus
loin, de vouloir bien poser les questions suivantes au témoin :

— Madame Delmont a-t-elle jamais eu à se plaindre de la
conduite de son mari envers elle?

— Non, — répond-elle à voix basse.

— L'inculpé était-il d'un caractère violent, et a-t-elle eu
des scènes pénibles avec lui?

— Non.

— Lui montrait-il, en toute occasion, une véritable affection et une entière confiance?

Mme Delmont paraît très-agitée, et respire vivement son
flacon de sels.

Il faut lui répéter deux fois la question avant qu'elle ré-
ponde.

Enfin elle fait un violent effort sur elle-même, et laisse
échapper un *oui* extrêmement faible.

— C'est bien! — reprend alors Me Steinbach, — c'est tout
ce que je voulais constater. — Puisqu'on a parlé des violences du prévenu, puisque certains témoins, notamment
l'abbé Clodion, se sont appliqués à faire supposer que mon
client était une espèce de tigre et de tyran domestique, il
était bon d'éclaircir ce point.

Mme Delmont se montre de plus en plus agitée, troublée,
émue.

— Maintenant, madame, — continue le président, —
veuillez réunir vos forces. — Le tribunal comprend tout ce
que votre position a de pénible; mais il est essentiel que

2.

vous soyez entendue jusqu'au bout. — Dites-nous ce que vous savez, ce que vous avez vu.

— Je suis entrée, une lumière à la main... et j'ai vu...

Ici un tremblement convulsif agite tout son corps, et elle s'interrompt, puis reprend avec une rapidité fébrile :

— J'ai vu deux hommes, un mort, sur le parquet, l'autre près de lui... je me suis enfuie dans ma chambre...

Georges Delmont se lève brusquement. Il a des larmes dans les yeux. Sa voix est tremblante.

— Quoi, Marie, s'écrie-t-il en s'adressant à sa femme, c'est là tout ce que tu trouves à dire ! Qu'importent ces faits ? Ils sont connus, je ne les nie pas !... Ce n'est pas de cela qu'il s'agit. Ce n'est pas là ce qu'on attend de toi : c'est un cri du cœur de la femme qui a vécu dix ans près de moi, de la mère de notre enfant, de ma compagne, venant affirmer hautement, avec indignation, qu'elle ne me croit pas coupable, venant jurer, forte de sa conviction et de son estime, que je suis innocent, comme je le jurerais pour toi, si on t'accusait.

Sous la voix de son mari, Mme Delmont se courbe de plus en plus. Une lutte affreuse l'agite et la secoue tout entière.

— Mais regarde-moi donc, reprend Georges Delmont d'une voix éclatante, regarde-moi ! Ne sens-tu pas que ton silence est ma condamnation, l'arrêt dont je ne me relèverai pas ?

Mme Delmont se redresse brusquement, se tourne vers son mari, les traits bouleversés, étend vers lui ses mains, le regarde, chancelle et tombe sans connaissance.

Cette péripétie cause une grande agitation dans le public, et la séance se trouve, de fait, suspendue pendant quelques minutes.

Georges Delmont veut s'élancer vers sa femme. Ses gardes le retiennent, et il se laisse retomber sur son banc avec un sombre accablement.

On a transporté Mme Delmont sans connaissance, et le calme se rétablit peu à peu.

Il est visible que l'impression produite par cette scène est défavorable à l'accusé. Pour tout le monde, il paraît évident que Mme Delmont croit à la culpabilité de son mari, qu'elle n'a pas voulu le dire nettement, mais que, placée entre sa conscience et son affection pour le père de son unique enfant, elle n'a pu résister à cette lutte au-dessus de ses forces.

Les quelques témoins à décharge assignés par la défense ne peuvent effacer cette impression.

Ce sont des amis politiques ou personnels du prévenu, des journalistes, des artistes, qui, tous, déclarent que Georges Delmont leur a paru toujours un modèle de délicatesse et d'honneur, qu'il avait quelque vivacité dans le caractère, mais qu'ils le croient absolument incapable du meurtre qu'on lui reproche.

Il est trop tard. La cause est entendue pour la masse du public. Aux yeux de l'immense majorité, Delmont est coupable.

Le prévenu semble lui-même avoir conscience de ce revirement. Il a repris son calme, et se montre, désormais, presque indifférent à ce qui l'entoure, à ce qui se dit. Il a l'œil fixe et sec, la bouche contractée, et garde une immobilité absolue, comme si aucun coup ne pouvait plus atteindre son cœur, ou surprendre ses nerfs.

Le président donne la parole au ministère public.

VII

LES PLAIDOIERIES

Le procureur impérial se lève lentement.

Visage jaune, encadré de longs favoris d'un blond fade, crâne déjà dénudé et fuyant, nez démesuré et pointu, bouche large et sans lèvres, yeux verdâtres, voix qui passe sans transition du *tremolo* des notes profondes, lorsqu'il s'agit de simuler le sentiment, au glapissement des notes suraiguës, lorsqu'il faut jouer l'indignation ; corps maigre, anguleux,

osseux, longs doigts crochus qui semblent toujours avides
de saisir une proie, et dont l'index s'étend vers l'accusé
comme la pointe d'un couteau; ensemble à la fois plat et
provocant, rampant et impitoyable, — tel est l'homme qui
représente la société.

Il peut avoir trente-cinq ans.

Son réquisitoire dure une heure et demie, et paraît pro-
duire le plus grand effet sur MM. les jurés.

Le flagrant délit est évident, les preuves sont écrasantes.
L'accusé lui-même l'a reconnu. Les témoignages concordent
et ne peuvent être mis en doute. Georges Delmont a attiré
nuitamment Hippolyte Riccardi, après avoir pris toutes les
précautions pour qu'on ignore sa présence au domicile de
l'assassin. Là, dans l'obscurité, il l'a frappé par surprise.
Ses dénégations ne prouvent rien.

Tous les faits de la cause le désignent comme le seul coupable. Il est certain, en effet, que nul, en dehors de Georges
Delmont et d'Hippolyte Riccardi, n'a pénétré dans le domicile de l'accusé, et que Riccardi n'a pu y pénétrer qu'avec la
complicité du prévenu.

Maintenant pourquoi l'a-t-il frappé?

Ici le procureur impérial aborde le terrain politique. Il
dépeint cet homme irréligieux, dominé par le fanatisme révolutionnaire le plus sauvage, obéissant au mot d'ordre des
sociétés secrètes, et se faisant l'exécuteur de leurs hautes-
œuvres, etc , etc.

Il fait comprendre aux jurés qu'en envoyant à l'échafaud
ce repris de justice qui a tenté de bouleverser la France et
l'Italie, qui répand, chaque jour, dans son journal, le venin
des mauvaises doctrines, ils sauveront la société et la déli-
vreront d'un monstre dont les crimes et l'immoralité, car il
n'y a point de morale en dehors de la religion, font tache
sur la splendeur du règne de Napoléon III, le restaurateur
de l'ordre, de la famille et de la propriété.

Il termine, enfin, en montrant la femme de l'accusé
s'évanouissant d'horreur à la vue du scélérat dont elle porte
le nom.

Me Steinbach se lève à son tour.

C'est un homme trapu, sanguin, tête carrée, face large aux traits forts et amples, au regard vif et franc tempéré de beaucoup de finesse, à la voix puissante, à l'encolure vigoureuse. Ses cheveux, chatain foncé et coupés courts, s'ébouriffent et se dressent sur son crâne en un inextricable fouillis. Sa figure, sans barbe, respire l'énergie et l'honnêteté.

Il reconnaît toutes les charges qui s'élèvent contre l'accusé. Les nier serait absurde. Son client n'y a pas songé, il n'y songera pas plus que lui. Ce n'est pas là une affaire ordinaire, et il ne plaidera pas en avocat cherchant à surprendre à l'émotion du jury des circonstances atténuantes.

Ce qu'il vient défendre ici, c'est l'honneur d'un honnête homme et d'un ami, à l'innocence duquel il croit de toute la force d'une conviction raisonnée.

Quoi qu'en ait dit le ministère public, il y a plus d'un point obscur dans cette affaire. On prouve tout, — sauf le motif qu'aurait eu le prévenu pour commettre le crime dont il est accusé.

C'est une vengeance politique, dit-on. Soit, mais alors pourquoi Delmont la nierait-il ? Pour sauver sa tête ? Il sait bien que ce n'est pas ainsi qu'il y parviendra. Une négation sans preuve n'a jamais sauvé un accusé ! Il aurait mille fois plus d'avantages à déclarer qu'il a puni un traître, un *mouchard*, pour appeler la chose par son nom. A-t-il nié l'acte de violence dont a témoigné l'abbé Clodion ? — Non, certes !. Il vous a dit qu'en voyant le misérable qui avait envoyé à la potence trois patriotes italiens, il n'avait pu retenir un premier mouvement de fureur. Pourquoi nierait-il pour Riccardi ? Pourquoi viendrait-il vous dire, au contraire, que sa culpabilité, que sa prétendue trahison, n'a jamais été démontrée ?

Du reste, il faudrait la démontrer cette trahison, pour expliquer l'assassinat qu'on reproche à Georges Delmont. — Et l'accusation ne la prouve pas ! — Il faudrait retrouver la trace de cet ordre de meurtre auquel il est censé avoir obéi. — Et cette trace n'existe nulle part.

— Vous me concéderez bien, — continue Me Steinbach,

— ceci : — c'est que Georges Delmont est un homme d'une rare intelligence, et que, moi, je ne suis pas un imbécile, — Or, il comprend parfaitement qu'au point de vue de l'habileté, il se perd en niant, et moi, son conseil, son avocat, son ami, je l'ai engagé, s'il avait frappé, à reconnaître qu'il a poignardé Riccardi, pour venger des amis politiques trahis, livrés par un misérable.

A tous les points de vue, cet aveu vaudrait cent fois mieux. Il sauverait son honneur, et probablement sa tête, car le motif du crime, hautement confessé, n'ayant pas ce caractère de bassesse que lui donne l'intérêt personnel ou l'appât de quelque avantage matériel, sa cause devenait infiniment meilleure. Il pourrait invoquer l'excuse d'un serment redoutable, et la vilenie de la victime plaiderait aussi en sa faveur.

Que m'a-t-il répondu ? — Plutôt la mort, plutôt la honte de l'échafaud, qu'un mensonge! Je ne puis avouer un meurtre que je n'ai pas commis. Je sens que je me perds, que je suis perdu! Mais qu'y faire? J'ignorais que Riccardi fut chez moi, et je ne l'ai point frappé. Si les hommes me condamnent, ma conscience me reste.

Et moi, messieurs les jurés, moi son avocat, moi qui le connais depuis de longues années, je vous le déclare, vous pouvez le condamner, mais vous ne me convaincrez pas de sa culpabilité. Je sais, je jure qu'il est innocent, et s'il doit monter sur l'échafaud, je répéterai, tant qu'il me restera un souffle de voix ; — C'était mon ami, et j'en suis fier, car c'est le plus honnête homme que je connaisse.

Cette plaidoirie où résonnait, en effet, l'accent de la conviction la plus profonde, produisit un grand effet sur une partie du public qui connaissait la loyauté et la sincérité de Me Steinbach.

Malheureusement, elle ne pouvait enlever aucune des charges qui accablaient l'accusé.

C'est ce que fit ressortir complaisamment le résumé du président, — et le jury se retira pour délibérer.

VIII

LE VERDICT

La délibération ne fut pas longue.

Au bout d'une demi-heure, le jury rentrait, rapportant une réponse affirmative sur tous les points.

Le verdict était muet sur les circonstances atténuantes.

En conséquence, Georges Delmont est condamné à mort.

Il écoute la lecture du jugement, immobile et la tête haute, sans manifester aucune faiblesse.

— Je m'y attendais, — dit-il seulement d'une voix ferme, — et je répète, pour la dernière fois, que je suis innocent.

Ses gardiens l'emmènent, et la foule, vivement impressionnée, se retire lentement.

Le jour baisse, l'ombre commence à envahir la grande salle redevenue en partie déserte.

Les juges, les avocats, le procureur impérial ont disparu.

Sur l'estrade, les dames des places réservées s'apprêtent aussi à regagner leurs voitures. Il y a justement, ce soir-là, grande réception aux Tuileries.

Après le drame, le bal. — La journée sera bien remplie!

Elles échangent les poignées de main, les saluts, se font connaître leurs impressions.

— Eh bien, ma chère, qu'en dites-vous?

— C'était un peu pâle; rien d'imprévu.

— Comment trouvez-vous cette petite Delmont?

— Vous voulez dire cette grande! Elle n'en finit pas!

— On la disait si belle.

— Elle est fort ordinaire.

— Mais non, pas du tout; elle a le nez en lame de rasoir.

— C'est le type italien.

— On dit que c'est un mariage d'amour.

— Ah! ma foi, je ne la plains pas. Est-ce qu'on épouse un journaliste, un bohême !

— Il est riche.

— Et elle était pauvre.

— C'est une excuse.

— Je voudrais bien avoir l'adresse de sa couturière. Sa robe lui allait à ravir.

— Oui, mais quel chapeau !

— On n'a pas l'air plus provincial.

— Ah ! ma chère, elles sont toutes comme ça !

— Si vous étiez allée en Italie, vous auriez bien ri. On ne peut se figurer comme ces Italiennes se fagotent.

Dans un autre groupe :

— Savez-vous que décidément cet assassin est un fort joli garçon ! — s'écrie une petite brune pétillante et romanesque.

— Oh! ma belle, — répond la grosse générale, — quel singulier goût vous avez là! Parlez-moi du témoin Riccardi. Voilà un homme magnifique, splendide! Quelle prestance! Quel feu dans le regard ! Cela ferait le plus admirable officier qu'on puisse rêver. On aurait presque dit un Cent-garde!

Un peu plus loin :

— Ah! quel succès pour notre cher procureur impérial, soupire une dame en toilette tapageuse. C'est sa première condamnation à mort !

— Il doit être bien heureux !

— Et sa pauvre petite femme, donc! Quelle joie pour elle! Je vais courir la féliciter. Elle était si inquiète, ce matin.

— Comment n'est-elle pas venue ?

— Impossible, dans son état de grossesse. Mais je veux être la première à lui annoncer cette bonne nouvelle.

— Il aura probablement de l'avancement.

— Et peut-être même la croix !

— Je puis bien vous dire cela : le gouvernement tenait énormément à cette condamnation, et s'il l'avait manquée... vous comprenez...

— Allons! j'en suis fort heureuse.

— C'est une bonne journée pour lui!

— Vous allez sans doute au bal, ce soir?

— Oui, nous nous y retrouverons.

Et l'estrade se dégarnissait rapidement, au son clair du frou-frou de la soie qui mêlait son gazouillement joyeux à tout ce caquetage, comme le rossignol jette sa roulade à travers le bruissement des feuilles et le soupir du vent.

Au même instant, une voiture cellulaire, accompagnée de gardes de Paris à cheval, roulait bruyamment sur le pavé, emmenant Georges Delmont à la Roquette, où l'attendaient la camisole de force et le cachot du condamné à mort.

IX

UN DÉNOUMENT IMPRÉVU

Depuis le crime dont la maison de campagne de Georges Delmont, à Sceaux, avait été le théâtre, madame Delmont était revenue habiter son appartement d'hiver, à Paris.

Cet appartement confortable et même luxueux, car on sait que Georges Delmont avait quelque fortune, occupait tout le premier étage d'un vaste hôtel de construction moderne, situé dans le milieu de la rue de la Tour d'Auvergne, en plein quartier des artistes et des journalistes, qui se trouvent là à proximité du boulevard Montmartre, tout en jouissant d'un calme relatif et de la vue des rares jardinets échappés à la fièvre d'embellissement du préfet Haussmann.

C'est là que, deux jours après le jugement de la cour d'assises, dont on connaît tous les détails intéressants, se présentait Me Steinbach, vers les trois heures de l'après-midi.

Il avait, pour la circonstance, revêtu un costume plus sévère et surtout plus soigné qu'à l'habitude, car l'avocat ne

3

brillait point par la coquetterie de sa personne, et se laissait
aller assez souvent à une sorte de négligé pittoresque, qui
frisait de près le débraillé.

Ce n'était point, du reste, affectation de sa part, mais négligence d'un homme absorbé par le travail et peu soucieux
du qu'en dira-t-on, pourvu qu'il remplisse ce qu'il regarde
comme ses devoirs importants. — Son paletot n'était pas
toujours brossé, et sa cravate se livrait parfois à des fantai-
sies coupables; mais sa conscience était nette et ses dossiers
étaient toujours scrupuleusement classés.

Sa figure énergique et généralement préoccupée avait, ce
jour-là, une expression de gravité allant jusqu'à l'angoisse.

Son regard fixe, ses lèvres serrées, ses gestes saccadés,
dénonçaient l'homme profondément absorbé par quelque
pensée douloureuse, et en même temps surexcité par une
inquiétude intolérable.

Ajoutons à cela que que son teint, habituellement coloré,
était fort pâle.

Il sonna vivement à la porte de l'appartement, et demanda
madame Delmont, d'une voix brève, au domestique qui vint
lui ouvrir.

Le domestique parut embarrassé, et hésita, un moment,
avant de répondre.

— Ne me reconnaissez-vous pas? demanda l'avocat avec
impatience. Je suis Me Steinbach.

— Oh! si je reconnais parfaitement monsieur : c'est que
madame...

— Eh bien, quoi?

— A donné l'ordre de ne recevoir personne.

— Cet ordre ne peut me regarder.

— Elle est occupée...

— J'en suis fâché, mais j'ai à lui parler.

— Très-occupée...

— Elle trouvera le temps de recevoir l'avocat de son mari.
Allez lui dire que je suis là, et que je veux lui parler.

— C'est que je ne puis l'interrompre... Si, monsieur veut
attendre...

— J'attendrai.

En ce moment, une des deux portes intérieures donnant sur la pièce d'entrée où se passait ce dialogue, s'ouvrit vivement, et une petite fille d'une dizaine d'années apparut.

En apercevant M⁰ Steinbach, elle accourut à lui.

— Le défenseur de papa ! — s'écria-t-elle. — Oh ! venez ! entrez !

Puis se retournant vers le domestique :

— Mais allez donc prévenir maman !

— Mademoiselle sait bien que je ne puis entrer chez madame, quand madame est avec son...

— C'est bien, — dit la petite fille d'un air résolu, — j'y entrerai, moi.

Le domestique se retira sans répliquer et laissa M⁰ Steinbach et Georgette Delmont seuls ensemble.

M⁰ Steinbach s'était assis, et, attirant à lui la tête bouclée de l'enfant, il la contemplait avec une sorte d'admiration attendrie.

Il eût été difficile, en effet, de voir une enfant plus gracieuse et plus adorable que la fille du condamné.

Quoiqu'elle resssemblât d'une façon frappante à son père, elle avait pris de sa mère ces grands yeux noirs fendus en amande et ce teint mat particuliers aux races du Midi. — Une forêt de cheveux, châtain clair, encadrait son visage ovale, où resplendissaient l'intelligence et l'énergie. Sa bouche rose et mignonne, faite pour le sourire, offrait une expression de gravité touchante, et l'on voyait, au cercle brun qui entourait ses yeux, qu'elle avait ou beaucoup pleuré, ou mal dormi depuis plusieurs nuits.

— Tu aimes donc bien ton papa ? lui dit M⁰ Steinbach en l'embrassant sur le front.

— Oui, dit-elle. Vous l'avez vu ? Comment va-t-il ? Vous a-t-il chargé de m'embrasser ? L'avez-vous embrassé pour moi ? Quand le reverrai-je ?

— Chère enfant ! répondit l'avocat dont la voix tremblait, il m'a chargé de t'embrasser, et je l'ai embrassé pour toi.

— Je vous aime bien, vous, s'écria-t-elle brusquement en

lui jetant ses bras autour du cou. Ah! vous n'êtes pas de ces vilains hommes qui disent du mal de lui !... N'est-ce pas qu'il est innocent? ajouta-t-elle après une minute de silence.

— Est-ce que tu en doutes?

— Oh! non. Mais, alors, on ne lui fera pas de mal, n'est-ce pas? On ne le tuera pas?

Et des larmes remplirent ses yeux.

— Mᵉ Steinbach hésita un instant avant de répondre.

— Non, dit-il enfin avec effort, on ne le tuera pas ! Mais si tu devais ne plus le revoir...

— Ne plus le voir ! répéta-t-elle avec stupeur, mais c'est comme s'il était mort, puisque la mort, c'est de ne plus se voir, jamais, jamais !

Mᵉ Steinbach cherchait ce qu'il allait répondre, quand, tout à coup, un bruit de voix arriva jusqu'à ses oreilles. Il était évident que, dans l'intérieur de l'appartement, une porte de communication jusqu'alors fermée, entre deux chambres voisines, venait de s'ouvrir brusquement.

Mᵉ Steinbach se redressa :

— Il faut que je parle à ta mère, Georgette, reprit-il vivement. N'est-ce pas sa voix que j'entends ?

— Si, dit Georgette. Je vais lui dire que vous êtes là. Je serai grondée, mais cela m'est bien égal, parce que quand elle est avec...

Mᵉ Steinbach ne lui laissa pas le temps d'achever sa phrase. Il saisit violemment la tête de l'enfant entre ses deux mains, de façon à lui boucher les deux oreilles, et se pencha, comme pour l'embrasser sur le front; mais ses yeux largement ouverts et ses traits tendus indiquaient une attention profonde.

En effet, les deux personnes dont la voix l'avait frappé, s'étaient rapprochées de la pièce où il se trouvait, et quelques mots parvenus jusqu'à lui lui avaient donné une commotion profonde.

Ces mots, il ne fallait pas que l'enfant les entendît. De là son geste de précaution dissimulé sous une caresse.

Il écoutait avec une curiosité passionnée.

Elle n'eût pas le temps d'être satisfaite.

La porte parallèle à celle par laquelle Georgette était entrée s'ouvrit à son tour, et l'abbé Clodion parut, accompagné de madame Delmont.

A la vue de l'avocat, tous les deux eurent un vif soubresaut de surprise mêlée d'inquiétude.

Il n'y avait pas à en douter, tous deux venaient d'avoir une discussion assez vive.

Le teint de madame Delmont était plus animé que d'habitude. On voyait dans ses yeux la trace de larmes récentes.

L'abbé, au contraire, plus jaune que jamais, ne trahissait son émotion que par deux plaques bilieuses étendues, comme deux mares vertes, sur ses pommettes saillantes, et l'éclat du regard.

L'éclat s'éteignit aussitôt, et il baissa les paupières d'un air de componction.

— Comment! s'écria madame Delmont, en s'avançant dans la pièce d'un air agité, vous étiez là, monsieur Steinbach, et on ne m'a pas prévenue!

— Le domestique n'a pas osé vous déranger dans votre conférence avec M. l'abbé, répondit Me Steinbach, d'un ton fort naturel, et c'est moi qui ai retenu cette chère enfant, qui voulait vous annoncer ma visite.

— Eh bien, quelle nouvelle m'apportez-vous de mon mari? demanda-t-elle vivement. — Vous l'avez vu, sans doute?

— Georgette, — reprit l'avocat, — va-t'en, ma chérie.

— Je veux aussi entendre les nouvelles de mon papa.

Me Steinbach se pencha vers elle, et lui murmura à l'oreille:

— C'est en son nom que je te prie de t'en aller.

— Cela lui ferait de la peine, si je restais?

— Oui, beaucoup.

Deux grosses larmes remplirent ses yeux; mais, sans ajouter un mot, sans retourner la tête, elle se retira lentement par la porte qui lui avait donné entrée, et qu'elle referma soigneusement derrière elle.

— Pauvre enfant! murmura-t-il en la regardant partir avec attendrissement.

— Madame, — dit alors l'abbé Clodion, — je me retire également. Je compte sur votre résignation, votre courage et votre *soumission*, — (ce mot prononcé avec un accent tout particulier), — aux décrets de la Providence.

Madame Delmont eut comme un frisson, et regarda le prêtre avec angoisse.

— La nouvelle dont il s'agit, — reprit alors Me Steinbach, qui n'avait rien perdu de ce jeu de scène, — peut être dite devant tout le monde, car, avant une heure, tout Paris la connaîtra.

— Qu'y a-t-il? demanda madame Delmont d'une voix mal assurée et semblant prévoir quelque coup inattendu.

— Madame, mon ami Georges Delmont, votre mari, a été trouvé mort, ce matin, dans sa cellule.

— Mort! répéta-t-elle en reculant.

— Mort! s'écria l'abbé d'un air profondément surpris.

— Oui, mort! J'ai vu moi-même son cadavre, tout à l'heure, en me rendant auprès de lui, pour lui faire signer son pourvoi en cassation.

Madame Delmont se retourna avec violence vers l'abbé Clodion.

— Vous l'entendez, monsieur l'abbé, mort! mort! Et vous m'aviez juré qu'on sauverait sa vie, oui, qu'on sauverait sa vie, qu'on obtiendrait une commutation de peine. Ah! c'est horrible!

Et elle cacha sa figure dans ses mains.

L'abbé Clodion, d'abord immobile et stupéfait, s'approcha enfin de l'avocat,

— Monsieur, lui dit dit-il, cette nouvelle est tellement inattendue, incroyable... Le malheureux Georges Delmont se serait-il suicidé? Aurait-il ajouté, au crime dont l'accusaient les hommes, un crime qui perdrait son âme devant Dieu?

Me Steinbach regarda d'abord fixement le prêtre d'un air de colère et de menace si marqué, que ce dernier fit un léger mouvement en arrière, mais ce ne fut qu'un éclair, et l'honnête homme reprit une froideur impénétrable.

— Non, monsieur l'abbé, Georges Delmont n'est pas plus coupable de ce second crime que du premier. Un condamné à mort ne se suicide pas dans sa prison... Il est entouré pour cela de soins trop prévoyants et trop méticuleux !

Des sanglots déchiraient la poitrine de madame Delmont, qui s'était laissé tomber sur une chaise.

L'abbé se retourna vers elle.

— Madame, vous êtes chrétienne ! Soyez résignée et acceptez la nouvelle épreuve que vous envoie l'intervention divine. Jamais le doigt de Dieu n'a été plus visible. Il a frappé l'impie qui doutait de lui, qui niait sa justice et sa bonté, mais il a eu pitié de vos larmes, de vos prières, en sauvant votre nom du scandale de l'échafaud ou de la honte du bagne. Remerciez le Seigneur et priez avec moi pour le salut du pêcheur.

— Encore un mot, interrompit froidement Me Steinbach. J'ai obtenu, par une protection puissante, que le corps du malheureux Delmont fût remis à sa famille. Cette nuit, je le ferai transporter momentanément dans un caveau que je possède au Père Lachaise. Plus tard, je viendrai m'entendre avec vous, madame, pour qu'on lui élève une modeste pierre, — sans nom, la justice l'exige, — où ses parents et ses amis pourront venir pleurer celui qui n'est plus... J'ai rempli ma pénible mission. Je vous laisse aux consolations et aux exhortations de M. l'abbé.

Et Me Steinbach, sans attendre qu'on lui répondît, sortit, laissant, en effet, madame Delmont en larmes, le visage caché dans ses mains, seule avec l'abbé Clodion.

X

SEPT ANS APRÈS

Après avoir terminé cette lecture, Georgette resta un moment silencieuse.

Elle avait déposé le manuscrit sur une petite table près

d'elle, sans le quitter de la main, comme si elle craignait de s'en séparer trop vite. Ses grands yeux fixes regardaient, sans voir, par la fenêtre largement ouverte, en face d'elle, qui laissait pénétrer le soleil de mai.

Ce n'était plus la petite fille dont parlait le manuscrit. C'était une belle jeune fille, approchant de sa dix-septième année, toujours un peu pâle, au visage à la fois mélancolique et résolu, où se lisait l'expression frappante d'une singulière précocité d'esprit et de cœur.

Elle ressemblait toujours au portrait d'elle qu'on a pu lire dans le chapitre précédent. Seulement, aux grâces de l'enfance avaient succédé les grâces de la jeunesse.

Une robe de mousseline, à manches larges et sans poignets, de couleur un peu sombre, la couvrait comme une draperie souple, dessinant sa taille et ses membres délicats; et son immobilité, comme sa pose, rappelait ces statues grecques si pures de formes, avec l'intensité de la vie moderne en plus.

La pièce où elle se trouvait était évidemment destinée à usage de bibliothèque. Des livres sur des rayons de vieux chêne couvraient les murs. Une table et quelques chaises en faisaient tout l'ameublement. Point de cheminée, de glace, de tentures, pas un ornement. — Cela était triste et froid, et sentait l'abandon.

Georgette ramena enfin son regard à l'intérieur de la pièce, et leva ses yeux profonds sur une personne debout près d'elle, qui la contemplait avec une expression de tendresse et de sollicitude passionnée.

C'était un jeune homme d'environ vingt-trois ans. Il n'était pas beau dans l'acception banale du mot. Il était mieux que cela ; il avait l'air d'un homme. Son visage mobile, animé, brillait de jeunesse, de franchise et de loyauté. L'œil bleu révélait une rare intelligence et, bien que les traits fussent peu réguliers, il paraissait impossible de rêver un ensemble plus sympathique.

Vêtu, d'ailleurs, avec une simplicité de bon goût, on discernait en lui, au premier coup d'œil, l'homme du monde, qui n'a pris du monde que cette discipline qui affine l'expression des sensations, sans rien leur ôter de leur valeur réelle.

— Vous le voyez, Georgette, cette lecture vous a affligée, dit-il alors. Elle n'était pas faite pour vous. Il s'y trouve des appréciations, il y règne parfois un ton de satire, qui ne conviennent guère à une jeune fille... C'est un tableau réaliste, et, si javais su qu'il dût jamais passer sous vos yeux, j'en aurais, certes, adouci les couleurs, ou supprimé quelques détails.

— Et vous auriez eu tort, Olivier. Je ne suis pas une jeune fille comme les autres... La vie m'a singulièrement mûrie, et de bien bonne heure! Je puis, je dois tout entendre, lorsqu'il s'agit de mon père. Ce que je voulais, c'est un récit exact, faisant revivre pour moi les personnages du drame, *tous* les personnages, — et elle accentua ces mots d'un sourire indéfinissable, — tels qu'ils furent, il y a bientôt sept ans. C'est ce que je viens de trouver là, merci donc.

— Lorsque j'écrivis ce récit, j'étais encore sous l'émotion de ces débats qui m'avaient profondément bouleversé, car, malgré ma jeunesse, je partageais pour votre père l'affection que le mien, Me Steinbach, portait à Georges Delmont, et je me regardais à cette époque comme votre frère aîné. Je savais comment les journaux abrègent et dénaturent ces sortes de comptes rendus dont la vie est absente. J'ai voulu fixer mes impressions, et je n'en ai dissimulé aucune. Quant à l'exactitude absolue, j'en réponds. Je ne voulais point vous confier ce récit trop... vrai à certains égards. Vous l'avez exigé, et je ne sais rien vous refuser.

En ce moment l'heure sonna à quelque horloge peu éloignée.

Georgette tressaillit.

— Quatre heures déjà! dit-elle avec un soupir.— Quittons cette pièce, ajouta-t-elle vivement. Ma mère qui assiste aux vêpres et ma gouvernante que j'ai pu éloigner, ne tarderont pas à rentrer peut-être, et je ne veux pas qu'on me surprenne dans la bibliothèque de mon père, dont personne, sauf vous, Olivier, ne sait que je possède une double clef.

3.

Les deux jeunes gens passèrent dans la pièce voisine, qui était un salon.

Au moment de refermer la porte de communication, Georgette s'arrêta sur le seuil, et jeta un dernier regard dans la petite salle.

— Il me semble que je m'éloigne de mon père, quand je quitte sa bibliothèque, reprit-elle doucement, en se retournant vers Olivier. Là, je me sens plus près de lui, moins orpheline. J'entre en communication avec son esprit. Ce sont ces livres, ces pauvres livres aimés de lui, et exilés depuis sa mort, qui ont fait mon éducation, telle qu'il l'eût faite, sans doute, s'il avait vécu.

Elle ferma la porte, glissa la clef dans son corsage, et tendant le manuscrit qu'elle venait de lire à Olivier :

— Reprenez ceci, continua-t-elle. Mais n'oubliez pas que cela m'appartient, et que vous n'en êtes que le dépositaire, ajouta-t-elle avec un sourire.

Tous deux s'avancèrent dans le salon. Elle s'assit sur un canapé. Il prit une chaise. Elle lui fit signe d'approcher.

— Maintenant, causons, dit-elle.

XI

OU OLIVIER APPREND A GEORGETTE CE QU'ELLE SAIT AUSSI BIEN QUE LUI!

— Du procès je connaissais déjà, et depuis longtemps, toute la partie matérielle, tout ce qui a rapport aux faits, pour en avoir lu, relu, étudié maintes fois le compte-rendu dans les journaux judiciaires de l'époque. — Ce que j'ignorais, c'est la tenue *morale* des principaux témoins, et certains détails relatifs aux sentiments manifestés par mon père pendant cette fameuse épreuve.

— Je puis, encore une fois, sur ce point, vous garantir l'exactitude de mon récit. J'avais dix-sept ans, il est vrai, mais je me trouvais sur l'estrade réservée, caché dans un petit coin, derrière les personnes qui occupaient les places privilégiées. J'ai tout vu admirablement, tout entendu. Mais, de plus, j'ai recueilli les impressions de mon père, les observations de quelques amis restés fidèles à la mauvaise fortune de M. Delmont.

— Aussi ce récit vient-il de m'en apprendre plus en quelques instants que toutes mes réflexions et mes observations personnelles depuis bien des années.

— Qu'y voyez-vous? s'écria vivement Olivier.

— Rien encore... mais je prévois beaucoup de choses.

— Lesquelles? Mon père, dont vous connaissez le dévouement pour la mémoire de Georges Delmont, qui, depuis le jour de sa condamnation, n'a cessé de chercher à découvrir la vérité, à trouver le fin mot de ce drame, mon père sait tous ces détails. Il en sait même que nous ignorons, vous et moi, chère Georgette, et cependant il semble découragé, et l'on dirait qu'il a renoncé à tout espoir.

Georgette sourit tristement.

— Je ne sais rien non plus, ou, du moins, ce que j'entrevois est trop vague, trop mal défini à mes propres yeux, pour être formulé.

Elle garda un instant le silence.

— Comment avez-vous su, reprit-elle enfin, les détails relatifs à l'entrevue de Me Steinbach avec moi, enfant, ma mère et l'abbé Clodion? — Vous n'y étiez pas.

— J'ai recueilli ce récit de la bouche même de mon père, lorsqu'il revint encore tout ému. J'étais là. Il raconta tout à ma mère, avec une extrême vivacité de couleur, et je pus aussitôt reconstituer la scène, connaissant son caractère, ses allures décidées, son mélange de franchise et de finesse, de brusquerie et de prudence.

— Pourtant, il y a une lacune.

— Laquelle?

— Quelles sont les paroles parvenues jusqu'à lui, au moment où il me bouchait les oreilles pour que je ne les entendisse pas?

— Je l'ignore. Mon père a tout dit à ma mère, et devant moi, sauf cela!

— Et vous ne l'avez interrogé ni l'un ni l'autre?

— Si, mais il a refusé obstinément de répondre.— « Ceci, répétait-il, je n'ai pas le droit de le rapporter ; cela est trop grave. Cela dit trop et trop peu! Je dois me taire! »

Georgette pâlit légèrement, comme si une idée sinistre traversait son esprit.

— Ah! mes pressentiments! murmura-t-elle, et elle resta pensive.

Olivier se leva, s'approcha d'elle, lui prit la main, lui dit d'une voix émue :

— J'ai eu tort de céder à votre désir. — Voilà toutes vos douleurs renouvelées! Croyez-moi, il vaudrait mieux oublier. Ce qui pouvait être fait, mon père l'a fait et le fera. Vous êtes jeune, Georgette. Il ne faut pas vivre ainsi avec le passé, avec les morts. La vie vous réclame, et...

— Oublier! reprit-elle vivement. Jamais! Non, jamais! Oublier mon père, mort désespéré sous le poids d'une accusation infâme, d'une condamnation injuste! Il ne peut revivre, lui! mais son honneur, gisant avec lui dans la tombe, on peut le relever, lui rendre l'éclat et la pureté. Ah! si vous saviez, Olivier, comme il m'aimait, lui; comme il était tendre et bon pour moi! Je vois encore ses yeux clairs et doux fixés sur mes yeux. Il me semble encore sentir sur mon front l'empreinte humide de ses lèvres, quand, avant de partir le matin, ou le soir en rentrant, il me prenait dans ses bras, me contemplait et me disait :

— Georgette, nous ferons de toi une femme! — Hélas! il n'a pu accomplir ce rêve! Mais je serais indigne de lui, si je l'abandonnais aujourd'hui. Non, non! si tous l'oublient, si tous acceptent son déshonneur et sa honte, moi, je ne les accepte pas. J'ai le devoir de penser à lui. Il a tout perdu, il lui reste sa fille !

— Georgette, vous êtes ingrate. D'autres que vous l'aiment, pensent à lui, sont prêts à tout faire pour prouver son innocence.

— Oui, vous, Olivier, et votre père. Pardonnez-moi, c'est vrai, j'étais ingrate !

Et Georgette fondit en larmes.

Olivier s'agenouilla devant elle, entoura de ses deux bras la taille de la jeune fille.

— Georgette, regardez-moi, lui dit-il doucement.

Elle posa sur lui ses grands yeux, et leurs regards se confondirent en silence.

Puis, elle se débarrassa vivement de son étreinte, et un flot de sang monta à ses joues.

Elle s'était levée et s'appuyait d'une main au dossier du canapé. On voyait son cœur battre sous l'étoffe légère de son corsage. Son visage n'exprimait ni colère, ni surprise, mais une émotion profonde, et comme une sorte de terreur.

— Ecoutez, dit enfin le jeune homme, il faut que je vous parle en toute sincérité, que je vous ouvre mon cœur, que notre situation se définisse... Georgette, je vous aime !

— Je le sais ! répondit-elle à voix basse.

— Vous le savez ! Et depuis quand ?

— Depuis... depuis toujours !

— Alors, c'est que vous m'aimez aussi !

— Oui, dit-elle sur le même ton.

— Autrement qu'une sœur ! insista Olivier, le visage rayonnant.

— Oui !

— Et voulez-vous être ma femme ?

— Non, murmura-t-elle faiblement.

XII

LA FILLE DU CONDAMNÉ

— Non ! répéta-t-il, au comble de la stupeur.

Georgette se rapprocha de lui, et, posant sa main, d'un geste chaste et tendre, sur l'épaule du jeune homme, elle reprit :

— J'ignore, Olivier, depuis quand je vous aime. Toute enfant, je ne pouvais déjà plus me passer de vous, vous vous en souvenez, alors que vous enduriez si doucement, comme un grand frère, et autrement, mes caprices et mes exigences de petite fille gâtée et volontaire. Après la mort de mon père, je crois que je serais morte aussi, si vous n'aviez été là. Dans mon cerveau de dix ans, je me disais : « Je n'ai plus de papa, mais il y a Olivier ! » Et cela me consolait, me rassurait, sans que je susse pourquoi. Puis, quand je grandis, quand je devins adolescente, jeune fille, mon affection grandit comme moi, se transforma comme moi, et, un jour, par une transition presque insensible, il se trouva que l'affection de la petite fille pour le frère aîné était devenue l'amour de Georgette pour Olivier ! ... Savez-vous quel jour je commençai à m'apercevoir de ce changement, à sentir que je n'étais pas seulement votre sœur ?

Olivier secoua la tête. Il craignait d'interrompre cette douce voix lui racontant, sans arrière-pensée, le roman de ce jeune cœur sincère et passionné.

— Ce fut le jour où vous avez cessé de me tutoyer. Il y a trois ans de cela. J'avais quatorze ans, je devenais grandelette et demoiselle, comme disait ma gouvernante. Vous veniez d'avoir vingt ans. Vous étiez déjà un homme. Ce jour-là, où vous me dites : *vous*, où je dus répondre : *vous !* mon cœur se serra et, après votre départ, lorsque je fus seule, je me mis à fondre en larmes... Il me semblait qu'on venait de m'arracher quelque chose que je ne savais définir... J'éprouvais ce sentiment de froid, d'isolement, d'abandon que j'avais éprouvé en perdant mon père. Il me semblait que, pour la seconde fois, je devenais orpheline.

— Mais alors, Georgette, puisque tu m'aimes ainsi, interrompit Olivier rayonnant de joie, pourquoi me dis-tu que tu ne veux pas être ma femme ?

Le visage de Georgette, animé de l'ardeur, de l'ivresse du premier aveu, s'assombrit tout-à-coup à cette question. Elle retombait sur la terre, elle rentrait dans la réalité un instant oubliée.

— Pourquoi ? — Parce que je suis la fille de Georges Delmont, condamné à mort pour assassinat !

— Mais c'est fou ! c'est insensé, ce que tu dis là ! — s'écria Olivier. — Ne sais-je pas, comme toi, que ton père est innocent ?

— Nous savons que mon père était innocent, mais nous ne pouvons le prouver, et nul que nous, et ton père, Olivier, ne le sait, ou... — elle hésita une seconde, — ou ne veut le dire.

— Eh bien, fût-il coupable aux yeux de l'univers entier, le fût-il en réalité, que m'importe à moi ? — Est-ce que les fautes, les crimes, la honte, toutes les vilaines choses, comme toutes les belles, ne sont pas personnelles ? — Je t'aime, tu m'aimes, et nous aurions à reculer... devant quoi ? — Devant le plus sot, le plus inepte, le plus barbare des préjugés !

— Cela n'est pas sérieux !

— Si, Olivier, cela est sérieux, très-sérieux. Je ne veux pas te mettre dans cette fausse position que tu aies, un jour, à rougir du nom de ta femme.

— Moi, jamais ! Et, d'ailleurs, c'est mon nom que je t'offre.

— Accepterais-tu le mien ?

Olivier eût une imperceptible nuance d'hésitation à cette question inattendue, et qui n'échappa pas à Georgette.

— Ne réponds pas, lui dit-elle vivement, tu répondrais avec la générosité de ton cœur et l'ardeur de ta passion. Mais crois-tu que ton père, ta mère, verraient sans déplaisir leur fils unique...

— J'en suis sûr, j'en suis certain.

— Connaissent-ils notre amour ?

— Non. Nul ne devait avoir ma confidence avant toi. Mais, si tu le veux, demain, j'amènerai moi-même mon père te demander si tu consens à lui faire l'honneur d'entrer dans sa famille.

— Il le ferait peut être, répondit-elle pensive, car il t'aime au delà de tout. Cependant, je ne suis pas bien convaincue qu'il ne lui en coûterait rien.

— Ah ! prends garde, Georgette, prends bien garde, par excès de délicatesse, de faire ton malheur et le mien !

— Écoute, Olivier, deux sentiments font corps avec moi, sans qu'il me soit possible de m'en séparer. J'aime, je chéris la mémoire de mon père. Je t'aime aussi. Je ne pourrais cesser de t'aimer sans en mourir, je crois. Mais je ne pourrais cesser de poursuivre la réhabilitation de mon père, sans me sentir diminuée à mes propres yeux, sans me mépriser et me maudir moi-même.

— Soit. Eh bien, M. et Madame Olivier Steinbach poursuivront ensemble cette réhabilitation, voilà tout.

— Non, Olivier, je me sentirais moins libre... Qui sait ce que l'on peut découvrir derrière ce crime inexpliqué, inexplicable ?

Elle devint pâle, et un frisson secoua son corps, pour la seconde fois, comme si quelque vision hideuse passait devant ses yeux.

— Que veux-tu dire ?

— Rien. Sinon que, portant ton nom, qu'ayant des enfants peut-être à qui nous serions redevables de l'intégrité de leur considération dans le monde, je n'aurais certes plus le courage de rechercher résolûment la vérité.

Elle s'arrêta. Elle était haletante, oppressée.

— Georgette, qu'as-tu ?

— Rien, rien, dit-elle avec effort.

— Mais tu ne veux pas être ma femme ! Comment, parce qu'un crime a été commis, parce que nous en ignorons l'auteur, c'est nous, innocents, que tu veux punir !

Georgette le regarda avec une douceur infinie, mais se tut.

— Voyons, lui dit Olivier d'un accent de prière passionnée, ne sois pas impitoyable. L'amour, c'est la confiance et le partage absolu, en tout, pour tout. Refuserais-tu de partager avec moi tes joies et tes bonheurs ?

— Oh non !

— Pourquoi refuser de partager tes chagrins et tes douleurs ? Dis-moi que tu veux un délai. Je serai patient, j'attendrai, mais ne me dis pas non ! car cela me rendrait fou !

Mademoiselle Delmont se recueillit un instant.

Olivier cherchait avec anxiété à lire sur son joli visage la résolution qu'elle allait prendre, sachant, par une longue expérience, tout ce qu'il y avait de fermeté et d'énergie sous cette enveloppe gracieuse et frêle de jeune fille.

— Olivier, lui dit-elle enfin, tu as raison. Quand je disais non, c'était pour aujourd'hui. Crois en moi, compte sur moi. D'abord, je ne serai jamais la femme d'un autre que toi, — c'est presque inutile à dire. Ensuite, je te promets ceci, c'est de te faire connaître, — dès que je la saurai, — la vérité tout entière, et, alors, c'est toi-même qui décideras. Je m'en remettrai à toi.

— Ah! tu me caches quelque chose.

— Ne m'interroge pas à présent.

— Tu sais ?

— Je ne sais rien. Je saurai! Ce jour là, quoi que ce soit, tu le sauras aussi, toi, toi seul, — et tu décideras.

En ce moment la porte du salon s'ouvrit d'un mouvement brusque, sans qu'on eût frappé, ni que les deux jeunes gens eussent entendu marcher.

XIII

FRANCINE LEDHUC

Une jeune femme entra, et d'un regard rapide enveloppa Olivier et Georgette près l'un de l'autre, tous deux animés et portant encore sur leur visage la trace des diverses émotions qui venaient de les agiter.

Cette entrée avait été si inattendue qu'ils n'avaient pas eu le temps de changer de position, ni de redonner à leurs traits l'aspect banal que l'on prend, comme d'instinct, à la vue d'une personne étrangère.

Olivier rougit, et lança presque un regard de colère à la nouvelle venue, tandis que Georgette, avec plus de présence d'esprit, se remettant aussitôt, s'avançait vers elle, d'un air assez naturel.

La jeune femme, du reste, s'était arrêtée sur le seuil de la porte, et, après ce premier coup-d'œil que nous venons de signaler, avait baissé les yeux.

— Comment, c'est vous, mademoiselle Francine ? s'écria Georgette avec quelque étonnement.

Mademoiselle Francine était une personne de vingt-sept ans, d'aspect étrange. Une abondance de cheveux, d'un blond ardent à reflets d'or, ondulés et crépus, malgré tous les efforts faits pour les dompter et les lisser, encadrait son visage, où l'on ne voyait d'abord que les yeux d'un brun pâle, au regard vif et fuyant.

D'épais sourcils plus foncés et très rapprochés donnaient au visage une expression d'énergie qui frisait par moments la dureté.

Le reste de la physionomie contredisait absolument cette première impression. La bouche était enfantine, le sourire doux et un peu craintif, et le bas du visage aminci, gracieux, comme effacé, ne répondait nullement au développement du front bombé et proéminent où se lisaient la volonté et même l'entêtement.

C'était un visage double. Suivant qu'on en regardait le haut ou le bas, on se croyait en face de deux femmes différentes, l'une qui inquiétait, l'autre qui attirait ; l'une menaçante, l'autre touchante.

Une robe de laine noire, très propre, mais usée déjà et sans le moindre ornement, dessinait sa taille souple et vigoureuse, bien que son visage amaigri portât la trace de fatigues ou de souffrances récentes. Un bonnet de linge blanc recouvrait à peine la chevelure luxuriante. Elle portait à la main un petit paquet soigneusement enveloppé.

Elle était visiblement assez embarrassée.

— Excusez-moi, mademoiselle, dit-elle d'une voix douce ; le domestique m'avait assuré que je trouverais la femme de chambre au salon. J'ai poussé la porte qui n'était pas fermée, en voulant frapper... Je vous croyais sortie...

— Que désirez-vous ?

— Je venais rapporter la broderie que mademoiselle a bien voulu me commander.

— Il ne fallait pas vous déranger exprès pour cela. — Je l'aurais fait prendre demain. Je demeure si loin de chez vous... Mais asseyez-vous donc, — ajouta gracieusement Georgette, en lui offrant un fauteuil, — vous devez être fatiguée.

— Je vous remercie, mademoiselle. Il est tard. Il faut que je rentre. Il faisait si beau que je me suis dit que j'irais à Passy, en me promenant. — Pour moi, Passy, c'est la campagne... Que vous êtes heureuse, mademoiselle, de vivre ainsi dans la lumière, le soleil et les fleurs !

Son regard, qu'elle avait tenu baissé jusque-là, se dirigea vers l'une des fenêtres entr'ouvertes, à travers lesquelles on apercevait quelques arbres du petit jardin qui précédait la nouvelle habitation choisie par la mère de Georgette, loin du centre de la ville.

En même temps, Mademoiselle Francine s'approcha du guéridon, et se mit en devoir de défaire son paquet, pour montrer l'ouvrage qu'elle rapportait.

Olivier, qui ne l'avait pas quittée des yeux, lui dit tout à coup :

— N'est-ce pas vous, mademoiselle, que j'ai rencontrée, aujourd'hui même, sur la place de la Concorde, au moment où je prenais l'omnibus de Passy ?

La jeune ouvrière rougit légèrement, et répondit sans regarder :

— C'est possible, monsieur. Je suis venue à pied jusqu'ici, par les Tuileries, la place de la Concorde et le quai de la Conférence.

— Quel joli travail ! s'écria Georgette en admirant les initiales brodées sur les mouchoirs de batiste que lui présentait Francine. Voyez donc, Olivier.

— Oh ! je n'y connais rien, moi, reprit-il en riant avec quelque affectation.

— N'importe, je m'y connais, moi. Il faudra que vous appuyiez près de votre mère ma recommandation. Mademoiselle Francine est orpheline, elle relève d'une longue maladie. Elle m'a été recommandée, et je veux la faire connaître à Madame Steinbach, dont les nombreuses relations lui fourniront bientôt une riche clientèle.

— Je vous remercie, Mademoiselle, répondit humblement Francine, et je ferai tout mon possible pour contenter cette dame.

— Puisque Mademoiselle Delmont s'intéresse à vous, dit aussitôt Olivier, je parlerai à ma mère, dès ce jour. Veuillez me donner votre adresse.

— Francine Ledhuc, brodeuse, rue du temple, 39, au cinquième. Il y a une carte sur ma porte.

Olivier inscrivit le nom et l'adresse sur un carnet.

Francine remercia encore, et se hâta de se retirer, sans avoir voulu se reposer, ni accepter un rafraîchissement, malgré l'insistance de Georgette.

— Pauvre fille! murmura Mademoiselle Delmont, lorsqu'elle fut partie. Elle m'intéresse vivement. Elle est pauvre, sans famille, et vit courageusement de son travail.

— C'est une singulière créature, répondit Olivier, et qui laisse une impresssion confuse... Je regrette qu'elle nous ait surpris ensemble.

— Pourquoi cela? Ne sommes-nous pas de vieux amis d'enfance, et n'est-on pas accoutumé à vous voir venir chez ma mère, à toute heure, presque comme le fils de la maison ?

En ce moment, la veuve de Georges Delmont rentra, de retour des vêpres.

XIV

OU L'ON ENTEND PARLER DE JULES FLORESTAN

C'était à « l'heure de l'absinthe ». — La grande salle et les tables placées sur le trottoir d'un des principaux cafés du boulevard Montmartre, — repaire habituel d'une certaine presse vouée à la défense de la société et au culte de la gaudriole, — regorgeaient de leur public spécial.

Les journaux du soir étaient terminés, ils allaient paraître.

Déjà les porteurs traversaient la chaussée en courant et déposaient leur fardeau au vasistas des kiosques où se pressaient les premiers acheteurs. Les journaux du matin n'étaient pas encore commencés. Les reporters arrivaient de Versailles. C'était cet instant unique où toutes les nouvelles sortent à la fois de tous les points de l'horizon, s'épluchent, se commentent, pendant que les correspondants des feuilles de province et de l'étranger, l'oreille tendue, font courir leur plume sur le papier pelure d'oignon, au coin de quelque table de marbre encombrée de chopes et de verres à demi vidés.

Les cris des garçons, les rires, les plaisanteries, les conversations s'entre-croisaient, remplissaient l'air d'un tapage confus.

Dans la salle, deux ou trois groupes plus sérieux s'étaient formés autour d'autant d'individus arrivant du dehors, et débitant à demi-voix la nouvelle à sensation du quart d'heure.

Chaque quart d'heure a ainsi, à Paris, sa nouvelle à sensation, qui change, du reste, suivant les quartiers et les auditeurs.

Tout d'un coup un grand garçon maigre, efflanqué, ni jeune, ni vieux, mais visiblement usé, les cheveux plats et déjà rares ramenés sur les tempes et soigneusement séparés derrière l'occiput, mis avec une élégante désinvolture, un lorgnon sur l'œil, le regard insolent, la bouche cynique, le nez au vent, traversa les groupes pour aller se jeter sur un divan, tout au fond de la salle, dans le coin le plus obscur.

Aussitôt, plusieurs journalistes s'empressèrent autour de lui, et l'accueillirent par l'éternel : — Quoi de nouveau ? — Tandis que le garçon, sans attendre qu'on lui commandât, servait devant l'habitué une absinthe anisée.

— Quoi de nouveau, mes enfants ? répéta-t-il avec un accent tout à la fois traînard et gouailleur.

Puis, il s'arrêta pour faire son absinthe lui-même avec un soin méticuleux.

Cette opération délicate terminée, il reprit la parole :

— Je vous le donne en mille !

— Est-ce politique ? demanda quelqu'un.

— Politique ! Oh ! là là ! Est-ce que je m'occupe de politique, moi ! C'est bon pour les imbéciles. La politique ! je n'en connais qu'une : je suis pour le gouvernement qui me retirera ma montre du clou !

— Voyons donc la nouvelle, s'écria un autre interlocuteur avec impatience.

Le nouvelliste du groupe avait vidé son premier verre d'absinthe, il en préparait un second.

— La nouvelle, c'est que Jules Florestan va se marier ! dit-il tout à coup avec un clignement d'yeux intraduisible.

— Bah ! Lui ! Impossible ! Allons donc ! s'écrièrent toutes les voix.

— Parole d'honneur !

— Alors, c'est une blague.

— Qui diable pourrait-il épouser ?

— Madame Lafarge ! Cela ferait la paire, murmura une voix.

— Elle est morte.

— Alors, je ne vois pas qui.

— Eh ! parbleu, quelque malheureuse qui n'a pas le courage de se suicider elle-même.

— Je ne sais pas, continua l'*absintheur*, mais je sais qu'il veut et va se marier.

— C'est lui qui le dit ?

— Non, car ce serait un mensonge. Je le tiens de bonne source... et, de plus, il s'agirait même d'un beau mariage.

— Chut ! le voilà.

— Eh bien, il va nous expliquer le miracle.

Le groupe s'ouvrit pour livrer passage au héros de la conversation.

On vit apparaître alors un individu d'une trentaine d'années, de tournure lourde, aux traits assez réguliers, mais bouffis, sur un fond couleur de suif rance. Des cheveux plats et luisants, châtain foncé, entouraient son front étroit et petit. Une moustache blonde recouvrait en partie sa bouche mince. Ses yeux bruns avaient le regard à la fois inquiet et dur.

Il était vêtu de noir, et d'une tenue fort correcte.

A le détailler, on ne pouvait dire qu'il fût laid ; mais, pour un observateur, il se dégageait de l'ensemble de ce personnage, au premier abord, quelque chose de profondément répugnant.

Il s'avança d'un pas rapide, et demanda d'une voix sèche :

— De quoi riez-vous donc ?

— De toi, mon vieux ! répondit effrontément le buveur d'absinthe, sans quitter son accent traînard, et en assujettissant son lorgnon pour mieux fixer son interlocuteur.

— De moi ? répéta l'autre. Et à propos de quoi ?

— On annonçait une nouvelle incroyable, qui te touche de près.

Jules Florestan lança autour de lui un regard inquiet, faux et dur.

— Puis-je la connaître cette nouvelle si incroyable ?

— Oh ! facilement. — Il paraît que tu vas convoler en seconde noces !

Jules Florestan eut un mouvement de colère.

— Qui dit cela ?

— Moi !

Les deux hommes se regardèrent un instant en silence, mais le nouveau venu se hâta de détourner les yeux.

— Eh bien, pourquoi non ?

— Que disais-je ? Vous l'entendez, messieurs, je ne me trompais pas. Et cela me confirme dans mon opinion qu'il n'y a de vrai, ici-bas, que l'invraisemblable.

— Qu'y a-t-il donc là d'invraisemblable, demanda Florestan d'un voix légèrement étranglée. Est-ce que tout le monde ne se marie pas, tôt ou tard ? Il faut bien faire une fin.

L'homme à la nouvelle ricana, et, sans répondre directement, ajouta à voix basse, mais très distincte :

— N'importe ; il faut qu'il ait le bras diablement long, celui qui placera un *veuf* de ta sorte !

Jules Florestan passa du jaune au vert. Ses yeux lancèrent un éclair, et il s'avança vers son adversaire les poings serrés.

— Que signifie cette... plaisanterie ? Elle est mauvaise, sais-tu... Il ne faudrait pas la recommencer.

Au fur et à mesure qu'il parlait, son interlocuteur redressait la tête, et au fur et à mesure que cette tête se redressait, la voix de Jules Florestan baissait, de telle sorte qu'au moment où la tête fut tout à fait haute, la voix était tout à fait basse.

Il y eut un moment de silence.

— A la bonne heure ! reprit alors le premier, d'un accent encore plus traînard et plus gouailleur.

Il but une gorgée d'absinthe.

— Parce que, vois-tu, mon vieux, si tu te fâchais, je serais obligé de te corriger, ce qui t'amènerait à me faire des excuses, — chose toujours fâcheuse.

De nombreux éclats de rire accueillirent cette conclusion, dont chacun connaissait la vérité incontestable , et , incident peu attendu , Jules Florestan fit brusquement chorus à son entourage.

Il était toujours vert, sa voix tremblait, ses doigts se crispaient encore, ainsi que les traits de son visage, où se voyait la lutte de la colère, de la peur et de la bonne humeur affectée, mais il riait.

— Oui, oui, dit-il, — et les mots sortaient sacccadés, hachés, de ses lèvres blêmes et tordues, — tu as raison, je ne me querellerai pas avec un vieil ami comme toi. Tu aimes la plaisanterie, moi aussi.

Il prit un accent bon enfant et confidentiel.

— Mais , vois-tu , c'est qu'il s'agit d'une affaire sérieuse pour moi.

— Et pour elle donc ! interrompit tranquillement le vieil ami de Florestan.

Ce dernier ne releva pas l'interruption. Il était décidé « à la faire à la bonhomie » et à ne plus rien comprendre.

— Une grosse dot, — continua-t-il.

— Vraiment ! Alors, tu renonces au journalisme ?

— Non pas ! C'est ma force et mon influence.

— Sans doute. Une plume, ça vaut presque une épée , pour faire taire les malveillants. — Je comprends que tu ne lâches pas la plume, toi qui ne sais pas tenir une épée.

— Evidemment, et je la garde jusqu'à nouvel ordre, —

fit-il avec empressement, comme s'il n'avait entendu que la première partie de la phrase. — Mais le journalisme est aléatoire. On s'épuise, on vieillit, il faut quelque chose de plus solide...

— Et tu as trouvé ?

— Je l'espère. — J'aurais préféré qu'on n'en parlât pas sitôt, ni si publiquement, mais puisque tu le sais...

— Tu me le confies. — Et quelle est l'heureuse mortelle ?

— Ah ! ceci, c'est un secret.

— J'ai idée que le clergé s'en mêle, hein ? Quand on fait les sous-Veuillot à ton âge, cela doit finir par quelque bon *matrimonium*. L'Eglise paye avec l'argent des autres, c'est son habitude. Ma foi, quand je serai las de la vie de garçon, je me tournerai peut-être de ce côté. Je m'explique maintenant pourquoi tu vas si souvent dans certaine petite maison de certain carrefour de l'Observatoire, où demeure certain abbé...

Jules Florestan parut vivement surpris et contrarié.

— Qui te l'a dit ?

— Je le sais. Je sais tout, moi, c'est mon métier... J'en vis, ajouta-t-il cyniquement. Je croyais que tu allais y chercher le *la* de tes articles religioso-politiques.

— Il y a, en effet, un vénérable ecclésiastique que je connais depuis longtemps...

— Et qui te marie ! Rien de plus logique. Dieu veille sur ceux qui défendent sa cause. Allons, bien du plaisir ! Tu m'inviteras à la noce, j'espère. Fais-tu la consommation ?

Jules Florestan s'empressa d'accepter, et de perdre, heureux d'en être quitte à si bon compte, mais profondément ulcéré de sa propre lâcheté et de la divulgation de ses projets.

— Il faut que cela réussisse, maintenant, — se disait-il à lui-même, — et que je sache à quoi m'en tenir dès ce soir.

4

XV

CHEZ L'ABBÉ

Au carrefour de l'Observatoire, près du boulevard extérieur, s'élevait une petite maisonnette composée d'un rez-de-chaussée et d'un seul étage.

Derrière, s'étendait un carré de terre abandonné, entouré de hautes murailles, dont l'ombre avait fait une sorte de puits humide de ce qui, jadis, était peut être un jardinet plein de fleurs.

Le mur du fond séparait la maisonnette d'un terrain assez vaste, à demi-clos de planches vermoulues, devant lequel un écriteau portait cette mention :

A VENDRE EN TOTALITÉ

ou

PAR LOTS

Grandes facilités de paiement.

La maisonnette en question avait dû faire partie de la même propriété, car on apercevait encore une porte de communication condamnée, et qui pouvait permettre, au besoin, de passer de la maison dans le terrain, et réciproquement.

Il est vrai que la grosse serrure rouillée, la poussière et les toiles d'araignée semblaient indiquer que, depuis longtemps, cette porte était hors d'usage, et que personne n'aurait pu dire ce qu'en était devenue la clef.

C'est là, à l'abri de tous les regards, et sans voisinage incommode, que vivait l'abbé Clodion, devenu directeur d'un couvent de religieuses cloîtrées de la rue d'Enfer, et jouissant du droit de dire la messe, le dimanche, et de confesser dans la chapelle, ouverte au public, de cet établissement particulier.

L'abbé Clodion jouissait, dans le quartier, non pas de la sympathie générale, que la dureté de son visage et la sécheresse de ses allures éloignaient, mais, du moins, de l'estime universelle.

On ne parlait que de l'austérité de sa vie.

Il n'avait avec lui ni mère, ni sœur, ni nièce, si laide que ce soit, ni gouvernante, si vieille fût-elle. Il faisait lui-même son ménage, et quant à ses repas, toujours fort simples, ils venaient de la gargotte voisine.

Un petit garçon les apportait chaque jour, déposait les plats sur la table de la première pièce en entrant, au rez-de-chaussée, et se retirait aussitôt.

L'abbé Clodion, du reste, voyait fort peu de monde, quelques ecclésiastiques, des hommes graves, jamais de femmes. Ses pénitentes ne le rencontraient qu'à la chapelle, où il leur donnait audience et recevait la confidence de leurs péchés.

Il sortait, chaque jour, pour se rendre dans un petit nombre de maisons, dont les habitants jouissaient d'une réputation bien établie. Il lui arrivait même, parfois, d'y accepter un dîner ; mais cela ne se présentait pas plus d'une ou deux fois par mois.

Au moment où nous pénétrons chez l'abbé Clodion, huit heures du soir venaient de sonner, — L'obscurité était complète, et l'abbé, retiré dans son cabinet de travail, au premier étage, après avoir allumé sa lampe, fermé soigneusement les volets, et tiré d'épais rideaux qui interceptaient toute lumière pouvant filtrer au dehors, à travers les fenêtres, — se promenait de long en large, les bras derrière le dos, le front penché, les sourcils contractés, comme un homme absorbé par de profondes réflexions.

Les années avaient passé sur sa physionomie ingrate, sans y laisser de trace visible. Étant de ceux qui n'ont jamais été jeunes, il était de ceux qui ne vieillissent guère.

La petite pièce où il se trouvait affectait une simplicité vraiment monacale. — Un prie-Dieu d'ébène, don de quelque pieuse pénitente, en faisait tout l'ornement, toute la richesse. Le reste de l'ameublement se composait d'une table de bois blanc, — où l'on distinguait, dans un affreux pêle-mêle, des papiers de diverses sortes, des images de saints, comme on en donne aux enfants, et un bréviaire entr'ouvert, — de quelques chaises de paille, et enfin d'une bibliothèque de bois blanc également, portant sur ses rayons à moitié vides un petit nombre de livres religieux en désordre.

Pas de tapis sur le parquet. Sur la cheminée, point de glace, mais un immense crucifix d'ébène, ainsi que le prie-Dieu, où se détachait le corps d'ivoire jauni de Jésus sur un fond de velours rouge.

Cependant les deux fenêtres se faisant vis-à-vis, l'une donnant sur le carrefour, l'autre sur la cour humide dont nous avons parlé, étaient garnies d'épais rideaux de laine de couleur verte, mangée par le temps et le soleil, et ces tentures tranchaient sur la nudité générale de la pièce.

Tout à coup l'abbé tressaillit, s'arrêta.

Un bruit singulier venait de se faire entendre. On eût dit le crépitement de la grêle sur les vitres de la fenêtre du fond, qui était privée de volets.

Il parut écouter avec un mélange de surprise et d'inquiétude.

Le bruit se renouvela.

Il n'y avait pas à s'y tromper. Décidément, ce n'étaient pas des grêlons, car le ciel était pur et le temps magnifique, mais le pétillement d'une poignée de sable fin lancée avec force.

L'abbé Clodion eut un geste presque de colère, et, ouvrant précipitamment sa porte, descendit au rez-de-chaussée sans emporter sa lumière.

Arrivé au bas de l'escalier, dans le corridor qui traversait toute la maison, il tourna à droite, et tira vivement le verrou de la porte donnant sur la cour.

XVI

L'AGENT

Moins d'une minute après, l'abbé remontait, suivi d'une personne dont il eût été assez difficile de reconnaître l'âge et le visage.

Tout ce qu'on pouvait voir, c'est qu'elle appartenait au sexe qui, jadis, s'est laissé séduire par les beaux discours du serpent dans le paradis terrestre.

Un long châle dissimulait sa taille, une voilette épaisse cachait ses traits.

— Que voulez-vous? lui dit-il d'une voix assez rude. Vous savez bien que je vous ai expressément défendu de venir ainsi à l'improviste. Je ne le veux pas, j'y mettrai ordre.

La femme, qui paraissait avoir trop chaud sous les vêtements lourds qui l'entouraient, par cette belle et tiède soirée du mois de mai, rejeta son châle et releva sa voilette.

On put distinguer alors la taille fine et la figure étrange de Francine.

— J'avais à vous parler, répondit-elle d'une voix sourde, où se mêlaient la crainte et l'irritation causée par cet accueil brutal.

— C'est possible, mais il fallait me prévenir.

— Au sujet de mademoiselle Delmont, continua-t-elle.

L'abbé tressaillit.

— Qu'y a-t-il? demanda-t-il d'un ton plus doux, avec une expression de vive curiosité.

— Je suis déjà venue, hier au soir, sans vous trouver.

— Quelle imprudence! — Et l'abbé frappa du pied. — C'était dimanche, je dinais en ville. Mais enfin, de quoi s'agit-il?

— Je sais ce que vous vouliez savoir.

4.

— Ah ! ah ! Je ne m'étais pas trompé, n'est-ce pas ?

— Non.

— Ils s'aiment ?

— Oui.

— Et ils se le sont dit ?

— Oui.

L'abbé fit deux ou trois tours dans la chambre, en silence.

Francine le suivait de ses grands yeux fauves, avec une expression singulière, indéfinissable. L'abbé ne pouvait s'en apercevoir, car, chaque fois qu'en se retournant il se trouvait en face de Francine, l'œil de la jeune femme s'éteignait, devenait vague, *ne regardait plus*.

L'abbé s'arrêta.

— J'en étais sûr, grommela-t-il entre ses lèvres lourdes, la mère ne voit rien... Et, d'ailleurs, il ne faut pas qu'elle sache que je m'en doute... Comment t'y es-tu prise ? ajouta-t-il plus doucement, en s'adressant à Francine.

— Je le guettais. Je l'ai suivi. Il allait chez la demoiselle à une heure où elle est seule. J'ai attendu quelque temps, puis, voyant le concierge occupé, je me suis glissée dans le jardin, sans qu'il m'aperçut. Arrivée au premier étage, j'ai rencontré un domestique, à qui j'ai dit que je venais rapporter de l'ouvrage à mademoiselle, qui m'attendait. Il m'a laissé passer. Il me connaît. En approchant de la porte du salon, j'ai entendu un murmure de voix, j'ai collé mon oreille à la serrure...

— Que disaient-ils ?

— Je n'ai pas bien distingué. Ils se tutoyaient. Cependant j'ai entendu la fin d'une phrase dite avec plus de force : « Je ne serai jamais la femme d'un autre que toi ! »

L'abbé fit, d'un mouvement brusque, craquer toutes les articulations de ses doigts osseux, comme il lui arrivait souvent, sous l'empire d'une émotion quelconque.

— Après ?

— Alors j'ai tourné doucement, doucement, le bouton de la porte, et je l'ai ouverte brusquement, de façon à les surprendre.

— Très-bien !

— Ils étaient près l'un de l'autre, tout près, le visage animé... des vraies têtes d'amoureux, enfin ! Ils ont tressailli. Lui, s'est rejeté en arrière, en me lançant un coup d'œil de colère. Elle, elle a mieux conservé son sang-froid. Elle est venue à moi, en souriant.

— Voilà tout ?

— Ça ne suffit pas ?

— Si fait. Ils n'ont pas eu de soupçon ?

— Je ne crois pas. Cependant M. Olivier Steinbach m'avait remarquée, quand je le suivais.

— Maladroite !

— Ce n'est pas ma faute. C'est ma diable de chevelure rousse, qui tire l'œil.

— N'en dis pas de mal, Francine ! Bien des grandes dames, bien des beautés à la mode, donneraient la moitié de leur fortune pour la posséder.

— Vous êtes content ? dit-elle d'une voix sourde.

— Oui.

— Alors, donnez-moi ma récompense.

— Ta récompense ? Tu veux de l'argent ?

Et l'abbé s'éloignant, reprit son ton sec et son expression de fausseté rude.

— Je n'en ai pas. Je t'en ai donné, il y a peu de jours. Et, d'ailleurs, je te procure de l'ouvrage. N'est-ce pas moi qui t'ai fait avoir, indirectement, la pratique de mademoiselle Delmont, et d'autres encore ?

— De l'argent ? — reprit Francine d'un air de mépris, — Je ne vous en demande pas, bien que vous me laissiez dans la misère..., par avarice ou par calcul, je ne sais.

— Tu mourais de faim, quand je t'ai connue !

— C'est possible, mais ce n'est pas pour çà que je vous ai écouté. Je n'avais et je n'ai encore qu'à dire un mot pour trouver des hommes qui me feront riche !

— Avise-t'en ! On ne joue pas avec moi, on ne me résiste pas, tu devrais le savoir !

— Oui, je le sais, répéta Francine, reprenant tout à coup son air soumis et cette attitude à la fois caressante et résignée du chien beaucoup battu qui vient lécher la main du maitre.

— A la première tentative de révolte, à la première infraction, je te brise ! J'ai le bras long, ne l'oublie pas. Des yeux, que rien ne trompe, veillent sur ta conduite, pour moi... Écoute un amant, et, demain, Saint-Lazare se referme sur toi, et ton enfant... eh bien, tu ne le reverras plus !

— Mon enfant ! murmura Francine, en joignant les mains. — Il vit, n'est-ce pas ?

— Oui.

— Vous me le jurez ?

— Je le jure.

— Vous m'avez promis de me le rendre.

— Et je tiendrai ma promesse, si tu marches droit.

— Eh bien, puisque vous êtes content de moi, laissez-moi le voir. Non ? Alors, dites-moi seulement où il est. Je ferai tout ce que vous voudrez. C'est là la récompense que je venais vous demander.

— Vous êtes folle !

L'abbé lui tourna le dos, en haussant les épaules.

— Clodion, je t'en supplie !

— Plus tard ! Tu n'as rien fait encore.

— Comment, je n'ai rien fait ! Que vous faut-il donc ? J'espionne pour vous, je me suis faite moucharde, je trahis, je dénonce une jeune fille qui a toujours été bonne pour moi, et cela ne suffit pas ! Ah! ça, croyez-vous que ce métier lâche ne me dégoûte pas, et que ce si ce n'était pour ravoir mon fils...

L'abbé ricana.

— Justement ! c'est par là que je tiens. J'aurai encore besoin de toi.

Francine eut un mouvement terrible. Ses grands yeux devinrent fixes et s'emplirent d'une férocité effrayante.

— Ah ! prenez garde ! dit-elle, ne me poussez à bout !

L'abbé s'arrêta, la regarda un instant en silence.

— Je t'aime ainsi, reprit il. Il y a du fauve chez toi. J'aime à te sentir trembler de colère contenue, à te voir ramper, furieuse et à regret, comme la lionne devant le dompteur.

Un sourire de triomphe et de luxure illumina sa large face aux pommettes saillantes.

En ce moment un coup de sonnette retentit à la porte de la rue.

L'abbé Clodion redevint calme et froid.

— J'ai un rendez-vous. Tu entends, on sonne. Va t'en vite. Nous nous reverrons cette semaine.

Francine resta immobile.

— Va. Je te répète que ton enfant vit, et que tu l'auras, mais plus tard. Nous en reparlerons. Pars, pars ! N'oublie pas les précautions.

Francine hésita une seconde, courba la tête, reprit son châle, rabaissa sa voilette, et sortit silencieuse, accompagnée de son maitre.

XVII

PROTECTEUR ET PROTÉGE

Celui dont le coup de sonnette avait si brusquement inter-rompu l'entretien que nous venons de rapporter, n'était autre que Jules Florestan.

La scène du café l'avait vivement ému, et les plaisanteries cruelles dont on avait salué la nouvelle prématurée de ses projets de mariage, lui cuisaient encore.

Se marier, et se marier bien, telle était la seule réponse, la seule vengeance possible. Aussi arrivait-il chez l'abbé, plein d'angoisse et de sourde irritation, décidé à obtenir une solution positive, immédiate.

— Je vous attendais, lui dit ce dernier, après l'avoir in-troduit dans la petite pièce que nous connaissons. J'ai à vous parler.

— Et moi aussi ! s'écria Jules Florestan, en s'asseyant près de la table, tandis que l'abbé resté debout, appuyé contre la cheminée et les mains derrière le dos, profitait ainsi, par sa position plus élevée, de la zone d'ombre que formait l'abat-jour épais de la lampe, et qui cachait en partie son visage.

— Voyons, d'abord, ce que vous avez à me dire.

— Comment se fait-il, monsieur l'abbé, que le bruit de mes projets de mariage coure déjà les rues de Paris, quand ces sortes d'affaires doivent rester secrètes, jusqu'au moment où elles sont décidées, certaines ?

— Que vous importe, — répondit sèchement l'abbé, qui avait, à dessein, répandu lui-même le bruit, — si effectivement vous vous mariez ?

Cette réponse tomba comme un baume sur le cœur ulcéré de Jules Florestan.

— Oh ! alors, dit-il, c'est différent ; bien que j'eusse préféré éviter, ou plutôt retarder tous les sots commentaires dont les ennemis, les envieux ne se priveront pas...

L'abbé esquissa, dans l'ombre, un pâle sourire, qui échappa au regard de son interlocuteur.

— Ainsi, monsieur l'abbé, vous avez trouvé ?

— Je vous avais promis de chercher, j'ai cherché et j'ai trouvé.

— Et puis-je savoir de qui il s'agit ?

— C'est une jeune personne...

— Ah ! elle est jeune !

— Environ dix-sept ans.

— Et riche ?

— Trois cent mille francs de dot immédiatement !

— Immédiatement !

— Et plus tard, autant, à la mort de sa mère.

— Et....

Jules Florestan hésita une seconde. Il craignait évidemment de trouver quelque défectuosité inattendue, quelque tache, quelque ver caché dans ce fruit savoureux dont la promesse lui faisait venir l'eau à la bouche.

— Quoi ? demanda l'abbé.

— Et la jeune personne... est bien ?

— Très jolie.

— Très jolie ! répéta Florestan. — Ma foi, ajouta-t-il en se levant joyeusement, on a raison de parler du pouvoir de l'Église, car c'est à votre bienveillance que je dois ce succès, et c'est à l'influence de votre caractère sacré que vous devez d'avoir trouvé si vite et si bien. Me voilà au comble de mes vœux ! Merci monsieur l'abbé, merci !

Et il s'avança vers lui, les mains tendues.

L'abbé Clodion ne parut pas apercevoir ce mouvement, car il garda ses mains derrière le dos et répondit tranquillement :

— Vous m'étiez recommandé par l'évêque de..., et, d'ailleurs, les services que vous rendez dans la presse à la cause de la religion vous désignaient naturellement à la protection de ses serviteurs, dont je suis un des plus humbles.

— Je crois, en effet, que ma polémique quotidienne et le dévouement absolu que je montre à la cause royaliste et catholique n'ont pas été sans importance, répliqua-t-il d'un air satisfait.

— Cependant la chose n'est pas encore faite.

— Sans doute, sans doute, mais elle se fera, ajouta Florestan, avec une nuance d'inquiétude.

— Je me charge d'obtenir le consentement des parents, de vous présenter dans la famille...

— Eh bien ?

— Ce sera à vous, après, d'obtenir le consentement de la jeune fille.

— Et pourquoi refuserait-elle ?

— Je ne dis pas qu'elle refusera, et encore là je vous soutiendrais, mais cela vous regarde spécialement.

— Rien de plus juste. Du reste, si elle a été élevée par une mère pieuse, dans de bons principes, — et votre intervention m'en est garant, — je ne vois pas qu'elle puisse dire non, quand ceux qui ont autorité sur elle auront dit oui. — A propos, monsieur l'abbé, il me reste deux questions à vous poser.

— Lesquelles ?

— Quel est le nom de cette demoiselle, et est-elle bien apparentée ?

— Qu'entendez-vous par là ?

— Appartient-elle à une famille bien posée, influente, ayant de belles relations, surtout des relations officielles, en un mot pouvant présenter, appuyer, pousser le gendre, continua Florestan, qui, comme tous les gens de sa sorte, lâches et plats dans la défaite, se gonflent et n'écoutent plus que leur avidité devant le succès, passant de l'extrême humilité à l'extrême outrecuidance, et laissant percer leur vanité et leur ambition dès qu'ils se croient maîtres de la situation.

— Elle s'appelle Mademoiselle Delmont.

L'abbé laissa tomber ces mots d'une voix froide et sèche.

— Delmont ! répéta Florestan surpris, Delmont ! Mais je connais ce nom-là !

— C'est possible.

— Je me rappelle, maintenant... C'était le nom d'un journaliste d'opposition, dont le procès, il y a quelques années, a eu le plus grand retentissement.

— En effet.

— Il a été condamné à mort pour assassinat... On a dit qu'il s'était empoisonné dans la prison.

— Oui.

— Est-ce que cette jeune personne serait... sa parente ?

— C'est sa fille.

Jules Florestan bondit. Il découvrait enfin le ver caché qu'il redoutait, et ce ver lui parut avoir les proportions d'un véritable serpent à sonnettes !

— C'est impossible ! s'écria-t-il violemment.

— Qu'est-ce qui est impossible ?

— Que j'épouse la fille d'un assassin ! — Eh bien, il ne manquerait plus que cela ! — Voilà qui me poserait ! — C'est une plaisanterie, monsieur l'abbé.

— Je ne plaisante jamais, — répondit froidement l'abbé.

La déconvenue de Jules Florestan était profonde ; son irritation touchait à l'exaspération. Il se croyait joué. Il se rappelait les railleries, plus que les railleries, de ses confrères, quelques heures auparavant. Il comprenait que si le mariage annoncé, commenté par tout ce petit monde veni-

meux du boulevard, ne s'accomplissait pas, il serait ridicule
à tout jamais. Il comprenait aussi que ce mariage devait
être un beau mariage, dans toute l'acception du mot, pour
répondre à certains bruits, pour étouffer certains commérages
qui s'étendaient sur sa réputation, depuis longtemps, comme
la tache de sang de Lady Macbeth, sans que sa position de
rédacteur en chef d'un journal de coulisses et de sacristie
pût lui obtenir autre chose qu'un demi-silence encadré dans
le mépris public.

Et c'est lorsqu'il croyait toucher au port qu'on venait lui
offrir, quoi? d'épouser la fille d'un condamné à mort, d'un
criminel!

La future qu'on lui proposait était jeune, était jolie, était
innocente et pure? — La belle affaire ! — Elle était riche?
— Cela valait plus, mais son nom à lui n'était pas de ceux
dont l'honorabilité immaculée couvre et cache tout. — Il le
sentait, il le savait, il n'osait le dire. — Puis, il avait rêvé
une parenté qui, au contraire, répondrait pour lui, lui donnerait l'absolution de son passé, lui permettrait de quitter le
journalisme, qui ne protége qu'à moitié, pour quelque bonne
position officielle dans l'administration, à l'abri de toutes
les atteintes, où il pourrait se passer de l'opinion publique,
étant au-dessus d'elle et devenu sacré par l'investiture gouvernementale.

XVIII

UN JOURNALISTE DU GRAND PARTI DE L'ORDRE

Jules Florestan n'avait pas peur de l'abbé Clodion.

Ce lièvre était doublé d'un niais !

Il voulut donc, comme le lièvre de la fable, passer pour
un foudre de guerre, et montrer les dents, lui qui n'avait
jamais montré que les talons.

— Monsieur l'abbé, dit-il donc, en élevant la voix, je le répète, cela n'est pas, cela ne peut pas être sérieux. Ce n'est pas un mariage comme celui-là qu'il me faut! — Je mérite mieux, j'ai droit à mieux que cela !

— La jeune fille est charmante et riche. Elle est honnête, parfaitement élevée, instruite.

— Eh ! que m'importe? Est-ce elle qui me donnera la considération qui... il allait dire qui me manque, il s'arrêta. Non, non, j'ai rendu, je rends assez de services, je suis assez utile... pour exiger autre chose.

— Pour exiger ?

— Certainement, pour exiger ! Croyez-vous donc que c'est pour mon plaisir que je fais cet assommant métier de journaliste pieux, que je m'expose à tous les brocards des gens d'esprit, que je vante l'eau de Lourdes, que je raconte, d'un air de componction, des miracles à dormir debout, et qui m'auraient fait hausser les épaules en nourrice !

— Je sais que vous n'avez pas la foi, répondit tranquillement l'abbé Clodion.

— Ah ! mais non ! Je fais un métier désagréable, il faut qu'il me rapporte.

— Dieu se sert de tous les instruments pour le triomphe de la vérité, ajouta l'abbé sans sourciller.

— Puis, ricana Jules Florestan, exaspéré par le sang-froid de son interloculeur, où il entendait siffler l'ironie, l'Église n'a pas le choix de ses instruments. Un homme de foi qui ait du talent, la plume alerte et mordante, l'oreille du public, voilà ce qu'elle ne trouve plus depuis longtemps ! Or, si moi je n'ai pas la foi, mon journal est lu. On redoute mes attaques, mes articles vont partout, font de la propagande dans tous les mondes, ne restent pas dans les cures de village, bien qu'ils y aillent, et même y soient préférés. Ils ont leurs entrées dans les salons et dans les boudoirs, amusent les maris, charment les femmes, font rougir les jeunes filles, affriolent les sacristains ! Y en a-t-il un autre comme moi ? Et sont-ce vos hommes pieux, vos hommes sincères, vos hommes de foi, qui vous feraient cette propagande enragée, qui vous fourbiraient cette arme terrible ?

— Ce que vous dites là est parfaitement exact, répliqua l'abbé du même ton paisible et froid.

— Vous voyez donc bien, — s'écria Florestan, grisé du bruit de son propre éloge et de plus en plus rassuré par le calme de l'abbé, — que je ne suis pas le premier venu, et que j'ai le droit d'exiger un peu mieux que ce que vous venez de m'offrir là !

— D'exiger? répéta pour la seconde fois son imperturbable interlocuteur.

— Parfaitement. Tenez, jouons cartes sur table. Vous avez besoin de moi, — quand je dis *vous*, j'entends le parti conservateur et clérical. Qu'arriverait-il si je changeais brusquement de camp? si je retournais mon drapeau? si je passais à l'opposition avec armes et bagages? si je me ralliais à la République? si j'employais mon influence à combattre le clergé, à ridiculiser ses miracles que je vante, à dévoiler les secrets de la boutique, les manœuvres qui s'accomplissent dans la coulisse? Ça me connaît, voyez-vous! J'ai vécu au séminaire, j'ai fréquenté les prêtres et le monde religieux :

Nourri dans le sérail, j'en connais les détours !

Il s'interrompit pour ricaner, puis reprit :

— Vous êtes l'un des meilleurs prêtres que j'aie rencontrés, bien que je vous soupçonne d'être ambitieux.

L'abbé Clodion ne put retenir un haussement d'épaules.

— Vous me croyez incapable de ce changement de front? s'écria Jules Florestan.

— Au contraire, répondit doucement l'abbé, je vous en crois très-capable!

— A la bonne heure, et vous avez raison. Et, croyez-le aussi, mon tirage quotidien n'en baisserait pas d'un exemplaire, parce que j'attaquerais la religion, au lieu de la porter aux nues. Mon public, sachez-le, pas plus que moi n'a la foi, comme vous dites. Au fond, il est indifférent. Que demande-t-il? Qu'on l'amuse ! Eh bien, je l'amuserais aux dépens de l'Immaculée Conception au lieu de l'amuser aux dépens de la République. Je raconterais les fredaines des curés et des frères ignorantins, au lieu d'inventer des calomnies contre... les autres. Je restituerais quelques abonnements à l'*Univers*, mais mon public, composé de cocottes, de badauds, de bourgeois idiots, de banquiers ventrus, de gommeux éreintés, de niais de province, d'officiers absintheurs et de chanoines égrillards, ne diminuerait point, et, au contraire, je regagnerais amplement du côté libéral ce que j'aurais perdu du côté clérical sincère.

— Cela est absolument vrai.

— Il faut donc compter avec moi, monsieur l'abbé, et me traiter plus sérieusement que cela.

Et Jules Florestan, le regard cyniquement audacieux, la bouche tordue par un rictus de bravade et de vanité, essaya de percer la pénombre où se cachait le visage de l'abbé, pour y lire l'effet de cette sortie qu'il croyait habile.

Il y eut une minute de silence.

— Donc, reprit lentement l'abbé de son accent mordant et tranquille, vous craignez, si vous épousiez mademoiselle Delmont, qu'on ne dit que la fille d'un meurtrier est devenue la femme d'un assassin !

La foudre tombant aux pieds de Jules Florestan ne lui aurait pas causé une commotion plus brusque et plus terrible que ces simples paroles prononcées du ton le plus paisible.

Sa figure devint d'une pâleur cadavérique, ses yeux agrandis restèrent fixes, tandis que le sourire d'impudence victorieuse se figeait sur ses lèvres blêmies.

L'abbé, se décidant enfin à quitter l'appui de la cheminée, s'approcha de la table, s'assit, et montrant du geste une chaise, en face, à son protégé, qui s'y laissa choir machinalement, la sueur au front, il lui dit :

— Voyons, monsieur Florestan, causons comme des gens sérieux et des hommes de bon sens.

XIX

HISTOIRE D'UN VEUVAGE

— D'abord, monsieur Florestan, continua l'abbé, bien que vous possédiez une plume de journaliste rompu au métier et que vous ayez beaucoup vécu à tous égards, vous me paraissez manquer d'une faculté maîtresse, essentielle : vous ne vous rendez pas un compte exact de la réalité des situations. Vous parlez en maître, vous demandez des faveurs comme on réclame un dû, vous menacez, vous exigez! C'est un tort. Ne savez-vous pas que la défiance de soi-même et l'humilité sont le commencement de la sagesse ?

Florestan, blême, dévorait des yeux l'abbé et se taisait.

— Vous dites que vous rendez de grands, d'incontestables services. — Sans doute. — Vous prétendez que vous pourriez, à volonté, ne plus les rendre, et tourner contre les vrais principes l'arme que vous employez à les défendre. — C'est une erreur. — Vous n'êtes qu'un instrument qu'on peut briser demain. — Vous ne tenez pas l'Église, c'est l'Église qui vous tient!

— Je ne comprends pas, essaya de balbutier le journaliste d'ordre moral.

— Vous allez me comprendre.

L'abbé se recueillit un instant et reprit du même ton sec, tranquille, cassant, monotone, qui lui était habituel :

— Il y a environ dix ans, vous arriviez à Paris, sans position, sans avenir et sans fortune. Vous sortiez du petit séminaire de....., où vous aviez été reçu par charité, sur la recommandation de l'évêque du diocèse. Vous ne vous étiez pas senti la vocation religieuse, et vos professeurs eux-mêmes, ne trouvant pas en vous l'étoffe nécessaire pour faire un bon prêtre, ou un prêtre utile, vous avaient, tout les premiers, engagé à rentrer dans la vie laïque. Muni de quelques lettres de recommandation, vous donniez des leçons, et viviez pauvrement, misérablement, logé dans une maison d'ouvriers, sur les hauteurs de Montmartre.

Vous étiez jeune, pas vilain garçon, de complexion amoureuse. Vous portiez la redingote noire du professeur, vous aviez les façons du bourgeois. Il n'en fallait pas tant pour séduire une petite ouvrière dont la famille habitait le même palier que vous. Cette jeune fille, nommée Lucette, était, d'ailleurs, jolie, mais dépourvue de cervelle et de volonté, capable seulement d'aimer, impressionnable, nerveuse, pleine d'imagination, ardente, se portant tout entière sur ce qui la frappait, et s'y butant, sans un atome de fermeté, ni de bon sens. Vous ne rêviez alors ni d'actrices en vogue, ni de courtisanes à la mode. Cela coûte trop cher, et vous étiez trop loin d'elles. La petite ouvrière ne coûtait rien, donnant son cœur sans demander de retour en argent. Elle se croyait aimée, aimée d'un *monsieur*, cela suffisait pour la satisfaire et même la griser.

La chose allait donc à merveille, — d'autant plus que, vous étant lié avec la famille, vous acceptiez volontiers la soupe chez les parents, — ce qui allégeait encore les charges de votre maigre budget.

Florestan fit un geste comme pour protester.

— Vous voyez, — poursuivit l'abbé, — que je suis bien renseigné ! Malheureusement, le père, honnête ouvrier, peu instruit, mais clairvoyant et très-vigoureusement musclé, — détail important, — s'aperçut de l'intrigue. Il commença par donner une danse à sa fille, puis vint vous trouver avec l'intention de vous appliquer le même traitement, un peu plus sévère. Il est de fait qu'en s'expliquant avec vous, il vous tenait à la gorge et serrait un peu fort. Pas assez cependant pour que vous n'eussiez pu lui faire entendre que vous étiez prêt à réparer votre faute, en épousant celle que vous aviez séduite. Cela calma le père. Lui parti, et loin de sa poigne redoutable, vous regrettiez déjà votre promesse. Mais, quand vous avez peur, vous ne raisonnez plus. D'ailleurs, la poigne paternelle était toujours là, à portée. Ce

sont de ces arguments auxquels vous n'avez jamais su résister. Il fallut s'exécuter, et Lucette devint madame Florestan. — Est-ce bien cela ?

— Évidemment, répondit Florestan d'une voix mal assurée ; tout le monde sait que j'ai été marié.

— Alors, je poursuis. Si je fais erreur, vous me repren-
drez. Ce mariage ne fut pas heureux. Votre femme vous
adorait, mais elle était jalouse et faible de caractère en même
temps. Elle vous craignait, ne savait que pleurer, se désespérer, faire des scènes, et obéir. Ce que voyant, vous vous
vengiez sur elle des terreurs que vous inspirait son père,
sans qu'elle osât se plaindre. Elle mentait même, et assurait
que vous étiez tendre et bon pour elle. Sur ces entrefaites,
le père mourut. Il fut pris par un engrenage de machine et
broyé. La mère, depuis longtemps maladive et de cerveau
faible comme sa fille, devint folle de désespoir. Elle fut, sur
votre demande, placée dans un asile, loin de Paris, et vous
voilà libre et seul en face de votre compagne. Vers la même
époque, vous entriez dans le journalisme, d'abord dans de
petits journaux de bas étage, puis, grâce à l'appui qui vous
fut accordé par quelques personnes influentes, — appui dû
aux relations que vous aviez toujours conservées avec certains membres du clergé qui devinaient quels services votre
plume pourrait rendre un jour à la bonne cause, — on vous
vit bientôt écrire dans des journaux plus importants, et
finalement devenir rédacteur en chef d'une feuille boulevar-
dière. Là, sans en changer le genre qui lui assurait des
lecteurs, vous arborâtes le drapeau des principes conserva-
teurs et des saines traditions. — Suis-je toujours dans le vrai ?

— Oui, chacun sait cela.

— Je continue. À ce moment vous gagniez beaucoup
d'argent. Votre vie changea. Vous vous installez sur un
grand pied. Vous prenez des domestiques. Vous êtes un
homme arrivé. Tous vos appétits longtemps contenus se dé-
veloppent, toutes vos convoitises se satisfont. Vous devenez
aussi ambitieux. Vous courez les théâtres, vous avez vos
entrées dans les coulisses et dans les boudoirs. Les actrices
et les courtisanes vous honorent de leur intimité. Vous

jouez, vous soupez, vous êtes heureux ? — Non. — La haine remplit votre cœur, la haine contre votre femme ! Vous ne lui avez jamais pardonné de l'avoir épousée dans un moment de terreur et de misère, bien que, par vos duretés, vos mauvais traitements calculés, vous vous fussiez déjà vengé depuis quatre ans. — Cela ne vous suffit plus. — Elle est un obstacle ! Vous pourriez maintenant aspirer à un riche mariage, à un mariage comme celui que vous venez réclamer près de moi.

Ni son amour, ni sa soumission, ni son état maladif, car elle souffre d'une maladie nerveuse créée par vous, ne vous touchent. Il faut en finir. — Comment ? — La tuer ? — Oui. — Mais il y a plusieurs moyens. — Vous prenez le moins dangereux pour vous. — Votre femme vous aime, elle est jalouse, elle est ardente... Vous introduisez chez vous, sous couleur de femme de chambre, une petite coquine dont vous faites votre maîtresse, sous les yeux de votre femme, la forçant d'assister à vos plaisirs, — la condamnant au veuvage anticipé !

— Monsieur l'abbé, c'est faux ! s'écria Florestan, hors de lui.

— Comment, c'est faux ? Mais Mademoiselle Clara existe encore. On pourrait la retrouver, et, au besoin, elle témoignerait, aujourd'hui qu'elle n'a plus rien à espérer de vous.

Florestan atterré, baissa la tête.

— D'ailleurs, ces faits sont de notoriété publique, vous le savez bien. Je reprends. Cela dura quelque temps. La tête de votre femme n'y pouvait résister toujours. Cela amenait entre vous d'horribles scènes de violence qui achevaient de détraquer ce pauvre cerveau, sans lui donner l'énergie qui lui manquait. Elle se mit enfin au lit, avec une fièvre cérébrale. Le délire la secouait, et l'épuisait. Elle vous appelait, vous reprochant votre conduite, en termes à la fois touchants et passionnés. Vous étiez là, attisant sa fièvre, soufflant le feu qui la dévorait, exaspérant son exaltation. Tout à coup, elle se redresse, en proie à la folie, se jette à bas du lit, se dirige vers la fenêtre... vous habitiez le quatrième étage.

L'abbé avait ralenti son débit.

On entendait claquer les dents de Jules Florestan. La sueur inondait ses traits convulsifs et collait les mèches de ses cheveux sur son front plat et ses tempes jaunes.

— Elle ouvrit cette fenêtre, et s'élança ! Vous n'aviez pas fait un geste pour la retenir, vous écartant même, afin de lui livrer passage, avec un ricanement gouailleur, qui éperonnait sa fièvre à travers les ténèbres de sa raison obscurcie.

Florestan se leva d'une pièce.

— Eh bien, après ? dit-il d'une voix rauque. Est-ce que je suis responsable de cela ?... Une femme qui se jette par la fenêtre, dans un accès de fièvre chaude... c'est un accident ! Ce n'est pas moi qui l'ai jetée... Je me suis élancé pour la retenir ; il était trop tard !... Je ne suis pas un assassin pour cela...

L'abbé le laissa parler sans l'interrompre, puis, quand il se tut :

—· Malheureusement, continua l'abbé, un pan de la chemise s'était accroché à la ferrure de la fenêtre et retenait l'infortunée suspendue au-dessus de l'abîme ! De la rue, on avait vu l'accident. On criait..., on montait..., on allait venir, entrer, la sauver peut-être !...

L'abbé s'arrêta encore à dessein.

Florestan était effrayant, mais il garda le silence. Le son ne pouvait se faire jour à travers sa gorge serrée par l'angoisse du condamné à mort.

— Alors, reprit son impitoyable interlocuteur, vous vous élancez, en effet, en avant, vous saisissez de vos doigts crispés ce pan d'étoffe, vous le déchirez..., et Lucette tombe !

Jules Florestan laissa d'abord échapper un cri sourd, puis la voix lui revint :

— Qui vous l'a dit ? s'écria-t-il. Il n'y avait personne dans la chambre !

—· Voici un aveu ! ajouta tranquillement l'abbé Clodion.

— C'est faux ! c'est une infâme calomnie !

— Il y avait quelqu'un dans la chambre, qui a tout vu !
Florestan, qui s'était avancé vers l'abbé, recula.

— Il y avait Françoise, votre cuisinière, une femme pieuse, qui vous avait été recommandée. Cette personne, connaissant l'indignité de votre conduite, avait mission de vous surveiller.

— Mission de me surveiller ! répéta machinalement le veuf.

— Oui, monsieur. Si l'Église accepte les services de tous, elle a besoin de veiller sur les serviteurs qu'elle emploie, ne fût-ce qu'en prévision d'une de ces volte-faces dont vous me menaciez tout à l'heure. Françoise donc vous surveillait. Sachant votre femme malade, entendant sa voix dont le délire élevait le diapason, elle s'était approchée de la porte, elle écoutait. Elle entendit Madame Florestan se lever, courir vers la fenêtre... Elle ouvrit la porte pour empêcher un malheur irréparable. Dans votre trouble, car on est quelque peu troublé en accomplissant un pareil crime, vous n'avez rien entendu. Au moment où Françoise entra, votre femme s'était déjà élancée. Elle arriva juste pour vous voir déchirer l'étoffe qui retenait votre victime. La stupeur et l'horreur la clouèrent sur place. Puis elle aperçut votre visage... Il paraît que l'expression en était épouvantable. Elle eut peur ! Vous étiez capable de la tuer aussi pour assurer votre secret. Elle s'enfuit. Elle alla trouver son confesseur, et là, au tribunal de la pénitence, car il ne voulut pas l'entendre ailleurs, elle lui raconta ce qui venait de se passer, lui demandant conseil.

On entendait la respiration de l'assassin sifflant entre ses dents, que la terreur serrait à les briser.

— Ce confesseur ordonna à sa pénitente, jusqu'à nouvel ordre, le silence, afin d'éviter un scandale qui pouvait compromettre des intérêts sacrés. Lorsqu'il dut quitter Paris pour remplir les nouvelles fonctions auxquelles il était appelé, il se contenta de me mettre au courant, moi qui devais désormais avoir l'œil sur vous.

— Et voilà donc le secret de la confession ! hurla enfin Jules Florestan, passant, par l'excès même de la terreur, à une sorte de fureur.

— Le secret de la confession ! répéta l'abbé. Il a été parfaitement gardé, puisque vous êtes ici, causant avec moi, au lieu de traîner la chaîne du forçat, dans quelque bagne.

Florestan s'était redressé. D'un coup-d'œil rapide, il fouilla tous les recoins de la chambre. Lui et l'abbé étaient bien seuls !

Il se retourna vers le prêtre.

L'expression de son regard était, sans doute, fort claire, car l'abbé lui dit, sans s'émouvoir :

— Françoise vit toujours, bien qu'elle ait été éloignée de vous et de Paris. On lui a fait écrire et signer, de plus, sa déposition. Cette déposition est en mains sûres. De telle sorte que, s'il m'arrivait un accident dans un tête-à-tête avec vous, Françoise parlerait ; et que même, si Françoise était morte, sa déposition écrite, et très nette, parlerait encore pour elle.

Le veuf retomba sur son siége.

Il y eut un long silence.

— Monsieur l'abbé, dit enfin Florestan d'une voix basse t tremblante, que veut-on de moi ?

— Je vous l'ai dit, vous faire épouser une charmante jeune fille, trois cent mille francs de dot... et des espérances !

XX

UN CAPRICE DE GEORGETTE

On comprend bien que Georgette allait peu dans le monde. Les circonstances tragiques au milieu desquelles elle s'était trouvée jetée la condamnaient à une sorte d'isolement qu'elle eût recherché par dignité, alors même que le vide ne se fût pas fait dans l'entourage de sa mère, à la suite du procès de Georges Delmont.

La jeune fille vivait donc fort retirée, par nécessité et par goût, et la maison de Mᵉ Steinbach était la seule où elle allât, de même que, de tous les anciens amis de son père,

Me Steinbach était le seul qui eût conservé des relations suivies avec la veuve de Georges.

C'était une habitude qu'elle passât la soirée, et souvent la
journée du jeudi, chez l'avocat. Rarement sa mère l'y accompagnait. Au fond, cette dernière avait peu de sympathie
pour l'avocat, et l'avocat n'en avait aucune pour elle. Georgette formait le seul lien qui unît ces deux personnes en
excellents termes aux yeux du monde et pour qui ne voyait
que la superficie.

Quant à Georgette, elle attendait chaque jeudi avec une
vive impatience. Non-seulement c'était la seule distraction
de sa vie monotone et retirée, mais encore c'était une occasion de plus pour elle de se rencontrer avec Olivier, de
passer près de lui une journée entière, bien que le jeune
homme vînt à Passy deux ou trois fois par semaine, soit
avec son père, soit seul, le plus souvent.

Il avait joué, enfant, avec la petite Georgette, et nul n'a-
vait songé à interrompre ou à ralentir ces relations qui le
faisaient considérer par les domestiques et les habitués de
la famille, comme étant presque lui-même de la maison.

Du reste, la veuve de Delmont, quels que fussent ses sentiments vrais à l'égard de Me Steinbach, tenait vivement, et
avec raison, à tous les dehors d'une intimité d'autant plus
précieuse pour elle que l'intègre avocat jouissait de l'estime
universelle, et qu'il était, nous le répétons, le seul des anciens amis de Georges resté fidèle à sa femme.

Le jeudi qui suivit les événements que nous venons de
rapporter, Georgette, accompagnée seulement de sa gouvernante, se rendit assez tard dans la journée chez
Me Steinbach.

Comme madame Steinbach, — grosse femme un peu vulgaire d'aspect, mais pleine de cœur et de bon sens, — lui
reprochait de n'être pas venue plus tôt, Georgette se plaignit
d'une légère indisposition, déclara qu'elle n'avait entrepris
le voyage de Passy à la rue du Helder que pour ne pas inquiéter ses amis, et qu'elle se retirerait de bonne heure.

Olivier la regardait et l'écoutait avec une surprise inquiète, lui trouvant l'air bien plus préoccupé que malade.

Peu d'instants après, M⁰ Steinbach rentra, de retour du Palais.

— Vous ne sortez pas assez, dit-il à mademoiselle Delmont, en apprenant qu'elle ne voulait pas rester à dîner, et qu'elle se sentait un peu souffrante. — A votre âge, on a besoin d'exercice et de grand air.

— Eh bien, répondit Georgette en souriant, je vais vous prendre au mot. Êtes-vous libre, après-demain ?

M⁰ Steinbach chercha un moment.

— Pourquoi cela ? dit-il enfin.

— Vous le saurez après.

— Avez-vous besoin que je sois libre ?

— Oui.

— Je serai donc libre.

— Alors venez me prendre en voiture et conduisez-moi à la campagne.

— Oh ! la bonne idée ! s'écria Olivier.

— Excellente ! mais où irons-nous ?

— Où je voudrai ! répliqua la jeune fille.

— Voilà qui n'est pas très-clair, mais qui est très-catégorique, reprit l'avocat en riant.

— Venez à une heure, avec votre voiture, Olivier en sera. Je veux vous enlever tous les deux, si madame Steinbach y consent.

— Ah ! de tout mon cœur, ma chère enfant, s'écria l'excellente femme. Vous prenez si peu de distractions et vous demandez si peu de chose, que c'est bien le moins qu'on vous accorde la première fantaisie que vous manifestez depuis que vous êtes grande fille.

— Alors c'est convenu ?

— Convenu.

— Mais vous comprenez bien à quoi vous vous engagez ? Je serai maîtresse, maîtresse absolue. On ira où il me plaira, on fera mes volontés, pendant toute la journée.

— Voilà ma main, en signe d'engagement.

— C'est bien. Je vous attendrai samedi. Je compte sur vous, ajouta-t-elle en riant à demi, et surtout sur votre soumission complète. Quant à celle d'Olivier, je n'en parle pas, j'y suis habituée.

Le surlendemain, en effet, à l'heure dite, la voiture de l'avocat s'arrêtait devant la maison de mademoiselle Delmont, et Mᵉ Steinbach, accompagné d'Olivier, pénétrait dans le salon que nous connaissons déjà pour y avoir vu les deux jeunes gens.

Ils trouvèrent Georgette tout habillée et le teint plus animé qu'à l'habitude.

L'avocat l'embrassa paternellement sur le front, tandis qu'elle tendait la main à Olivier.

Olivier trouva cette main moite et comme pleine de fièvre. Mais il ne fit aucune observation. Depuis le jeudi il était inquiet et il étudiait en silence celle qu'il aimait, résolu à lui obéir, quelle que fût sa fantaisie.

— Maintenant, partons ! dit vivement Georgette.

— Et votre mère ? demanda Mᵉ Steinbach. Est-ce que nous ne la verrons pas ?

— Elle est en conférence avec M. l'abbé Clodion. C'est le jour ordinaire de sa visite. Il vient tous les samedis.

— C'est vrai. Elle est prévenue ?

— Oui.

— Eh bien, Georgette, marchez, nous vous suivrons ; commandez, nous obéirons.

Et les deux hommes, en effet, suivirent Georgette qui descendit l'escalier avec rapidité.

Arrivés auprès de la voiture, ils trouvèrent le cocher debout, qui ouvrit la portière.

Ils montèrent tous trois. — Georgette s'installa sur la banquette du fond, avec Mᵉ Steinbach, tandis qu'Olivier se plaçait en face de la jeune fille.

— Où va monsieur ? demanda le cocher.

— A Sceaux ! répondit mademoiselle Delmont.

XXI

LA MAISON DE SCEAUX

En entendant cet ordre, les deux hommes tressaillirent et regardèrent Georgette.

— A Sceaux ! répéta l'avocat au comble de la surprise. Quelle est votre idée, chère enfant ?

— Mon père, dit vivement Olivier, ne l'interroge pas. Nous avons promis d'obéir à Georgette, et une obéissance qui interroge et qui discute n'est plus de l'obéissance.

— Merci, Olivier, dit Georgette en lui serrant la main.

— Tu as raison, ajouta Mᵉ Steinbach, mais un nuage était resté sur son front, et une sorte d'atmosphère de tristesse semblait emplir la voiture et envelopper nos trois personnages.

Le temps était magnifique, la route sèche et unie, les chevaux pleins de feu, la voiture légère ; en une heure et demie on arriva aux premières maisons de la jolie petite ville de Sceaux.

Georgette fit un signe à Olivier, qui tira le bouton, et la voiture s'arrêta.

— Olivier, dit-elle alors, priez le cocher d'aller rüe..., numéro...

L'ordre fut transmis sans observation, cette fois, au cocher. On repartit et, cinq minutes après, il ouvrait la portière devant l'entrée principale de la petite propriété où s'était accompli le drame qui commence ce récit.

Georgette, Olivier et Mᵉ Steinbach descendirent.

L'avocat ne pouvait dissimuler son agitation et son inquiétude. Ses gros sourcils froncés et son dos rond disaient clairement qu'il regrettait l'imprudente promesse faite, l'avant-veille, à mademoiselle Delmont.

Olivier regardait Georgette avec une sollicitude attendrie, et ne manifestait aucune hésitation.

Tous trois jetèrent instinctivement un regard interrogateur autour d'eux. Aucun n'était revenu à cette maison fatale depuis le jour qui suivit le meurtre d'Hippolyte Riccardi.

L'aspect extérieur n'avait point changé. L'avocat reconnut la grille, la maisonnette du jardinier à gauche en entrant, à droite, la niche du chien. A travers les buissons et les arbres du jardin, on devinait, au fond, la maison d'habitation dissimulée comme un nid dans la verdure.

Seulement la niche du chien était vide, la mauvaise herbe envahissait le sable fin des allées, et, au-dessus de la grille, on voyait un écriteau ainsi conçu :

MAISON MEUBLÉE

AVEC GRAND JARDIN

à Louer

S'adresser au concierge.

Après une minute d'examen silencieux, Georgette prit la parole.

— Olivier, dit-elle, sonnez.

Olivier tira le bouton de cuivre. Une cloche, au son aigu, retentit, et, au bout de quelques secondes, un homme d'un certain âge parut sur la porte de la loge, occupée autrefois par le jardinier de Georges Delmont.

En apercevant les visiteurs, il montra quelque étonnement, ce qui ne l'empêcha pas de venir ouvrir la grille, d'un pas lourd et traînant.

— Nous désirerions voir cette propriété qui est à louer, dit vivement Georgette.

— Rien de plus facile, répondit le vieux concierge, en regardant avec curiosité celle qui lui parlait. Ces messieurs et dame sont, sans doute, étrangers au pays ; veuillez vous donner la peine d'entrer.

— Qu'est-ce que c'est, Onésyme ? qu'est-ce que c'est ? demanda une voix criarde de l'intérieur de la loge.

— C'est du monde qui vient pour visiter la maison, répliqua Onésyme.

On entendit une sorte d'exclamation sourde, et aussitôt apparut, dans l'encadrement de la porte, la figure à la fois fausse et brutale d'une femme âgée, haute en couleur et de corpulence imposante.

Ses petits yeux gris et rusés se portèrent rapidement, d'abord sur l'avocat, et elle fit un mouvement de surprise ; ensuite sur mademoiselle Delmont, qu'ils dévisagèrent attentivement.

— Il y a longtemps que cette maison est à louer ? demanda Me Steinbach, pour dire quelque chose et se donner une contenance.

— Mais, oui, monsieur, répliqua la grosse femme, il y a déjà quelque temps. Mais monsieur peut voir, le parc est magnifique, et la maison en très bon état et très-bien meublée.

— Elle est, sans doute, à louer, depuis le crime qui s'y est accompli, reprit Georgette d'une voix ferme et résolue.

— Ah ! mademoiselle sait... s'écria le vieux portier, qui ressortait à l'instant de la maisonnette, où il était allé prendre un trousseau de clefs.

— Oui, oui, nous savons, répondit sèchement Me Steinbach, espérant couper court à des commentaires qui lui paraissaient cruels pour Georgette.

Mais Georgette ne l'entendait pas ainsi. Aussi reprit-elle vivement :

— Je connais en partie cette histoire.

— Ah ! une vilaine histoire, quoi ! Pourtant, c'est des bêtises, car ça ne change rien à la maison, pas vrai ? Belle exposition, beau mobilier, jardin magnifique, caves superbes ! Eh bien, depuis que les imbéciles du pays l'ont appelée la *Maison du crime*, c'est à qui n'en voudra pas ! Sauf quelques Anglais venus par curiosité, et qui coupent des branches aux buissons, pour avoir un souvenir, comme y disent, personne n'y a mis les pieds. *Croiriez-vous qu'un* de ces dindons voulait déchirer un morceau de rideau de la chambre du premier, et que j'ai presque dû me battre avec lui pour l'empêcher ?

— Oh ! ce n'est pas cela qui nous arrêterait, si la maison nous convient, interrompit Georgette d'un ton assez naturel, mais où Olivier, avec la seconde vue de l'homme amoureux, sentait résonner une sourde et profonde émotion. Ainsi, elle est restée dans le même état depuis sept ans ?

— Oh ! mon Dieu oui, mademoiselle.

— Veuillez nous conduire, nous voulons la voir en détail.

Et Georgette se dirigea vers la maison.

Me Steinbach avait pris les devants.

Il marchait d'un pas précipité, en homme qui a vaincu sa répugnance, et comme si la curiosité l'emportait enfin chez lui sur toute hésitation.

Olivier offrit son bras à Georgette. — Leurs deux mains se rencontrèrent et se serrèrent avec force.

Le vieux concierge s'apprêtait à les suivre, quand sa femme, l'arrêtant, lui glissa ces mots à l'oreille :

— Veille sur ta langue. — C'est l'avocat et la fille de celui qui a fait le coup !

Le concierge tressaillit, regarda sa femme qui mit un doigt sur ses lèvres, et, poussé par elle, hâta le pas, afin de rejoindre les visiteurs, déjà au tournant de la première allée.

XXII

ÉTUDE APPROFONDIE DE DIVERS EFFETS D'ACOUSTIQUE

Nos visiteurs s'arrêtèrent peu de temps au rez-de-chaussée, et seulement pour la forme.

Ils avaient hâte d'arriver au premier étage, de voir la

pièce témoin de l'assassinat, car c'était pour cela évidemment, que Georgette les avait amenés dans cette maison, pleine de sinistres souvenirs.

Mais quelle était son idée vraie ? Voulait-elle simplement raviver dans son cœur de tristes émotions ? Avait-elle, au contraire, une arrière-pensée secrète ?

Voilà ce que Me Steinbach se demandait avec quelque inquiétude, là démarche de la jeune fille lui paraissant assez inexplicable.

Quand ils entrèrent dans le petit salon que nous connaissons par l'acte d'accusation, les volets hermétiquement fermés y faisaient une obscurité complète. — Le concierge ouvrit la fenêtre, repoussa les contre-vents, et la lumière et le soleil pénétrèrent à flots.

Me Steinbach, Georgette, Olivier étaient fort pâles tous les trois, et chacun devina sa propre pâleur en constatant celle des deux autres.

Depuis la fatale nuit, la pièce était restée dans le même état.

Le lourd guéridon occupait sa place habituelle entre la fenêtre et la porte conduisant à la chambre à coucher de Madame Delmont, et, sauf les livres de Georges, transportés plus tard dans le nouvel appartement occupé par sa veuve, chacun put reconnaître les objets qu'il avait vus sept années auparavant.

— Oh ! tout est en bon état, s'écria le concierge, se trompant sans doute sur la cause de l'attention avec laquelle ceux qu'il accompagnait interrogeaient chaque meuble du regard.

— Depuis notre entrée dans la maison, ma femme et moi nous balayons, nous époussetons, nous aérons toutes les semaines. Le mobilier n'a nullement souffert.

Tout à coup Georgette se pencha en avant, et ses yeux se fixèrent sur un point du parquet où la couleur du bois indiquait un lavage énergique, suivi d'une nouvelle couche de peinture.

C'était là qu'était tombé Hippolyte Riccardi, là que son sang avait coulé, pénétrant dans la planche de chêne.

Me Steinbach s'approcha du concierge, et l'emmenant à quelques pas :

— Mon ami, lui dit-il, laissez-nous seuls un instant. Nous vous retrouverons au jardin.

Et il lui glissa une pièce de vingt francs dans la main.

Le concierge empocha rapidement la pièce d'or, et se retira discrètement, sans dire une parole. Mais, au moment où il poussait la porte du fond, qui s'ouvrait en dehors, pour sortir, il dut faire un certain effort comme si un obstacle l'arrêtait, et si les divers personnages de cette scène n'eussent été absorbés par leurs préoccupations, ils auraient pu voir s'effacer vivement, dans l'ombre du corridor, un pan de jupe de femme qui ressemblait absolument à la jupe de la corpulente épouse du concierge.

Dès qu'ils furent seuls, Me Steinbach s'adressa à Georgette.

— Voyons, ma chère enfant, lui dit-il, vous n'êtes pas venue ici uniquement pour y chercher de cruelles émotions et nous affliger tous. Vous avez une idée, un but ; quels sont-ils ?

— Vous avez raison, répondit Mademoiselle Delmont. J'avais un but. Veuillez passer dans cette pièce, — elle montrait l'ancien cabinet de son père, — et vous y tenir debout contre la cheminée, la porte de communication fermée. Je resterai ici avec Olivier.

Me Steinbach tressaillit et regarda Georgette.

— En effet ! murmura-t-il. Je comprends. Et dire que je n'y avais pas pensé !

Il entra vivement dans la chambre de gauche, et referma la porte derrière lui avec le plus grand soin.

Georgette alors, amenant Olivier près du guéridon, à l'extrémité opposée de la pièce, se mit à parler au jeune homme, à voix basse, en le priant de lui répondre de même.

Ils échangèrent ainsi quelques paroles, en élevant progressivement la voix, sans, cependant, parler tout à fait haut.

Cela fait, elle ouvrit la porte de communication. Me Steinbach, debout devant la cheminée, tendait l'oreille pour écouter.

— Eh bien ? demanda Georgette violemment émue.

— Vous avez parlé ?

— Oui.

— Je n'ai rien entendu !

Le visage de la jeune fille prit une expression de triomphe.

— Oui ! oui ! répéta M⁰ Steinbach en venant rejoindre les deux jeunes gens, c'est étrange et concluant. Et, triple imbécile que je suis, je n'y ai pas pensé !

— Je ne comprends pas, fit Olivier.

— Comment, tu ne comprends pas ! Eh bien, Georgette vient de faire une découverte qui pouvait peut-être amener l'acquittement de son père ! Elle vient de constater que Georges Delmont n'a pu entendre la conversation qui a précédé le crime. Elle vient de prouver qu'il disait la vérité. Elle vient de mettre à néant l'une des charges qui pesaient le plus sur lui... Et moi, vieil avocat retors, moi, son ami, je n'y ai pas songé ! Ah ! les femmes ! les femmes !

— Georgette, murmura Olivier avec une admiration contenue, vous avez autant d'esprit que de cœur, et autant de courage que d'esprit.

— Cela ne suffit pas, reprit la jeune fille, il faut faire la contre épreuve. Il faut que vous descendiez dans le petit sentier qui passe sous cette fenêtre, que vous vous mettiez à la place où se trouvaient les agents de police, lorsqu'ils entendirent le murmure confus qui attira leur attention et précéda la chute du corps.

M⁰ Steinbach, comme s'il avait retrouvé ses vingt ans, bondit hors de la chambre.

Moins d'une minute après, il était dans le sentier.

Les deux jeunes gens recommencèrent à parler, en ayant bien soin de conserver les mêmes intonations qu'auparavant, et de ne pas élever la voix plus qu'ils n'avaient fait.

M⁰ Steinbach entendit parfaitement le murmure confus signalé par les gendarmes, sans distinguer, mieux qu'eux, une seule parole.

La figure de l'honnête avocat, lorsqu'il rentra, exprimait un désespoir véritable.

— Il y avait là de quoi sauver Georges Delmont, répétait-il avec une fureur concentrée contre lui-même, de quoi jeter

le doute dans l'esprit des jurés, de quoi leur arracher un
acquittement... Il est évident, certain, en effet, que Georges
n'a pas entendu les voix, et par conséquent, toutes ses
explications, qui paraissaient absurdes et mensongères, deviennent possibles, vraisemblables !.

Me Steinbach se promenait de long en large, en proie à
une agitation violente.

— Ce n'est pas tout, reprit alors Georgette d'une voix
moins assurée. J'ai encore une autre expérience à faire, et
celle-là, c'est moi qui la ferai.

— Laquelle? demandèrent les deux hommes.

— J'entre ici, répondit Georgette en ouvrant d'une main
qui tremblait la porte de l'ancienne chambre à coucher de sa
mère. Olivier, placez-vous, avec votre père, là où nous étions
tous deux, et parlez avec lui à voix basse, comme nous
parlions ensemble dans les épreuves précédentes.

Sans attendre de réponse, elle pénétra dans la pièce à
droite, dont elle referma la porte sur elle.

Au bout de peu d'instants, elle rentrait. Une pâleur mortelle couvrait son visage.

— Qu'avez-vous, Georgette? s'écria Olivier en s'élançant
vers elle.

— Rien ! répondit-elle à voix basse.

L'avocat enveloppa la jeune fille d'un regard profond.

— On entend, n'est-ce pas? lui dit-il.

— Oui,... et très distinctement !.... répliqua-t-elle d'une
façon presque inintelligible.

— J'en étais certain ! grommela-t-il entre ses dents.

Me Steinbach et la jeune fille se regardèrent un instant
d'une façon étrange, puis tous deux détournèrent les yeux
en silence, et comme s'ils craignaient de se trop bien comprendre.

— Partons ! dit-il alors brusquement. Nous n'avons plus
rien à faire ici.

Un quart d'heure après leur départ, le vieux concierge
ouvrait précipitamment la grille, et s'élançait de son pas le
plus rapide vers le bureau de la poste.

Sa femme le suivait et le surveillait de l'œil.

Il tenait une lettre à la main. Sur l'enveloppe, on lisait l'adresse suivante :

> *Monsieur l'abbé Clodion,*
>
> *Carrefour de l'Observatoire.*
>
> *PARIS.*
>
> (*Très-pressée*).

XXIII

DON RAMON LLORENTE

Le lendemain de ce jour, qui était un dimanche, Mᵉ Steinbach prenait le café, après son déjeuner, avec sa femme et son fils.

Un silence profond régnait entre ces trois personnes, si unies de cœur et d'esprit.

L'avocat, encore sous l'impression des événements de la veille, se livrait à mille réflexions, et se demandait surtout si Georgette, que l'amour filial avait rendue si perspicace, n'en savait pas plus long qu'il ne l'avait supposé et qu'il ne l'aurait voulu dans l'intérêt de la jeune fille.

Olivier se rappelait sa dernière conversation avec mademoiselle Delmont, la promesse faite par elle de le tenir au courant de ses découvertes. Il sentait que la visite à la maison de Sceaux marquait un pas en avant dans les recherches de Georgette, que ce pas la rapprochait de la vérité. Le rapprochait-il, lui, du bonheur ? Et quand Georgette connaîtrait la vérité toute entière, si elle y arrivait jamais, cette connaissance ne serait-elle pas de nature à fortifier encore l'opposition de la jeune fille à leur mariage ?

Un sombre pressentiment lui disait qu'il en serait ainsi, lui disait que, derrière le drame révélé devant la cour d'assises, se dissimulait un autre drame bien autrement terrible, et que tout espoir d'amour heureux pour les deux jeunes gens sombrerait peut-être devant cette révélation poursuivie et qu'il se prenait à redouter.

Quant à madame Steinbach, mise au courant des faits, elle comprenait et respectait la préoccupation de son mari et de son fils ; car, elle aussi, elle aimait tendrement la fille du condamné.

En ce moment, la porte de la salle à manger s'ouvrit, et le domestique entra.

— Il y a là, dit-il à Mᵉ Steinbach, un monsieur qui demande à vous parler immédiatement.

— Vous savez bien, François, que le dimanche je n'y suis pour personne. C'est bien le moins que j'aie un jour pour moi et pour les miens.

— Aussi ai-je dit que monsieur ne pouvait recevoir.

— Eh bien ?

— Eh bien, ce monsieur a insisté !

— Vous ne le connaissez pas ?

— Je ne l'ai jamais vu.

— Il ne vous a pas dit son nom, donné une carte ?

— Il a refusé.

— Qu'on revienne demain. Je n'y suis pas, ajouta l'avocat avec humeur.

Le domestique sortit.

Une minute après, il rentra.

— Qu'y a-t-il encore ?

— Ce monsieur m'a chargé de vous remettre cette lettre. Il attend la réponse.

Mᵉ Steinbach prit brusquement la lettre, déchira l'enveloppe, qui ne portait point de suscription, et jeta les yeux sur un papier qui ne contenait que quelques mots sans signature.

Mᵉ Steinbach bondit.

— Où est cette personne ? demanda-t-il.

— Elle est au salon.

— Faites entrer dans mon cabinet.

— Qu'y a-t-il, mon ami ? s'écria madame Steinbach frappée de l'émotion et de la surprise de son mari.

— Tiens, lis ! lui dit-il. C'est bien étrange !

Et il lui passa la lettre.

« *Pour l'affaire Delmont* ! » lut tout haut madame Steinbach.

— En effet, c'est étrange, murmura Olivier.

Il se retourna vers son père comme pour l'interroger ; mais Me Steinbach ne l'entendit même pas, car il avait déjà quitté la salle à manger pour se rendre dans son cabinet.

En y entrant, il s'y trouva en face d'un homme assez grand, extrêmement maigre, portant une longue barbe blanche et les cheveux très ras, mais blancs également. Le teint était fortement basané, comme celui d'un homme qui a longtemps habité les pays chauds. La moustache recouvrait la bouche, des lunettes sombres cachaient les yeux. La figure restait donc une véritable énigme, aussi indéchiffrable que derrière un masque.

On ne voyait que le front intelligent. La tournure et l'aspect général étaient d'un homme comme il faut, et même distingué.

Quant à l'âge, on n'eût pu se prononcer avec certitude, car, si la barbe et les cheveux annonçaient la vieillesse, l'attitude du corps annonçait une extrême vigueur.

— C'est vous, monsieur, qui désirez me parler au sujet de l'affaire Delmont ? demanda Me Steinbach, en s'adressant à l'inconnu.

— Oui, monsieur, répondit celui-ci.

A la voix, l'avocat tressaillit légèrement, puis il secoua la tête.

— Veuillez donc vous asseoir, monsieur. Je suis à vos ordres.

Et il poussa un fauteuil vers l'étranger.

Mais ce dernier, au lieu de s'asseoir, s'avança vers son interlocuteur, lui saisit la main, l'amena près de la fenêtre, de façon à se placer en plein jour, et lui dit :

— Ainsi, vous ne me reconnaissez pas ?

6

Me Steinbach tressaillit de nouveau, regarda le mystérieux visiteur et répliqua :

— Non ! Et pourtant... Mais c'est impossible !

L'inconnu ôta ses lunettes.

Me Steinbach poussa un cri de surprise, fit un mouvement pour se jeter dans ses bras, puis regarda autour de lui avec terreur.

— Ah ! malheureux ! s'écria-t-il, quelle imprudence !

— Qui me reconnaîtrait, puisque mon meilleur ami ne m'a pas reconnu ? répondit l'étranger avec un sourire amer.

— Georges ! mon cher Georges ! murmura enfin l'avocat devenu très pâle, — et il le serra avec force contre son cœur, — comment êtes-vous ici ?

— Georges Delmont est mort! Je suis don Ramon Llorente!

XXIV

OU L'ON APPREND QUE L'ON PEUT VIVRE SANS SAVOIR COMMENT CELA SE FAIT

— Oui, oui, reprit vivement l'avocat. — Même entre nous votre nom ne doit pas être prononcé, car nul au monde, sauf moi, ne doit savoir que vous existez.

L'avocat alla s'assurer que personne ne se trouvait dans la salle voisine, puis, en rentrant, il ferma la porte à clef.

— Nous sommes seuls, mais n'importe, Georg... Don Ramon, vous avez commis une imprudence bien grave. Encore, si vous m'aviez prévenu de ce retour ! Mais non, rien, rien !

— Vous m'auriez répondu ce que vous me répondiez depuis des années: « Restez là-bas. Il n'est pas encore temps. »

— Et j'aurais eu raison. Que venez-vous faire ici?

— Ce que je viens faire ? Je veux savoir ce que deviennent ma femme et ma fille, Marie et Georgette.

— Ne vous écrivais-je pas qu'elles se portaient bien toutes les deux ; que Georgette, — que j'aime comme si elle était la propre sœur de mon fils, — devenait une belle et grande jeune fille, dont vous seriez fier un jour ?

— Oui, certes. Mais ce sont là des renseignement bien banals, convenez-en, pour un père et pour un mari. Je veux les voir. J'ai senti que je deviendrais fou, si je résistais plus longtemps à la force qui m'appelait, qui m'entraînait... et me voilà !

— Pauvre ami ! Je comprends vos angoisses... Mais j'ai bien peur que vous ne regrettiez amèrement votre résolution, ajouta Mᵉ Steinbach d'un air sombre, en baissant la voix.

— Vous le voyez bien, vous ne m'avez pas tout dit !... Vous ne me disiez pas tout ! Le regretter amèrement... Il y a donc un malheur ? Ah ! je m'en doutais !

— Un malheur... pour elles, non...

— Pour moi, alors ? Je ne comprends pas quel malheur pourrait désormais m'atteindre, moi, mort vivant et déshonoré, si elles vivent, elles, si elles sont heureuses, si je puis les voir, les aimer, les adorer, même de loin, respirer l'air qu'elles respirent, entendre une fois leurs voix, moins que cela, le bruit de leur robe frôlant le pavé de la rue où elles passeront sans me regarder, sans que les battements de mon cœur arrivent jusqu'à elles et les préviennent de ma présence !

Mᵉ Steinbach se promenait avec agitation dans son cabinet, les mains derrière le dos, le sourcil foncé. Il s'arrêta brusquement devant son ami.

— Tenez, puisque vous êtes là, puisque vous avez commis ce coup de tête que je redoutais, il faut nous expliquer.

— Oui, dit Georges. Je ne sais rien, moi, et j'ai besoin de tout savoir. Et d'abord, comment je vis, car je l'ignore. Il y a, dans mon existence, une lacune de dix-huit mois. Un beau jour, je me suis trouvé en Amérique, vivant !... Voilà tout ce que je sais, et, quelles qu'aient été mes instances, vous n'avez jamais voulu m'expliquer ce mystère. Que s'est-il passé après ma condamnation? Comment se fait-il que dix-huit mois de mon existence n'aient laissé aucune trace dans ma mémoire?

— Il y a des détails que je ne pouvais vous donner par écrit. Une lettre se perd, tombe en des mains infidèles ou ennemies...

— Soit! mais vous allez parler aujourd'hui.

— Volontiers! s'écria l'avocat, comme soulagé de pouvoir ainsi reculer d'autres explications plus pénibles.

— C'est vous qui m'avez sauvé, n'est-ce pas?

— Certes!

— Comment?

— Ah! ce n'a pas été sans peine, et j'ai bien cru vous avoir tué, d'abord physiquement, puis moralement... Écoutez, si cela était arrivé, je crois que je me serais brûlé la cervelle!

— Je sais que vous êtes le meilleur et le plus dévoué des amis!

Et Georges serra avec force la main de maître Steinbach.

— Mais parlez! ajouta-t-il. Que je connaisse enfin la vérité.

Me Steinbach garda un instant le silence.

— Vous vous rappelez bien toutes les circonstances de votre procès? reprit-il lentement.

— Comme s'il avait eu lieu hier.

— Lorsque le jugement fut rendu, je vins vous faire signer un pourvoi en cassation, et, en vous embrassant, au moment de vous quitter, je glissai entre vos lèvres une pilule que j'avais cachée dans ma bouche.

— Je me le rappelle.

— En vous disant: « Maintenant, couchez-vous. »

— Parfaitement. Je ne comprenais pas votre intention. J'ignorais ce que vous vouliez, mais j'avais en vous une confiance absolue. Je me jetai donc sur ma couchette, et je broyai la pilule entre mes dents. Ici mes souvenirs s'arrêtent. Je perdis connaissance... je ne la recouvrai que dix-huit mois plus tard, en Amérique.

— Je vais donc vous raconter ce qui s'est passé, et qu'elle était mon idée.

XXV

LE POISON NOIR

M⁰ Steinbach commença en ces termes :

— Lorsque je vis que vous étiez traduit devant la cour d'assises, et que tout espoir de démontrer votre innocence où d'obtenir un acquittement était perdu, — car je ne me faisais aucune illusion à cet égard, — je résolus de vous sauver, coûte que coûte, et à votre insu. D'abord, c'était quelque chose que d'éviter à votre nom, d'épargner à votre famille, la honte et l'horreur d'une exécution publique ; ensuite, vous sachant non coupable, je me disais qu'un jour ou l'autre nous retrouverions le ou les vrais coupables, et que ce jour-là, ma foi ! il ne serait pas de trop que vous fussiez encore en vie pour poursuivre vous-même votre réhabilitation et y assister. J'allai donc trouver le docteur X...

— Le médecin de la Roquette ?

— Lui-même ! C'était un mien ami, un ami à qui j'avais eu le bonheur de rendre, dans une circonstance capitale, un de ces services qui ne s'oublient pas. Tout mon plan reposait là-dessus. Je savais que je pouvais compter sur lui d'une façon absolue. Homme de cœur, d'ailleurs, de science et de bon sens, que la médiocrité de sa fortune avait contraint d'accepter une position officielle dont il souffrait. Je lui exposai la situation.

Nous discutâmes longtemps ensemble les moyens de vous éviter l'échafaud.

S'échapper de prison, après une condamnation capitale, cela est aujourd'hui impossible, de toute impossibilité. Il n'y a qu'un procédé pour cela : la mort feinte. On en a abusé

6.

dans les romans. Mais les romans ont du bon, comme vous l'allez voir.

Toute la question était d'arriver à feindre la mort, de façon à tromper les argus de la police. Quant au médecin qui serait appelé à la constater, rien à craindre, puisque ce serait le docteur X... lui-même.

Je lui demandai donc s'il connaissait ou possédait une substance qui pût donner la mort apparente ? Le docteur hésita beaucoup. Il connaissait, il possédait cette substance, mais l'emploi en est terriblement dangereux ! — Il me pria de lui accorder quinze jours pour se livrer à des expériences patientes et approfondies. — Nous avions le temps, puisque trois semaines nous séparaient encore de la session des assises.

Au bout de quinze jours, le docteur X... me remit enfin une petite pilule, de consistance solide et facile à dissimuler dans la bouche, par exemple, où elle pouvait séjourner, grâce à son enveloppe, sans se dissoudre immédiatement.

— Me Steinbach, me dit-il en me la remettant, la substance dont je vous parlais me fut envoyée d'Amérique par un médecin portugais dont je suis l'ami. C'est un poison extrêmement rare, et peu ou point connu, dont se servent seulement les Indiens du Mexique et les esclaves marrons du Brésil. Eux seuls en possèdent le secret. Dans ces pays, on l'appelle le POISON NOIR. J'ignore pour quelle raison. Je comptais en faire l'analyse et me créer ainsi peut-être une réputation, qui m'eût rendu l'indépendance. Mais ce service est le premier que vous me demandiez, et, bien que je risque ma position et même mon honneur professionnel, je n'ai rien à vous refuser, vous le savez.

D'ailleurs, vous m'assurez qu'il s'agit d'un innocent. Je vous crois, et cela rassure, tout au moins, ma conscience d'homme.

Pour cette fois donc, la science et ma fortune à venir auront tort.

Cette pilule contient tout ce qui me reste de ce poison, après les expériences que j'ai faites sur divers animaux.

Suivant la dose à laquelle il est pris, il produit soit les

symptômes d'une attaque d'apoplexie, avec la rigidité et le froid cadavériques, soit la folie, soit la mort !

Dans le premier cas, en laissant à lui-même celui qui l'a pris, la mort réelle, au bout d'un certain temps, succède à la mort apparente, sans amener aucune modification visible dans l'état extérieur du corps. Mais si on emploie à temps certains réactifs connus, la léthargie cesse et la vie revient.

A vous de tenter l'aventure, si vous vous croyez assuré de réussir dans la suite de votre projet.

— Oh ! la suite n'est pas ce qui m'inquiète, lui répondis-je. Pourvu que Georges sorte de la prison pour aller au cimetière, je ne crains rien. Ce qui m'inquiète davantage, c'est votre poison. Êtes-vous sûr de l'effet et de la dose ?

— Autant qu'on peut l'être en pareil cas, répliqua le docteur X... J'ai fait plus de cent expériences graduées depuis quinze jours et toutes ont réussi.

— Mais la justice n'exigera-t-elle pas une autopsie ?

— C'est moi qui en serai naturellement chargé.

— Alors, lui dis-je, merci !

Et j'emportai la pilule, bien décidé à m'en servir, comme je fis, s'il survenait une condamnation trop inévitable à mes propres yeux.

— Pourquoi ne m'avoir pas prévenu ? interrompit Delmont ?

— Parce qu'il était inutile d'ajouter cette angoisse et cette émotion à toutes les émotions, à toutes les angoisses qui vous bouleversaient déjà. D'ailleurs, dans le cas d'un malheur, j'en voulais avoir seul la responsabilité à mes propres yeux.

— Eh bien, qu'arriva-t-il, après que j'eus avalé le poison ?

— Ce qu'avait prévu le docteur X... L'effet fut prodigieux. La mort apparente se produisit avec une telle vérité, qu'il était impossible que le médecin le plus exercé ne s'y trompât point.

Aussi le docteur X..., appelé en toute hâte, lorsque le gardien, surpris de votre immobilité, constata votre prétendu décès, put diagnostiquer, sans crainte d'être compromis, une congestion cérébrale. Je fis immédiatement les démarches nécessaires, et, grâce à quelques relations influentes, sur lesquelles je savais pouvoir compter, j'obtins assez facilement que votre corps serait transporté, de nuit, dans le caveau de famille que je possède au Père-Lachaise, en attendant que votre femme vous fît élever une pierre sans nom, dans quelque coin retiré.

C'est alors que j'allai prévenir madame Delmont de votre mort et de mes démarches.

Le soir, à la nuit, votre corps devait sortir de la prison et je devais l'accompagner seul jusqu'au caveau, sous la surveillance d'un agent de la sûreté.

J'arrivai à la Roquette, à l'heure dite.

Là m'attendait une horrible émotion, la plus horrible que j'aie ressentie de ma vie.

— Le corps est-il prêt ? demandai-je.

— Je le pense, me répondit l'employé auquel je m'adressais. L'autopsie doit être terminée. Je vais m'en informer.

— Ah ! oui ! le docteur X !... m'écriai-je machinalement.

— Le docteur X... et le docteur XXX..., ajouta l'employé.

— Comment ! fis-je au comble de la stupeur et de la terreur, ils sont deux !

— Oui, répondit tranquillement l'employé. Le procureur impérial a délégué un second médecin pour assister à l'opération et en dresser le procès-verbal, la mort ayant paru bien mystérieuse. Vous savez, en effet, monsieur, que jamais un condamné à mort ne meurt naturellement, avant son exécution. C'est un cas, je crois, sans exemple. On dirait que le verdict le guérit de tous les maux, et si on retardait indéfiniment l'exécution, cela équivaudrait à un brevet de longévité.

J'eus une sueur froide, et je dus m'appuyer contre un mur pour ne pas tomber.

Mes dents claquaient.

Si l'employé n'était pas sorti au même moment, il eût compris la vérité rien qu'à me regarder.

L'autopsie ! Deux médecins ! Mais alors le docteur X... n'avait pu empêcher son collègue d'agir... On vous avait tué !

Non, depuis que je suis au monde, je n'ai pas autant souffert. — En voulant vous sauver, j'étais devenu votre assassin !

Mᵉ Steinbach s'essuya le front, trempé de sueur, au souvenir de cette effroyable émotion.

— Si j'avais eu un pistolet sur moi, continua-t-il, à cet instant, je me serais fait sauter la cervelle. L'autopsie ! J'avais tout prévu, sauf que la justice adjoindrait un collègue à X... !

L'employé de la prison m'avait quitté pour aller s'informer, et, pendant son absence, je pus enfin reprendre une apparence de calme.

Il revint me chercher, au bout de quelques minutes, et me conduisit dans une cour où j'aperçus une voiture noire, ayant forme de cabriolet sur le devant, et terminée, derrière, par une longue caisse.

C'est là qu'on avait placé votre bière.

Je montai sur le devant, où se trouvait un agent de la préfecture; la grande porte s'ouvrit, et le funèbre véhicule s'ébranla au trot.

Combien de temps dura le trajet de la Roquette au Père-Lachaise ? Que dis-je à l'agent qui me parlait ? Je ne m'en souviens plus.

Une affreuse angoisse me serrait au cœur et à la gorge. J'étais plus froid que vous dans votre linceul !

Mon compagnon de route, sachant que j'avais été votre avocat, et que j'étais votre ami, attribua sans doute mon trouble à une émotion toute naturelle.

Enfin le fourgon s'arrêta. Je descendis. Mes jambes flageolaient sous moi. On ouvrit le coffre, on tira la bière, on la déposa à sa place, et je me retrouvai dans la rue, seul !

L'agent et la voiture étaient partis.

Dix heures du soir sonnaient !

XXVI

OU LE DOCTEUR X... S'AVOUE VAINCU

Mᵉ Steinbach s'arrêta un instant.

— Pauvre ami ! murmura Delmont en lui prenant les mains. Comment pourrai-je jamais reconnaître tant de dévouement , et vous remercier de tant d'angoisses soufferts pour moi !

— En ne faisant pas d'imprudence qui vous perde ! répliqua l'avocat, qui avait retrouvé son sang-froid. — Mais je poursuis.

Vous savez que le monument de la famille Steinbach, au Père-Lachaise, se compose d'une sorte de chapelle avec porte massive en bronze ouvragé, dont je possède naturellement la clef. A l'intérieur de cette chapelle se trouve la pierre scellée qui donne entrée dans le caveau où sont déposées les bières. On avait simplement placé la vôtre dans l'intérieur de la chapelle, sans la descendre dans le caveau, ce qui avait semblé inutile, puisqu'avant peu de jours elle devait être transférée dans un terrain spécial acheté par moi, le matin même, au nom de votre femme. C'était là-dessus que je comptais.

Trois Italiens , anciens carbonari, de ceux avec qui vous aviez été en rapport autrefois à Milan , et qui étaient venus habiter Paris, devaient accomplir le reste de la besogne. Pour cela, je n'aurais osé m'adresser à des Français, toujours trop bavards.

Les Italiens sont, au contraire, les meilleurs et les plus habiles conspirateurs du monde. Dans ces circonstances, ils sont d'une discrétion à toute épreuve, d'une audace extrême et d'une finesse merveilleuse.

Vers le milieu de la nuit, ayant pris toutes les mesures d'avance , ils devaient pénétrer dans le cimetière avec une échelle de corde, entrer dans la chapelle, munis de ma clef, dévisser la bière, en tirer votre corps, y mettre en place des rouleaux de plomb d'un poids calculé, revisser le cercueil, vous faire passer par-dessus le mur, et, avec une voiture qui les attendait, et dont un quatrième Italien faisait l'office de cocher, vous ramener chez le docteur X.

Il y avait là bien des difficultés, mais pas une qui fût insurmontable.

Bien que vous croyant mort par suite de l'autopsie, il me restait une sorte d'espoir irraisonné, fou, irrésistible pourtant ! Je laissai donc l'entreprise s'accomplir jusqu'au bout. Tout réussit à souhait. A trois heures du matin votre corps, enveloppé de son linceuil, reposait immobile et glacé sur un lit chez le docteur X.

Le docteur, retenu près d'un ami mourant, et sachant que votre corps ne pouvait arriver avant une heure avancée de la nuit, n'était pas encore là.

Bouleversé, écrasé sous le poids de ma responsabilité, désespéré, je n'osais même vous regarder pour constater mon malheur.

Heureusement le docteur rentra cinq minutes après.

— L'autopsie ! lui dis-je d'une voix haletante.

— Il n'y en a pas eu, me dit-il en riant ; mais j'ai eu bien peur.

Je bondis jusqu'au lit.

En effet, votre corps était intact.

Je crus devenir fou de joie.

Voici ce qui s'était passé.

Le collègue adjoint à mon ami avait rendez-vous au chevet d'une malade fort riche, fort exigeante et fort capricieuse. Il ne demandait donc qu'à s'éviter une corvée ennuyeuse qui risquait de lui faire perdre sa meilleure cliente, une dame de la cour, dont l'appui lui était de la plus grande utilité pour sa fortune à venir.

Le docteur X..., lui ayant démontré en quelques mots, d'après les symptômes les plus évidents, la cause toute naturelle de votre mort, lui proposa de lui rendre sa liberté, en se chargeant seul des formalités imposées par la justice.

L'autre, bien convaincu de la réalité d'une congestion cérébrale et plein de confiance dans les lumières de son confrère, accepta avec empressement l'offre qui le rendait à ses affaires personnelles et signa le certificat en blanc, s'en remettant au zèle du docteur X... Celui-ci, une fois maître de la position, avait rempli le certificat à sa guise, en apposant sa signature à la suite de celle de son collègue.

L'employé que j'avais vu et qui m'avait parlé de l'autopsie ignorait naturellement ces détails, dont personne ne s'est jamais douté.

La seule question, dès lors, était de vous ramener à la vie.

Nous passâmes, le docteur et moi, par les plus cruelles angoisses, et, plus d'une fois, le désespoir s'empara de nous. Pendant des heures tous les efforts furent vains, tous les réactifs les plus énergiques employés inutilement. Je voyais s'assombrir le visage de mon ami et le découragement s'emparer de lui.

Enfin, au moment où, brisé de fatigue, il allait renoncer, la chaleur vous revint petit à petit avec le mouvement.

Hélas! ce fut tout! La vie musculaire avait reparu, mais l'intelligence resta morte. Vous marchiez quand on vous le disait, vous mangiez quand on vous offrait des aliments, vous répondiez oui ou non à certaines questions simples et d'ordre purement matériel, mais vous aviez absolument perdu la mémoire, la volonté, le raisonnement, et vous ne reconnaissiez personne.

Soit que la dose fût trop forte, soit que votre tempérament, exceptionnellement nerveux, fût trop sensible à certains effets toxiques, votre raison avait sombré. Vous étiez doux, inoffensif, ni triste, ni gai, mais réduit à l'état végétatif. Vous n'aviez plus conscience de votre personnalité, et vous ne saviez même plus votre nom.

Pendant un an, le docteur X... vous garda chez lui, vous entourant des soins les plus intelligents, épuisant pour vous toutes les ressources de la science, sans obtenir une amélioration quelconque.

Au bout de ce temps, il me déclara que vous étiez incurable.

— N'y a-t-il donc absolument aucun espoir ? lui demandai-je.

— Non, me répondit-il, du moins ici et par moi.

— Que voulez-vous dire ?

Il réfléchit un moment.

— J'ai essayé de tout, et rien n'agit. Mais comme la substance employée vient de l'Amérique, il est possible, il est même probable, suivant une loi générale de la nature, que le contre-poison, — s'il en existe un, — pousse à côté du poison.

— Ah ! m'écriai-je, vous croyez qu'en Amérique on pourrait le guérir ?

— Je ne crois rien. Je dis seulement que cela est possible et que cela n'est possible que là. Mais à quoi bon en parler ? On ne peut, dans l'état où il est, l'y envoyer. Sans cela, j'ai déjà pensé bien des fois à le confier à l'ami de Rio-Janeiro à qui je dois le *poison noir*, et qui... peut-être...

Je ne le laissai pas achever.

— C'est bien, lui dis-je. C'est moi qui ai fait le mal, je le réparerai. Je conduirai moi-même Georges Delmont au Brésil.

— Et vous l'avez fait ? s'écria ce dernier en se levant ému.

— Je l'ai fait. Je répandis le bruit que j'allais là-bas suivre un grave affaire d'héritage pour un client, et je vous emmenai. Je vous remis aux soins du docteur Benito, avec recommandation pressante du docteur X... Je lui expliquai ce qui vous était arrivé, en taisant votre nom véritable, et en changeant les causes de votre procès, de votre condamnation. Puis, je retournai en France. Je laissais pour vous, entre les mains du docteur Benito, une longue lettre qu'il devait vous remettre si la connaissance vous revenait.

— Et, au bout de six mois, interrompit vivement Delmont, les prévisions du docteur X... se réalisaient. Son ami, en employant les moyens dont se servent les nègres et les Indiens, en pareil cas, me rendait la raison. Il me donnait alors cette lettre où vous me disiez de rester en Amérique, de cacher mon nom et mon passé, de me refaire une nouvelle existence et une nouvelle fortune personnelle, ce que j'ai fait, me jurant de veiller sur Georgette, de poursuivre

7

ma réhabilitation et de me dire : Venez ! quand il sera
temps.

Et Georges, serrant l'avocat dans ses bras, ajouta :

— Se plaindre, lorsqu'on a un ami tel que vous, serait c
l'ingratitude et de la lâcheté. Vous n'avez point désespé
dans les circonstances les plus affreuses. C'est un exemp
que je saurai suivre. Moi non plus je ne veux pas désespérer

XXVII

LE RÉCIT DU MARI

— Maintenant, continua Georges, il ne s'agit plus de mo
Il s'agit de Marie et de Georgette, de ma femme et de m
fille. Dites-moi ce qui les regarde. Parlez en toute sincérité
D'ailleurs, à quoi bon me cacher quelque chose ? Je suis là
et ce que vous voudriez me taire, je le saurais bien vite pa
moi-même.

Me Steinbach réfléchissait profondément.

— Oui, dit-il enfin, vous saurez tout. Tôt ou tard, je vou
l'aurais appris. J'attendais toujours d'en savoir davantage
Vous avez avancé l'heure. Je m'exécuterai.

— Qu'y a-t-il ? qu'y a-t-il donc ? Ah ! vous me faite
mourir à petit feu ! Parlez, parlez !

— Tout à l'heure. J'ai besoin, d'abord, de vous interroge
sur plusieurs points. J'ai réuni un certain nombre de fait
incontestables, mais il y a des lacunes, et j'ai dû les rempli
par des hypothèses que je crois vraies. Avant de vous exposer ce que je sais, il faut que vous me racontiez votre ma
riage, comment vous avez connu votre femme, quelle a ét
votre vie intime jusqu'au jour du crime. J'étais absent de
Paris, lorsque vous avez épousé madame Delmont. Quand
nous nous sommes revus après, vous avez évité de répondre à

mes questions à ce sujet, et je me suis abstenu par discrétion.

— Soit, interrompit Delmont, brûlé par la fièvre de l'impatience, je vais tout vous dire. C'est plus simple, et ce sera plus court que vous ne croyez.

— J'écoute.

Le père de Georgette commença en ces termes :

— Je venais de sortir de prison, après avoir fait l'année à laquelle j'avais été condamné pour ma participation au complot de l'Opéra-Comique. Comme tout prisonnier libéré, j'étais avide de grand air et de mouvement. Je flânais donc, chaque jour, dans Paris, en reprenant, pour ainsi dire, possession par la vue, me grisant de son activité bruyante et de son infinie diversité, allant rechercher des souvenirs et des impressions partout où j'avais vécu jadis ou simplement passé.

Un jour, je me trouvais rue des Vosges, petite rue étroite, assez triste et sombre, conduisant à la rue de Rambuteau par une succession de ruelles plus maussades et plus sombres encore, quand j'aperçus devant moi, à la hauteur de la place Royale, la silhouette d'une jeune fille marchant à peu de distance et d'un pas précipité.

Sa taille élégante, sa tournure étrangère, son costume où se mêlaient aux marques visibles d'une misère très-réelle les restes fanés d'un ancien luxe, attirèrent mon attention et piquèrent ma curiosité.

Je la suivis. Elle avait des cheveux noirs admirables, et un long voile à la façon italienne, retombant sur les épaules et encadrant le visage allongé, lui servait d'unique coiffure. Sa démarche était tout à la fois rapide et hésitante. On y lisait l'agitation, le trouble, et comme la fièvre. J'entrevis un drame. Ma curiosité, d'abord banale, devint plus vive.

Tout à coup la jeune personne disparut sous une vaste porte cochère. Je levai les yeux, et je reconnus les murs sinistres du Mont-de-Piété. J'étais rue des Blancs-Manteaux. J'entrai derrière elle. Elle gravissait un escalier humide, boueux, rempli du mouvement d'allée et de venue de toute une population misérable, où dominaient les femmes, pauvres créatures hâves et déguenillées, et des enfants aux vêtements sordides. Je poursuivis mon chemin et j'arrivai dans la salle d'attente. Là, je pus tout à mon aise étudier le visage de mon inconnue.

Inutile de vous le décrire; vous le connaissez, puisque vous connaissez Marie.

Son tour venu, elle s'approcha du guichet, et tira de sa poche un petit paquet enveloppé de papier qu'elle présenta en tremblant à l'employé.

Je m'étais approché, je pus voir que ce petit paquet contenait une paire de boucles d'oreilles et deux bagues.

— Six francs! Vous acceptez? dit après un court examen l'employé.

— Oui, monsieur, répondit-elle à voix basse.

— Vos noms ?

— Marie Bonelli.

— Votre adresse ?

— Rue de Turenne, numéro 107.

Marie prit les six francs qu'en lui tendait avec la *reconnaissance*, et je vis deux larmes briller à l'extrémité de ses longs cils noirs

Elle se retira rapidement.

J'étais profondément ému. Sa beauté, sa jeunesse m'avaient ravi; la triste position où elle se trouvait, bien qu'elle appartînt évidemment par sa naissance aux classes supérieures, me touchait. Je résolus de savoir qui elle était, et comment elle en était arrivée à ce dégré de pauvreté.

Je la laissai d'abord s'éloigner, puis je me rendis par une autre rue à l'adresse que j'avais entendue.

— Mademoiselle Bonelli ? demandai-je à la concierge.

— C'est ici.

— Est-elle chez elle ?

— Je ne crois pas, mais sa mère y est à coup sûr, la pauvre femme !

— Elle est infirme, ou malade, sans doute ?

— Malade, oui, monsieur.

— Je viens lui apporter des secours.

— Oh ! alors, vous serez le bienvenu, car je crois que les malheureuses sont au bout de leur rouleau.

— Veuillez m'indiquer le logement.

— Troisième cour, cinquième étage, porte à gauche.

Je m'élançai... Le cœur me battait. Je frappai à la porte désignée. Une voix faible avec un fort accent étranger me cria d'entrer, et je me trouvai dans une affreuse mansarde, presque sans air et sans jour, au fond de laquelle, sur un misérable grabat, était étendue une femme âgée.

D'un coup d'œil, je m'assurai que sa fille n'était pas encore rentrée. J'en fus bien aise. Je dis à la vieille dame que j'avais appris sa triste position, et que je venais lui faire mes offres de services.

La malade alors m'accabla de remerciements avec la volubilité méridionale.

En ce moment Marie rentra.

Elle s'était arrêtée en route pour acheter un petit pain et du lait qu'elle tenait d'une main. De l'autre, elle portait une fiole, qui sortait évidemment de chez quelque pharmacien.

En l'apercevant, je m'étais rejeté dans l'ombre, de telle sorte qu'elle ne me vit pas tout d'abord.

Elle s'approcha de sa mère et lui dit en italien :

— *Non ho ricevuto che sei franchi. Ho comprato questo pella collazione, poi pagato la ricetta del medico. Adesso ci restano cinquanta centesimi. Cosa faremo ?* (1)

Elle allait continuer, sa mère me montra du geste.

Elle se retourna, me vit et rougit.

Elle me reconnaissait, m'ayant remarqué dans la rue et au Mont-de-Piété, sans que je m'en fusse douté.

---

(1) Je n'ai reçu que six francs. J'ai acheté ceci pour le déjeuner, puis j'ai payé l'ordonnance du médecin. A présent il nous reste cinquante centimes. Que ferons-nous ?

XXVIII

COMMENT ON SE MARIE

Après une courte minute d'interruption, causée par l'émotion de ces souvenirs de jeunesse, Delmont reprit :

— En peu de mots, la mère m'apprit leur histoire. Restée veuve d'un employé du gouvernement, à Milan, de mauvais parents avaient achevé sa ruine par d'injustes procès. Ne sachant plus que devenir, elle avait vendu ses meubles, réuni une petite somme d'argent, et était venue à Paris, espérant y trouver des ressources pour elle et sa fille, tout le monde leur ayant dit qu'à Paris, avec un peu de bonne volonté, on était toujours sûr de gagner sa vie. Malheureusement, peu de jours après son arrivée, étant tombée malade, l'argent apporté n'avait pas tardé à disparaître. Depuis trois semaines, ne connaissant âme qui vive dans la grande ville, elles avaient dû, pour subsister, payer le médecin et les médicaments, engager au Mont-de-Piété tout ce qu'elles possédaient de linge et de vêtements.

Sa fille venait d'engager, le matin même, ses derniers bijoux... Il ne leur restait plus qu'à mourir, la mère de maladie, la fille de faim.

— Et quel effet vous produisit Catherine Bonelli, car c'est bien là son nom, n'est-ce pas ? demanda l'avocat.

— Oui, elle s'appelait Catherine de son petit nom. Quant à l'effet qu'elle me produisit, je vis seulement une femme âgée et mourante, et je ne pus me former une opinion sur son caractère.

— Son récit vous parut vraisemblable ?

— Comment, vraisemblable ! Il n'y avait pas à en douter. Les faits parlaient assez clairement.

— Je veux dire que vous avez trouvé naturel qu'une Italienne, qui ne connaissait point Paris, et qui n'y connaissai personne, soit venue ainsi, sans ressources, avec une jeune fille, pour y gagner sa vie, chose toujours infiniment plus difficile en pays étranger que dans le pays natal.

— Je ne vis qu'une chose, c'est qu'elles étaient dans la misère et que Marie allait se trouver orpheline, sans un toit, sans un morceau de pain.

— C'est que les beaux yeux d'une Milanaise de dix-huit ans vous aveuglaient.

— Que voulez-vous dire ? demanda Delmont avec angoisse.

— Plus tard. Continuez.

— Vivement touché de leur affreuse situation, je les fis transporter dans un appartement sain et convenable, et je fis appeler le meilleur médecin de Paris. Hélas ! Il n'était plus temps. Caterina était atteinte d'une phthisie galopante. Rien ne put enrayer le mal. Six semaines plus tard, elle expirait sous mes yeux, dans les bras de sa fille, après me l'avoir recommandée, confiée comme à son seul protecteur désormais... J'aimais déjà profondément Marie. Pour un jeune homme de mon âge, il n'y avait qu'une manière de la protéger... Quelque mois écoulés, je l'épousai.

Il y eut un silence.

— Si je ne vous ai pas raconté ces détails autrefois, — reprit Georges, — c'est qu'ils me faisaient jouer un rôle de Don Quichotte secourant la veuve et l'orphelin, et que, d'autre part, je savais que cela eût choqué la fierté de Marie, qui ne tenait nullement à publier de quelle triste position je l'avais retirée.

Il y eut encore un silence.

— Avez-vous été heureux en ménage ? demanda brusquement l'avocat. — N'aviez-vous rien remarqué chez votre future épouse qui fût de nature à vous donner quelques inquiétudes ? — Voyons, soyez absolument sincère. — Il faut l'être.

Georges eut une légère hésitation.

— J'avais remarqué, dit-il enfin avec quelque embarras, qu'elle était fort dévote, assez vaniteuse, et peu entendue aux choses de la vie ; mais, étant italienne, cela ne m'étonnait pas.

— Oui, oui, grommela l'avocat entre ses dents, les femmes de la vieille Italie, écrasée sous le joug étranger et clérical, étaient les femmes les plus nulles de l'Europe. Elles n'étaient bonnes à rien, et ne savaient rien... que faire l'amour, *far l'amore*, comme elles disaient. C'est entendu, c'est connu, et cela devait suffire pour inspirer de l'hésitation à un homme intelligent, ajouta-t-il plus haut.

— Qu'elle ne fût pas femme de ménage, ainsi qu'on l'entend, que m'importait ? reprit vivement Delmont. J'étais assez riche pour qu'elle n'eût à s'occuper d'aucuns des détails pénibles de l'intérieur, et j'espérais la convertir... Puis, je l'aimais !

— A la bonne heure, voilà la vérité ! Vous l'aimiez ! Du reste, pourquoi vous blâmerais-je ? Vous vous êtes marié comme se marient tous les hommes. Les quatre-vingt-dix-neuf centièmes épousent une dot ; le centième, et le meilleur, épouse un minois, plus ou moins affriolant, ou une nuance de cheveux qui lui plait. Pas un ne songe qu'il prend une compagne pour la vie, de qui son bonheur, et souvent son honneur dépend, et que cette créature qui l'enrichit, ou caresse ses désirs de jeune homme, sera la mère de ses enfants.

— Vous êtes dur, Steinbach !

— C'est vrai, mais j'ai raison. Finalement, après le mariage, vos espérances de conversion et autres se sont-elles réalisées ?

— Vous savez bien que non. Marie était nonchalante, indifférente à tout, mais sur la question religieuse inébranlable. D'ailleurs, je ne me crus pas le droit de violenter sa conscience...

— C'est-à-dire que, pour avoir la paix, éviter les scènes, la maussaderie et les bouderies, vous avez abdiqué ! Vous combattiez l'Église dans votre journal, et vous l'introduisiez à votre foyer ! C'est l'histoire universelle. Voilà pourquoi le monde marche si mal et si lentement. Nous écrasons la superstition à la tribune et dans nos écrits, mais nous la prenons par la main pour lui remettre femme et enfants ! Et nous sommes tout surpris, un beau jour, de trouver l'isolement ou la honte au domicile conjugal, et de voir debout la religion que nous sabrons de si belles phrases ! C'est que, pendant que monsieur la pourfend de sa plume, madame la panse de ses blanches mains !

— Soit ! interrompit Delmont. J'ai été faible, mais...

— Peu de temps après votre mariage, demanda brusquement Me Steinbach, sans écouter l'interruption, votre femme voulut aller en Italie, n'est-ce pas ?

— Oui. Elle m'exprima le désir de revoir Milan, sa patrie. Georgette avait alors un an. Qu'y a-t-il là d'extraordinaire ?

— Et c'est à Milan, tout de suite, qu'elle vous présenta les frères Riccardi ?

— Sans doute. C'étaient les seuls amis qui fussent restés fidèles à sa mère, après la mort de son père. Trop pauvres eux-mêmes pour l'aider, ils lui avaient, du moins, montré une vive et sincère sympathie.

— C'est bien, ajouta Me Steinbach. Je connais le reste de votre histoire, c'est-à-dire votre retour à Paris, et, quelques mois plus tard, l'arrivée des frères Riccardi, plus ou moins proscrits. Naturellement ils trouvèrent chez vous, en France comme en Italie, l'accueil le plus fraternel.

XXIX

LE RÉCIT DE L'AMI

Me Steinbach se leva, fit quelques tours dans son cabinet, puis revint s'asseoir en face de Georges, et lui dit d'un ton grave où perçait une émotion profonde :

— Ainsi, le moment que je redoutais et que j'éloignais le plus possible est arrivé. Il faut s'exécuter, déchirer tous les voiles, dire la vérité vraie, la regarder en face comme des hommes. Vous en sentez-vous capable ?

7.

— Oui, répondit Delmont pâlissant et d'une voix dont il cherchait en vain à dissimuler l'altération.

— Vous me jurez d'être calme, de tout entendre, sans violence inutile, colère vaine ou désespoir d'enfant?

— C'est donc bien terrible?

— Donnez-moi votre parole d'honneur de m'écouter jusqu'au bout, de rester maître de vous, et de ne prendre aucune résolution brusque, irréfléchie, qui n'ait obtenu mon approbation?

— Vous avez ma parole, Steinbach; mais vous me faites mourir, parlez, parlez!

— Vous venez de me raconter ce que j'appellerai le roman de votre mariage. A moi de vous en faire l'histoire. La voici:

— Catherine Bonelli était bien, en effet, la veuve d'un employé mort sans fortune. — Vous avez habité l'Italie. Vous savez ce qu'y sont les employés, et comment on les rétribuait à cette époque. Il était impossible de vivre avec le traitement servi par la munificence gouvernementale. — Je crois, du reste, que cela n'a guère changé. — Il fallait donc avoir recours à d'autres ressources, d'autant plus que, sauf les joueurs d'accordéon et les montreurs de singes, tout le monde, en Italie, affecte le luxe extérieur, le luxe des vêtements. M. Bonelli, gagnant moins de cent francs par mois, devait donc être vêtu comme un prince, et Madame Bonelli porter des robes de soie, de velours, de satin, dont la queue balayât tous les ruisseaux de Milan.

Caterina était jolie femme. Antonio, son époux, n'était point jaloux. Tant qu'elle fut jeune, le problème n'offrit aucune difficulté. Quand les années apportèrent des rides, il fallut aviser. On avisa, et Caterina, après avoir fait commerce de ses propres charmes, fit commerce des charmes des jeunes femmes ou filles de sa connaissance qu'elle avait précédées dans la carrière. Caterina possédait, de plus, une fille, Marie, qui grandissait à côté d'elle, et promettait d'être une beauté, promesse qu'elle a tenue, vous en savez quelque chose. Le père et la mère la couvaient et la soignaient comme la prunelle de leurs yeux. C'était l'avenir de la famille et le pain des vieux jours que cette enfant.

Elle avait seize ans, quand Antonio Bonelli mourut jeune d'une indigestion de *risotto*.

Un malheur n'arrive jamais seul !

Peu de jours après, la veuve découvrait que sa fille, cette enfant sur laquelle elle avait compté jusqu'alors pour quelque brillant mariage, était devenue éperdûment éprise...

Me Steinbach hésita.

— Achevez, dit sourdement Delmont.

— D'un certain Ercole Riccardi... et n'avait plus rien à lui refuser !

— C'est faux ! hurla Georges en se redressant Vous men...

— Arrêtez, dit tristement Me Steinbach. Vous alliez dire que je mens ! Est-ce ainsi que vous tenez votre parole, Georges ? Faut-il vous affirmer que j'ai en mains toutes les preuves de ce que j'avance ? Et, enfin, m'estimez-vous assez peu, me connaissez-vous si mal, que vous me croyiez capable de calomnier une femme, et de briser votre cœur par plaisir ?

Delmont était retombé sur la chaise, le front dans ses mains. Il garda le silence.

— Je continue, reprit Steinbach.

— Colère, désespoir de la mère, qui interdit à sa fille de revoir ledit Riccardi, et alla même jusqu'à la maltraiter.

Marie qui aimait pour la première fois, et ne devait pas connaître d'autre amour, — vous savez que les Italiennes sont fort constantes, — quitta un beau matin la maison maternelle, et courut demander asile et protection à son amant.

Or, Ercole, vous ne l'ignorez point, était extrêmement pauvre. De là même venait la fureur de Madame veuve Bonelli. Riccardi adorait la jeune fille, mais Riccardi est un homme prudent, sage, avisé, et que la passion n'entraînera jamais à méconnaître ses intérêts. Marie était aussi pauvre que lui. Il était jeune, il vivait péniblement. La mère s'opposait au mariage, et lui-même n'en avait pas trop envie. Celle qu'il adorait comme maîtresse lui semblait une lourde charge comme épouse. Finalement, il ramena la jeune fille à sa mère, lui faisant entendre raison et lui jurant de l'épou-ser plus tard, quand il aurait fait fortune,

Les aventures de la jeune Marie avaient fait quelque bruit dans Milan. Un bon mariage pour elle y devenait à peu près impossible, en tout cas difficile. Tant que Riccardi était là, Marie se montrait peu maniable. A tous les points de vue, il fallait la dépayser. C'est ce qui décida Madame veuve Bonelli à venir à Paris tenter la fortune, et rechercher le gendre riche de ses rêves. Marie résista d'abord. Elle ne voulait pas s'éloigner de celui à qui elle avait donné son cœur. Mais enfin, comme elle avait grand'peur, elle aussi, de la misère qui arrivait tambour battant, elle obéit et partit.

A Paris, en effet, la mère tomba malade, les ressources s'épuisèrent, la détresse se montra. Vous savez la suite, jusqu'à votre départ pour Milan, après la naissance Georgette.

Georges, immobile et le visage caché dans ses mains, gardait toujours le même silence.

— Je suis brutal, reprit alors l'avocat, mais il le faut. On ne peut gazer ces choses-là, et j'aime mieux, pauvre ami, vous assommer tout d'abord sous le coup que vous faire passer par l'angoisse de mille piqûres d'épingle, pour aboutir un peu plus lentement à la cruelle vérité. Rassemblez donc vos forces : ce qui suit est pire !

Georges ne fit pas un mouvement.

XXX

LE VŒU D'UNE ITALIENNE

Marie, continua Me Steinbach, n'avait jamais cessé d'aimer Ercole Riccardi. Au bout de deux ans, elle ne put y tenir davantage, et vous suggéra l'idée d'un voyage à Milan, sous prétexte du désir de revoir son pays natal, en réalité pour retrouver l'homme dont on l'avait séparée, et qui, ne craignant plus de la voir tomber à sa charge, l'accueillerait sans doute à bras ouverts. Cette persévérance, ce calcul, cette ingratitude dans la trahison, tout cela est odieux, et je devine ce que vous ressentez ; mais y il a des natures lâches, égoïstes, ingrates, et le type de Marie, vous le savez aussi bien que moi, n'est rare nulle part. En Italie, les femmes y ont cette excuse de plus, que l'homme ne les protège ni ne les estime. Il ne s'occupe d'elles que pour son plaisir, ne leur demande ni cœur, ni esprit. On les élève dans la paresse, l'ignorance, la superstition. Elle ne savent rien, ne font rien, s'amollissent dans l'oisiveté, privées même de lectures. Elles mourraient d'ennui, d'inanition intellectuelle et morale, sans le confesseur et l'amant. Les mœurs y étaient faites, car je parle de l'ancienne Italie, non de la nouvelle, et Marie, de très bonne foi, se croyait beaucoup moins coupable, et l'était, par conséquent, beaucoup moins qu'elle ne nous paraît.

A Milan, vous savez ce qui arriva, et comment votre femme vous présenta les frères Riccardi, qui devinrent les hôtes assidus de votre maison et vous lancèrent avec eux dans les conspirations mazziniennes de l'époque contre la domination de l'Autriche.

— Les misérables ! murmura Delmont.

— Certes. Mais Ercole Riccardi, en reprenant ses relations avec Marie, — car elles fureut reprises tout de suite, — y apporta cette absence absolue de sens moral, qui n'était que trop fréquente dans l'Italie d'hier aux mains de l'Eglise, et qui disparaît rapidement de la jeune Italie régénérée par le souffle des idées modernes. Il écoutait sa passion et son intérêt, et ne s'en trouvait nullement blâmable. De fait, ce n'est pas un méchant homme, et, pourvu que sa vanité soit satisfaite et son bien-être assuré à tous les points de vue, il ne ferait pas gratuitement de mal à une mouche. D'abord cela le fatiguerait, et il n'aime point le mouvement inutile. Seulement, — et ici se présente un détail que je vous prie de noter, car il a, ainsi que vous le verrez, son importance capitale, — Marie avait confessé sa passion et sa faute au prêtre italien qui dirigeait sa conscience à Milan. Elle lui avait déclaré, de plus, qu'elle ne pouvait ni ne voulait y renoncer. Ce prêtre, — qui était sévère, — lui avait alors imposé, comme condition de l'absolution, de ne jamais recevoir Riccardi que dans une obscurité complète, lorsqu'ils auraient un rendez-vous ensemble.

Cette contrainte devait servir de rançon au péché d'adultère et assurer le salut de Marie dans l'autre monde, en y ajoutant quelques messes pour les âmes du purgatoire et quelques cierges brûlés en l'honneur de la vierge. Un semblable compromis paraîtrait absolument ridicule à une Française de dévotion ordinaire. A une Italienne, il parut merveilleux, et si jamais sa conscience avait eu quelques remords, ils se calmèrent et disparurent comme par enchantement.

Compromis à Milan, signalé à la police autrichienne, menacé par elle, vous dûtes quitter l'Italie et revenir en France, à Paris. Les deux amants avaient promis de s'y rejoindre. En effet, quelques mois plus tard, les frères Riccardi débarquaient dans la capitale et reprenaient leurs relations avec vous.

Georges, sans relever la tête, sans dire un mot, sans faire un geste, enfonçait ses doigts crispés dans la chair de son crâne.

Steinbach l'enveloppa d'un regard de tendre pitié, et poursuivit :

— Ippolito Riccardi avait, vous vous le rappelez, un caractère bien différent de celui d'Ercole. Autant ce dernier était expansif, bruyant en dehors, *bon enfant,* en un mot, autant le premier était sombre, taciturne, *en dessous*, comme le disait fort bien son frère en déposant devant le tribunal.

C'était une nature envieuse et basse. Il était jaloux de son frère aîné mille fois plus brillant que lui et dont l'éclat l'effaçait ; jaloux surtout de ses succès auprès des femmes, car Ercole est un homme à bonnes fortunes. Il en a même beaucoup vécu, au temps de sa jeunesse besoigneuse. — Avec sa faconde habituelle et sa vanité tapageuse, dès qu'il n'a pas intérêt à se taire, Ercole ne manquait jamais de raconter à Ippolito toutes ses conquêtes amoureuses, de les faire miroiter devant ses yeux. Il lui raconta donc aussi ses relations avec Marie, et lui donna les plus grands détails, et sur la

manière dont ils se voyaient, et sur la façon dont il escala-
dait, à Sceaux, la fenètre du petit salon, où votre femme,
Georges, l'attendait toujours dans une obscurité complète,
fidèle à la promesse faite à son confesseur milanais.

Or il paraît qu'Ippolito était, lui aussi, amoureux de
Madame Delmont, bien qu'il n'eût jamais osé ni le dire ni le
montrer, et que, selon toute apparence, elle fût loin de s'en
douter.

Muni de tous les renseignements fournis par la vanité et
la vantardise d'Ercole, sachant à quelle heure et dans quelles
conditions il fallait se présenter, comptant surtout que
l'obscurité le protégerait, en empéchant qu'il ne fût reconnu,
Ippolito conçut le projet infernal de se substituer une nuit
à son frère.

Depuis un instant, Georges avait relevé la tête. Il était
d'une pâleur mortelle. De grosses gouttes de sueur perlaient
sur son front.

— Oui, écoutez bien, reprit Mᵉ Steinbach, nous sommes ici au
nœud de la question, et nous approchons de la catastrophe.
Ici, d'ailleurs, je n'ai plus que des suppositions, mais mar-
quées au sceau de la presque certitude. Vous vous en souvenez,
Ercole Riccardi vint affirmer devant le tribunal que vous
aviez fait connaître à son frère, le jour du meurtre, votre
intention de retourner à Sceaux ?

— Oui.

— C'est même là un des faits qui vous firent condamner.

— Eh bien ?

— Eh bien, Ercole a dit sans doute la vérité. Si je ne me
trompe dans mes suppositions, Ippolito ayant choisi cette
nuit pour se rendre à Sceaux, à la place de son frère, dut
évidemment lui dire que vous retourniez près de votre
femme, afin de l'empêcher, lui, de s'y rendre, comme il arrivait chaque fois que vous restiez à Paris. L'heure où il est
entré chez vous est l'heure exacte où Ercole s'y présentait.
Il a suivi le même chemin que lui, et...

— Et ? répéta Delmont, d'une voix haletante.

— Il y a trouvé la mort !

— Mais par qui ?

— Voilà ce que j'ignore ! — Jusque-là, en six années de recherches patientes et prudentes, j'ai pu suivre la piste des événements, reconstituer tous les faits, ou, du moins, les faits principaux, expliquer enfin, éclaircir le mystère de la présence d'Ippolito chez vous, dans cette nuit fatale, au moment de sa mort. Mais là les ténèbres s'épaississent de nouveau et restent impénétrables. Que s'est-il passé ? Qui a-t-il trouvé dans cette pièce où il croyait trouver une femme ?

Qui l'a frappé de ce coup si sûr et si terrible ? Néant ! Je ne sais rien de plus que le premier jour !

— Ah ! malédiction ! murmura Georges. — Avoir tout perdu ! tout ! — Et, pour prix d'une si horrible souffrance, ne pas même pouvoir démasquer les coupables, reconquérir mon honneur par une éclatante réhabilitation !

Un sanglot souleva sa poitrine.

— Ami, reprit Mᵉ Steinbach, je vous ai fait cruellement souffrir. — Oui, j'ai reculé tant que j'ai pu devant ces révélations. — Vous comprenez maintenant pourquoi je vous écrivais : — Restez là-bas ! — J'en savais assez pour déchirer votre cœur, pas assez pour vous dire : — Voilà les preuves de votre innocence !

— Vous avez fait votre devoir, Steinbach. Je croyais pourtant n'avoir plus rien à redouter, avoir épuisé toutes les angoisses de l'homme, du mari, du père... Hélas! Merci, néanmoins.

— Attendez, avant de me remercier. Je n'ai pas fini !

XXXI

OU UN PAN DU VOILE SE SOULÈVE
SANS RIEN MONTRER

Georges Delmont releva la tête et regarda Mᵉ Steinbach avec stupeur.

— Est-ce que je n'ai pas vidé la coupe jusqu'à la lie ? demanda-t-il.

L'avocat garda le silence.

— Que me reste-t-il donc encore à apprendre ?

— Le plus cruel peut être ! murmura Me Steinbach. Soyez donc courageux.

Georges fit un geste de promesse. Il dévorait des yeux le visage énergique et attristé de son vieil ami, attendant les nouvelles révélations qui allaient évidemment le frapper au cœur.

— Madame veuve Delmont, reprit l'avocat d'une voix grave, ne porte plus votre nom.

— Comment !

— Elle s'appelle aujourd'hui Madame Riccardi. Elle a épousé...

— Ah ! les infâmes ! s'écria Delmont hors de lui. Elle n'a pas eu honte d'accepter le nom de cet homme, de donner à notre enfant, à ma fille Georgette, un pareil beau-père ! de devenir la femme, aux yeux du monde, du misérable dont la déposition m'envoyait à l'échafaud ! Mais pourquoi ne me l'avez-vous pas écrit ? Pourquoi me l'apprenez-vous seulement ?

— Parce que ce mariage s'est accompli quinze mois après votre prétendue mort. A ce moment, vous étiez encore fou. Quand la raison vous est revenue, j'ai jugé inutile de vous annoncer une nouvelle qui eût, certes, ajouté à vos tortures, sans résultat, puisque la chose faite, personne n'y pouvait plus rien. Vous auriez voulu revenir, vous auriez commis quelque imprudence, et c'est ce que je devais éviter, car nous n'aurions rien su.

— Et que savons-nous ?

— Nous en savons assez, pour que vous n'aimiez plus cette femme, pour que vous ne la regrettiez plus, pour qu'elle ne puisse plus vous tromper, vous abuser ; — c'est beaucoup.

Delmont froissait l'une contre l'autre ses mains crispées.

— Et ce mariage, dit-il enfin, n'a pas révolté l'opinion publique ?

— Il a indigné tous vos amis, du moins, qui ont abandonné aussitôt votre veuve. Moi seul lui suis resté fidèle, et parce que je vous avais promis de veiller sur Georgette, et parce que je ne voulais perdre de vue ni elle, ni lui.

— Comment ai-je pu jamais aimer une pareille créature ? murmura Delmont.

— Enfin, reprit M⁰ Steinbach, Madame Riccardi sait pertinemment que vous êtes innocent, et connaît le véritable coupable !

Georges bondit sous la secousse intérieure que lui causa cette révélation. Ses lèvres devinrent blêmes, ses yeux lancèrent un éclair. Il saisit le poignet de l'avocat et lui demanda d'une voix rauque :

— Elle connaît le coupable ?... Elle connaît l'assassin ?... Depuis quand ?

— Depuis le jour de l'assassinat !

— Ah ! murmura le malheureux Delmont, et il chancela comme un homme ivre.

Steinbach le soutint.

— Voyons, du courage ! lui dit-il.

Georges passa la main sur son front, il se redressa, il était effrayant.

— Ainsi, reprit-il, elle connaissait le coupable, quand elle est venue témoigner. Et elle a gardé le silence, et elle m'a laissé condamner ! Savez-vous que c'est plus horrible, plus hideux cent fois qu'un assassinat brutal ! Quoi ! cette femme, la mienne, cette créature qui portait mon nom, n'a pas craint de m'envoyer à la mort infâmante des meurtriers, et de traîner ce nom dans la fange d'une cour d'assises, alors que, d'un mot, elle pouvait me sauver ! Quoi ! cette mère livrait le nom de sa fille à la honte, faisait de cette enfant plus qu'une orpheline, alors que, d'un mot... Ah ! c'est abominable ! C'est à en perdre la raison !... Je me demande si je ne deviens pas fou !

— Vous avez toute votre raison.

— Est-ce possible ? Est-ce possible ?

— Cela est !

— Je comprends tout à présent. Cette femme et son amant voulaient ma mort. Ils l'attendaient pour s'unir, pour se débarrasser d'une contrainte qui leur pesait... C'était un coup monté entre eux... Je suis la victime de quelque horrible complot !

— Je ne le crois pas. Je ne crois pas que cela fût prémédité.

— Et que m'importe ? poursuivit-il au comble de l'exaltation. Prémédité ou non n'ai-je pas le droit de me venger , le devoir de les punir , de me baigner dans leur sang et d'étaler leur infamie au grand jour ? Ah ! nous ne serons jamais quittes, quoi que je fasse ! Jamais je ne pourrai leur rendre ce que j'ai souffert pendant cet abominable procès, durant ces six années d'exil, loin d'elle, que j'aimais encore, époux sans femme, père sans enfant, honnête homme sans honneur, réduit à cacher mon existence comme un crime !

Delmont se tut, la fureur l'étouffait. Steinbach le laissait parler, espérant que cette explosion le calmerait.

— Mais regardez-moi donc, Steinbach, reprit enfin Delmont d'une voix entre-coupée; regardez ces traits labourés par la souffrance, ces rides creusées par le désespoir, ces sillons tracés par les larmes, ces cheveux blancs qui ont fait du jeune homme un vieillard, qui l'ont rendu méconnaissable à ses propres yeux, comme aux yeux de ses meilleurs amis !... Et je ne me vengerais pas !

Georges saisit son chapeau et s'élança vers la porte.

Me Steinbach se plaça résolûment devant lui.

— Arrêtez ! Où allez-vous ?

— Où je vais ? Chez eux, pardieu ! Je veux les tenir là, là !

Georges, en parlant ainsi, tendait dans le vide ses poings serrés à faire jaillir le sang sous les ongles qui mordaient sa chair.

— Je veux, continuait-il, leur cracher leur infamie au visage, les voir à mes pieds trembler et demander grâce, et les broyer sous mes talons !

— Georges, pitié !

— Pas de pitié !

— Pour Georgette !

Delmont s'arrêta.

— Georgette ! répéta-t-il, comme s'il ne comprenait pas.

— Oui, Georgette, qui est innocente, et qui sera la première victime de vos violences.

— Comment cela ? Est-ce qu'en punissant une femme indigne et un coquin, je ne lui rendrai pas aussi un père ?

— Vous oubliez, don Ramon, que Georges est condamné à mort, et que ce n'est pas en **tuant** sa femme et Riccardi qu'il prouvera son innocence.

— Mais je leur arracherai la vérité.

— Qu'en savez-vous ? Et s'ils se taisent ? D'ailleurs, je demanderai au père de Georgette, s'il aime sa fille réellement, sérieusement...

— Si je l'aime ! interrompit Delmont, et deux larmes, les premières depuis cette longue agonie, mouillèrent ses paupières.

— Alors, je lui demanderai encore s'il croit qu'il rendra service à cette jeune fille, en lui apprenant que sa mère est une coquine, en portant le scandale, le déshonneur et la honte sous le toit qui l'abrite, comme si elle n'avait pas déjà assez souffert, comme si elle n'était pas déjà assez cruellement atteinte !

Delmont gardait le silence, moitié farouche, moitié dompté !

— Que faire donc ? dit-il enfin. Puis-je laisser ces monstres impunis ? Puis-je, elle, mon enfant, la laisser sans défense à la discrétion de ces deux infâmes ? Dois-je renoncer à jamais, à tout espoir de réhabilitation ?

— Je ne prétends pas cela, — répondit Steinbach soucieux, et avec une certaine hésitation. — Je prétends seulement qu'il faut agir sans colère, sans violence, d'une façon sage et prudente, tenir la parole que vous m'avez donnée. — Je prétends surtout qu'il y a une jeune fille innocente et pure, digne de tous les ménagements et de toutes les joies, qui serait la première victime de votre vengeance irréfléchie.

Delmont se laissa tomber sur un fauteuil. La réaction se faisait. Après le premier cri de la douleur aiguë, la raison revenait.

L'avocat profita de cette accalmie.

— Vous ne m'avez pas laissé achever, reprit-il plus doucement. Madame Riccardi n'est pas la seule à connaître la vérité.

— Il y a son mari, parbleu !

— C'est possible, c'est probable, mais je l'ignore.

Georges le regarda avec une surprise profonde.

— Pour Riccardi, pouruivit-il, je suppose, mais je n'ai pas de preuves, tandis que pour un autre...

— Quel autre ?

— Je veux parler de l'abbé Clodion.

— De l'abbé Clodion ?

— Oui, le confesseur de votre femme, celui qui témoigna contre vous avec une malveillance et une perfidie qui m'avaient frappé le jour de l'audience publique.

— Tenez ! s'écria Delmont, ma tête s'y perd ! Plus j'avance dans cette sombre affaire, plus vous m'en parlez, plus vous me donnez de détails, plus je m'égare, plus les ténèbres s'épaississent autour de moi.

— Je le comprends. J'ai éprouvé d'abord cette impression, et je l'éprouve encore.

— Mais enfin, reprit Georges, comment savez-vous que l'abbé Clodion a trempé si directement dans ce hideux complot? Comment savez-vous tout, en un mot, sauf...

— Sauf la vérité? interrompit Me Steinbach. — Je vais vous le dire.

XXXII

INDUCTION ET AUDITION

— Pendant le procès qui aboutit à votre condamnation, commença l'avocat, j'avais fait à part moi plus d'une remarque. D'abord votre femme, tant que dura la prévention, ne vint pas vous voir une seule fois, ne vous écrivit pas une igne.

— C'est vrai ! Mais on me dit qu'elle était malade, que l'émotion lui avait causé un tel bouleversement que sa vie était en danger.

— D'accord ! Aujourd'hui, nous comprenons que telle ne fut pas sa raison, et qu'elle craignait par-dessus tout une entrevue, un tête-à-tête avec vous. Ensuite, rappelez-vous sa tenue devant le tribunal, son embarras, ses hésitations, ses réticences, ses angoisses qui vous frappèrent vous-même, au point que vous l'avez objurguée, sommée de dire la parole qu'on attendait d'elle.

— Sans doute.

— Quand elle se retourna vers vous, pâle, bouleversée, les mains tendues, chacun attribua son geste et l'évanouissement qui suivit, à l'horreur que lui causait votre crime. Sur le moment même, ce geste me parut plutôt un geste de prière, comme si elle vous demandait grâce, qu'un geste d'horreur et de malédiction. — Tels étaient mes sentiments quand je me rendis chez elle pour lui annoncer votre prétendue mort. Je dus attendre quelques instants, en compagnie de Georgette, votre femme ne pouvant me recevoir immédiatement. Tout à coup une porte de communication s'ouvrit à l'intérieur de l'appartement, et la voix de madame Delmont parvint jusqu'à moi. Or, savez-vous ce que disait cette voix ? — Elle disait ceci, sur un accent de colère marqué :

« Monsieur l'abbé, vous m'avez juré qu'il ne mourrait pas. Il ne peut être exécuté, *car il est innocent,* et je n'irai pas jusque-là, *quoi que je vous aie promis!*

— Et c'est à l'abbé Clodion qu'elle disait cela ?

— A l'abbé Clodion en personne. Je l'ai entendu, comme je vous entends.

— C'est étrange!

— Bien étrange, n'est-ce pas ? Mais, si j'avais pu douter encore, je ne douterais plus depuis hier.

— Depuis hier ? Que s'est-il passé ?

— Vous allez le savoir, vous allez apprendre ce que vaut Georgette, quelle affection elle a conservée au souvenir de son père mort.

Alors l'avocat raconta à Delmont le voyage à Sceaux et les

diverses expériences accomplies sous la direction de mademoiselle Delmont.

— De ces expériences, continua-t-il, il résulte jusqu'à l'évidence : 1° Que vous n'avez pu entendre la discussion qui a précédé le meurtre, et 2° que madame Delmont, de sa chambre, a dû tout entendre. Donc, quand elle est entrée avec une lumière, elle savait qui avait frappé, ce qui s'était dit entre la victime et l'assassin.

— C'est évident ! murmura Georges, au comble de l'étonnement.

Il se promena un instant en silence, puis, s'arrêtant devant l'avocat.

— Savez-vous ce que je crois ? lui dit-il.

— Parlez.

— Riccardi a su que son frère se rendait à Sceaux. Il l'y a précédé, a prévenu ma femme, pour qu'elle le laissât recevoir seul son rival ; puis, emporté par la jalousie, il l'a poignardé. Ainsi s'explique qu'elle ne soit pas intervenue en entendant la discussion. Ainsi s'explique son arrivée au bruit de la chute du corps.

Delmont s'arrêta encore, puis reprit vivement :

— Enfin, pour détourner les soupçons, pour s'assurer du silence de sa maîtresse, de sa complice, il l'a épousée. Qui pourrait supposer, en effet, que l'assassin, le fratricide, que celui qui envoyait à sa place un innocent à l'échafaud, a osé épouser la veuve de cet innocent, de l'ami qu'il avait trahi et qu'il livrait au bourreau ?

— C'est possible, répondit l'avocat pensif, c'est probable, c'est vraisemblable, c'est l'idée qui se présente naturellement à l'esprit... mais...

— Mais, quoi ?

— Cela n'explique point par où, le meurtre accompli, Riccardi aurait disparu. Et surtout cela n'explique pas cette phrase de madame Delmont à l'abbé Clodion :

« Je n'irai point jusque-là, *quoi que je vous aie promis.* »

— Vous avez raison... et pourtant... Pourquoi n'avez-vous pas interrogé ma... madame Riccardi ?

— C'était inutile et dangereux. Lui dire ce que j'avais entendu? A quoi bon? Elle aurait nié naturellement. Je la mettais sur ses gardes, et je m'en faisais une ennemie. Dès lors, je ne pouvais plus veiller, comme je l'ai fait, comme je vous l'avais promis, sur Georgette. Il valait mieux réserver cette arme pour une meilleure occasion.

— Georgette! répéta Delmont avec attendrissement. Ah! parlons d'elle. C'est d'elle qu'il s'agit. C'est à elle que tout doit être sacrifié, subordonné. Je n'ai pas tout perdu, puisqu'il me reste ma fille et vous!

— A la bonne heure, don Ramon. Voilà que vous pensez comme un homme raisonnable et comme un père. Nous nous rencontrerons sur ce terrain, et vous me trouverez disposé à vous aider, ainsi que je l'ai fait jusqu'à présent. Pardonnez-moi l'horrible douleur que je vous ai causée. Je ne pouvais vous mentir. Vous comprenez aussi pourquoi je ne vous ai pas rappelé. En six ans, j'ai réuni une quantité de faits, j'ai découvert des détails inattendus et nombreux, et je ne sais, au fond, rien de plus que le premier jour. Un crime a été commis. Par qui? Je l'ignore. Par Riccardi? C'est une supposition. Il n'y a pas de preuves, malgré les probabilités, et, d'ailleurs, vous le reconnaissez vous-même, cette supposition, la plus vraisemblable pourtant, la seule vraisemblable, est loin de tout expliquer.

Delmont l'avait écouté en silence.

— C'est donc à moi, dit-il, de continuer les recherches, à partir du point où vous les avez amenées, et de faire le reste.

— Que comptez-vous entreprendre?

Delmont réfléchit une minute, puis reprit :

— Vous me présenterez, sous un prétexte que nous trouverons, chez M. et madame Riccardi.

— Vous? Allons donc! Ce serait une folie!

— Steinbach, répondit gravement et lentement Delmont, sur un ton qui n'admettait pas de réplique, vous vous trompez. Je suis maintenant maître de moi. Tout ce qui pouvait être brisé en moi, est brisé. Je ne dirai pas que le mépris a tué la haine comme il a tué l'amour; je ne dirai pas que je renonce à punir, — mais j'agirai en justicier impassible, non en forcené. Pour Georgette, pour me rapprocher d'elle, pour veiller sur elle, pour la sauver, si quelque danger la menaçait dans ce milieu infâme et redoutable, je saurai vaincre mes nerfs, dompter mes passions. Je vous le jure. L'époux est mort, l'homme est de pierre, mais le père reste. C'est lui qui doit agir, et il agira, soyez sans crainte.

— On vous reconnaîtra !

— Regardez-moi donc.

— Eh bien, est-ce que je ne vous ai pas reconnu ?

— Vous saviez que j'étais vivant.

— Mais la voix...

— Oh ! la voix, dit alors Georges en changeant brusquement d'intonation et en parlant avec l'accent guttural propre aux individus de langue espagnole et portugaise, l'auriez-vous reconnue si j'avais parlé ainsi ?

— Non, certes.

— Il faut donc, je vous le répète, que j'aie mes entrées libres dans la maison Riccardi.

— Croyez-moi, n'oubliez pas non plus l'abbé Clodion.

— Je ne l'oublierai pas.

Et les deux hommes, rapprochant leurs chaises, baissant la voix, établirent leur plan de campagne.

XXXIII

MADAME RICCARDI

Marie Bonelli, veuve Delmont, devenue madame Riccardi, avait aussi supporté le poids des sept années écoulées depuis le jour où, devant la cour d'assises, nous l'avons vu figurer parmi les témoins à charge de son premier mari.

Les femmes du Midi, en général, résistent peu aux atteintes de l'âge. Leur beauté se compose d'un printemps vite disparu. Pour elles, l'été se confond avec l'automne, et l'automne c'est déjà l'hiver.

Bien que madame Riccardi n'eût que trente-cinq ans, sa fraîcheur avait disparu, ses longs traits s'étaient encore allongés, elle avait pris cette teinte de cire propre aux dévotes et aux gens qui vivent dans l'obscurité, ayant conservé l'habitude italienne de fuir la lumière et le soleil, et de maintenir dans ses appartements une nuit factice à l'aide des persiennes closes et des rideaux épais.

Elle sortait peu, seulement pour aller à la messe ou à confesse, ne marchait point, ne faisait rien, ne lisait même pas, existait le moins possible.

Ajoutez à cela qu'elle se négligeait beaucoup dans son intérieur, ne peignant ses admirables cheveux noirs que pour sortir, et·apportant aussi peu d'attention et de soin à ses vêtements de chambre, qu'elle apportait de recherche et de luxe tapageur à ses toilettes de ville, par un mélange de vanité et de négligence méridionales.

Tant qu'elle avait trompé son mari pour Ercole Riccardi, le désir de plaire à son amant avait entretenu sa coquetterie et combattu, chez elle, le laisser-aller originaire. Une fois devenue madame Riccardi, l'amant s'étant transformé en mari, elle le traitait en mari avec un sans-gêne absolu.

Hâtons-nous d'ajouter que Riccardi, habitué à ces façons des femmes de son pays et à leur peu de goût *pour* et *dans* les choses de l'intérieur, ne s'en offusquait et ne s'en plaignait nullement.

A vingt ans, quand on a les trésors de la jeunesse et l'éclat d'une matinée ensoleillée de mai, la coquetterie est un luxe. — Plus tard, elle est une nécessité.

Ce n'est pas que madame Riccardi fût devenue laide ou déplaisante. Loin de là. Mais elle avait perdu le charme, et le bigotisme, joint à sa nonchalance extrême et au vide absolu d'idées, ne laissait plus sur son visage qu'une expression monotone d'ennui et de maussaderie.

Il est vrai qu'un brin de toilette et l'éclair d'une émotion pouvaient effacer tout cela, et la rajeunir encore, en une minute, de dix bonnes années.

Elle avait aimé Riccardi avec violence. Elle l'aimait toujours. Les femmes italiennes, il ne faut pas l'oublier, sont, en général, fort constantes dans leurs amours. Cette passion, à laquelle elle avait tout sacrifié, restait le point lumineux de son existence, le foyer encore allumé où se fondait parfois la glace de son égoïsme et de sa nullité.

Quant à Georgette, elle la respectait et la craignait même un peu, ne l'aimant guère. La nature active, énergique, libre-penseuse de mademoiselle Delmont, l'étonnait et la troublait souvent. Sa fille, d'ailleurs, ne lui rappelait rien de doux. Elle n'avait pas aimé le père, et madame Riccardi, en plus, était de ces femmes qui n'ont rien de la maternité que l'instinct banal, et se détachent de leur enfant à mesure que cet enfant grandit, devient une personnalité. Elle n'était pas mauvaise avec elle, mais indifférente à la surface, malveillante au fond, et toute prédisposée à l'animosité, sans le savoir peut-être.

D'autres motifs encore séparaient les deux femmes, ainsi que nous le verrons plus tard.

En dehors de son mari, qui représentait l'amour, ayant été l'amant, — cette Italienne n'avait de sympathie sérieuse et profonde que pour son confesseur, qui représentait Dieu et lui assurait sa tranquillité dans l'autre monde.

Son plaisir et son salut : — l'égoïsme sous ses deux formes, le présent et l'avenir, — tels étaient les pôles de cette nature insignifiante et molle, mais capable pourtant de haine et de violence, dès qu'elle se sentait menacée dans les seules choses auxquelles elle attachât quelque importance.

L'abbé Clodion, resté son directeur, exerçait donc sur elle une influence prépondérante. Il était le véritable maître de cet intérieur, où, pourvu qu'il ménageât la corde amoureuse de l'épouse, il faisait la loi.

Au moment où nous retrouvons la veuve de Georges Delmont, l'abbé Clodion justement venait d'arriver chez elle, et tous deux se livraient à une conversation animée dans une petite pièce précédant la chambre à coucher de madame Riccardi.

— Sans doute, disait cette dernière, en ce qui me concerne

personnellement, je ne demanderais pas mieux, mais...

— Mais? répéta l'abbé.

— Mais j'ai tâté le terrain avec précaution, et je crains de trouver de grandes résistances.

— De la part de qui?

— De la part de mon mari, d'abord.

— Pourquoi cela?

— Vous connaissez sa situation. Toute la fortune vient du père de Georgette. Il m'en a reconnu la moitié, soit. Mais si Georgette se marie, il faudra lui donner sa part, trois cent mille francs. Riccardi ne verra pas sortir avec plaisir une si grosse somme qui pourrait rester à la maison pendant plusieurs années encore, — et cela surtout avec les habitudes de luxe, de bien-être, de large dépense, qu'il a prises, à mon grand regret, depuis son mariage.

— Ce n'est pas une raison sérieuse, madame, et je me charge d'obtenir, dès que cela sera nécessaire, l'acquiescement de M. Riccardi. N'oubliez pas que le premier devoir des parents est de songer à l'avenir des enfants. D'ailleurs, M. Riccardi n'a aucun droit sur mademoiselle Delmont, et je crois que le monde, d'accord en ceci avec la religion, vous blâmerait vivement de ne pas saisir l'occasion qui se présente pour vous de faire faire à mademoiselle Delmont un mariage brillant et tout à fait inespéré dans la situation particulière que les circonstances lui ont créée.

M. Jules Florestan est un homme jeune encore, dans une belle position, qui a consacré son talent et sa vie à la défense des bons principes. — Mademoiselle Delmont ne peut espérer mieux. Il appartient même à une mère chrétienne comme vous l'êtes, de donner sa fille à un mari chrétien, dont l'influence combattra certainement et vaincra à la longue les idées fausses et le libertinage d'esprit que mademoiselle Delmont a hérités malheureusement de son père, malgré les exemples de religion que vous lui donniez.

— Hélas! répliqua madame Riccardi en levant au plafond ses grands yeux noirs, c'est là une de mes douleurs. Georgette n'a pas la foi, et je ne sais réellement où elle a puisé ces sentiments d'irréligion que je remarque en elle.

— Où votre faiblesse maternelle a échoué, l'autorité marital réussira sans doute. Du reste, c'est un devoir absolu pour vous de veiller à ce que la fortune que possèdera un jour mademoiselle Delmont, ne tombe pas entre des mains impies, n'apporte pas une nouvelle force, et la plus redoutable de toutes, aux adversaires de la foi, aux contempteurs de la morale.

— Ah! j'avais rêvé pour elle la vie sainte et calme du couvent. Elle eût prié pour moi, et racheté mes fautes.

— Il y faut renoncer. Raison de plus pour veiller à son salut dans le monde, puisque vous n'avez pu assurer ce salut à l'abri des murs du cloître.

— C'est que vous ne connaissez pas Georgette, reprit madame Riccardi avec un soupir de lassitude irritée, son caractère résolu, sa volonté de fer. A la première parole de mariage que je lui ai dite, sans désigner personne, j'ai entrevu qu'elle était décidée à un refus formel. Si vous saviez combien ces luttes me sont pénibles! ajouta-t-elle d'une voix languissante, en laissant tomber ses bras.

— Chacun porte sa croix, madame. Bénissez le ciel qu'elle ne soit pas plus lourde. C'est encore lui qui vient ici à votre secours. La Providence vous protège visiblement.

Madame Riccardi releva la tête et regarda l'abbé d'un air d'étonnement.

— Que voulez-vous dire, monsieur l'abbé?

— Ceci, madame : c'est que non-seulement, en donnant votre fille à M. Jules Florestan, vous ferez un acte chrétien, je le répète, mais aussi un acte utile, urgent pour votre repos. Dieu lui-même, bien évidemment, m'a dicté cette inspiration. Je l'ignorais, quand je vous en ai parlé pour la première fois. Les voies du Seigneur sont impénétrables, et il n'abandonne jamais ceux qui mettent leur confiance en lui.

— Je ne vous comprends pas.

— Vous allez me comprendre.

XXXIV

LE DOIGT DE DIEU

L'abbé rapprocha son siége du fauteuil de madame Riccardi, et lui dit en baissant la voix :

— Vous savez, madame, quel culte mademoiselle Delmont a voué à la mémoire de son père?

Madame Riccardi ne répondit que par un geste de tête résigné et une sorte de soupir à demi étouffé.

L'abbé poursuivit :

— Bien que ce sentiment s'adresse à la mémoire d'un homme qui fut coupable envers l'Église, et employa ses remarquables facultés à combattrre, à décrier, à calomnier tout ce qu'on doit respecter, l'amour filial est chose trop sacrée, trop recommandée par la religion, pour que nous puissions songer à l'en blâmer. Malheureusement les plus belles vertus, quand elles ne sont pas éclairées à la lumière de la foi, ne produisent que des fruits amers. Il s'y trouve toujours un point où le démon marque sa griffe. J'ai cru m'apercevoir, en effet, que mademoiselle Delmont n'avait pas une affection égale pour la mère pieuse que la Providence lui avait accordée, dans le but, sans doute, de contrebalancer la fâcheuse influence du sang athée et des opinions hérétiques de son père.

— Ah! monsieur l'abbé, elle en a toute la nature. C'est son portrait vivant. Elle ne tient rien de moi! s'écria madame Riccardi avec quelque amertume et une visible irritation.

— Je dois ajouter, continua l'abbé Clodion, qu'entretenue dans cette admiration, cette passion pour son père, par M⁰ Steinbach...

— Est-ce ma faute? interrompit vivement la veuve de

Georges. Cet homme est nourri des plus détestables principes; mais il est universellement estimé et cité pour son honnêteté... et puis d'autres raisons encore...

— Parfaitement, madame. Et vous devez vous rappeler que je fus le premier à lever vos scrupules, à combattre vos antipathies à son égard, — antipathies trop justifiées par son irréligion et ses coupables aspirations de nivellement révolutionnaire, — à vous faire comprendre que, dans votre position, veuve de Georges Delmont, vous deviez au soin de votre réputation de conserver des relations suivies, amicales même, avec le défenseur de votre mari. Le monde eût mal interprété une conduite différente de votre part.

— Et pourtant, reprit madame Riccardi, s'il vient ici, ce n'est point pour moi, mais pour Georgette, qu'il entoure de sa sollicitude et pour ainsi dire de sa surveillance, comme si sa mère ne lui suffisait pas. Cela est fort blessant, fort humiliant!... Je sens, au fond, qu'il n'est point mon ami.

— Et moi, je le sais !

Madame Riccardi se redressa.

— Vous savez ?... dit-elle.

— Je sais qu'il n'a cessé, depuis la condamnation de Georges Delmont, de rechercher les preuves de son innocence. Je sais qu'il s'est livré à une enquête patiente, minutieuse; qu'il a retrouvé, interrogé d'anciens amis des frères Riccardi; qu'il est même allé jusqu'à faire un voyage en Italie, à Milan, où il a sans doute appris...

L'abbé s'arrêta.

Madame Riccardi s'était à demi-soulevée, sur son fauteuil, et, penchée en avant, elle dévorait l'abbé des yeux.

— Ah ! fit-elle enfin d'une voix sourde.

Les deux interlocuteurs échangèrent un regard qui voulait probablement dire beaucoup de choses, car l'abbé baissa la tête en signe d'affirmation comme s'il répondait à une interrogation muette, et madame Riccardi se laissa retomber avec découragement sur son siége.

— Oui, oui, c'est un ennemi ! murmura-t-elle. — Je l'ai toujours deviné !

Et la haine alluma un éclair dans ses prunelles sombres.

— Comment l'avez-vous su? ajouta-t-elle après un silence de quelques secondes.

— L'Église, madame, ne perd jamais de vue ses adversaires, les ennemis de Dieu.

— Pourquoi ne pas m'avoir prévenue?

— C'était inutile, tant qu'il n'y avait pas danger pour vous.

— Alors, aujourd'hui?...

— Il pourrait y avoir danger, oui, madame, si la Providence qui veille sur vous, grâce aux ferventes prières que je ne cesse de lui adresser pour votre salut ici-bas et dans l'autre monde, ne m'avait inspiré l'idée de ce mariage.

— Mais comment le danger a-t-il augmenté, et depuis quand? demanda-t-elle avec une inquiétude marquée.

— Par mademoiselle Delmont, et depuis huit jours.

Alors l'abbé Clodion raconta à madame Riccardi, à voix très-basse et dans les plus grands détails, la visite faite à Sceaux par Georgette en compagnie de Mᵉ Steinbach et de son fils, ainsi que ce qui s'était passé dans la maison du crime.

Madame Riccardi, les lèvres pâles, le regard fixe, écoutait son directeur de conscience, en proie à une terreur qu'elle n'essayait point de dissimuler.

— Que je suis à plaindre! s'écria-t-elle enfin, quand il eut terminé son récit. Ma fille! Je n'aurais jamais cru cela d'elle. La voilà devenue ma pire ennemie! Ah! j'expie trop cruellement les fautes que j'ai pu commettre.

— Prenez garde, madame, ces plaintes frisent l'impiété. Rappelez-vous tout ce que le ciel a fait pour vous, au contraire, dans ces pénibles circonstances! Jamais, d'ailleurs, le doigt de Dieu n'a été plus visible qu'à cet instant où vous semblez douter de l'infinie bonté du Seigneur et de sa protection incessante. C'est lui, encore lui, toujours lui qui, par l'entremise d'un de ses plus humbles serviteurs, vient à votre secours.

— Ah! mon père, pardonnez-moi ma plainte, je la regrette, je la retire.

— A la bonne heure! — Voyez comme les circonstances ont préparé votre salut, mis le remède à côté du mal. — La Providence a voulu que j'eusse rendu quelques services aux concierges placés dans la maison de campagne de Sceaux par le propriétaire, pour la garder et la faire voir aux personnes qui désireraient la louer. Ces braves gens m'ont prévenu. Un danger connu est à moitié paré, surtout quand on a, je le répète, le remède entre les mains.

— Quel remède? quel remède?

— Le mariage de mademoiselle Delmont avec M. Jules Florestan.

— Vous croyez?...

— Je suis certain. — Ce qui fait la gravité de la situation, c'est cette recherche incessante, acharnée, de mademoiselle Georgette pour arriver à découvrir, à démontrer l'innocence de son père, c'est son union avec Me Steinbach qui l'aide de ses conseils, c'est...

— Oui... oui.. après?

— Eh bien, le mariage de mademoiselle Delmont avec un homme pieux, sur lequel j'ai quelque empire, plein de déférence pour vous, désireux avant tout de ne pas réveiller le souvenir d'un passé scandaleux, sépare d'abord votre fille de M. Steinbach, l'arrache à son influence, à son intimité, et leur substitue l'autorité d'une personne qui saura tenir la main, dans son propre intérêt, à ce que sa femme s'occupe exclusivement de ses nouveaux devoirs d'épouse.

Madame Riccardi se leva brusquement.

— Vous avez raison, dit-elle, mille fois raison! Il faut que ce mariage se fasse; il se fera! Je le veux!... Ah! elle devient menaçante! Eh bien, je la réduirai à l'impuissance! Ma faiblesse n'a rien su prévoir... mon indulgence n'a rien su empêcher... Un mari, un mari choisi par vous, y pourvoira! Je suis sa mère. J'ai le droit de lui imposer ma volonté! Elle l'apprendra!

— Je vois avec plaisir, insista doucereusement l'abbé, que vous comprenez toute l'étendue de vos devoirs maternels.

— Oui, je la comprends.. Ah! mon père, vous êtes

bien l'homme de Dieu, ma Providence. Cette fois encore vous aurez sauvé...

— Chut! madame, interrompit la Providence avec componction. Ce n'est point moi qu'il faut remercier, mais le Seigneur, dont je ne suis que l'indigne instrument. Votre piété, votre soumission à ses décrets, tels sont vos mérites à ses yeux.

Madame Riccardi s'inclina avec respect sous la parole de l'abbé, puis se dirigea lentement vers sa chambre à coucher.

Par la porte entr'ouverte, on put la voir s'agenouiller devant un prie-Dieu, à la tête de son lit, où elle resta quelques minutes, le front dans ses mains, adressant ses actions de grâce au Seigneur.

XXXV

L'ANSE DU PANIER

Tout à coup, une voix sonore comme un clairon éclata dans cette pièce aux trois quarts obscure et pleine d'un saint recueillement.

— Ah! ah! ah! moussieu l'abbé, s'écriait cette voix, ze vous y surrrprends! En tête-à-tête avec ma femme, touzourrrs!

Et l'éblouissant Ercole Riccardi, qui venait d'entrer, tout en riant, menaçait de l'index de la main droite, l'abbé Clodion, qui le regardait froidement.

— Monsieur Riccardi, — lui dit-il sans sourciller, — je suis votre humble serviteur, et très-heureux de vous voir dans un état de santé florissant.

— Oui, ze me porrrte bien, trrrès-bien, accentua avec force Riccardi; le coffrrre est bon, excellent! ajouta-t-il, en faisant saillir sa large poitrine, sur laquelle il frappa du poing, non sans employer néanmoins quelque précaution pour ne pas l'endommager.

A la voix de son mari, madame Riccardi avait retourné la tête. Elle se leva, soit que son oraison fût finie, soit qu'elle jugeât meilleur d'en remettre la suite à un moment plus favorable, et rentra dans le petit salon où se trouvaient les deux hommes.

— Allons, s'écria joyeusement le plantureux Ercole, z'ai interrompu les dévotions de ma femme! Ze suis un mécrrréant, moi! Il suffit que z'entre pour fairrre fuirrr le Saint-Esprrrit!

— Mon ami! fit madame Riccardi en montrant du regard l'abbé à son mari.

— Laisse donc, serrre amie. Moussieu l'abbé sait bien à qui il a affairrre. Il sait que ze ne crrrois ni à Dieu, ni à diable! Ze suis un librrre penseurrr, moi! La relizion naturrrelle! La relizion de Voltairrre et de Zules Simon! Ze ne connais que ça!

Madame Riccardi fit un geste d'impatience et se signa.

— M. Riccardi a raison, madame, dit tranquillement l'abbé; il sait quels sont les trésors d'indulgence de l'Église, et qu'il y a plus de joie au ciel pour un pécheur converti que pour cent justes. Un jour, j'en suis certain, la grâce éclairera votre mari.

— A l'arrrticle de la morrrt, n'est-ce pas? Ah! le sacrrré farrrceurrr!

— A l'article de la mort, au besoin, oui, monsieur. Il suffit d'un élan sincère et d'une seconde de foi pour racheter toute une vie d'irréligion.

— Alorrrs z'aurai eu toutes les sanses. Aprrrès avoirrr vécu comme un païen, sans me rien refuserrr, ze mourrrrai en chrétien et ze gagnerrrai le ciel. Ze le veux bien, aprrrès tout, pourrrvu que ce soit le plus tarrrd possible! Z'esperrre vous enterrer tous, du reste, car ze compte vivrrre zusqu'à cent ans, au moins.

— Mon ami, je t'en prie, cesse ces plaisanteries. Elles me sont pénibles, s'écria madame Riccardi d'un ton un peu sévère.

— Z'obéis, z'obéis, mais si zamais ze me converrrtis, z l'irrrai dirrre à Rome, pour qu'on donne le sapôt de carrrd nal à M. l'abbé. Il l'aurrra bien gagné.

— D'ailleurs, il ne s'agit pas de cela, reprit vivement l pieuse épouse du disciple de Zules Simon. Monsieur l'abl me demandait la permission de nous présenter un de se amis, un journaliste, je crois, M. Jules Florestan, n'est-i pas vrai?

— Oui, madame.

— Ce qu'il y aurait alors de plus simple, ce serait qu M. l'abbé Clodion voulût bien nous faire le plaisir de veni dîner chez nous après-demain. Il amènerait M. Floresta avec lui, et nous passerions la soirée ensemble.

Riccardi ne put dissimuler une grimace assez significa tive, et son visage épanoui s'assombrit légèrement.

— J'accepte volontiers, repartit l'abbé Clodion, mais à condition qu'il n'y ait pas d'autre convive, car je fuis l monde et les réunions nombreuses.

— Ze l'espèrre bien qu'il n'y aurrra pas d'autrrres con vives, murmura Ereole visiblement affecté. — C'est déz: bien assez comme ça, acheva-t-il entre ses dents de façon : n'être entendu de personne.

— Je le sais, répondait pendant ce temps madame Ric cardi. Nous serons seuls avec ma fille.

L'abbé s'inclina, prit congé et se retira.

Quand la femme et le mari furent seuls, Riccardi regardé sa femme avec un étonnement douloureux mêlé de reproche

— Serre amie, dit-il enfin, ze ne te reconnais plus. Com ment, voilà que tu invites du monde à dînerr! Tu foules aux pieds nos bonnes mœurrrs italiennes! Dînerr sez les autrrres, oui. Inviterr les autres à dînerr sez soi, zamais!

— Je ne pouvais faire autrement, reprit-elle. Nous sommes en France; l'abbé Clodion mérite quelques égards, je pense, et quand il nous présente un de ses amis...

— Sans doute, sans doute, mais ze ne sais pas réellement où tu as la tête. L'autrrre zourr tu prrrends un professeurrr d'espagnol pour ta fille, dépense absolument inutile...

— Me Steinbach m'en a prié. C'est un homme auquel il

s'intéresse, qui a besoin de gagner sa vie, et j'ai mille raisons de ménager M⁰ Steinbach...

— Ze ne dis pas non, mais ze trouve drrrôle qu'il fasse l'aumône à nos dépens. Qu'il l'entrrretienne de ses deniers si cela lui plait, ce professeurrr povre! Les dinerrrs par ci, les professeurrrs par là, ze mourrrrai surrr la paille!

— Notre fortune...

— Dis ta fortune, serrre amie, ta fortune! Moi, ze n'ai pas le sou. Ze vis pourrr ainsi dirrre par sarité, parce tu me nourrris! Si z'avais le malheurrr de te perrrdrrre, ta fille hérrriterrrait de tout, et ze me retrouverrrais surrr le pavé comme un petit saint Zean.

— Aussi, ai-je pris mes précautions. J'ai souscrit une assu‑ rance de cinquante mille francs sur ma vie, qui te sera payée à ma mort, si je meurs la première.

— C'est vrrrai, femme serrrie! dit avec attendrissement Riccardi. C'est de l'orrr en barrrre que cette assurrrance, parce que, malheurrrreusement, ze suis forrrt comme un Turrrc! Z'aurai la douleurrr d'enterrrer tous ceux que z'aime! Oh! ze le sais, z'aurai ce sagrin affrrreux! Ze mourrrrai à cent ans, veuf!

Et Riccardi porta une main à ses yeux pour y essuyer une larme.

— Voyons, mon ami, pourquoi t'affliger ainsi à l'avance? Dieu nous appelle à lui, quand il veut, et nul ne peut pré‑ voir ni connaître le jour de sa fin.

— Oh! ze sais bien ce que ze dis, z'aurai le désespoirrr de mourrrir le derrrnier! Et ze trrrouve que tu ne penses guè‑ rrre à moi, quand tu te livres ainsi à tant de dépenses folles, au lieu de mettre de côté pour m'assurerrr surrr mes vieux zourrrs *un tozzo di pane.*

— Mon Dieu! reprit madame Riccardi avec un peu d'im‑ patience, je sais aussi ce que je fais, et j'ai mes raisons pour agir. C'est toi qui dépenses le plus ici. Depuis notre mariage, toi que j'avais connu si économe, si sobre, si prudent, tu as pris des habitudes fort coûteuses. Tous les matins, tu vas faire un tour de cheval au bois...

— C'est pourrr ma santé!

9

— Je le veux bien, mais il faut payer le cheval, et cela se loue fort cher. Tu ne fumes plus que des cigarres à cinquante centimes...

— Oui, ze suis pourrri de vices! répéta langoureusement Riccardi. C'est ta faute, tu m'as gâté.

Riccardi serra sa femme avec passion contre son cœur.

— Enfin, tu es devenu joueur! ajouta-t-elle en se dégageant d'un air boudeur de cette étreinte vigoureuse qui la flattait plus qu'elle ne voulait le montrer.

— C'est vrai! Ah! ze suis un coquin!

Et Riccardi se promena d'un pas agité.

Madame Riccardi craignit de l'avoir blessé.

— Je ne te reproche rien, dit-elle vivement. Je suis heureuse de te rendre la vie douce.

— Tu me brrrises le cœurrr. — Tais-toi! tu m'ôtes le couraze. Z'avais un aveu à te fairrre...

— Lequel?

— Ze voulais te demanderrr un serrrvice.

— Parle!

— Mais ze n'ose plus. Il faut payerrr à dînerrr aux amis de l'abbé, payerrr des professeurrrs d'espagnol à ta fille, et moi ze ne sais où donnerrr de la tête!

— Qu'y a t-il encore?

Riccardi baissa le nez d'un air tragique?

— Tu as joué?

— Oui!

— Et tu as perdu?

— Z'ai perrrdu surrr parrrole!

— Une grosse somme?

— Oui, très-grrrosse. Et si ze ne paye pas, ze suis déshonorrré!

— Mais enfin quelle somme dois-tu? demanda madame Riccardi très-inquiète.

— Deux mille francs!

Madame Riccardi respira. Elle avait craint que ce ne fût davantage. Néanmoins, comme cela arrivait assez souvent, et qu'elle tenait fort à l'argent, elle se fâcha, gronda vivement son mari, versa des torrents de larmes, déclara qu'elle était la plus malheureuse des créatures, etc., etc.

Ercole, de son côté, ne ménagea point ses glandes lacrymales, jura, tempêta, passa de la dignité au sentiment, se jeta aux pieds de sa femme, implora son pardon, fit serment de ne plus recommencer et finalement empocha les deux mille francs.

Aussitôt, déclarant qu'il allait s'acquitter, il sortit, prit une voiture et se fit conduire, bride abattue, chez un banquier italien de sa connaissance.

Il entra dans son cabinet comme une bombe, le visage rayonnant.

— Serrr ami, lui dit-il, c'est dans huit zours, n'est-ce pas, le tirage mensuel des obligations de la ville de Paris? Achetez-m'en encore trrrois! Z'ai l'idée que ze gagnerrrai le grrros lot?

C'est, qu'en effet, Ercole Riccardi, en homme sensé qui a connu la misère et ne veut pas renouer ses relations avec elle, depuis son mariage n'avait qu'une idée fixe : s'assurer tout doucement une fortune indépendante et personnelle, à l'abri de tous les événements imprévus.

Il ne montait pas à cheval, — ce qui est dangereux : on peut tomber et se casser une jambe. — Il ne fumait que les cigares que lui offraient ses amis et connaissances au café, où il n'entrait qu'à condition qu'on l'y invitât formellement, et se gardait du jeu comme de la peste.

Avec l'argent du cheval, des cigares et du jeu, surpris à la tendresse de sa femme, il achetait des actions de chemins de fer et des obligations de la ville de Paris.

De plus, comme il avait son entretien assuré dans son ménage, il capitalisait les revenus et les employait à de nouveaux placements, de telle sorte qu'à l'heure où nous le retrouvons, il possédait, en dehors de l'assurance de cinquante mille francs sur la vie de sa femme, et, à l'insu de tous, un fonds toujours grossissant de cent mille francs, économisé sur ses prétendus plaisirs et ses vices supposés.

XXXVI

LE PROFESSEUR D'ESPAGNOL

On a appris, dans le chapitre précédent, que madame Riccardi avait donné, sur la recommandation de Me Steinbach, un professeur d'espagnol à Georgette.

On a deviné que ce professeur n'était autre que don Ramon Llorente.

La négociation entreprise par Me Steinbach ne présentait pas de grandes difficultés. madame Riccardi, qui tenait par dessus tout à le ménager, quoique son secret instinct de femme lui eût révélé dès longtemps les véritables sentiments qu'elle inspirait à l'avocat, n'eût osé lui refuser un service aussi simple. D'ailleurs, le prix demandé pour les leçons par don Ramon, présenté comme ruiné et proscrit à la suite d'une des guerres civiles chroniques de l'Amérique du Sud, rassurait son avarice.

Quant à Georgette, du moment où elle entrevoyait le moyen d'être utile, de soulager une misère, on était sûr de la trouver prête à dire oui ; et, connaissant à fond l'italien, que sa mère et son beau-père parlaient souvent entre eux, elle était bien aise de savoir l'espagnol, qui n'est guère qu'un dialecte italien, de même que l'italien n'est qu'un dialecte français, tous trois fils plus ou moins ressemblants de leur mère latine qui s'est laissé conter fleurette par le Goth et le Wisigoth, par le Franc et l'Arabe.

La difficulté résidait tout entière dans le sang-froid et l'empire sur soi-même que saurait conserver Georges en se retrouvant en face de ceux qui le croyaient mort et dont il allait affronter la présence.

Contre Marie, la femme adultère, la créature monstrueuse qui l'avait livré à l'échafaud, le sachant innocent ; — contre

Riccardi, l'ami lâche et traître, l'auteur probable du crime pour lequel il avait été condamné, — le mépris devait lui donner la force de jouer son rôle.

Cependant la vue de sa femme, — de cette femme jadis aimée ardemment, et qui lui rappelait sa jeunesse évanouie, ses premières illusions, ses grands rêves de bonheur à venir, — lui causa tout d'abord une sorte de faiblesse attendrie, de commotion intérieure, à laquelle il ne s'attendait pas. Il dut réagir violemment pour n'en rien laisser paraître. L'arrivée de Riccardi, qui passa un instant dans le salon, sa familiarité bruyante et quelque peu grossière avec cette femme, le rappelèrent d'ailleurs bien vite au sentiment de la réalité présente.

La colère tua l'émotion, comme le mépris avait tué l'amour.

Il se sentit moins de haine, à la vérité, que d'indignation et d'horreur, mais il redevint juge devant des coupables.

Resté seul avec madame Riccardi et Me Steinbach, il causa donc assez naturellement, sans que sa voix tremblât, avec un accent espagnol très-marqué, qui achevait de le rendre absolument méconnaissable. D'autre part, sa femme, après lui avoir jeté ce regard indifférent et nonchalant qui lui était propre, ne parut pas s'inquiéter de lui, et s'occupa presque exclusivement de l'avocat.

On convint que don Ramon viendrait trois fois par semaine, une heure dans l'après-midi, et après l'échange de quelques banalités, Georgette étant sortie avec sa gouvernante et pouvant tarder à rentrer, les deux hommes se levèrent pour prendre congé.

Ils avaient quitté le salon, ils descendaient l'escalier, lorsqu'ils se trouvèrent tout à coup en face de Georgette, qui avait abrégé sa promenade.

Georges reconnut sa fille, avant presque de l'avoir vue et malgré l'immense changement qui avait fait de l'enfant une femme. Un tremblement convulsif l'agita ; il fut obligé de se cramponner à la rampe pour ne pas tomber.

Sa fille, c'était tout ce qui lui restait. Tout l'avait abandonné, trahi, frappé — sauf elle, son enfant! Il n'avait plus

de nom, plus de femme, plus d'avenir. Sa vie s'était écrou-
lée et l'avait écrasé sous les décombres. Son cœur, torturé
dans chacune de ses fibres, s'était brisé ; il le croyait mort.
Il se trompait.

En apercevant Georgette, en la devinant, il sentit remon-
ter en lui un flot irrésistible de tendresse, un besoin terrible,
insensé d'aimer. Il aurait voulu crier, la prendre dans ses
bras, la serrer contre sa poitrine, la couvrir de baisers, en
lui disant :

— C'est moi, ma fille! ma Georgette! Je suis ton père !

Un brouillard flottait devant ses yeux, sa volonté faiblis-
sait, sa raison s'égarait, il n'était plus maître de lui-même.

Mᵉ Steinbach comprit le danger, il eut peur, et se reprocha
amèrement d'avoir cédé à l'insistance de Georges, d'avoir cru
à ses promesses.

Cependant Georgette s'était approchée de l'avocat et lui
tendait la main, le sourire aux lèvres, tout en observant cet
homme pâle, ému, comme foudroyé, dont elle sentait le regard, sans voir les yeux dissimulés derrière le verre sombre
des larges lunettes que Delmont portait par surcroit de précaution.

— Monsieur, dit-elle à demi-voix à l'avocat, est sans doute
le professeur que vous m'aviez annoncé ? Je regrette de ne
m'être pas trouvée là, mais j'ignorais que vous dussiez venir
aujourd'hui.

En entendant la voix de Georgette, Delmont crut que toute
sa vie passait de ses yeux à ses oreilles, et son trouble
augmenta encore.

Mᵉ Steinbach entraîna vivement la jeune fille à quelques
pas, et lui dit bas, inventant la première explication venue
pour se tirer d'embarras :

— Oui, mais n'insistez pas, ne lui parlez pas... Il a perdu,
il y a peu de temps, une fille qu'il adorait, de votre âge, qui
vous ressemblait peut-être même un peu. D'ailleurs, on voit
partout la ressemblance de ceux qu'on aime... et cela l'a
troublé, ému.

— Pauvre père! murmura Georgette. Alors cela lui fera
d'abord du mal de me voir ; mais, ensuite, il s'y habituera,

et cela le consolera, croyez-moi. Il doit avoir beaucoup souffert ; on le devine. Il a une belle tête, intelligente et douce.

— Oui, oui, mais retirez-vous. Cela vaut mieux !

Georgette serra encore une fois la main de l'avocat, et, s'inclinant à peine, sans regarder, passa, rapide et légère, devant Georges Delmont, suivie de sa gouvernante, pour gravir l'escalier.

Aussitôt Me Steinbach saisit le bras de son ami, et l'entraîna malgré sa résistance. La voiture de l'avocat les attendait. Il y poussa Delmont, et se plaça à côté de lui.

— Voyons, dit-il enfin, du courage! Je savais bien que cette épreuve serait au-dessus de vos forces!

Mais Georges ne répondit rien, et, laissant tomber son front dans ses mains, il partit en sanglots qui soulevaient et brisaient sa poitrine.

XXXVII

LE MAITRE ET L'ÉLÈVE

Quand la voiture s'arrêta à la porte de la maison occupée par Me Steinbach, la crise était finie. Georges avait repris son empire sur lui-même, ou, du moins, ne manifestait plus aucune agitation extérieure. Cependant il gardait le silence, et l'avocat ne jugea pas à propos de l'interrompre.

Tous deux montèrent dans le cabinet de travail où nous les avons vus déjà, lorsque Delmont se fit reconnaître à son ami.

— Eh bien, lui dit Steinbach, dès qu'il se fut assuré que personne ne pouvait les entendre, ce que j'avais prévu est arrivé. Vous m'avez fait commettre une imprudence que je ne me pardonnerai jamais.

— Cela n'arrivera plus, répondit Delmont. Une surprise des nerfs. Je ne m'attendais pas à la revoir en ce moment.

Sa vue, sa voix, m'ont rappelé trop de choses à la fois. Je n'ai pu résister... N'est-ce pas qu'elle est belle? C'est mon enfant, ma fille, le seul être, de ceux qui me tiennent de si près, que je puisse estimer, chérir, adorer! Ah! j'ai cru en devenir fou! Mais c'est passé maintenant. Le coup a été porté. Je suis, je resterai maître de moi désormais.

— Comment! s'écria l'avocat, vous voulez recommencer, vous exposer de nouveau à une semblable épreuve, courir de nouveau le risque de vous faire reconnaître ou d'avouer tout bêtement qui vous êtes, dans un accès de passion paternelle! — Allons donc! Vous n'avez pas manqué de devenir fou, — vous l'êtes! — Je m'oppose absolument à ce que vous remettiez les pieds dans cette maison.

— C'est impossible! Vous croyez que j'aurai retrouvé Georgette pour la perdre encore une fois! Qu'après l'avoir vue, je pourrais vivre là, à côté d'elle, respirer le même air qu'elle, et ne plus la revoir! J'aimerais mieux la mort, cent fois la mort!

— Et vous y marchez grand train, je vous en préviens. Songez-vous à ce qui arriverait, si vous étiez reconnu? Il y a toujours une condamnation capitale suspendue sur votre tête. Vous n'avez pas plus qu'il y a sept ans, la possibilité de démontrer votre innocence, et alors même que vous iriez étaler aux yeux des juges, du public, les faiblesses de votre femme, les hontes cachées de votre ménage...

— Oh! jamais!

— A la bonne heure! car ce serait, sans vous sauver, rendre un triste service à votre fille, à cette pauvre Georgette, que de déshonorer sa mère! C'est là surtout ce qu'il faut éviter.

— Je l'éviterai. Je ne veux que deux choses : veiller sur elle, la voir, l'aimer, la protéger, et découvrir le véritable meurtrier. Quand je le connaîtrai, alors, alors seulement, je déciderai ce que je dois faire.

— Parfait. Mais qu'on vous reconnaisse, encore une fois, et vos ennemis, le vrai ou les vrais coupables, n'ont qu'à dire un mot pour vous envoyer de nouveau à l'échafaud ou au bagne, pour vous réduire à l'impuissance complète.

.La discussion dura longtemps entre les deux hommes, mais la résolution de Delmont était absolue, inébranlable, et le vieil avocat, ne pouvant s'opposer matériellement aux volontés de son ami, dut enfin céder de guerre lasse.

Georges se représenta donc, au jour et à l'heure dite, chez madame Riccardi, et fut mis en présence de sa fille, près de laquelle il passa une heure, l'heure la plus délicieuse et aussi la plus poignante qu'il eut encore connue.

Cette fois, il resta maître de lui ; il put étouffer les battements de son cœur, arrêter le tremblement de sa voix et de ses mains, jouer son rôle d'humble professeur sans rien laisser paraître des sentiments qui le bouleversaient intérieurement.

Madame Riccardi n'assistait pas à cette leçon donnée en présence seulement de la vieille gouvernante de Georgette, qui faisait de la broderie à quelque distance, près de la fenêtre.

Pendant plusieurs semaines, les leçons furent régulières et sans incident particulier.

Georgette, soit par sympathie pour les douleurs de ce père qu'on lui avait dépeint pleurant sa fille morte, soit par un secret instinct, accueillait don Ramon avec une grâce caressante et respectueuse tout à la fois qui ne laissait entre l'élève et le professeur que la distance naturelle de l'âge, et une sorte d'intimité, où tous les deux s'avançaient d'un pas égal, les rapprochait chaque jour davantage.

Souvent la leçon se passait en longues et douces conversations, d'autant plus faciles que la vieille gouvernante, rassurée par les cheveux blancs et l'air de suprême distinction de don Ramon, se relâchait progressivement de sa surveillance. Elle allait et venait, laissant parfois Georgette et Delmont en tête-à-tête pendant de longues minutes. En pareil cas, la porte de la pièce restait entr'ouverte. Dans les premiers temps, elle reparaissait à chaque instant, puis elle s'accoutuma petit à petit à regarder la leçon comme une heure de récréation et de répit pour elle-même. Elle la mettait à profit pour se livrer, sans être vue, à sa passion favorite, — la lecture de quelque roman, dont elle avait toujours un volume caché dans l'ample poche de sa jupe, — prête à

9.

se montrer si madame Riccardi, ou quelqu'autre personne, avait l'idée d'entrer, ce qui n'arrivait presque jamais.

Georges racontait ses voyages et ses aventures en Amérique, puis la conversation s'égarait, à propos d'une phrase du livre espagnol que Georgette lisait et traduisait à haute voix, sur les questions littéraires, historiques, morales, philosophiques même.

Un jour que Georges, s'oubliant, s'était laissé allé à exprimer certaines idées peu en rapport avec les préjugés inculqués ordinairement aux jeunes filles, il s'arrêta tout à coup, surpris lui-même de ce qu'il venait de dire, inquiet de l'imprudence commise.

Le regard attentif et le sourire de Georgette l'avaient encouragé; il s'était cru pour une minute chez lui, près de sa fille, lui donnant la leçon d'un père, non celle d'un professeur au cachet.

— Oh! pardon, mademoiselle, dit-il en s'interrompant vivement, ces idées doivent vous paraître étranges...

— Ce sont les miennes, répondit Georgette qui le regardait d'une façon singulière depuis quelques instants.

— Les vôtres? répéta Delmont. Ce ne sont pas celles de madame votre mère, qui est fort religieuse... je crois.

— C'étaient celles de mon père.

Georges tressaillit.

— De votre père, dit-il d'une voix un peu tremblante. Je croyais que vous étiez encore fort jeune lorsque vous l'avez perdu et qu'il n'avait pas eu le temps...

— De m'élever dans ses idées, de faire de moi la femme qu'il rêvait? C'est vrai, reprit-elle mélancoliquement ; mais j'ai fait ce qu'il eût fait pour moi, s'il eût vécu. Je me suis instruite de ces idées qui étaient siennes, et qu'on maudissait autour de moi.

— Ah! vous avez fait cela! s'écria Georges ému.

— Oui, par amour pour lui. Je savais qu'il était républicain, libre-penseur. J'ai voulu savoir ce que signifiaient ces mots. J'ai cherché, j'ai lu, et je suis aujourd'hui de cœur et d'esprit, ce qu'il rêvait sans doute que je fusse, et s'il revenait, je pourrais lui dire: Père, regarde, voilà ta Georgette!

Delmont se leva brusquement. L'émotion le serrait à la gorge. Il craignait de se jeter dans les bras de sa fille.

Il se dirigea du côté de la fenêtre pour cacher son agitation et l'altération de ses traits, et colla son front brûlant contre la vitre froide.

Georgette le suivait des yeux, immobile et un peu pâle.

Au bout d'une minute, Georges, plus calme, revint auprès d'elle.

— Excusez-moi, mademoiselle, lui dit il enfin d'une voix encore pleine de trouble, j'ai eu un étourdissement.

— Je vous ai fait de la peine, sans doute, reprit elle doucement, en vous rappelant la fille que vous avez perdue. Vous pleurez votre enfant, je pleure mon père. Cela doit nous unir.

Elle lui tendit les deux mains avec un geste rempli de grâce et de franchise.

Delmont serra ces mains fines et blanches dans les siennes.

— Comme elles sont froides et comme il tremble ! pensa Georgette.

XXXVIII

CE QU'ON PEUT VOIR DANS UNE VITRE

Pendant quelques jours, à la suite de cette scène, le maître et l'élève se montrèrent, cependant, un peu plus réservés. Delmont redoutait de nouvelles émotions, de nouvelles secousses. Il sentait sa faiblesse. Il craignait qu'un cri, un mot irréparable, ne lui échappât.

Quant à Georgette, pensive, elle le regardait parfois d'une façon qui l'embarrassait, sans qu'il sût pourquoi.

Néanmoins, l'intimité s'accentuait, l'accord entre eux deux se faisait plus profond.

A mille petits riens, cela se sentait et se manifestait.

Il l'avait d'abord appelée mademoiselle, puis, quelquefois, mademoiselle Georgette; puis, une fois, sans y penser, Georgette tout court.

La jeune fille n'avait point paru s'en apercevoir. Seulement, au moment de se quitter, ce jour-là, ce fut à son tour, à lui, de trouver que la main de son élève était un peu froide et tremblait légèrement.

Il lui sembla aussi que la pression avait été plus vive.

Pourquoi? il se trompait, il devait se tromper! Il n'y avait pas de raison à cela. D'ailleurs, il avait remarqué que la jeune fille était fort nerveuse, souvent agitée, malgré son air de froideur toute superficielle.

Une autre fois, il crut apercevoir des traces de larmes sous ses paupières rougies, ou des marques d'insomnie. Elle avait pourtant le regard plus éclatant que d'habitude, et comme une expression plus marquée d'énergie, ou même de révolte empreinte sur ses jolis traits, à la fois si doux et si fiers.

Il lui demanda si elle souffrait.

— Non, répondit-elle. J'ai fait un mauvais rêve... J'ai rêvé qu'on voulait me marier, dit-elle, en affectant de rire.

— Vous marier, reprit Delmont pâlissant.

— Oui... Comme cela vous émeut!

Delmont essaya de se remettre.

— C'est, dit-il, avec embarras, qu'on ne peut vous connaître, sans... s'intéresser à vous... et que du mariage dépend le bonheur ou le malheur de la vie entière pour une femme.

— Oh! pour un homme aussi, répliqua Georgette sans le regarder, mais d'un accent étrange.

— Pour tous les deux, en effet, répondit Delmont avec un sourire amer.

— Et justement, dans mon rêve, on voulait me marier à quelqu'un que je n'aimais pas, que j'exécrais!

Delmont était en proie à une violente émotion. C'était cela qu'il craignait, qu'il prévoyait: un mariage qui fit le malheur de sa fille, là, devant lui, malgré lui! Comment s'y opposer! Comment empêcher cet abus d'autorité maternelle, sauvegarder l'avenir de Georgette?

— Mais ce n'était qu'un rêve, n'est-ce pas! ajouta-t-il d'une voix sourde où tremblaient la colère et la terreur.

— Oh! oui, dit-elle en le regardant fixement.

Quelques jours plus tard, à propos du mot espagnol *prensa*, qui veut dire imprimerie et presse, et que le hasard de la leçon amenait sous ses yeux, elle lui demanda tout à coup s'il avait connu des journalistes.

— Sans doute, répondit Georges, j'en ai connu beaucoup.

— Hier, continua-t-elle, j'ai aperçu sur la table du salon un numéro d'un journal que je ne lis jamais, le ***. J'y ai jeté les yeux par hasard, et j'ai parcouru un article d'une extrême violence contre *nos* idées et *nos* croyances. Il était signé : Jules Florestan. Est-ce que vous le connaissez ?

— Jules Florestan? Oui, oui, je le connais, je l'ai connu... de nom... Voilà dix ans qu'il est dans le journalisme.

— Son journal va donc en Amérique ?

— Oui, évidemment, s'empressa de répondre Delmont. C'est là que je le lisais, par curiosité, pour voir jusqu'où peuvent aller l'audace et la bile d'un petit ambitieux sans cœur et sans convictions qui insulte à tant la ligne et calomnie à forfait.

— Quel homme est-ce ?

— Un misérable.

— Il a commis de mauvaises actions, des actes malhonnêtes ?

— Oui, et pis que cela! Mais ce n'est qu'un bruit.

— Ah! Et cela est généralement connu?

— Dans son monde, dans le monde du boulevard, certainement. Mais en quoi cela peut-il vous intéresser?

— Oh! pour rien... parce que son nom est très-répandu. Puis, c'est un ami de M. l'abbé Clodion.

— Cela ne m'étonne pas! laissa échapper Georges.

— Vous connaissez aussi l'abbé?

— Mon ami, Me Steinbach, le connaît, répondit Delmont avec un embarras visible.

Le surlendemain, Georges Delmont arriva avant le moment convenu pour la leçon. C'était son habitude chaque fois, mais ce jour-là, emporté par le désir de revoir plus tôt

Georgette, profondément inquiet à la suite de leurs deux dernières conversations, ayant appris, en s'informant avec précaution, que Jules Florestan venait depuis peu chez M. et madame Riccardi, bouleversé à l'idée qu'il pouvait être question d'un mariage entre sa fille et ce coquin, il se trouvait juste en avance d'une heure.

En s'en apercevant, il n'osa se présenter sitôt, et se promena dans la rue, ne pouvant, non plus, se décider à s'éloigner de cette maison où vivait tout ce qu'il aimait au monde.

Au bout de quelques instants, il distingua, à l'extrémité de la rue, la silhouette d'un prêtre. Il faisait grand vent; il avait plu beaucoup le matin. Ce prêtre avait mis, par-dessus sa soutane, une douillette qui le grossissait et dissimulait sa maigreur et ses formes osseuses.

Il ne reconnut donc l'abbé Clodion qu'en se trouvant face à face avec lui.

Il se recula vivement pour le laisser passer, et le vit entrer chez madame Riccardi.

— Voilà l'un de ceux qui ont tenu ma vie et mon honneur entre leurs mains, et qui ont broyé le tout! pensa-t-il. Comment l'atteindre? Comment lire dans ce cœur de prêtre? Comment desserrer ces lèvres qui pourraient dire la vérité? Depuis un mois, je cherche, j'observe, et je ne trouve rien, je ne vois rien!

En effet, Delmont n'avait pas tardé à se convaincre que du côté d'Ercole Riccardi, il perdait son temps sans résultat. Soit calcul, soit tempérament, la vie de cet Italien était si régulière, si transparente, bornée à un si petit nombre de relations absolument banales, que le plus habile policier de la terre aurait renoncé à en rien tirer. Il n'avait pas de maîtresse, il ne buvait que de l'eau : comment lui surprendre un secret quelconque? Encore, s'il avait eu les vices dont il faisait montré devant sa femme, on sait dans quel but! Mais, non. Il était sage, rangé, sobre, et ne prêtait le flanc d'aucun côté, ainsi que Delmont l'avait bien vite constaté, avec un véritable désespoir.

Il continua sa promenade, absorbé dans ses réflexions, cherchant le fil sauveur, ce fil d'Ariane qui pouvait le conduire à travers le labyrinthe où il se perdait, sans découvrir une issue.

Tout à coup une seconde personne attira son attention, et le cloua sur place.

Une jeune femme remarquable par sa chevelure aux reflets fauves et sa figure d'une beauté étrange, — Francine en un mot, — débouchait dans la rue, et se dirigeait vers la maison de Georgette.

Elle avait un paquet à la main, et rapportait, sans doute, quelque ouvrage pressé à mademoiselle Delmont ; car elle marchait d'un pas précipité.

Delmont la suivit des yeux d'un air stupéfait.

— C'est inouï ! se dit-il, voilà un visage qui ne m'est pas inconnu, bien que les années aient dû le modifier profondément. Où ai-je vu ces yeux clairs, ces cheveux d'or rouge ?

Et il se perdit dans les souvenirs du passé, cherchant à y retrouver une image à demi-effacée.

L'heure qui sonnait le ramena brusquement au présent. Il oublia tout. Il allait voir Georgette, entendre sa voix, tenir sa main dans ses mains.

Il fallait traverser un petit jardinet pour arriver à la porte de la maison. Cette porte vitrée, ouvrant sur un perron de trois marches, conduisait dans un large corridor, au bout duquel commençait l'escalier.

Un des battants était resté entr'ouvert. Le soleil, perçant les nuages qui l'avaient caché jusque-là, envoyait de vifs rayons. Tout en marchant, Delmont regardait la large vitre de ce battant de porte, qui formait glace et reflétait, par un caprice de réfraction, un pan de mur du corridor. Sur ce pan de mur, il reconnut la douillette de l'abbé Clodion accrochée à une patère.

Tout à coup, une autre image plus confuse s'y reproduisit : celle d'une femme. Elle s'arrêta. Il parut à Delmont qu'elle écrivait, debout, sur un morceau de papier blanc. Puis, il vit distinctement une main toucher à la douillette du prêtre, y disparaître et en ressortir.

Delmont s'était arrêté, frappé d'une curiosité dont il ne se rendait pas compte.

Le battant de la porte roula sur ses gonds. L'image reflé-tée disparut et il vit Francine qui sortait du corridor, et s'avançait vers lui pour regagner la rue.

Il attendit qu'elle fût partie et hors de vue, pour s'élancer à son tour dans le corridor.

Il ne s'était pas trompé. Le pardessus de l'abbé était là, pendu à la patère, comme le lui avait montré la vitre. Même on voyait l'entrebâillement d'une poche de côté.

Sans hésiter, sans réfléchir, obéissant à une sorte d'ins-tinct, il plongea les doigts dans la poche, et en tira un bout de papier froissé, plié en quatre, où il lut ces deux mots, écrits au crayon, d'une écriture lourde et tremblée, par la main inexpérimentée d'une ouvrière :

« *CE SOIR !* »

XXXIX

L'ALBUM

— Ce soir ! répéta Delmont.

Il replia soigneusement le papier, et le remit à la place où il l'avait pris.

— Ce soir, reprit-il encore. Qu'est-ce que cela veut dire ?... Que ce soit cette jeune femme qui ait écrit ce pa-pier, et l'ait mis là, cela n'est pas douteux. Que peut-il y avoir de commun entre elle et ce prêtre, dont on cite par-tout l'austérité de mœurs ? Est-ce un rendez-vous qu'elle lui donne ? Est-ce pour elle-même ? Est-ce pour une autre personne ? Le rendez-vous est-il chez l'abbé ? Est-il au de-hors ?

Le cœur de Delmont battait avec force.

C'était bien peu de chose que ces deux mots écrits par cette femme, mais c'était enfin quelque chose. — Y avait-il donc un mystère dans la vie de l'abbé ? — Alors il le découvrirait, et ce mystère découvert lui donnerait prise sur le prêtre. C'était peut-être le premier mot de l'énigme où avait sombré sa vie, où il se débattait encore, sans pouvoir la résoudre.

Tout en réfléchissant ainsi, il était parvenu au premier étage. Là, le domestique lui avait ouvert, et l'introduisait dans la pièce où il donnait habituellement sa leçon à Georgette.

Georgette n'y était pas.

Il s'assit pour l'attendre, près d'une petite table, et il aperçut un album de photographies. — En y jetant les yeux, il tressaillit. Cet album était ouvert, et il voyait sa photographie à lui jeune homme, et, en face, celle de Georgette, jeune fille, lui souriant.

Il se pencha pour la regarder de plus près.

Oui, c'était bien elle, avec ses grands yeux pensifs, son front fier, sa bouche mignonne.

Il tira doucement la photographie pour la sentir dans ses mains, l'approcher de son visage, la couvrir d'un long baiser recueilli et passionné, religieux.

En ce moment, il entendit le bruit d'une porte.

Craignant d'être surpris, sentant qu'il n'avait pas le temps de remettre la photographie à sa place, son premier mouvement instinctif, plus rapide que la pensée, fut de cacher le portrait de Georgette, et il le glissa dans la poche de côté de son paletot, sans réfléchir que l'album ouvert révélait, par son cadre béant, le larcin qu'il venait de commettre.

En même temps, il se retournait fort troublé.

Georgette était debout derrière lui.

— Pardonnez-moi, don Ramon, lui dit-elle d'une voix encore plus douce qu'à l'habitude, je vous ai fait attendre. C'est la faute de Francine, qui rapportait un vêtement à ma gouvernante. J'ai voulu qu'elle l'essayât devant moi. J'accours, pendant qu'elle se rhabille, de peur d'abuser de votre patience.

Delmont, tout heureux de voir qu'elle ne s'occupait point de l'album, saisit la balle au bond, d'autant plus que le nom prononcé par Georgette le ramenait à sa première préoccupation, et venait, tout à coup, d'éclairer ses souvenirs.

— Francine ! répéta-t-il, n'est-ce pas cette jeune personne, aux cheveux roux, qui sort d'ici ?

— Oui. Vous la connaissez ?

— Non, non ! se hâta-t-il d'ajouter. C'est sa chevelure qui m'a frappé. Je l'ai rencontrée qui partait, comme j'arrivais.

— C'est une orpheline, et qui m'intéresse à cause de cela. Elle m'a été recommandée, elle est pauvre, et je la fais travailler le plus possible.

— Recommandée... par M. l'abbé Clodion, sans doute ?

— Oh ! non. Il ne la connaît même pas, et elle ne le connaît pas davantage C'est une dame, que je vois quelquefois, qui m'en a parlé.

Delmont fit un brusque mouvement de surprise.

— Ah ! ils ne se connaissent pas ! répéta-t-il presque machinalement.

— Pourtant, j'ai bien *vu* et bien *lu !* se disait-il, en même temps, à lui-même. Il y a là quelque mystère que je dois éclaircir.

— Vous regardiez la photographie de mon père, reprit Georgette.

— Elle va voir que j'ai pris la sienne, pensa-t-il avec effroi, et il voulut vivement refermer l'album ; mais Georgette y avait posé sa main, et leurs doigts se rencontrèrent sans que la jeune fille la retirât.

— Ah ! c'est le portrait de... de monsieur votre père ! balbutia Delmont.

— Oui. On dit que je lui ressemble un peu.

Georges n'osa pas lever les yeux sur elle.

— Il était fort jeune, dit-il seulement pour dire quelque chose.

— Il aurait à peu près aujourd'hui votre âge.

— Mon âge ! Je suis un vieillard. Regardez donc mes cheveux.

— Cela ne prouve rien. On raconte que Marie-Antoinette a blanchi en une nuit. Ce qu'a pu faire la douleur de l'orgueil trompé et de la vengeance déçue, d'autres douleurs...

Elle s'arrêta, à la vue de sa gouvernante qui entrait, et ferma d'elle-même l'album, avant que cette dernière eût le temps d'y jeter les yeux.

Delmont respira.

— Elle n'a pas vu que son portrait manquait, pensa-t-il.

La leçon finie, le malheureux père eut presque hâte de partir, pour la première fois depuis qu'il avait pris son rôle de professeur.

Il emportait avec lui du bonheur de quoi remplir toutes les heures où il était loin d'elle : il avait la photographie de Georgette !

Si l'on s'apercevait de la disparition, si on lui en parlait, à son retour, le surlendemain, il nierait, il dirait qu'il ne l'avait point vue, qu'elle n'y était pas, il la garderait, personne ne pourrait la lui reprendre !

Il descendit l'escalier, il gagna la porte de la rue, précipitamment, comme un voleur qui s'enfuit.

Si on allait constater le larcin, le rappeler !...

Une fois dans la rue, il courut jusqu'à la petite chambre qu'il occupait auprès de Passy. Il s'y renferma à double tour, il tira la photographie, il la contempla.

En la retournant, il aperçut au dos un mot écrit à la main :
— Georgette.

C'était bien son écriture, le nom de sa fille tracé par sa fille elle-même. Il y porta ses lèvres. Une sensation de joie envahit tout son être. Il ne se demanda pas pourquoi elle avait signé un portrait qu'elle comptait garder. C'était du bonheur pour lui, voilà tout, un bonheur qu'il n'eût pas osé espérer deux heures plus tôt.

Tout son courage lui revint.

— Il faut la reconquérir, la reconquérir à tout prix ! s'écria-t-il.

Alors, par une transition naturelle, sa pensée se reporta à la scène vue dans la vitre, au papier trouvé, au rendez-vous mystérieux, inexplicable pour lui, que ce papier contenait évidemment.

« CE SOIR ! »

Mais dans quel but Francine avait-elle laissé ou fait croire à Georgette qu'elle ne connaissait pas l'abbé?

— Il y avait donc une raison à cela?

— Laquelle? Est-ce qu'un danger inconnu menaçait sa fille de ce côté?

— « CE SOIR! »

— Eh bien, j'y serai, moi aussi!

Et il sortit, se dirigeant vers le carrefour de l'Observatoire, en ménageant sa marche pour arriver à la nuit tombante.

— Ou c'est elle qui viendra, — et je la reconnaîtrai bien, — ou c'est lui qui sortira, et alors, je le suivrai, se disait-il.

XL

LES JEUDIS DE MADAME RICCARDI

Au jour dit, l'abbé était arrivé accompagné de Jules Florestan qu'il avait présenté à monsieur et à madame Riccardi.

Georgette, prévenue qu'il y aurait du monde à dîner, sans savoir qui, ne descendit au salon que quelques minutes avant l'instant de se mettre à table. Cette infraction aux habitudes de sa famille, lui paraissait singulière. Elle avait fait un peu de toilette, sur la recommandation de sa mère, pour une circonstance si extraordinaire.

Quand elle aperçut Florestan, qu'elle ne connaissait point, quand elle entendit prononcer son nom, qu'elle connaissait comme on connaît, dans Paris, les noms de centaines de gens, écrivains ou artistes, qu'on n'a jamais vus et qu'on ne verra probablement jamais, elle eut un rapide soupçon de la vérité et se tint sur ses gardes.

Elle se rappela que sa mère, peu de jours auparavant, avait fait de vagues allusions à des idées de mariage. Elle remarqua que cette dernière était fort avenante avec le nouveau-venu, contrairement à toutes ses habitudes, les femmes d'Italie ne sortant guère de leur nonchalance impolie à l'égard des personnes indifférentes, et se dit qu'il devait y avoir, à cette véritable révolution de mœurs intérieures, un motif positif, grave.

Le dîner fut ennuyeux et froid, plein de contrainte.

Madame Riccardi n'était pas plus femme du monde en réalité, qu'épouse et mère, manquait de conversation, n'ayant jamais su s'approprier les façons affables et l'esprit superficiel, mais charmant, de la Parisienne qui reçoit chez elle.

L'abbé, de son côté, était un triste convive, mangeait peu, buvait encore moins, ne parlait guère, ne sachant que prêcher, se croyant toujours en chaire ou au confessionnal. Il n'était pas de ces prêtres grassouillets, fleuris, souriants, qui se déboutonnent à table, et séduisent, par leurs douces manières et leur joli caquetage les demoiselles élevées au couvent. Il ne quittait jamais sa morgue, et son visage dur restait rogue.

Félin, certes, il n'avait de la race que les griffes, et ne savait point faire patte de velours.

Florestan écrasé, tremblant, démoralisé, depuis qu'il se sentait entre les doigts de fer de l'abbé, à sa discrétion, ne pouvait dissimuler entièrement son embarras, augmenté encore après un premier coup d'œil sur Georgette. Cette jeune fille, au regard vif et sincère, au visage si gracieux et si fier, aux façons si distinguées, qui répandaient autour d'elle comme un parfum d'honnêteté et imposait le respect, achevait de le troubler. Habitué aux filles de théâtre et de trottoir, il ne savait trop comment se tenir avec elle, et ressentait, pour lui parler, la gêne qu'il eût sentie vis-à-vis d'une étrangère dont il n'aurait pas connu la langue et qui n'aurait pas connu la sienne.

Il la trouvait jolie, à coup sûr, mais il comprenait bien au fond qu'elle n'était pas faite pour lui.

Cependant, à la fin du repas, à force de boire, il reconquit un peu d'audace. Le cynisme lui remonta au cerveau, en même temps que les fumées du vin. Il la regarda, lui parla, voulut lui adresser quelques compliments, faire le beau, montrer de l'esprit, prouver qu'il n'était pas le premier venu.

En un mot, il retrouva son toupet.

Quant à Georgette, qui gardait le silence, elle l'écouta froidement, répondit par quelques monosyllabes et ne laissa lire sur son visage aucune impression, ne souriant pas à ses bons mots, n'ayant pas même l'air de comprendre les compliments les plus vulgaires et les galanteries les plus banales.

— C'est une bête ! pensa Florestan en voyant qu'il ne faisait pas ses frais. J'aime autant ça ! Je le préfère même beaucoup !

Et il se rabattit sur M. Riccardi.

Celui-là, par exemple, parlait haut et fort et mangeait ferme. — Puisqu'on faisait la dépense, autant qu'il en profitât ! — Et avec cette élasticité d'estomac propre aux Italiens et aux Arabes, qui peuvent vivre de l'air du temps ou engloutir des quantités formidables d'aliments, suivant l'occasion, — quand cela ne coûte rien, — il engloutissait et pérorait.

Jules Florestan lui donna la réplique, et cela finit par sauver la situation.

Après le repas, la surprise de Georgette augmenta encore, lorsqu'elle vit arriver quelques personnes dans le salon, des dames pieuses du voisinage, de vieux messieurs qui faisaient parfois une visite le jour, mais qu'on n'avait jamais reçus le soir, par cette bonne raison que les Riccardi s'étaient bien gardés d'adopter l'habitude parisienne des réceptions.

Elle remarqua, du reste, qu'il n'y avait aucune jeune fille en dehors d'elle, et que tous les hommes arboraient, au moins, une bonne vingtaine d'années de plus que M. Jules Florestan.

Cela acheva de la fixer sur les intentions de sa mère.

Vers huit heures, Ercole Riccardi, qui n'aimait pas à veiller, ce qui fatigue et use la santé, alla se coucher.

A neuf heures, on prit le thé.

A dix heures, tout le monde était parti.

— Comment trouves-tu M. Florestan ? demanda madame

Riccardi, lorsqu'elles furent seules, à Georgette qui s'apprêtait à se retirer dans sa chambre.

— Je n'ai pas fait attention à lui, répliqua tranquillement Georgette. Est-ce qu'il a quelque chose de remarquable ?

— C'est un des hommes les plus distingués de Paris, répondit madame Riccardi. Il a un très grand talent, une position influente. Rédacteur en chef du... ! Il gagne beaucoup d'argent. C'est une personne tout à fait en vue. Il est plein d'esprit, d'ailleurs.

— C'est possible. Je ne m'en suis pas aperçue.

— Nous aurons, je l'espère, le plaisir de le voir assez souvent, car j'ai pris la résolution de recevoir, désormais, tous les jeudis.

Georgette regarda sa mère.

— Le jeudi? répéta-t-elle.

— Oui, sans doute. A ton âge, il faut fréquenter un peu le monde. Une jeune fille de dix-sept ans ne doit pas rester ainsi renfermée, isolée, et je compte que M. Florestan sera de nos hôtes les plus assidus et les plus agréables.

— C'est un ami de M. l'abbé Clodion, n'est-ce pas ?

— M. l'abbé l'estime beaucoup.

— Le jeudi ! se disait Georgette en regagnant sa chambre.
— Pourquoi le jeudi? Est ce pour entraver mes visites à Mᵉ Steinbach, et empêcher Olivier de venir aux réceptions de ma mère ?

On se rappelle, en effet, que le jeudi était le jour où Georgette avait l'habitude de passer la journée et la soirée chez l'avocat, qui réunissait une fois par semaine quelques intimes.

XLI

OU OLIVIER VEUT S'ASSURER
DE CE QU'IL PRÉVOIT

Lorsque Mᵉ Steinbach apprit que madame Riccardi s'était décidée à recevoir toutes les semaines, et qu'elle avait choisi le jeudi, il craignit, comme Georgette l'avait craint d'abord, qu'il y eût là une arrière-pensée de rupture avec lui, ou, tout au moins, le dessein de mettre une première entrave aux relations de mademoiselle Delmont avec la famille du plus fidèle ami de son père.

Pourquoi cette brusque résolution?

C'est ce qu'il ne devinait pas. Madame Riccardi lui faisait toujours aussi bon visage, et il ignorait naturellement la conversation qu'elle avait eue avec l'abbé. Il ne savait pas que l'abbé, qui connaissait toutes ses démarches, toutes ses recherches pour découvrir la vérité sur le crime de Sceaux, l'avait dénoncé à la veuve de Georges, qu'il avait prévenu cette dernière de la visite accomplie à l'ancienne maison de campagne, de l'enquête que Georgette y avait faite en compagnie de l'avocat et d'Olivier.

Olivier, qui n'avait plus eu l'occasion de causer en tête-à-tête avec la jeune fille, ne fit aucune observation à ce sujet.

Il lui demanda seulement, de l'air le plus naturel, qui sa mère recevait le jeudi.

Georgette lui nomma quelques personnes, en taisant le nom de Jules Florestan, et il ne fut plus question de ce petit événement entre les deux jeunes gens, pendant les quinze jours qui suivirent, bien qu'ils se vissent plusieurs fois.

Le deuxième jeudi, cependant, après le dîner que nous avons rapporté, au moment où l'on servait le thé, c'est-à-dire vers les neuf heures, le domestique ouvrit la porte, et annonça tout à coup M. Olivier Steinbach.

La surprise de Georgette fut extrême, et la contrariété de madame Riccardi non moins grande, car elle n'aimait pas mieux le fils que le père.

Néanmoins, faisant effort sur elle-même, elle accueillit le jeune homme avec un aimable sourire.

— Nous n'espérions pas vous voir ce soir, lui dit-elle.

— En effet, c'est jour de réception chez mon père aussi, répondit-il gaiement ; mais comme j'ai presque deux familles, j'ai pensé qu'il serait injuste de tout donner à l'une, rien à l'autre. Pour ce soir, Me Steinbach recevra ses amis et les miens... sans moi.

Olivier alla saluer Riccardi, qui se préparait à gagner son lit, suivant l'habitude ; puis vint tendre la main à Georgette, qui aidait sa mère à servir le thé, et le regardait avec une certaine inquiétude.

Tout en répondant à madame Riccardi, tout en saluant Ercole, il avait parcouru des yeux l'assemblée et ses regards s'étaient fixés sur Jules Florestan, le seul homme relativement jeune qui se trouvât là. — Ce jeu muet, cette enquête rapide, mais positive, n'avaient pas échappé à mademoiselle Delmont.

Elle entrevit immédiatement les soupçons d'Olivier, les partageant elle-même, sur le compte du journaliste d'ordre moral, et redouta les complications ou les dangers qui pourraient naître, pour celui qu'elle aimait, de sa colère en face d'un rival appuyé par madame Riccardi.

Après avoir offert une tasse de thé à Olivier, en plongeant ses yeux dans les yeux du jeune homme pour y lire sa pensée, elle alla s'asseoir un peu à l'écart, près d'un siége inoccupé.

Olivier, ayant vidé sa tasse à la hâte, vint s'asseoir près d'elle, et tous deux causèrent à voix basse.

— Pourquoi avez-vous quitté votre père, pour venir ce soir ? lui demanda Georgette.

— Pour te voir, répondit Olivier.

— Pour cela seulement ?

— Est-ce que cela ne suffit pas ?

— Tu n'es pas sincère. Tu m'as vue, dans la journée, chez toi.

— Et puis, continua Olivier, pour voir le monde qui se trouve ici.

— A la bonne heure ! fit Georgette. Voilà la vraie raison.

— Il paraît que ce sera un salon politique, ajouta-t-il avec un peu d'ironie.

— Que veux-tu dire ?

— J'aperçois là, debout, devant la cheminée, un journaliste fort connu, et dont la présence seule est pleine de signification.

— Monsieur Jules Florestan ?

— Oui. Tu ne m'en avais pas parlé !

— C'est que je n'y ai pas pensé.

— Comment, au milieu de toutes ces *Utilités*, et Olivier, d'un regard circulaire, désignait les dames pieuses et les vieux messieurs chauves, il n'y a qu'un homme jeune et marquant, c'est évidemment pour celui-là qu'on a inventé ces soirées, et c'est justement celui-là que tu oublies!

— Il t'inquiète ?

— Oui, parce que tu ne m'en as pas parlé. Il fallait une raison aux réceptions de ta mère. Et la raison, la voilà en chair et en os.

— Alors, tu crois...

— Ce que tu crois toi-même : c'est un prétendant.

— C'est possible, mais on ne m'en a rien dit encore, et si je ne t'en ai pas parlé, c'est que je jugeais inutile de te causer un chagrin sans motif. Je suis assez grande pour me défendre moi-même.

— Et, s'il devient gênant, je suis assez grand pour t'en débarrasser, ajouta Olivier avec une colère concentrée.

— Olivier! reprit Georgette d'une voix suppliante, ne me traite pas en petite sotte avec qui on fait de la jalousie, parce qu'on peut douter de son courage. Tu as tout mon cœur, je t'ai donné ma parole de n'être qu'à toi; ne viens pas compliquer ma position déjà assez triste par des vivacités dont le moindre tort serait de n'avoir aucun prétexte sérieux... Si l'on me parle positivement de ce monsieur, s'il y a demande officielle, je te préviendrai.

— Ah! Georgette, si tu l'avais voulu, si tu avais accepté d'être ma femme, je n'aurais pas eu à souffrir ce que j'ai souffert depuis quinze jours, en soupçonnant la vérité, et tu aurais évité à toi-même bien des luttes pénibles !

— Olivier, je ne pouvais alors te répondre autrement.

— Et aujourd'hui?

— Aujourd'hui? répéta la jeune fille avec une sorte d'effroi, moins que jamais! Oh! moins que jamais !

Au milieu de la conversation générale, le tête-à-tête d'Olivier et de Georgette, amis d'enfance dont on connaissait la familiarité fraternelle, ne frappait personne, sauf Jules Florestan qui ne les quittait pas des yeux, madame Riccardi qui, de temps en temps, jetait un regard de leur côté, assez dépitée de voir Olivier Steinbach là où elle aurait voulu voir le protégé de l'abbé Clodion, et enfin ce dernier qui surveillait de loin et sans en avoir l'air.

Tout à coup il s'approcha de sa pénitente, et lui glissa un mot à voix basse.

Madame Riccardi se leva aussitôt, et s'approchant de Jules Florestan :

— Monsieur, lui dit-elle, veuillez m'excuser, mais je m'aperçois que j'ai oublié de vous présenter l'un des amis de cette maison, le fils de Mᵉ Steinbach, le célèbre avocat.

— Et l'un des chefs du parti républicain, ajouta Florestan avec son sourire faux. Je serai enchanté de faire sa connaissance, s'il n'y a pas indiscrétion à interrompre son charmant tête-à-tête.

Madame Riccardi se pinça les lèvres sans répondre, et se hâta de présenter l'un à l'autre les deux hommes, espérant interrompre ainsi l'entretien de sa fille avec Olivier, et comptant que ce dernier céderait sa place à l'hôte étranger.

Mais il n'en fut rien, et, après l'échange d'un froid salut, Olivier continua de causer avec Georgette, sans s'inquiéter le moins du monde du journaliste, qui devint un peu plus jaune et s'éloigna lentement.

Lorsque l'abbé se retira, Florestan sortit avec lui.

— Ah! monsieur l'abbé, lui dit-il, une fois seuls dans la rue, avec contrainte, mais d'un air profondément maussade, vous ne m'aviez pas prévenu qu'il y avait, *en plus*, un amant!

— Il n'y a pas d'amant, répondit sèchement l'abbé. Il y a peut-être un amoureux, mais quand vous aurez épousé, je suppose que vous saurez défendre votre bien.

— Certes! murmura Florestan avec un pâle sourire de mauvaise colère.

XLII

LE PEIGNOIR BRODÉ

Le lendemain, après le déjeuner, les deux femmes restèrent ensemble. Elles étaient visiblement préoccupées, et l'on pouvait lire quelque embarras et beaucoup d'inquiétude sur le visage de la mère.

Elles causèrent d'abord, à bâtons rompus, de choses indifférentes. Il était évident qu'elles voulaient, l'une et l'autre, aborder un sujet qui leur tenait à cœur, et qu'elles attendaient toutes deux une occasion favorable, née d'un hasard de la conversation.

Madame Riccardi parla de la soirée de la veille, et, finalement, après de longs détours, ramena la question du mariage, qu'elle avait déjà abordée une fois avec sa fille.

— Tu es en âge de te marier, lui dit-elle. Il y faut songer sérieusement, et si tu n'y songes pas, c'est à moi d'y penser, de m'en occuper.

Georgette regarda sa mère.

— Je t'écoute, fit-elle tranquillement. Est-ce que tu as quelqu'un à me proposer?

Ce fut le tour de madame Riccardi de regarder sa fille, et cela avec surprise ; puis, enchantée d'un accueil auquel elle ne s'attendait guère, elle s'empressa de poursuivre :

— Peut-être ? Que dirais-tu de M. Jules Florestan ?

— C'est donc de lui qu'il s'agit ?

— Pourquoi non ? Je crois que ce serait le meilleur parti que tu pusses rêver, et je serais très-heureuse...

— Est-ce qu'il t'a demandé ma main ?

— Positivement... pas encore ; mais si tu l'y encourageais le moins du monde, je suis certaine qu'il n'hésiterait pas. C'est pour toi qu'il a désiré être présenté ici. Il voudrait se

marier, tu lui plais beaucoup, et il me semble fait pour plaire
lui-même. Il t'assurerait une position brillante, et je pense
que tu ne serais pas fâchée d'échanger l'existence un peu
morne que tu mènes auprès de nous contre une existence
toute différente.

— Cela me paraît bien brusque, répondit Georgette sur le
même ton paisible, d'accepter ainsi le premier qui se présente. J'ai le temps de choisir.

— Mon Dieu, ma pauvre Georgette, je crains que tu ne
te fasses quelque illusion à cet égard. Malgré ta jeunesse, ta
beauté, ta fortune, tu n'es pas absolument dans la position
de toutes les jeunes filles.

Madame Riccardi avait un peu rougi en prononçant ces
dernières paroles, et son attitude révélait un extrême embarras.

— Je ne comprends pas bien ce que tu veux dire, reprit
Georgette avec une implacable douceur.

— Mais le malheur qui a frappé... notre famille... il y a
quelques années...

La voix de madame Riccardi tremblait.

Elle s'arrêta, dans l'espoir que sa fille comprendrait à
demi-mot et l'interromprait. Il était évident qu'il lui en coûtait cruellement de revenir sur ce passé obscur, et que si,
poussée par les révélations de l'abbé et les craintes qu'il lui
avait inspirées, elle n'avait senti la nécessité de vaincre les
résistances de sa fille, elle n'eût pas ramené entre elles un
sujet de conversation que toutes deux évitaient avec soin
depuis bien longtemps.

D'autre part, elle avait besoin de sonder Georgette à ce
sujet, de s'assurer par elle-même des sentiments et des idées
de la jeune fille sur ce drame douloureux. C'était une occasion, elle la saisissait, espérant qu'il échapperait à mademoiselle Delmont un mot de nature à la renseigner, à lui faire
connaître le danger qui la menaçait de ce côté.

Malheureusement Georgette se taisait, et, les yeux baissés,
gardait un visage absolument indéchiffrable.

Madame Riccardi, un peu pâle et la peau légèrement moite,
continua :

10.

— Je veux parler de ce procès... de la catastrophe qui l'a terminé. Ce fut un grand scandale..., et cela peut faire hésiter... les prétendants..., éloigner les maris.

— Tu veux dire, sans doute, reprit alors lentement Georgette en levant les yeux sur sa mère et la regardant bien en face, que beaucoup d'hommes ne voudraient pas épouser la fille d'un condamné à mort?

Madame Riccardi tressaillit.

Les deux femmes se regardèrent un instant en silence.

Il y eut comme un éclair rapide dans les yeux de la mère et de la fille, puis la première baissa les paupières.

— Oui, c'est cela! murmura-t-elle avec effort.

— C'est aussi mon avis, reprit mademoiselle Delmont.

Madame Riccardi releva la tête et regarda encore sa fille, avec l'espoir de lire au fond de sa pensée. Mais les grands yeux noirs de Georgette fixés sur elle la troublaient, et pour la seconde fois elle détourna le regard.

Il y eut un nouveau silence pénible.

— Eh bien, j'y réfléchirai, dit enfin Georgette, sans sortir de son calme absolu; cela ne presse pas.

Cette conclusion, à laquelle elle ne s'attendait pas et qui la délivrait de la crainte d'une lutte prévue et redoutable, arracha un soupir de soulagement à madame Riccardi, et même un demi-sourire de satisfaction, de triomphe, plissa ses lèvres minces.

— C'est bien, fit-elle avec empressement. Réfléchis, nous en recauserons dans quelques jours, et je suis certaine que tu penseras comme moi.

La mère et la fille changèrent de conversation, et Georgette se mit à parler toilette.

— A propos, dit elle tout à coup, je voudrais faire faire à Francine quelques broderies sur la robe de mousseline que j'ai achetée l'autre jour. Les broderies reviennent à la mode, et c'est fort élégant.

— Quel genre de broderie? demanda madame Riccardi.

— Je ne sais trop Il me faudrait un modèle. Ah! je me

rappelle, maintenant un long peignoir blanc que tu portais autrefois et qui ravissait mes yeux de petite fille. — L'as-tu encore?

— Je ne puis dire, j'en ai plusieurs.

— Veux-tu me les montrer? Je choisirai.

Marie, enchantée de son succès au sujet de Florestan et désireuse de plaire à sa fille, l'emmena aussitôt dans sa chambre, où les deux femmes se mirent à fureter dans la garde robe, fort bien garnie, de madame Riccardi, qui accumulait des quantités de parures et de lingerie de luxe dont elle se servait plus que rarement, sortant peu et ne s'habillant jamais chez elle.

Georgette remuait et retournait tout, particulièrement les objets de linge, ne s'arrêtant à rien. Vingt modèles de broderies avaient déjà passé sous ses yeux.

Elle y jetait un regard et les repoussait:

— Ce n'est pas cela! disait-elle toujours

Enfin son œil inquisiteur s'arrêta sur un peignoir blanc, jauni par le temps, et qui se trouvait relégué dans un coin obscur de l'armoire, sous une pile de cols et de manchettes passés de mode.

Georgette le saisit vivement, le déplia d'un geste brusque.

— Voilà mon affaire! s'écria-t-elle.

— Celui-là! reprit madame Riccardi avec un léger frisson. Il est vieux... et n'a rien de remarquable.

— Comment donc, mais, au contraire, les broderies en sont d'une finesse extraordinaire. Je me le rappelle. Je te l'ai vu quelquefois quand nous habitions Sceaux.

— C'est possible, répondit la mère d'une voix altérée. Je ne croyais plus l'avoir.

— Oh! j'ai bonne mémoire. Je l'emporte, merci.

Madame Riccardi fit un geste pour le reprendre, puis s'arrêta.

— Je te le rendrai dans quelques jours. Le temps seulement de le montrer à Francine.

Et Georgette s'enfuit avec sa proie.

XLIII

LE PIED DE GRUE

Georges Delmont arriva au carrefour de l'Observatoire au moment où la nuit tombait. Il se promena pendant quelques instants sous les arbres, cherchant un endroit d'où il pût observer la porte de la maison, sans attirer lui-même l'attention, bien décidé à ne pas quitter la place qu'il n'eût constaté les allées et venues de l'abbé durant cette soirée.

La première question était de savoir si l'abbé se trouvait chez lui, et elle n'embarrassait pas peu le père de Georgette, qui s'ingéniait en vain à découvrir un prétexte plausible, soit pour interroger les voisins, soit pour se présenter chez l'abbé lui-même, de façon à ne point éveiller ses soupçons, à ne pas le mettre sur ses gardes.

Le hasard vint à son secours.

Un petit garçon, en costume de laveur de vaisselle, sortit de chez le marchand de vin qui faisait face à la maison de l'abbé, se dirigea vers cette maison, muni d'un de ces paniers, hauts de forme, où les restaurateurs empilent les plats d'un dîner en ville, et alla sonner à la porte du prêtre.

Delmont se rapprocha vivement et put distinguer la soutane de l'abbé, ouvrant lui-même sa porte, qu'il ne referma pas complètement.

Une minute après le petit garçon ressortait avec son panier plein de la vaisselle vide du déjeûner, et Delmont apercevait encore dans l'ombre du corridor, le grand corps osseux de l'abbé Clodion.

Celui-ci vint même jusqu'au seuil, lança un regard circulaire autour de lui, suivit des yeux le jeune gargotier empor-

tant son fardeau, et rentra en fermant à double tour la serrure dont Georges entendit le bruit sec.

— C'est bien, se dit Delmont. Maintenant qu'il sorte ou
qu'on vienne chez lui, je le saurai !

Il se dissimula sous l'ombre des grands marronniers, et
s'apprêta à une faction d'autant plus facile que les passants
sont rares sur ce point éloigné de Paris, et que la soirée, en
s'avançant, y amenait peu à peu une solitude presque complète.

Les heures s'écoulèrent, il était tard. Les quelques boutiques éparses aux environs se fermaient l'une après l'autre,
puis les omnibus cessèrent eux-mêmes de faire entendre le
roulement sourd de leurs lourdes roues, et le silence
s'étendit sur le quartier plongé dans la léthargie du sommeil.

La porte de la petite maison ne s'était pas rouverte. L'abbé
n'était point sorti. Personne n'était entré chez lui.

En vain, Georges couvait les fenêtres du regard, pour y
surprendre un rayon de lumière, deviner, au moins, si l'abbé
Clodion veillait ou dormait.

La maison restait noire et morne.

On se rappelle, en effet, que les fenêtres du devant avaient,
en plus de leurs volets pleins, d'épais rideaux de laine sombre
qui interceptaient absolument le passage de toute lueur venue de l'intérieur.

Georges s'approcha de la porte avec précaution, y colla son
oreille, n'entendit rien.

Comme toujours, en pareil cas, plus Delmont attendait,
plus il se persuadait que là, dans cette maison, se trouvait
la solution du mystère, l'explication de l'énigme, et que s'il
savait qui l'abbé attendait, il serait bien près de découvrir
la vérité.

Il remontait le cours des années, il revoyait sa vie passée,
il la regardait maintenant à la lumière douloureuse des révélations de l'avocat. Tout y devenait clair et simple sous cette
lumière crue, — tout, — sauf un seul point, le point capital,
d'où dépendait l'avenir de son existence : — Qui avait tué
Hippolyte Riccardi ?

Tout à coup, au milieu de ses réflexions, il se sentit pris d'un frisson. Il avait froid, la lassitude le brisait. Il regarda machinalement autour lui.

Une lueur blanchâtre montait à l'horizon. Le jour venait. Il avait passé la nuit sans s'en rendre compte.

Il eut un moment de surprise, puis de colère.

Il ne saurait donc rien !

Ce papier, écrit par Francine, n'annonçait donc pas un rendez-vous.

Un immense découragement s'empara de lui, et, après un dernier regard à la maison de l'abbé, toujours close et silencieuse, aussi impénétrable que le visage de son locataire, il s'éloigna lentement.

— Pourtant, se disait-il avec accablement, j'ai bien vu Francine écrire, ce n'était pas une illusion. Ce papier, je l'ai tenu entre mes mains. Il contenait bien un rendez-vous ! Ah ! la fatalité me poursuit !

Il redescendait en ce moment l'ancienne rue de l'Est et se trouvait à la hauteur de la rue du Val-de-Grâce, dans laquelle il jetait un regard indifférent, quand tout à coup il aperçut à quelque distance, débouchant de la rue d'Enfer, la forme d'une femme qui fit battre son cœur de surprise.

Elle venait d'entrer dans le second tronçon de la rue d'Enfer.

Ce n'avait été qu'une apparition.

Il s'élança dans la rue du Val-de-Grâce, en courant, et rejoignit la rue d'Enfer.

La même femme y poursuivait rapidement son chemin.

— C'est bien sa taille et sa tournure, se dit Georges, et il la suivit, en hâtant le pas, pour la dépasser et voir ses traits.

Une voilette épaisse les cachait et Delmont commençait à craindre de s'être trompé, quand un coup de vent frais souleva une boucle de cheveux et la fit voltiger dans la lumière grise du jour naissant.

Ces cheveux étaient roux.

— Je ne me trompe pas ! murmura-t-il, plus de doute. C'est Francine ! A cette heure-ci dans ce quartier ! Elle sort donc de chez l'abbé. J'avais raison. Mais comment ne l'ai-je vue ni entrer, ni sortir?

A l'extrémité de la rue d'Enfer, Francine prit à droite la rue de l'Abbé-de-l'Épée, pour gagner la rue Saint-Jacques.

Georges ne la suivit pas. Elle voyait qu'on l'observait et s'était déjà retournée deux ou trois fois. Inutile d'exciter davantage son attention et ses inquiétudes.

Il l'avait reconnue! C'était tout ce qu'il lui fallait pour le moment.

Il s'arrêta et réfléchit quelques minutes; puis, reprenant le chemin qu'il venait de faire, il remonta de nouveau vers la place de l'Observatoire, et s'orientant, il chercha où pouvait donner le derrière de la maison occupée par l'abbé Clodion.

XLIV

LE TERRAIN A VENDRE

On se rappelle que la maison de l'abbé donnait par derrière sur un vaste terrain vague et mal clos de quelques planches pourries, à travers lesquelles on pouvait facilement pénétrer, et que, dans le mur du fond, s'ouvrait une porte depuis longtemps condamnée et semblant tout à fait hors d'usage.

Ce terrain était entouré de champs de maraichers, et nulle construction habitée ne le dominait. En suivant une impasse peu fréquentée le jour, absolument déserte le soir et la nuit, on pouvait s'y introduire sans être aperçu de personne.

C'est par ce chemin que Francine se rendait chez l'abbé Clodion. La porte boueuse et d'apparence si rassurante sous sa couche de poussière et de toiles d'araignées cédait à la pression d'un ressort entièrement invisible dissimulé dans l'angle de la vieille serrure, et tournait en silence sur des gonds parfaitements huilés.

Cinq jours plus tard, Georges Delmont, embusqué dans l'ombre, derrière quelques vieux madriers, vit arriver enfin Francine, qu'il attendait là tous les soirs, après s'être convaincu que, n'entrant point par la porte de devant, elle devait nécessairement entrer par la porte de derrière, si hors d'usage qu'elle parût à première inspection.

Il était environ dix heures. Il faisait une nuit sans lune. Le bec de gaz placé à l'extrémité de l'impasse ne projetait aucune lumière sur le terrain où Delmont se tenait caché.

Francine, après un regard furtif autour d'elle, rassurée par les ténèbres et le silence, traversa rapidement devant Georges, et disparut derrière la porte, qui s'ouvrit et se referma sans bruit.

Georges s'élança aussitôt sur cette porte qu'il essaya de pousser, mais elle résista.

N'osant la secouer avec force, de peur du bruit, car il entendait encore, malgré l'épaisseur de la planche de chêne, le pas léger de la jeune femme qui s'éloignait, il approcha, sans faire de nouveaux efforts, son oreille et écouta.

Il perçut le claquement de petites pierres lancées contre les vitres d'une fenêtre qu'il ne pouvait voir, le mur étant fort élevé, puis, une minute après, le grincement d'une serrure qu'on ouvrait, et le choc d'un battant de porte qui retombait.

Évidemment Francine était entrée dans la maison.

Georges alors essaya de nouveau d'ouvrir la porte extérieure ou de la forcer ; mais elle était solide et ne bougea pas.

Il n'avait pas entendu le bruit d'une clef tournant dans la serrure. Il se douta bien qu'il y avait quelque ressort caché, et, pendant plus d'un quart d'heure, ses doigts fiévreux palpèrent le fer couvert des rugosités de la rouille, s'accrochant à tous les clous, à toutes les saillies, aux moindres écailles que le temps soulève dans le métal, s'y appuyant, tirant dans tous les sens.

Ce fut en vain. La porte ne livra pas son secret.

Il s'arrêta un moment avec désespoir.

La sueur ruisselait de son front. Il avait les mains en sang.

— Il faut pourtant que j'entre! se disait-il. Il faut que je voie, que j'entende, que je sache ce qui se passe là dedans!

Il regarda autour de lui presque machinalement.

— Ces planches! s'écria-t-il tout à coup.

En effet, nous avons dit qu'il s'était caché derrière de vieux madriers étendus à terre. Il en prit un, le souleva avec peine, et le traînant jusqu'à la porte, il le redressa de façon à en appuyer l'extrémité supérieure contre le faîte du mur, tout en laissant un certain écartement à la base.

Alors, se cramponnant à la poutre, il s'enleva à la force des poignets, et, s'aidant des pieds, il grimpa avec une agilité merveilleuse, qui aurait paru étonnante chez cet homme en cheveux blancs, si l'on ne s'était rappelé qu'il n'avait, après tout, que trente-sept ans, et qu'il venait de mener une vie active et aventureuse dans les pampas de la Plata, passant des mois entiers avec les gauchos, domptant les chevaux sauvages, prenant au lasso les taureaux farouches.

Parvenu à la crête du mur, il y chercha un point d'appui et manqua de retomber en poussant un cri étouffé.

Le mur était garni de tessons de bouteilles qui lui coupèrent les mains et lui labourèrent les jambes. Mais il surmonta la douleur. Il voulait sa fille, son honneur! Il voulait sa réhabilitation!

Peut-être allait-il trouver là les moyens de reconquérir tout ce qu'il avait perdu.

Se raidissant donc sous les morsures du verre aigu qui l'ensanglantait, il repoussa la poutre qui glissa et retomba lourdement sur des touffes de chardon, et mesura de l'œil la hauteur qui le séparait du sol de la cour intérieure.

C'était celle d'un premier étage élevé.

Se soutenant de ses mains écorchées à une légère saillie de la muraille, il se lança et rebondit sur la terre humide et molle avec la souplesse d'un chat.

Il était entré à son tour.

Il poussa un long soupir de soulagement et regarda : la

11

maison de l'abbé se dressait là, en face de lui, à trois mètres tout au plus. Nul obstacle ne l'en séparait plus.

Pénétrer dans la maison elle-même, il n'y fallait pas songer. Mais il voyait une fenêtre éclairée au premier étage.

Il fallait atteindre cette fenêtre.

Comment ?

Une échelle ? Il n'y en avait pas.

Il essaya, en montant sur le rebord de la fenêtre du rez-de-chaussée, d'atteindre le rebord de la fenêtre supérieure, et de s'y hisser à la force des bras.

La distance était trop grande, et il ne put saisir la saillie.

Il eût été cruel pourtant, après tant d'efforts et un commencement de succès, d'échouer au port.

Il fit à tâtons le tour de la petite cour, car l'obscurité était profonde, dans l'espoir de rencontrer quelque objet qui pût l'aider à vaincre cette dernière difficulté. Au bout d'une dizaine de pas, il se heurta contre un corps dur qui résonna d'une façon formidable au milieu du silence.

La terreur le cloua sur place.

Si l'on avait entendu !

Cela devait être, car le rideau qui bouchait la fenêtre et en tamisait la lumière fut vivement tiré, et la silhouette de l'abbé apparut :

— Je suis perdu ! murmura Delmont, s'il m'aperçoit, je ne saurai rien.

Cependant, cette lumière qui l'effrayait lui montra, en même temps, que l'objet contre lequel son pied avait frappé, était une futaille défoncée, debout dans l'angle du mur, qu'elle ne touchait pas entièrement laissant un vide étroit, où pouvait s'abriter un homme maigre.

Georges s'y glissa vivement, à tout hasard, et s'y accroupit à l'instant où l'abbé, ouvrant la fenêtre, avançait la tête au dehors, avec une lampe à la main, pour inspecter l'intérieur de la cour.

XLV

DERRIÈRE LE RIDEAU

La cour était carrée, toute petite, toute nue ; à l'exception du tonneau derrière lequel se cachait Delmont, nul objet qui pût arrêter le regard.

L'abbé inspecta minutieusement cet étroit espace, et ne vit rien.

— Quelque chat qui aura sauté sur la futaille, ou fait tomber une pierre, murmura-t-il.

Cependant il resta près d'une minute, l'oreille attentive, l'œil aux aguets.

Delmont retenait sa respiration jusqu'à la suffocation. Il n'avait qu'une peur : c'était qu'on entendît les battements de son cœur.

Enfin l'abbé se retira lentement, ferma la fenêtre avec soin et laissa retomber le rideau.

Pendant un quart d'heure encore le père de Georgette resta immobile, n'osant ni se redresser, ni faire un mouvement, craignant que l'abbé n'exerçât une surveillance cachée, ou n'eût l'idée de descendre.

Mais l'abbé ne se montrait nulle part.

Georges se releva alors, et, renversant la futaille vide avec des précautions inouïes, il la roula en silence jusqu'au pied de la fenêtre, puis la redressa et monta dessus.

Maintenant, il pouvait atteindre le rebord de la croisée, s'y cramponner et hausser sa figure jusqu'au niveau de la première vitre.

Tout son sang-froid lui était revenu.

Il réfléchit un instant.

Ses mains écorchées laisseraient sans doute une trace sur la pierre. Il tira de sa poche des gants qui couvrirent ses plaies fraîches, puis, s'arc-boutant et raidissant ses muscles, il arriva à se placer de biais sur l'appui de la fenêtre, dans une position très-pénible, mais où il pouvait se maintenir une minute ou deux.

Le rideau, d'abord, l'empêcha de rien voir. Cependant, en se penchant de côté et d'autre, il finit par découvrir une légère fente. Le rideau, en retombant, s'était accroché à quelque saillie, et laissait filtrer la lumière, par conséquent passer le regard, dans un angle, tout près du mur.

Delmont aperçut alors une partie du cabinet de travail que nous connaissons.

L'abbé, assis devant sa table, se montrait de face. Son visage osseux était animé par une teinte de rougeur fébrile. Ses yeux durs luisaient en regardant fixement un coin de la chambre que ne pouvait voir Delmont, et ses grosses lèvres épaisses et sensuelles tremblaient, humides et vermillonnées, avec une expression de concupiscence avide.

L'abbé était seul !

La surprise de Georges fut extrême.

Qu'était donc devenue Francine ?

Où avait-elle passé ?

Pourquoi l'abbé restait-il ainsi le regard fixe, révélant, par toute son attitude, l'éclat des yeux, le tremblement des lèvres, l'angoisse que cause l'attente trop prolongée d'un plaisir trop vif ?

La fatigue força Delmont de redescendre pour permettre au sang de reprendre sa circulation.

Tout à coup, il entendit le bruit d'un pas, le grincement d'une chaise qu'on repoussait, et comme le murmure vague de deux voix.

Quelqu'un venait d'entrer ou de rentrer.

Il reprit instantanément son poste d'observation, et resta stupéfait, bouleversé, devant le spectacle étrange auquel il assistait.

L'abbé, debout, s'était reculé jusqu'au fond de la pièce.

En face de lui, un peu sur le côté, se dressait une apparition inattendue, certes, une femme en toilette de bal, décolletée outre mesure, les bras nus, les cheveux dénoués, des cheveux à reflets d'or, abondants, soyeux, tombant en cascades éblouissantes sur ses épaules plus blanches que le lait, avec l'éclat du satin.

Un collier entourait son cou flexible et long, des bracelets serraient ses poignets délicats, et la traîne de sa robe de soie blanche, ornée de rubans de couleur de feu et de guirlandes de fleurs, se tordait en gros plis souples derrière elle, tandis que le devant, plus court, laissait voir la pointe d'un petit pied chaussé d'un soulier de satin.

D'une main, Francine souleva la robe, et sa jambe fine et nerveuse apparut dans la transparence rosée d'un bas de soie à jour.

Les yeux de l'abbé Clodion lançaient des flammes. Un tremblement secouait tout son corps, une expression de triomphe farouche et de passion bestiale agitait ses traits grossiers et le rendait presque effrayant.

— Oui, oui, murmura-t-il enfin d'une voix rauque, entre ses dents qui claquaient de la fureur du satyre, oui, tu es belle. On dirait une grande dame, une duchesse, une princesse, une reine !

Et, bondissant sur Francine, il la saisit dans ses longs bras osseux et formidables...

Georges Delmont replaça sans bruit la futaille à l'endroit où il l'avait prise, essayant d'effacer le mieux possible la trace de son passage.

Il s'agissait maintenant pour lui de sortir.

Il n'avait songé qu'à surprendre le secret de l'abbé, se disant qu'avec cette arme il saurait bien le faire parler, et, puisqu'il connaissait son innocence, lui en arracher les preuves, le contraindre à lui fournir les moyens de la faire éclater au grand jour.

Mais ce qu'il avait vu ne suffisait pas, ne lui disait pas pourquoi et comment Francine était tombée entre ses mains, à sa discrétion.

Francine, elle, devait en savoir long sur le compte de cet homme.

Il fallait donc la faire parler avant tout, puis combiner

avec M° Steinbach le meilleur plan à suivre pour tirer le meilleur parti possible de cette découverte.

— Je le tiens, enfin! Je le tiens! se disait Georges dans la fièvre de la victoire.

Cependant, si l'abbé se doutait de quelque chose, se savait découvert, il pourrait se mettre sur ses gardes et parer le coup qu'on voulait lui porter.

De là, pour Delmont, la nécessité de cacher ses traces et de laisser l'abbé dans la sécurité la plus complète.

Sortir, telle était à présent la difficulté.

Il recommença à l'intérieur de la porte l'inspection qu'il avait faite à l'extérieur, cherchant le ressort qui mettait en mouvement le lourd châssis de chêne.

Il ne trouva rien.

La nuit avançait pourtant. Le jour allait venir.

En ce moment il entendit le bruit d'un pas qui descendait l'escalier, et la porte de la maison s'ouvrit.

Delmont se colla contre le mur, immobile et plus froid qu'un mort.

Il faisait toujours sombre, ses vêtements étaient noirs. — Peut-être ne le verrait-on pas!

Francine apparut, enveloppée de son long châle, sa voilette rabattue sur la figure.

Elle était seule. Delmont respira. L'abbé, fatigué, dormait sans doute.

Elle traversa la petite cour d'un pas rapide, sans apercevoir Delmont, qu'elle frôla presque au passage, appuya le doigt sur un angle de la vieille serrure. La porte s'ouvrit. Elle la franchit et voulut la repousser derrière elle, mais Georges, qui l'avait suivie et sortait à ce moment, arrêta son mouvement.

Elle se retourna pour voir d'où provenait cette résistance.

En apercevant un homme qui sortait avec elle de la cour de cette maison, elle trembla d'effroi et poussa un cri sourd.

Delmont lui mit la main sur la bouche.

— Silence! fit-il à voix basse, ou vous êtes perdue.

Elle se dégagea, et l'on put voir à travers son voile l'angoisse qui bouleversait ses traits pâles.

Delmont referma doucement la porte, revint à elle, et lui dit :

— Je ne suis pas un ennemi : donnez-moi le bras, et marchons.

— Qui êtes-vous? Que me voulez-vous? balbutia-t-elle.

— Un ami peut-être, un homme qui vous connaît en tout cas, Francine Durand !

La jeune femme tressaillit.

— Durand, répéta-t-elle d'une voix tremblante, ce n'est pas mon nom. Pourquoi m'appelez-vous ainsi ?

— Pourquoi? Parce que la femme mariée portant le nom de son mari, Francine Leduc s'appelle Francine Durand.

— Taisez-vous, par grâce !

— Alors, suivez-moi.

Et lui donnant le bras, Georges Delmont l'entraîna sans qu'elle résistât.

XLVI

ESCARMOUCHES

Madame Riccardi, enchantée, comme nous l'avons dit, de la douceur avec laquelle Georgette avait accueilli ses ouvertures de mariage, se hâta d'en faire connaître la bonne nouvelle à l'abbé Clodion.

Celui-ci, mieux au courant que la mère des sentiments qui remplissaient le cœur de sa fille, fut assez surpris de cette apparente soumission de mademoiselle Delmont.

Les rapports de Francine, joints à ses propres observations et à la logique de la situation, d'ailleurs, ne lui laissaient aucun doute sur l'amour réciproque de Georgette et d'Olivier.

Il se croyait certain de parvenir à séparer les deux jeunes gens, étant décidé pour cela à employer tous les moyens que son imagination fertile de prêtre lui suggérerait, et toutes les influences occultes dont il pouvait disposer; mais il s'était attendu à une résistance, à une lutte quelconque, et ce trop facile succès lui inspirait une vive inquiétude.

Néanmoins, il se garda bien de laisser voir sa surprise et cette inquiétude. Il se contenta de dire à madame Riccardi qu'il fallait profiter de l'occasion, et presser les événements.

Aussi, moins de huit jours après la conversation, entre la mère et la fille, que nous avons rapportée, madame Riccardi se trouvant seule avec Georgette, lui annonça, en l'observant avec un reste de crainte, que M. Jules Florestan lui avait officiellement adressé sa demande en mariage.

— Comment! répondit Georgette, de l'air le plus calme du monde, c'était donc sérieux !

— Très-sérieux, tu le vois.

— Je ne m'en serais jamais doutée.

— C'est que tu n'as jamais encouragé ce jeune homme. Ta froideur, ta raideur, disons le mot, l'intimident. Du reste, il était naturel, convenable, qu'il s'adressât d'abord à moi, et cette conduite sage ne peut qu'augmenter les sentiments d'estime qu'il mérite.

— Et que lui as-tu répondu ?

— Mais ce que je devais lui répondre : « Que sa demande nous honorait, que je t'en ferais part, et... »

— Et quoi, maman?

— Que je ne doutais pas que tu ne l'accueillisses toi-même.

— Tu as été un peu vite.

— J'y étais autorisée par notre dernière conversation. Nous sommes tombées d'accord que c'était là le meilleur parti que tu pusses espérer.

— Mais, si je n'ai pas envie de me marier ?

— Oh! ce n'est pas sérieux, et si tu n'as pas d'autre objection... c'est une affaire conclue.

— Est-ce si pressé que cela?

— Certes! laissa échapper madame Riccardi de plus en plus encouragée par l'attitude tranquille de sa fille. Certes ! Il attend une réponse. Pourquoi le faire languir? Je serais si heureuse, moi aussi, de voir ton avenir fixé.

— Malheureusement, je n'aime pas ce monsieur Florestan.

— Tu l'aimeras, et lui, il t'aime. D'ailleurs, crois-moi, les mariages d'amour ne sont pas les plus heureux. Le mariage est une affaire plus grave que cela.

— C'est que justement, quand le mari aime et que la femme n'aime pas, — or, ce serait mon cas, paraît-il, avec M. Florestan,— il peut en résulter de bien grands malheurs!

Cela fut dit d'un ton calme, mais singulier, qui fit redresser la tête à madame Riccardi.

Elle regarda un instant sa fille en face, d'un air profondément interrogateur. Georgette ne parut pas s'en apercevoir.

— Ce n'est pas une réponse, reprit enfin madame Riccardi, avec un léger trouble... M. Florestan est autorisé à te faire sa cour. Tu sais combien je désire ce mariage. Il est convenable à tous égards.

Georgette se taisait.

— Cependant je ne veux pas te presser outre mesure, s'empressa d'ajouter la mère, se rappelant qu'il serait dangereux de réveiller chez Georgette cet esprit d'indépendance et même de révolte, qui était le fond de sa nature et apparaissait dès qu'on essayait de la contraindre.

Le même jour, Me Steinbach vint rendre visite à madame Riccardi, accompagné d'Olivier.

Sur l'échange d'un coup d'œil, Olivier comprit que Georgette avait à lui parler.

Il pria donc mademoiselle Delmont de l'aider à cueillir un bouquet qu'il voulait rapporter à sa mère, et les deux jeunes gens descendirent au jardin.

— Qu'y a-t-il? — demanda vivement Olivier, tout en rassemblant dans sa main les roses que Georgette coupait avec de petits ciseaux.

— M. Florestan s'est expliqué.

— J'en étais sûr! s'écria Olivier avec un mouvement de colère. Mais comment cela?

— Ma mère vient de me le dire à l'instant même, et, fidèle à ma promesse, je te le redis.

— Qu'as-tu répondu?

11.

— Que je n'avais pas envie de me marier.

— Et ta mère a insisté ?

— Oui, un peu d'abord, puis elle m'a accordé le temps de la réflexion.

— Alors ?

— Alors, quoi ?

— Écoute Georgette, tu le sais, je suis prêt à te débarrasser de ce monsieur, dès qu'il deviendra pour toi une gêne, un ennemi...

— Garde-t'en bien ! s'écria Georgette. Non, non, pas d'éclat ! Je sais ce que j'ai à faire, et je le ferai.

— Il faut prendre une décision pourtant, insista Olivier. Je t'en conjure, laisse-moi parler à mon père. Accepte de devenir ma femme. Oh ! si tu savais combien je t'aime ! ajouta le jeune homme d'un accent passionné, et combien je souffre !

Georgette leva ses grands yeux sur lui, laissant ses doigts roses entre les mains brûlantes d'Olivier.

— Je t'aime autant que tu m'aimes, lui dit-elle doucement, et je souffre plus que toi.

— Tu souffres, toi, tu souffres ! s'écria-t-il d'une voix émue.

— Oh ! oui, beaucoup ! murmura la jeune fille, dont le masque de tranquillité et d'indifférence tomba brusquement pour laisser paraître l'angoisse qui la déchirait.

Olivier fut effrayé de son expression de douleur.

— Qu'as-tu ? Parle ! je suis là.

— Je ne puis.

— Georgette, que s'est-il passé ? que dois-je faire ?

— Attendre.

— Attendre ! toujours attendre ! Est-ce possible, quand je te vois malheureuse, quand mon cœur saigne des douleurs que tu me caches, quand mon sang bouillonne, quand...

— J'attends bien, moi !

— Mais qu'attends-tu donc ?

La jeune fille se tut.

— Sais-tu quelque chose de nouveau ? As-tu découvert ?...

— Ne m'interroge pas, je ne pourrais te répondre.

— Tu m'avais juré de me dire tout ce que tu saurais.

— J'étais libre à ce moment. Je ne compromettais que moi, de qui tout dépendait.

— Et à présent ?

— A présent ! Je n'ai pas ce droit... Non, je ne l'ai plus !

Elle s'arrêta, pâle et haletante. Sa respiration soulevait sa poitrine, et sa main se glaçait dans les mains d'Olivier.

Jamais il ne l'avait vue ainsi.

Il fut bouleversé du spectacle de cette tempête intérieure qui secouait la jeune fille, et qu'elle avait su lui cacher jusqu'à ce moment, par un dévouement héroïque.

— Mais tu m'aimes toujours ? s'écria-t-il enfin, avec l'égoïsme naïf de l'amoureux qui met son amour avant tout et par-dessus tout. Et tu ne seras qu'à moi, quoi qu'il arrive.

— Chut ! fit-elle tout à coup. Voici du monde.

En effet, Mᵉ Steinbach descendait au jardin, suivi de madame Riccardi, et se dirigeait vers son fils.

Georgette, par un effort surhumain, recomposa son visage et y ramena le calme apparent.

Se penchant rapidement vers Olivier, dont les traits exprimaient encore la surprise et l'agitation, elle lui dit d'une voix pleine d'une tendresse suppliante :

— Je t'en conjure, sois patient. Obéis-moi !

Le jeune homme baissa la tête avec une soumission d'autant plus méritoire qu'elle lui coûtait davantage. Son cœur déchiré d'inquiétude aurait voulu d'autres explications, mais son amour même lui donnait la force de vaincre les impatiences de la passion et mettait un charme jusque dans cette obéissance absolue, aveugle, qu'il avait jurée à la jeune fille.

— Eh bien, demanda Mᵉ Steinbach, ce fameux bouquet est-il prêt ?

— Voyez, répondit Georgette en souriant et en désignant du doigt les fleurs qu'Olivier tenait à la main.

— C'est une razzia de roses, et, dans le feu de l'action, vous leur avez pris leurs couleurs, ajouta en riant l'avocat qui la regardait avec attention.

En effet, Georgette avait le teint plus animé que d'habitude, et cette observation acheva de la faire rougir.

— Madame Steinbach n'est pas là, continua-t-il. C'est donc à moi de vous remercier pour elle.

Et il embrassa tendrement Georgette sur le front.

Au moment où les deux hommes se retiraient, Olivier la regarda tristement.

Georgette mit un doigt sur ses lèvres, d'un geste plein de grâce qui contenait, à la fois, une dernière recommandation et une caresse.

XLVII

CHANGEMENT DE FRONT

Le jeudi suivant, Jules Florestan ne manqua pas d'arriver, comme bien on pense, toujours accompagné de l'inévitable abbé, qui voulait s'assurer par lui-même si son protégé faisait consciencieusement sa cour à mademoiselle Delmont.

Il savait déjà, d'ailleurs, par l'abbé, qui le tenait de madame Riccardi, que Georgette avait écouté la nouvelle de la demande en mariage sans manifester d'antipathie ni de répugnance, et qu'il avait, dès lors, tout lieu d'espérer, mieux que cela, de regarder ses prétentions comme accueillies.

Georgette le reçut, suivant son habitude, avec une politesse froide et banale qui ne disait rien. Seulement il ne tarda pas à remarquer qu'au lieu de l'éviter et de fuir toute occasion de tête-à-tête avec lui, ainsi qu'elle l'avait fait jusqu'à présent, elle cherchait plutôt à provoquer un entretien entre eux deux.

Il jugea que cela était d'un augure tout à fait favorable, d'autant plus que le moment était venu où il devait s'exécuter en lui exposant directement ses prétentions à sa main.

Florestan, on se le rappelle, ne tenait nullement à ce ma-

riage ; mais il n'était pas libre d'agir autrement. L'abbé dis-
posait de lui, et, tout en se demandant quel était le but caché
de cette homme, son arrière-pensée dans toute cette affaire,
il avait trop peur de déplaire à celui qui savait son abominable secret et pouvait le briser, comme verre, d'un seul
mot, il était trop heureux d'en être quitte à si bon marché,
pour ne pas obéir à cette volonté supérieure.

Vers la fin de la soirée, profitant d'un instant où personne
ne paraissait s'occuper de lui ni de mademoiselle Delmont,
il s'approcha de la jeune fille qui semblait de son côté, l'attendre, et s'assit à côté d'elle, armé du sourire le plus aimable qu'il put trouver sur sa face jaune, dure et basse.

Au fond, quoi qu'il n'aimât pas Georgette et qu'il subît ce
mariage comme une sorte de punition, ou tout au moins d'expiation, en vertu de laquelle il achetait le silence de l'abbé
et l'impunité du plus lâche des crimes, il ne pouvait se défendre d'admirer la beauté de la jeune fille et ressentait auprès d'elle une timidité et un embarras réels qui l'irritaient,
sans lui déplaire absolument, bien qu'il se promit d'en
prendre sa revanche une fois le mariage accompli.

Georgette l'écouta sans l'interrompre, sans baisser les yeux
ni rougir, sans émotion apparente, ni aucun des manéges
connus des jeunes personnes en pareille circonstance, — ce
qui acheva de le démonter.

Cependant il prit naturellement ce silence et cette attention soutenue pour un signe d'acquiescement.

— Ma mère m'avait prévenue, en effet, lui dit-elle lentement, quand il se tut.

— Et madame Riccardi m'a fait espérer que vous ne
repousseriez pas ma demande.

— C'est qu'elle n'a pas bien saisi le sens de ma réponse,
alors, continua Georgette du même ton. Je lui ai dit que je
désirais ne point me marier pour le moment, et je pensais
qu'elle vous en avait averti.

— Sans doute, mademoiselle, mais elle n'a point compris,
ni moi non plus, que ce fût un refus.

— C'en était un, pourtant, monsieur.

— Oh ! mademoiselle, s'écria Florestan, très-surpris et très-

piqué d'un échec auquel il ne s'attendait nullement et du ton
net de cette réponse, laissez-moi croire que ce n'est pas là
votre résolution définitive.

— Absolument définitive, monsieur, et je serais désolée qu'il restât à cet égard dans votre esprit le moindre
doute.

Florestan la regardait avec une sorte de stupeur.

Il ne comprenait rien à cette étrange jeune fille, si douce
d'apparence, si parfaitement élevée, et qui lui parlait froidement sur un ton de résolution qu'on ne s'attend pas à rencontrer chez une fillette de dix-sept ans.

J'ajouterai seulement ceci, monsieur, continua-t-elle en
voyant sa surprise, c'est que vous pouvez conquérir ma reconnaissance en n'insistant plus à ce sujet, et en ne profitant
pas de l'appui de ma mère pour persévérer dans un projet
auquel je vous prie de renoncer.

Florestan ressentait une humiliation profonde.

Comment, cette petite fille, qui portait le nom d'un homme
déshonoré par une condamnation capitale, lui signifiait ainsi
son congé !

Tout ce qu'il avait de bile lui remonta au visage. Il devint
verdâtre et pinça ses lèvres minces et blêmes.

— Vous me demandez l'impossible, mademoiselle, — lui
dit-il, — et vous me permettrez bien d'espérer, d'attendre un
changement...

— Qui ne se produira pas, je vous le répète, monsieur.

— Ah ! mademoiselle, vous êtes cruelle!

— Je suis franche. — Vous pouvez me causer beaucoup de
chagrins et me réduire à des extrémités que j'aurais voulu
éviter, — rien de plus. — Je vous le demande, encore une
fois, voulez-vous mériter ma reconnaissance? — Vous vous
taisez? — C'est bien, monsieur. Je vous comprends et je le
regrette pour vous et pour moi.

Elle se leva sans colère, le salua et se rapprocha du groupe
de dames qui entouraient sa mère.

— Tudieu ! pensa Florestan, pendant qu'elle s'éloignait,
quelle péronnelle ? Que le diable emporte ceux qui m'ont valu
cet affront !

Il dirigea un regard haineux vers l'abbé Clodion, qui l'observait de loin. Mais il détourna aussitôt les yeux.

— Si je l'épouse, elle me le paiera! grommela-t-il entre ses dents ; et il alla rejoindre à son tour, le prêtre qui, voyant son entretien avec Georgette terminé, s'apprêtait à quitter le salon pour en connaître immédiatement le résultat.

Les deux hommes sortirent ensemble.

— Eh bien, dit l'abbé, vous avez parlé ?

— Oui.

— Et on vous a répondu...

— Par un refus.

L'abbé ne parut pas surpris.

— Par un refus absolument net et catégorique, insista Florestan.

— Rapportez-moi textuellement votre conversation.

Florestan obéit, éprouvant quelque satisfaction, malgré sa blessure d'amour-propre, à bien constater une défaite qui avait, au moins, cet avantage de contrarier les projets de son *protecteur*.

— Ah ! elle a parlé des extrémités auxquelles elle serait réduite, répéta le prêtre.

— Oui, je n'ai pas bien compris...

— J'ai compris : — cela ne vous menace pas. Il s'agit de sa mère...

— Comment cela ?

— Ce n'est pas votre affaire, répliqua sèchement l'abbé Clodion.

Florestan trouva encore moyen de blémir sous cette réponse insolente.

L'abbé se taisait et semblait réfléchir.

— Il y a un amant, évidemment, reprit Florestan, au bout de quelques minutes. Je l'ai deviné l'autre soir, en voyant M⁰ Steinbach, et je vous en ai prévenu.

L'abbé ne répondit pas, il réfléchissait toujours.

— Enfin que dois-je faire? demanda Florestan, au comble de l'exaspération rentrée.

L'abbé releva la tête.

— Persévérer! fit-il durement. — Vous épouserez mademoiselle Delmont. C'est moi qui vous le dis.

XLVIII

BATAILLE

Georgette était dans sa chambre de jeune fille.

Seule et loin des regards indiscrets, n'exerçant plus de
surveillance sur l'expression de son visage, elle paraissait profondément triste et abattue. Son teint pâle, la langueur de ses
grands yeux noirs cernés d'un cercle brun et pleins de
larmes, sa pose abandonnée et, pour ainsi dire, découragée,
tout révélait en elle une douleur aiguë et les fatigues d'une
lutte cruelle, mais non pas au-dessus des forces de cette enfant mûrie par la vie et devenue femme de cœur et d'esprit
au début de son printemps à peine éclos.

Assise et la tête penchée en arrière, elle semblait perdue
dans ses pensées.

Tout à coup madame Riccardi entra.

Georgette se redressa d'un mouvement brusque et regarda
sa mère comme si elle sortait d'un rêve.

Au premier coup d'œil, elle comprit de quoi il s'agissait.

Madame Riccardi, en effet, semblait plus maussade qu'à
l'habitude et en proie à une sourde irritation qui, pour être
contenue, n'en était pas moins violente.

Elle quittait l'abbé Clodion. Il venait de lui rapporter la
réponse de Georgette à Florestan, et de réveiller, de surexci-
ter tous ses mauvais instincts égoïstes, toutes ses terreurs,
d'aigrir sa haine contre Mᵉ Steinbach, son antipathie ina-
vouée, mais certaine, contre sa fille.

Nous l'avons déjà dit : elle n'aimait pas Georgette, et elle
ne pouvait pas l'aimer. La nature de mademoiselle Delmont

la choquait, l'inquiétait, la blessait, comme une satire vivante de sa propre nature.

Le culte voué par l'enfant à la mémoire du père achevait encore de séparer ces deux femmes. Celle qui, connaissant l'innocence de son mari, l'avait laissé condamner, quand elle pouvait le sauver d'un mot; celle qui, quinze mois après, se croyant veuve, avait épousé le principal témoin à charge, — et celle qui tendait de toutes les forces de sa volonté à faire éclater l'innocence de Georges Delmont, à en poursuivre la réhabilitation, — ces deux femmes, disons-nous, ne pouvaient être, au fond, que deux ennemies.

Les dernières révélations de l'abbé, apprenant à madame Riccardi d'une façon positive ce qu'elle prévoyait depuis longtemps, à savoir que Me Steinbach n'était pas sa dupe, qu'il avait cherché dans le passé de l'épouse adultère, qu'il y avait en partie découvert la vérité, que, dernièrement encore, d'accord avec Georgette, il avait recommencé une sorte d'enquête sur le théâtre du crime, — tout exaspérait la colère de cette dévote.

Elle puisait, dans l'intensité même de ses craintes, le courage factice de les braver, de chercher à savoir au juste quelle était sa position vis-à-vis de sa fille devenue à ses yeux le pire adversaire et le plus gênant obstacle.

— Vraiment? s'écria-t-elle d'une voix où grondait sourdement la tempête, je ne comprends rien à ta conduite, et je serais fort aise que tu daignasses me l'expliquer!

— De quoi s'agit-il, maman? répondit Georgette de sa voix calme, avec une intonation de tristesse qui ne lui était pas habituelle.

— De quoi il s'agit! répéta sa mère. Je pense que tu t'en doutes. Il s'agit de ton mariage avec M. Florestan, de... Est-ce vrai ce qu'on m'apprend à l'instant, que tu lui as signifié son congé en termes fort rudes?

— Je lui ai dit, en effet, que je ne voulais point me marier, et que je le priais de renoncer à ses prétentions.

— En vérité! Ainsi... sans me consulter, sans me prévenir, comme cela était ton devoir! Alors que moi, qui suis ta mère, et qui ai seule le droit de décider, je lui ai dit que j'acceptais et que tu acceptais ! Voilà qui est bien étrange, bien inexplicable, absolument inadmissible !

Tout cela fut dit avec une extrême volubilité, en femme qui cherche à se donner de l'audace par le bruit de ses propres paroles, et qui fouette sa colère vraie des éclats d'une colère factice pour vaincre quelque timidité cachée, dont l'action persiste malgré tous ses efforts.

— Je ne comprends pas ton étonnement, répliqua Georgette. Je t'avais prévenue...

— Prévenue ! Jamais !

— Et si tu as fait des promesses positives à M. Florestan, continua Georgette avec sa fermeté douce, tu as eu tort, car je ne t'y avais nullement autorisée.

— Autorisée ! vraiment ! autorisée ! J'ai maintenant besoin de l'autorisation de ma fille pour agir, pour décider ce qu'il me convient. Ah ! voilà où conduit l'irréligion, l'esprit d'indépendance et de révolte ! Ce sont à présent les enfants qui commandent, les parents qui doivent obéir.

— Pourquoi m'as tu demandé mon avis, s'il ne devait pas compter ?

—Je ne l'ai pas demandé, ton avis. Je t'ai avertie doucement, maternellement, en te faisant comprendre combien je désirais ce mariage. Cela devait suffire. Mais si tu m'y forces, je saurai user de mes droits et exiger.

— Alors même que je te dirais : — Maman, je n'aime pas M. Florestan il me déplaît absolument, et ce mariage ferait mon malheur ! Je t'en prie, n'insiste pas.

— Cela ne signifie rien. M. Florestan présente toutes les garanties. Il te convient sous tous les rapports, et je n'ai pas à céder à un caprice de petite fille.

Georgette, en adressant sa prière à sa mère, la regardait avec une sorte d'angoisse. On eût dit qu'elle voulait lire au plus profond de son cœur, y chercher la trace d'une affection maternelle, si faible qu'elle fût, et qui l'aurait peut-être désarmée.

La réponse de madame Riccardi sembla trancher ses doutes et ses dernières hésitations.

Elle se redressa plus pâle. Ses grands yeux s'allumèrent.

— Ce n'est pas la réponse d'une mère qui aime! répliqua Georgette.

— C'est la réponse d'une mère qui veut être obéie.

Les craintes de madame Riccardi paraissaient avoir disparu. En parlant, elle s'échauffait.

L'abbé lui avait dit d'être ferme, et, sa nature méridionale, prenant le dessus, l'emportait tout à coup vers la violence, du moment où elle sortait de sa nonchalance ordinaire, et voulait faire un effort de volonté.

Une idée seule la dominait à présent : éloigner sa fille, la réduire à l'impuissance par le mariage que son directeur de conscience lui présentait comme l'unique remède.

— Je te l'ai déjà dit, reprit Georgette, je suis assez jeune pour avoir le temps d'attendre et de choisir. J'attendrai donc et je choisirai, car il faut mon consentement pour me marier.

— Attendre quoi? Choisir qui? s'écria madame Riccardi, exaspérée de cette résistance, qu'elle s'acharnait maintenant à vaincre coûte que coûte. — Personne autre ne se présentera.

— Je n'en sais rien.

— Et moi, je le sais! — Tiens, en veux-tu une preuve? — Olivier vient ici presque chaque jour. Son père est, non pas *mon* ami, mais le *tien*, — accentua-t-elle avec amertume et colère. — Il était naturel qu'il pensât à toi... Y a-t-il seulement songé? — Non.

Georgette hésita une seconde.

— Et s'il y avait pensé? — demanda-t-elle lentement.

— S'il y avait pensé? — Eh bien! je l'aurais repoussé, refusé, — continua madame Riccardi, laissant enfin échapper les sentiments d'antipathie qu'elle nourrissait contre l'avocat et son fils.

— Pourquoi cela?

— Pourquoi? Parce que je sais la mauvaise influence qu'ils ont eue, le père et le fils, sur toi. Parce que je sais qu'au fond ils me détestent. Parce que je suis lasse de la surveillance, de la protection qu'ils exercent autour de toi, et qui est une injure pour moi, pour ta mère. Parce que je hais toutes leurs opinions, toutes leurs croyances. Parce que ce sont des ennemis de la religion, des libres-penseurs, qui ont développé dans ton cœur ces sentiments de révolte que j'y trouve encore aujourd'hui. Parce que je n'ignore pas, enfin, que M⁰ Steinbach n'a cessé de comploter contre moi, depuis... la mort de mon premier mari.

Ces attaques imprudentes irritèrent et blessèrent profondément la jeune fille, cent fois plus que tout ce que sa mère eût pu dire contre elle.

Tout son amour pour Olivier lui remonta du cœur au cerveau, et la fit sortir brusquement d'elle-même.

— Tu haïssais donc bien mon père, s'écria-t-elle, que tu hais ainsi ceux qui l'aiment et qui m'aiment !

Madame Riccardi bondit vers sa fille, pâle de cette pâleur que la colère répand sur le visage des Méridionaux, son œil noir chargé de menace et de fureur.

— Prends garde ! lui dit-elle les dents serrées. Pèse tes paroles. Je n'ai pas de comptes à te rendre. Un mot de plus, et je fais fermer ma porte à ces gens que je hais, oui, que je hais, entends-tu ! Et tu ne les reverra plus jamais. Nous saurons bien si je suis chez moi, ou chez eux, et qui fera la loi ici, de toi ou de moi.

— Leur crime est le mien, répondit Georgette d'une voix éclatante, l'œil plein d'éclairs, et laissant aussi apparaître à son tour le fond de sa pensée. — Ils cherchent à trouver les preuves de l'innocence de mon père.

— L'innocence de ton père ! Ah ! ah ! voilà le grand mot lâché, n'est-ce pas ? Tu l'avoues ! C'est là ce que tu cherches, c'est là ce que vous cherchez ensemble ! Eh bien, cherche, cherche. Tu ne trouveras rien, ni toi, ni eux, ni personne. Lis son procès, tu verras quelles preuves l'ont accablé !

Et madame Riccardi ricana d'un air de provocation en regardant sa fille.

Georgette supporta ce regard, et répondit avec une froideur qui mordait :

— Seule, je ne trouverais rien. Mais avec ton aide, tout deviendra facile, car, tu le sais, toi, qu'il était innocent, et tu pourrais en donner la preuve !

XLIX

L'ENQUÊTE DE GEORGETTE

A ces paroles, madame Riccardi recula bouleversée, les traits contractés par la surprise de l'angoisse.

Son visage exprimait une telle épouvante que Georgette en eut pitié, et regretta presque la netteté de son accusation.

— Je sais... moi... je sais !... balbutiait la mère en dévorant sa fille des yeux.

Georgette garda un instant le silence.

— Tiens, maman, reprit-elle enfin d'une voix adoucie et profondément émue, n'allons pas plus loin... Ne me force pas à dire ce que je voudrais taire, pour moi autant que pour toi, — ce que je donnerais ma vie pour racheter ! Il ne s'agissait pas de mon père, il s'agissait de mon mariage... Prie M. Florestan de renoncer à sa poursuite, au lieu de l'y encourager. Les horribles malheurs que je prévois... qu'ils ne viennent pas par moi, du moins ! C'est ta fille qui te le demande une dernière fois.

Georgette joignit presque les mains, en signe de prière.

Mais madame Riccardi n'écoutait plus la raison, ne pouvait plus s'arrêter.

L'accusation de Georgette avait été trop nette, trop positive. Elle voulait connaître la vérité, toute le vérité, sonder du regard le précipice au bord duquel elle était brusquement amenée, en mesurer la profondeur exacte.

Georgette avait-elle prêché le faux pour savoir le vrai, affirmé comme un fait positif une simple supposition ?

Avait-elle des preuves ou des soupçons ?

Sa fille venait de la frapper à l'endroit sensible.

La première stupeur passée, ce fut la fureur qui domina.

— Ah! fille dénaturée ! s'écria-t-elle enfin, tu m'accuses !

Ah ! tu veux me déshonorer, me perdre ! Tu parleras!

— Je t'en prie, maman... Je regrette les paroles qui m'ont échappé...

— Tu recules, à présent ! Eh bien, moi, je ne reculerai pas. Tu ne veux plus parler? Alors j'agirai ! Ah ! tu menaces ! Je te briserai ! D'abord, dès aujourd'hui, je ferme ma maison aux Steinbach père et fils. Ce sont eux qui t'excitent contre moi, qui te poussent à la résistance, à la rébellion. Tu ne les verras plus, plus jamais, entends-tu? Puis tu épouseras M. Florestan, parce que je le veux, parce que je ne supporterai pas plus longtemps, sous le même toit que moi, à mes côtés, une ennemie qui m'espionne et cherche ma perte. Tu me comprends bien? Ce sont mes volontés, mes volontés absolues! Ah! tu ne me connais pas! J'ai toujours été douce avec toi, et tu en abuses... Mais qui menace mon bonheur, qui entrave ma vie... je l'écrase !

Madame Riccardi marcha sur sa fille, le regard enflammé, les lèvres serrées, les cheveux en désordre, au paroxysme de la passion.

Georgette s'était redressée, comme il lui arrivait chaque fois qu'on employait avec elle la menace et la violence. Elle regardait sa mère en silence, laissant paraître sur son jeune visage décomposé la lutte terrible qui la secouait. On voyait qu'un mot brûlait ses lèvres, demandait à sortir.

— Non ! non ! dit-elle enfin.

Et elle pressa sa bouche de ses deux mains, comme pour arrêter au passage l'expression de sa pensée.

Madame Riccardi ne comprit pas et se crut triomphante.

— Tu ne veux pas parler, n'est-ce pas? C'est que tu ne sais rien. Ah! tu me prends pour ta dupe, et tu crois que j'ignore ce que tu fais... Détrompe-toi, je suis au courant! Veux-tu que je te dise où tu étais, il y a trois semaines ? Tu étais à Sceaux, avec Me Steinbach, avec Olivier. Vous avez parcouru toute la maison, visité toutes les pièces... Vous y cherchiez une preuve d'innocence... Vous ne l'avez pas trouvée, et vous ne la trouverez pas. Oui, c'est ton père qui a assassiné Hippolyte Riccardi. C'est lui! c'est lui! c'est lui!

— C'est faux ! s'écria Georgette d'un accent terrible.
C'est faux ! Il est innocent, tu le sais, et c'est infâme, devant
moi, sa fille, de venir l'accuser ! Il ne te suffit donc pas de
l'avoir jeté à la mort, déshonoré aux yeux du monde par
une épouvantable condamnation qui fut ton œuvre, à toi qui
pouvais le sauver ! Tu veux encore le déshonorer dans le
cœur de son enfant ! Tu veux que Georgette Delmont méprise Georges Delmont, l'abandonne, le trahisse comme tu
l'as trahi !

Georgette s'était transformée. La lutte, en elle, avait cessé.

Elle appartenait désormais tout entière à l'indignation
farouche, à la passion filiale.

Madame Riccardi, foudroyée par cet éclat, resta immobile
et sans souffle, entendant retentir jusqu'au fond de sa conscience, endormie par l'égoïsme et la foi religieuse, ces paroles vengeresses.

— Tu veux que je parle... je parlerai... Oui, j'ai été à
Sceaux, et j'y ai fait l'enquête que la justice n'a pas su faire,
et j'y ai trouvé la vérité !

— La vérité ! répéta madame Riccardi livide.

— Oui, la vérité. Et, d'abord, ceci : c'est que, du cabinet
de mon père, on ne pouvait entendre ce qui se disait dans le
salon ; mais que, de ta chambre, à toi, on distinguait les
moindres paroles. Si tu étais dans cette chambre, comme tu
l'as déclaré, tu as donc tout entendu... et la conversation, et
la lutte qui a précédé le meurtre...

— Je dormais...

— Non, tu ne dormais pas !

— Je suis accourue en entendant le cri du... du malheureux... et la chute de son corps.

— C'est faux.

— C'est constaté par le procès.

— Oui, mais j'ai constaté le contraire.

— Toi ?

— Moi.

— Comment cela ? demanda madame Riccardi, qui rappelait à elle tout son sang-froid, ainsi qu'elle eût fait dans
le cabinet d'un juge d'instruction, oubliant la réalité de la

situation pour en subir la vérité, ne se sachant plus devant
sa fille, mais se voyant devant une accusation terrible qu'elle
avait bien des fois retournée dans son esprit, et voulant défendre le terrain pied à pied.

— Non, tu ne dormais pas! répéta Georgette, et voici mes
preuves.

La jeune fille se recueillit un instant. Madame Riccardi
la dévisageait en silence d'un regard où la colère avait à peu
près fait place à la terreur, terreur mêlée de curiosité, car la
femme de Georges ne pouvait s'expliquer comment cette
enfant inexpérimentée était arrivée à découvrir ce qui avait
échappé à tous les regards, — aux soupçons d'un tribunal et
à la perspicacité des hommes de police.

Aussi, malgré l'émotion qui la secouait, s'efforçait-elle
encore d'espérer, de croire que Georgette prenait des certitudes morales pour des preuves matérielles.

— Cette nuit-là, reprit Georgette d'une voix lente et basse,
il faisait une chaleur étouffante. Le ciel était orageux.
Après m'être endormie à mon heure habituelle, je me réveillai. J'avais peur. J'appelai Julie, la femme de chambre,
qui couchait dans la pièce à côté dont la porte restait toujours ouverte. Elle ne répondit pas. Je me jetai au bas de
mon lit, et j'entrai dans cette pièce. Julie n'y était pas.

Alors je sortis, et je vins en courant à travers le corridor
jusqu'à ta chambre.

Tu étais couchée, et Julie, qui se trouvait près de toi,
s'apprêtait à te quitter.

En m'apercevant, pieds nus, en chemise, tu me grondas.
Je t'embrassai en pleurant. Je te dis que j'avais peur.

Juliette souhaita le bonsoir, éteignit la lampe, comme d'habitude, ne laissant auprès de ton lit qu'une veilleuse. Elle m'emmena ensuite dans ses bras, vint dans le salon, dont elle ferma
soigneusement la fenêtre, et me reconduisit à mon petit lit.

— Est-ce vrai ?

— C'est possible... je ne me rappelle pas tous ces détails,
répondit madame Riccardi, effrayée de cette netteté de mémoire, et comprenant, sans savoir encore où ni comment,
qu'un coup terrible allait la frapper.

Ce qui la bouleversait le plus, c'était l'attitude de marbre de Georgette, la dureté inattendue de son regard, la fermeté impitoyable de sa voix qui scandait les mots, les aiguisait et les jetait vibrants comme autant de projectiles empoisonnés.

— Moi, je me rappelle tout, poursuivit Georgette; car, cette nuit-là, *pas plus que toi*, je n'ai dormi! ajouta la jeune fille avec un sourire menaçant. — Je continue : Donc la lampe était éteinte. Or, tu es entrée avec cette lampe allumée.

Madame Riccardi eut un frisson.

— Il a donc fallu que tu te levasses, et que tu prisses le temps de l'allumer; mais, pendant ce temps, puisqu'on entendait tout de ta chambre, tu aurais entendu ce qui se disait, reconnu les voix !

— La lampe n'était pas éteinte balbutia la mère.

— Je suis certaine du contraire. Je vois encore Julie baissant la mèche et soufflant dessus. Elle voulait même l'emporter. Tu lui dis de la laisser, *contre ton habitude.*

On pouvait voir la sueur perler sur le visage de l'accusée.

— Il y a plus. Je te vis couchée dans ton lit, à onze heures et demie. Je me rappelle exactement l'heure, car Julie m'en fit un reproche, en me disant que je devrais dormir depuis longtemps. A cet instant, tu avais un peignoir de mousseline blanche, tout simple, sans une seule broderie. Ton peignoir de nuit habituel !

Madame Riccardi frémit pour la seconde fois, et ses yeux s'agrandirent.

Elle commençait à entrevoir la suite.

Elle n'eut pas la force d'interrompre sa fille, dont l'aspect de Némésis vengeresse lui inspirait une terreur croissante. Les mailles du filet se resserraient autour d'elle. Elle le sentait, et ne tenta point de les briser.

— Quand le meurtre eut été commis, poursuivit Georgette faisant vibrer chaque mot, la maison s'emplit de bruit et de cris.

Julie, bouleversée, passa rapidement une robe, et, sans songer à moi que toutes ces rumeurs tenaient éveillée, elle courut s'informer de ce qui se passait.

Le jardinier vint à son tour.

Ce fut un mouvement, des allées et venues, qui me donnaient la fièvre. Je me croyais en proie à un cauchemar.
A travers les portes ouvertes et fermées violemment, j'entendais des mots terribles !

Le jardinier repassa devant ma chambre. Il parlait haut.

— Ah ! quel malheur ! disait-il. Un assassinat ! Monsieur...
qui l'aurait cru !

Je compris que mon père avait été assassiné, et, sans savoir au juste ce que cela pouvait signifier, j'eus peur, je
voulus connaître la vérité.

Je me levai à tâtons. Je mis mes petites pantoufles, parce
que tu m'avais grondée de marcher pieds nus. Je me couvris
les épaules du premier objet qui me tomba sous la main, et
je me glissai sans bruit jusqu'au salon...

Là, je vis un corps étendu sur le parquet et recouvert
d'un drap ensanglanté, des taches de sang piquetaient le
plancher de points sombres. Deux gendarmes, debout, parlaient à voix basse.

Mon père n'y était pas. Toi non plus.

Je me mis à pleurer, à crier : « Papa ! où est papa ! »

Les gendarmes se retournèrent. Ils échangèrent quelques
paroles que je n'entendis pas bien. L'un d'eux dit pourtant :

— C'est sa fille !

Il vint à moi, me prit par la main, et me conduisit à ta
chambre, près de toi. Tu étais agenouillée sur ton prie-Dieu,
la tête dans les mains, immobile. Tu pleurais.

Je m'élançai vers toi. — *Tu avais un peignoir richement
brodé*, le plus beau de tes peignoirs ! Celui-là excitait toujours mon admiration de petite fille, et me faisait souvent
dire à moi-même : « Quand je serai grande, j'aurai le pareil ! »

— Eh bien, qu'est-ce que cela prouve ? murmura madame
Riccardi complétement abattue et perdant sa présence d'esprit.

— Ceci : — c'est qu'après le départ de Julie et le mien, tu
avais dû te lever, allumer ta lampe, et changer de costume ;
que, par conséquent, tu ne dormais pas !

— Ce n'est pas vrai ! répondit-elle. Tu t'es trompée. Je
n'avais pas le peignoir dont tu parles.

— Le voilà ! interrompit Georgette en le prenant sur son lit. C'est celui que tu m'as donné l'autre jour pour servir de modèle...

— Ah ! c'est pour cela que tu me le demandais ! s'écria madame Riccardi en regardant sa fille avec effroi.

— Oui ! répliqua mademoiselle Delmont. Je voulais m'assurer que je ne m'étais pas trompée ! Tiens, regarde là, et elle montra le haut de l'épaule gauche (le peignoir n'avait point de manches), il y manque un morceau de broderie arrachée...

Madame Riccardi eût encore pâli, si cela avait été possible.

— Veux-tu voir le morceau qui manque ?

Georgette, sans attendre de réponse, se dirigea vers un petit chiffonnier, ouvrit le meuble, en tira un lambeau de broderie froissé, jauni par le temps, comme éclaboussé de rouille, qui s'adaptait, en effet, à la déchirure signalée par Georgette.

Madame Riccardi s'appuya au dossier d'un fauteuil pour ne point tomber.

— Et sais-tu où je l'ai ramassé, ce chiffon, continua Georgette implacable, — le jour même du meurtre, sans que personne s'en aperçût ?

— Tais-toi ! murmura la mère au comble de l'épouvante.

Il y eut un moment de silence.

Les deux femmes restèrent debout en face l'une de l'autre.

Ce fut la fille qui reprit la première la parole :

— Et tu viendras encore, dit-elle, affirmer devant moi ce que tu as laissé croire aux juges, que mon père était l'assassin !

Elle était éblouissante d'indignation vengeresse.

— Mais qui accuses-tu, enfin ?

— Qui ?

Mademoiselle Delmont s'approcha de sa mère, et, se penchant à son oreille, prononça une parole, une seule.

Madame Riccardi poussa un cri désespéré, et recula jusqu'à la muraille, en étendant les mains devant elle avec terreur.

— Non! non! balbutia-t-elle. C'est faux! c'est un mensonge! Jusqu'à la fin, je dirai : Non!... Je te défie de le prouver.

— Qui te dit que je veuille le prouver ? répliqua lentement la jeune fille. — Cela ne dépend pas de moi. Ce n'est pas moi qui aurai la responsabilité et le devoir de la justice ou du pardon.

Elle passa la main sur son front, et sa tête s'inclina.

L

LA PANTHÈRE

Francine et Georges Delmont s'éloignèrent rapidement de la maison de l'abbé.

L'heure matinale protégeait leur incognito, car tous deux, bien que par des motifs différents, désiraient n'éveiller aucune attention.

Le jour commençait à peine. Les voitures des maraichers s'acheminaient, lourdes et bruyantes, vers les Halles, les escouades déguenillées des balayeurs se rendaient à leurs divers postes, quelques boutiques de marchands de vin s'ouvraient çà et là. Des ouvriers en blouse, leur miche de pain sous le bras, entraient, se massaient un instant devant le comptoir d'étain poli, vidant, debout, le canon de vin blanc ou le petit verre d'eau-de-vie.

Des filles du peuple, en robe d'indienne, avec un frais bonnet de linge, trottinaient déjà pour se rendre à leur tâche quotidienne.

Delmont sentait sous son bras, le bras de Francine raidi par la tension nerveuse, et parfois secoué d'un frémissement subit.

Elle ne le regardait point. Deux fois il essaya de lui parler sans obtenir de réponse.

Tout à coup, à l'entrée du pont Saint-Michel, elle s'arrêta.

— Où allons-nous? dit-elle brusquement.

— Chez vous.

— Impossible! Chez moi, jamais!... Il le saurait!

Delmont insista. Il aurait voulu voir sa chambre, les objets familiers qui l'entouraient et qui révèlent le caractère, les habitudes, les besoins, les désirs, espérant y trouver quelques indices qui pussent le guider, lui dire comment il fallait s'y prendre pour agir sur cette femme, obtenir sa confiance, lui arracher ses secrets.

Il dut y renoncer. Le refus de Francine était absolu. Il comprit qu'il ne gagnerait rien à tenter de le vaincre.

— Alors, entrons là, lui dit-il en désignant la boutique d'un marchand de vin, grande ouverte et déjà pleine de sa clientèle matinale.

Francine le suivit.

Il demanda un cabinet particulier et commanda une consommation quelconque, puis, une fois servi, ferma soigneusement la porte et en poussa le verrou.

Francine le regardait faire, sans prononcer une parole.

Elle s'était jetée sur un siége et semblait brisée, soit de fatigue, soit d'émotion.

— Maintenant, causons, dit Georges en voulant s'asseoir vis-à-vis d'elle.

Elle se leva violemment, rejeta sa voilette comme si elle étouffait, et le couvant de ses yeux clairs et fauves, où se lisaient la terreur, la curiosité, la défiance et la colère, elle lui demanda :

— Qui êtes-vous?

— Qui je suis? Je vous le dirai plus tard. Je vous connais, et vous ne me connaissez pas; je garde cet avantage.

— Que me voulez-vous?

— Je veux que vous me disiez la vérité, que vous m'appreniez, sur l'abbé Clodion, ce que vous savez, tout ce que vous savez.

Francine haussa les épaules.

— J'ai besoin de le savoir, insista Georges.

Francine ricana.

12.

— Je ne sais rien. Je ne connais pas l'abbé dont vous parlez.

— Vous oubliez que je vous ai surprise sortant de chez lui, il y a une demi-heure.

— Que m'importe?

— Et que vous sembliez, à cet instant, avoir une terrible peur de cette découverte faite par moi.

Francine ne répondit pas.

— Non-seulement, poursuivit Delmont, vous étiez chez l'abbé Clodion, mais encore je puis vous dire pourquoi vous y étiez, et le costume que vous portiez. Il ne ressemblait guère à celui-ci, Francine Durand.

La jeune femme frémit.

— Pourquoi persistez-vous à m'appeler ainsi? s'écria-t-elle.

— Parce que c'est votre nom. En 1866, vous avez épousé Louis Durand, un brave et honnête ouvrier typographe, qui vous adorait, et que vous paraissiez aimer. A cette époque, pour subvenir aux frais de votre jeune ménage, vous travailliez tous les deux. Vous étiez délicate. Il vous avait choisi une occupation peu fatigante, qui vous laissait des loisirs, sans vous éloigner de lui. Vous étiez plieuse au journal où il était compositeur, à la *Foi nouvelle* de Georges Delmont.

— Oui, c'est vrai ! murmura-t-elle après une hésitation, la voix tremblante et des larmes dans les yeux. — J'étais heureuse, bien heureuse !

Son regard farouche s'était adouci. Cela ne dura pas.

Elle se redressa vivement, et reprit cette expression de sauvagerie qui lui était particulière.

— A quoi bon me rappeler ce temps-là? Il est mort, et cette Francine-là aussi. Je n'ai rien de commun avec elle !

— Je voulais seulement vous dire ceci : Je connais votre passé, et je connais votre présent. Je connais l'ouvrière qui travaillait en robe de laine, comme vous voilà, et je connais la femme qui, loin de tous les regards, se faufilant à la façon des malfaiteurs dans une maison isolée, y porte, à minuit, des robes de soie, des bijoux et des fleurs!

Francine froissa l'une contre l'autre, avec rage, ses mains frêles et longues.

— Or, continua Delmont, puisque vous cachez votre ancien nom et votre nouveau métier, si vous ne voulez pas parler, je vous ferai connaître, moi, je dirai ces secrets, que vous dissimulez avec tant de soin.

— Vous me dénoncerez! Vous révélerez ce que vous avez surpris! s'écria Francine en s'avançant vers lui, les dents serrées, la prunelle dilatée et pâlie.

— Je ferai ce qu'il faut pour savoir, autrement et par d'autres, ce que vous pourriez m'apprendre, et ce que vous refusez de me dire. Vous comprenez bien que cela me sera désormais facile.

— Et si je vous tuais!

Et Francine, tirant de son corsage, par un geste rapide, un petit poignard, bondit sur lui avec la souplesse et l'élan terrible de la panthère.

Delmont, qui ne s'attendait nullement à une pareille attaque, n'eut que le temps de parer avec son bras.

La lame du poignard traversa la manche en effleurant seulement la peau.

Il lui saisit le poignet dans ses doigts de fer, et le lui tordit.

Cette pression terrible fit craquer les os délicats de la jeune femme, et dut lui causer une douleur atroce, car ses traits se décomposèrent et exprimèrent l'angoisse du patient dont le chevalet disloque les membres, tandis que le poignard, abandonné par elle, roulait à terre.

Cependant, elle ne dit pas un mot, elle ne poussa pas un cri, ne demanda pas grâce.

Elle tomba sur ses genoux, en se tordant silencieuse, et une légère écume apparut au coin des lèvres.

Delmont, emporté par l'instinct de la conservation personnelle et la colère, comprit seulement alors qu'il lui brisait le bras, et la lâcha, tout à la fois stupéfait et touché de cette énergie extraordinaire, de ce courage vrai, se révélant chez cette femme dont le vice et le crime semblaient avoir pris possession.

Débarrassée de l'étreinte douloureuse qui la broyait, Francine laissa retomber son bras le long de son corps, et resta immobile, pelotonnée sur elle-même, sans chercher à reprendre l'arme gisant à portée de sa main.

Elle était belle ainsi, d'une beauté tragique et tourmentée. Dans la lutte rapide, ses cheveux s'étaient dénoués et s'étalaient en désordre sur ses épaules ; l'agrafe qui fermait son corsage avait sauté, et l'étoffe entr'ouverte montrait une partie de sa gorge soulevée par l'effort de la respiration haletante. Sa bouche exprimait une souffrance atroce, profonde, mais plus morale que physique, et ses longues paupières abaissées, en voilant l'éclat de son regard, laissaient dominer l'impression produite par le bas du visage, qui avait, on se le rappelle, autant de grâce et de douceur, que les yeux, les sourcils et le front manifestaient, parfois, de dureté et de violence.

Elle eût charmé un peintre, enthousiasmé un artiste !

Delmont, frappé de ce brusque changement, et doué de trop d'imagination, de trop d'élévation dans les idées, pour ne pas être sensible à la beauté et ne pas comprendre toutes les nuances d'une nature exceptionnelle, fut saisi de pitié, profondément ému.

Il s'approcha d'elle, et la souleva.

Elle se laissa faire sans le regarder.

Il la conduisit au divan, près d'une fenêtre, et lui prit la main. Le poignet marbré par l'empreinte de ses doigts était violet, tuméfié, engourdi, incapable de se plier. Il releva la manche, versa une carafe d'eau sur une serviette, et lui entoura le bras de ce pansement improvisé.

Elle n'avait pas prononcé une parole, fait un geste, se prêtant à ce qu'il voulait.

Quand il eut fini, et qu'il reporta les yeux sur elle, de grosses larmes coulaient lentement le long des joues de Francine.

LI

UNE MALHEUREUSE!

Delmont la contempla un instant en silence.

— Pourquoi pleurez-vous? lui dit-il enfin. — Est-ce le regret de ne m'avoir pas assassiné? Sont-ce simplement vos nerfs qui se détendent?

Elle se laissa glisser à terre sur ses genoux, prit, de la main gauche, la main droite de celui qui lui parlait, et, avant qu'il pût deviner ce qu'elle allait faire, elle porta cette main à ses lèvres.

— Vous êtes bon! murmura-t-elle. Cela fait du bien. Depuis deux ans je n'ai vu et connu que des méchants.

Georges Delmont la força de se rasseoir.

— Vous êtes une étrange créature, reprit-il de plus en plus surpris. Je vous ai connue jeune fille, honnête et laborieuse, puis épouse dévouée d'un homme digne de tout votre amour. Je vous retrouve maintenant perdue, courtisane mystérieuse, prête au meurtre. Depuis un quart d'heure que nous sommes ensemble, vous passez sans transition de la terreur à la bravade, de la bravade à la fureur, et de la fureur aux larmes et au repentir... Il faut que vous soyez bien malheureuse.

— Oh! oui, balbutia-t-elle. Si vous saviez! si vous saviez!...

Elle s'arrêta et cacha sa figure dans le coussin du divan, pour y étouffer ses sanglots.

— Parlez! parlez donc! s'écria-t-il avec empressement. Vous voyez bien que je ne suis pas un ennemi. Vous avez voulu me tuer. Je n'avais qu'un mot à dire pour vous livrer à la justice. L'ai-je fait? Non. Je suis de ceux qui croient que le mal et le crime ont pour origine un malheur ou une maladie. Soyez sincère et franche avec moi. Vous n'aurez pas à le re-

gretter, je vous le jure. Victime ou coupable, que m'importe !
Je suis prêt à vous tendre la main, à vous sauver, si vous le
voulez, et s'il en est temps encore. Figurez-vous que je suis
votre père..., non, on ne dit pas tout à son père..., votre
frère aîné plutôt. Je puis tout entendre, et je sais tout comprendre, — mieux qu'un prêtre, allez, car la vie ne m'a pas
ménagé.

Francine releva la tête, essuya ses yeux, regarda en face
son interlocuteur, pour la première fois.

— Oui, dit-elle alors d'une voix agitée, je vous crois.
Vous ne parlez pas, vous n'agissez pas comme les autres.
Vous me savez infâme, et vous ne m'écrasez pas !... Je vous
dirai tout, oui tout. Cela me soulagera. Cela me pèse depuis
si longtemps sur le cœur !... D'ailleurs, si je voulais me
taire, ajouta-t-elle avec un retour de défiance, vous en savez
déjà trop.

Elle hésita encore une seconde, puis reprit.

— Mais à une condition.

— Laquelle ?

— Jurez-moi sur votre honneur, sur ce qu'il y a de plus
sacré, que jamais cet homme... l'abbé Clodion, ne saura que
je vous ai parlé.

— Vous l'aimez donc ? demanda Delmont, sans dissimuler
un profond étonnement.

— Moi ! répéta Francine avec une telle intonation de
haine et une telle expression d'horreur que Delmont recula.

— Quel drame se joue donc dans ce cœur ? pensait-il en
contemplant le visage mobile de la jeune femme.

— Vous hésitez ? reprit Francine se trompant sur la cause
de son silence. Alors je me tais ! Et croyez-le bien, ajouta-t-
elle avec un sourire douloureux, vous pouvez me tuer... Ce
serait un bien peut-être, mais je ne parlerai pas.

— Francine, je vous jure sur ma foi d'honnête homme que,
jamais l'abbé Clodion ne saura que vous avez eu confiance
en moi. Seulement il est bien entendu que je pourrai me
servir des renseignements que vous allez me donner.

— Oh ! cela m'est égal. Mais vous ne pourrez rien contre
lui, si c'est là ce que vous espérez.

— Cela me regarde. Et puisque vous haïssez cet homme qui vous domine par quelque raison que j'ignore, ne craignez pas de me fournir des armes pour l'atteindre et le faire trembler à son tour.

Francine haussa les épaules d'un air de doute.

— Soit, reprit-elle. Je vais donc parler, comme je parlerais à Dieu... si j'y croyais. Mais si vous me trompez, si vous me trahissez, prenez garde à vous ! Je vous ai manqué tout à l'heure, parce que j'ai cédé, sans réflexion, à un moment de folie, comme cela m'arrive quelquefois. Le jour où j'aurais perdu l'espoir qui me fait vivre, voyez-vous, ce jour-là, me moquant de la mort comme du reste, je saurais me venger!

Ses yeux avaient repris leur éclat dur, et lançaient des éclairs.

— Si je manque à ma parole, vous ferez ce que vous voudrez.

Francine se recueillit une minute. Son expression changea encore une fois, et ce fut d'une voix douce et mélancolique qu'elle commença :

— Comme vous l'avez dit, j'ai épousé Louis Durand en 1866. J'étais quasi orpheline, ma mère étant morte, et mon père étant plus souvent au cabaret qu'à la maison. — Quel brave cœur que ce pauvre Louis ! — Bon ouvrier, solide au travail, doux avec moi. — Ah! nous avons été bien heureux!

Il gagnait de l'argent, moi aussi. On s'était monté un petit ménage. Ça dura comme ça jusqu'à la guerre de 1870. A ce moment-là, j'étais enceinte.

Ça fut dur, pendant le siège, allez, pour les pauvres ouvriers! Et ce n'est pas avec les trente sous du mari et les quinze sous de la femme, qu'on mangeait tous les jours à sa faim. Mais bast! c'était pour la République, comme disait Louis. On se serrait le ventre et on était encore content.

Il y avait des fois, pourtant, où il faisait terriblement froid dans la mansarde, et, quand Durand était de service aux avant-postes, sous la neige, sans paille, je me reprochais de grelotter en pensant qu'il avait l'ongiée et qu'une balle pouvait le tuer.

Ça ne fait rien, quand il revenait, quelle joie!

Ce qui m'inquiétait surtout alors, c'était ma grossesse. Je craignais de n'avoir plus la force d'accoucher, tant j'étais devenue maigre, et mon pauvre Durand se faisait un mauvais sang du diable à me voir si pâle et si affaiblie. Enfin, ça alla tout de même, et j'accouchai juste le jour de l'armistice. Je me disais : — Je n'aurai pas de lait pour l'enfant ! — Mais les provisions abondèrent. Je repris des forces, et je pus nourrir le petit.

C'était un garçon, il s'appelait Louis.

— Comme vous dites cela, Francine ! Est-ce qu'il est mort.

— Non. Oh ! non... hélas !

Delmont la regarda avec surprise.

— Vous le regrettez ?

— Oui, il y a des moments. S'il était mort je ne serais pas ce que je suis, et je ne ferais pas ce que je fais ! ajouta-t-elle d'un air farouche en menaçant du poing des ennemis connus d'elle seule. — Mais ce n'est pas ça ! — Donc, je le nourrissais, et il venait comme un charme. Tout allait bien ; mais voilà la Commune qui arrive. Louis Durand est nommé lieutenant de sa compagnie. La bataille recommence.., pire que sous le premier siége, sauf que les provisions ne manquaient pas, et que je ne craignais plus de manquer de lait pour la nourriture du mioche.

Seulement, j'étais folle de peur pour Louis !

Encore si j'avais pu l'accompagner au feu comme d'autres faisaient ! Avec l'enfant, pas moyen ! Fallait rester là à se ronger, à se vieillir. Et, vous savez, Durand, brave à la bataille comme à l'ouvrage. Toujours le premier en avant, là où il y avait plus de danger.

Je voyais déjà les veuves et les orphelins autour de moi, dans le quartier, qui pleuraient et criaient vengeance.

— Ce sera mon tour demain, me disais-je tous les jours.

Et j'embrassais le moucheron, puis j'avais des envies de le battre, quand je pensais que sans lui, je serais aux côtés du père et que je le protégerais, ou que je le soignerais, s'il était blessé, ou que je le remplacerais, s'il était tué...

Ça allait mal. Pourtant, on nous rassurait. On nous parlait de fraternité, de solidarité, et patati et patata... Des menteries, quoi! — Au Club, où j'allais le soir, dans l'église tout proche, il y avait un orateur qui disait : « Les soldats sont des frères. S'ils entrent dans Paris, ils mettront la crosse en l'air, ils reconnaîtront le peuple qui leur tendra les bras. Ils iront à lui... » Drôles de frères. Drôle de fraternité !

Francine s'arrêta. Elle s'était levée, et grinçait des dents.

— Oui, je sais! murmura Delmont.

— Enfin, les Versaillais entrent dans Paris, et on fraternise... avec les mitrailleuses!... Durand... je n'en entends plus parler ! — Où était-il ? Que faisait-il ?

J'allais comme une folle, m'informant partout; mais il y en avait tant de ces morts qu'on cherchait, il y en avait tant de ces femmes qui demandaient un mari, un fils, un frère, un amant!... Puis l'enfant me gênait... Impossible de rien savoir.

Tout à coup, notre quartier est pris. Les soldats envahissent la maison, une grande caserne pleine d'ouvriers. On empoigne les hommes, on les fusille. On empoigne les femmes, les enfants. Ceux qui crient ou qui résistent, des coups de baïonnette par ci, ou une balle dans la tête.

Quand je vois ça, je ne dis rien. Je voulais sauver l'enfant. Je ne savais pas non plus si le père vivait encore, et je voulais le savoir. Ah! ça rend bien lâche, ces choses-là ?

On me prend tout de même.

On me fourre dans un tas de malheureux et de malheureuses couverts de boue, de blessures, déchirés, déguenillés... C'était horrible !

— Pourvu que mon lait ne tourne pas! pensais-je ; car j'avais emporté le bébé. Je le cachais sous un pan de mon châle.

On nous fait traverser les rues, on nous mène à Versailles. Fallait marcher, sous le soleil, tête nue, le ventre creux. On nous insultait ; des dames, dans la foule, nous frappaient, ou nous crachaient au visage.

Je ne pouvais plus aller.

— Eh! va donc, queue de vache! me criait-on, — parce que j'ai les cheveux rouges.

Un petit jeune homme pâle, la poitrine en dedans, les épaules maigres, un *petit crevé*, comme on disait alors, m'aperçoit et s'écrie :

— Tiens! cette gueuse qui a mis son drapeau sur sa tête!

On rit!

Une femme, en robe de soie, se jette sur moi et m'arrache une poignée de cheveux, en m'appelant : Canaille et pétroleuse!

Et vlan! des coups de crosse. Je n'osais pas les parer. Je tendais le dos, pour que l'enfant n'en reçût pas.

Mais voilà que le châle qui l'entourait se défait dans la bousculade, et que le mioche montre son nez en pleurant.

Je croyais que ça allait les toucher. Ah! bien oui!

— Tiens! qu'on disait autour de moi, cette femelle qui emporte son petit!... Faudrait l'étouffer cette graine d'insurgé!

Et je le serrais plus fort contre ma poitrine.

Il avait soif, vous comprenez, mais je ne pouvais pas m'arrêter pour le faire téter, et, devant ces gens-là, je ne voulais pas me dépoitrailler, et lui donner le sein. Ils auraient trop ri!

Moi aussi j'avais bien soif!

Depuis quelques minutes, Francine parlait d'une voix rauque, saccadée, entrecoupée. Ses yeux devenaient hagards.

— Arrêtez-vous un instant, lui dit doucement Delmont. Ces souvenirs vous émeuvent trop. Je connais tous ces détails. Prenez un peu de repos.

Francine se laissa retomber sur le divan, en murmurant quelques paroles confuses; mais l'expression du regard et de la bouche leur donnait une signification claire et terrible.

Elle se releva bientôt, saisit un verre d'eau sur la table et le vida d'un trait. Puis, se tournant vers Delmont:

— Maintenant, je puis continuer, dit-elle.

LII

SUITE DE L'HISTOIRE DE FRANCINE

— Nous arrivons à Versailles. Toujours la même foule, les mêmes injures. On nous crachait dessus, on nous jetait de la boue... Seulement, nous étions plus lasses qu'à Paris, et comme folles.

On nous fourre enfin dans des espèces d'écuries. La troupe y avait passé avant nous. On n'avait rien nettoyé... Des cochons en auraient eu mal au cœur !... Pas d'air ! On se tasse comme on peut, dans l'ordure. La tête me tournait, il me semblait que j'étais saoûle.

Et pas d'eau ! Et une soif !... J'en voyais qui avaient les lèvres toutes noires et fendues par le soleil et la poussière. On aurait tiré la langue comme des animaux.

Pourtant je me dis :

— Le petit va boire enfin !

Je veux lui donner le sein... mon lait était tari !

Vous comprenez, l'émotion, la fatigue, le désespoir...

Il tirait, il tirait, rien ne venait ! Si, du sang ! Ça me faisait mal que j'en hurlais ! Lui aussi ! J'eus envie de lui casser la tête contre un mur, et moi après.

Et un tapage là-dedans ! Des centaines et des centaines de femmes. Il y en avait qui pleuraient, d'autres qui chantaient. Celles-là avaient perdu la raison. D'autres qui se roulaient par terre.

Puis des enfants aussi, de tout âge, qui gueulaient. Ils avaient faim, ou ils étaient blessés. Un enfer !

Moi, je ne comprenais plus rien. J'avais mal, voilà tout.

Et le bébé voulait du lait, et je n'en avais plus... Je devenais stupide.

Tout à coup on me pousse, on me parle. Je regarde. Il y

avait à côté de moi une pauvre femme, trente ans à peine, qui nourrissait son enfant, comme moi. Je n'avais rien vu.

— J'ai du lait, me dit-elle. Bien peu, mais on partagera ! Donnez-moi le mioche.

Vous pensez quelle joie ! Fallait voir comme il mordait au sein, tandis que l'autre, son enfant à elle, dormait repu.

Je pleurai de reconnaissance. Cela me soulagea.

La nuit vint. Quelle nuit ! Puis le jour. Deux femmes étaient mortes. Une s'était étranglée avec sa jarretière, — une jeune fille, une voisine que je connaissais, qui allait se marier. — Elles étaient bien heureuses ! disait-on autour de moi.

On n'enleva les cadavres qu'au bout de trois jours. On n'avait pas le temps. On amenait toujours des prisonnières. La fièvre me dévorait, et à peine quelques gouttes d'eau saumâtre.

Enfin, on commença à nous classer, à nous desserrer. Des officiers venaient demander les noms. Tout à coup la jeune femme qui nourrissait mon enfant aperçoit un individu, un officier, je crois. Elle se jette sur lui, comme une louve, en l'appelant : Assassin !

Elle se cramponne à lui, lui enfonce ses ongles :

— Rends-moi mon homme ! disait-elle, et mon frère ! et mon père !

On lui avait fusillé son mari, son frère, son vieux père, sous les yeux.

Elle venait de reconnaitre celui qui avait commandé le feu. Elle était enragée, quoi !

Cet homme la renverse, en la repoussant. Elle se traîne sur les genoux, le saisit aux jambes, le mord... un coup de pied lui arrive dans le sein !

Oh ! je n'oublierai jamais son hurlement. Elle se tordait comme un ver coupé ! Le lendemain, elle avait le sein gros comme un boisseau. On l'emmène à l'hospice avec son enfant.

Mais le mien n'avait plus de nourrice. C'était le bouquet !

Avec ça que j'étais devenue tout à fait malade. J'avais la

fièvre, mes dents claquaient, le délire me prenait, je ne pouvais plus me tenir debout.

Il vint plusieurs curés. Ils nous faisaient de la morale, nous disant de remercier le bon Dieu qui nous châtiait, que nous avions mérité bien autre chose, et que nous étions dans le paradis, à côté de ce qui nous attendait dans l'autre monde, et que la vengeance divine nous poursuivrait pendant l'éternité.

Ils promettaient du soulagement à celles qui voudraient faire leurs devoirs religieux et manifester leur repentir.

Ça ne prenait pas. Dans les faubourgs on n'aime pas la calotte, puis on se trouvait bien assez châtié comme ça !

Trois ou quatre seulement se mirent à faire des simagrées, des signes de croix, à s'agenouiller en parlant du bon Dieu.

On les ôtait alors d'avec nous, on les mettait ailleurs, où elles étaient mieux sans doute.

L'un de ces prêtres s'arrêta devant moi, il voulut me prêcher. Je ne l'écoutais seulement pas. C'est Durand qui aurait été content, s'il avait su que je demandais grâce à un curé ! Puis le marmot criait toujours la soif, et je n'entendais que lui. Il était maigre, qu'on aurait vu une chandelle à travers.

Alors l'abbé me dit : — Votre enfant va mourir ! — Vous êtes une mauvaise mère !

Une mauvaise mère, moi !

Je voulus me relever, pour lui répondre, mais je ne pouvais pas. Je voyais trouble...

Enfin, je ne sais plus bien ce qui se passa, ni ce qu'il me dit. Il me promettait que l'enfant vivrait, si je le lui confiais... Il le prit, ou je le lui donnai... Je sentais bien qu'il allait mourir sans cela ! J'avais déjà les idées bien confuses, car je ne me rappelle plus rien. Et, un beau jour, je me réveillai dans une salle d'hôpital.

J'y étais depuis six semaines, battant la campagne.

Je demandai mon enfant. On me répondit qu'on ne savait seulement pas ce que je voulais dire, que je n'avais point d'enfant quand on m'avait enlevée pour me porter à l'hospice. Alors je me rappelai ce prêtre, je voulus savoir son nom. Il était venu beaucoup de prêtres, on ne connaissait pas leurs noms!

Les gardiens, les surveillants, les officiers, tout cela avait changé, s'était renouvelé; puis, dans la confusion, est-ce qu'on avait eu le temps de s'occuper de ces détails?

Je demandai après Durand. On me tourna le dos. Etait-il mort ou vivant? prisonnier ou en sûreté? Le délire me reprit. Mais je ne pouvais pas mourir!

On me guérit encore, on me remit en prison ensuite, on m'interrogea, et je fus enfin relâchée.

Six mois s'étaient écoulés. Et me voilà sur le pavé, sans mari, sans enfant, sans courage, brisée, n'ayant plus de larmes!

— Pauvre femme! murmura Delmont.

— Pauvre femme, oui! Et pourtant ce n'était rien... Il pouvait y avoir pis!

— Quoi donc?

— Mon avilissement, parbleu! s'écria-t-elle avec une fureur contenue. Car je suis vile, infâme, maintenant, vous le savez bien.

— Vous êtes malheureuse, Francine. Vous êtes victime. Ne vous méprisez pas vous-même. Cela désarme pour la lutte. Il est toujours temps de se relever.

— Je ne le veux pas, et je ne le peux pas, ajouta-t-elle d'une voix sourde. J'ai une idée, un but, rien ne m'en détournera.

— Quelle est cette idée, Francine, quel est ce but?

Francine resta un moment silencieuse. Puis elle passa la main sur son front, secoua la tête, et reprit :

— Où en étais-je?

— A votre sortie de prison.

— C'est cela. Me voilà donc dans la rue, comme je vous disais. Je cours chez nous. La propriétaire avait fait saisir et vendre le mobilier pour les termes en retard. Tout disparu, perdu! Bien! Je m'informe de Durand. On ne l'avait pas revu. Je bats le quartier. Enfin on m'apprend qu'il est mort depuis longtemps, qu'on a trouvé son cadavre percé de coups de baïonnettes derrière une barricade.

Ici la voix de Francine faiblit.

— Je m'y attendais! Sans ça, il m'aurait donné de ses nouvelles, d'une façon ou d'autre. Six mois plus tôt j'en serais morte... mais on s'habitue...

Restait mon enfant. Était-il mort, lui aussi, ou vivant? Comment le savoir? Je m'informais à tout le monde, mais on me chassait de partout. J'étais comme une pestiférée!...

Vous comprenez, la veuve d'un fédéré!... On craignait de se compromettre.

Il fallait vivre pourtant, manger, travailler, si je voulais le retrouver; mais comment?

J'étais allée à l'atelier de Durand pour demander aide et protection. Le patron m'avait fait mettre à la porte. Depuis deux jours que j'étais libre, j'avais mangé deux sous de pain et couché sous les ponts.

Que faire? J'entre dans une église, avec l'idée de retrouver mon curé de Versailles. Un prêtre entre derrière moi. Je le reconnais! Il me guettait, il m'avait suivie.

C'était l'abbé Clodion !

Je me jette sur lui, je lui demande mon enfant ! Il n'y avait personne dans l'église. D'abord il fait semblant de ne pas savoir ce que je lui veux, puis la mémoire lui revient. Il me dit que mon enfant vit toujours, qu'il se porte bien. Il me calme, il me rassure, m'affirme que je le verrai, mais qu'il n'est pas à Paris, qu'il l'a placé en province, chez de braves paysans.

Je veux partir tout de suite ; il m'arrête, me fait comprendre qu'il faut de l'argent pour le voyage, de l'argent pour le nourrir, quand je l'aurai ramené,

Il déchire une feuille de son carnet, écrit quelques lignes au crayon, pour me recommander à une dame pieuse, qui me donnera de l'ouvrage.

J'y cours. Cette dame me reçoit bien, m'avance pour louer une petite chambre garnie, puis me fait avoir du travail.

Je n'aime pas les prêtres, mais celui-là m'avait touchée. J'étais affaiblie par la maladie, les privations et le désespoir. Je n'avais plus de volonté !

C'est si bon, dans certains moments, de trouver quelqu'un qui ne vous fait pas de mal ! Je pensais qu'il y a de braves gens partout, que c'était peut-être un prêtre comme on en raconte dans les histoires... Je n'avais personne pour m'aider, me soutenir, me conseiller.

Pendant un mois, il m'amusa de belles promesses. Nous nous voyions dans une petite église, où il confessait. J'étais censée me confesser moi-même, mais c'était pour la frime, et justifier ses longs entretiens avec moi, qui, sans cela, l'auraient compromis. Jamais il ne vint chez moi, jamais je n'allai chez lui. Il m'avait fait jurer de ne dire à personne qu'il s'intéressait à moi. Ça lui aurait nui, auprès de ses supérieurs, disait-il.

— La veuve d'un communard! Une femme sans principes religieux! Il manquait à son devoir en me protégeant, quand il y avait tant de malheureux plus dignes que moi des sympathies des honnêtes gens.

— Moi, je laissais dire. Il pouvait me rendre mon enfant. Il m'avait donné de l'ouvrage. J'avais de la reconnaissance, et je ne me méfiais pas.

Mais à quoi bon insister?

Il se dévoila petit à petit... Je lui avais plu quand il me vit à Versailles. Il avait, dès lors, conçu son plan. Il aimait les rousses! Je voulais mon enfant... Lui seul pouvait me le rendre... Il y mit le prix que vous savez... J'ai payé... et il m'a volée!...

— Votre enfant...

— Je ne sais seulement pas où il est!

— Il fallait vous adresser à la justice! s'écria Delmont.

Francine éclata d'un rire strident.

— La justice pour moi! pour la femme d'un ouvrier tué derrière les barricades, pour une créature qui sortait des prisons de Versailles! La justice contre un prêtre... Ah! vous êtes un bourgeois, vous! un monsieur!... Quand vous avez à vous plaindre, les tribunaux vous écoutent. Vous avez du temps et de l'argent à dépenser, des amis, des parents des protecteurs, des journaux qui publient vos plaintes. Puis, vous êtes un homme! Porter plainte contre lui? Dire qu'il avait mon enfant, et qu'il ne voulait pas me le rendre? Il aurait nié. Est-ce que j'avais des témoins? Est-ce qu'on aurait hésité entre sa parole et la mienne? On m'aurait chassée! Et si j'avais insisté, on aurait dit que je voulais faire du scandale, on m'aurait poursuivie pour diffamation, calomnie, que sais-je, moi? D'ailleurs, il me menaçait de me faire mettre à Saint-Lazare. Ça se fait très-bien ces choses-là! Vous ne le savez pas, vous; mais moi, je le sais. J'ai eu une amie dans cette position-là. Elle était orpheline; elle résistait à un vieux richard tout-puissant. Il l'a dénoncée. On l'a mise à Saint-Lazare avec les filles publiques; elle y est restée trois mois... Maintenant, elle fait trottoir!

— Oui, murmura Delmont, vous devez avoir raison. Nous ne pensons pas à ces choses-là, nous autres.

— Et voilà pourquoi je l'écoutai, ajouta Francine, en riant de nouveau de son rire farouche qui donnait le frisson.

LIII

OU GEORGES N'APPREND PAS CE QU'IL ESPÉRAIT

— Une fois que vous avez été là, pourquoi ne vous a-t-il pas rendu votre enfant?

Francine haussa les épaules.

— Il sait bien que je le hais, que je le fuirais, si j'avais mon fils. C'est par là qu'il me tient, qu'il fait de moi ce qu'il veut. Il promet toujours, j'espère toujours, j'attends et je rampe.

— Vous ne savez pas même où il est?

— Non, rien, rien! Mais il faudra qu'il parle, un jour ou l'autre. Plusieurs fois, quand la passion l'emportait, j'ai cru qu'il allait se détendre, s'attendrir. Mais baste! il est trop maître de lui! Je le guette pourtant, comme une chatte guette une souris... Oh! j'arriverai à mon but. Vous comprenez bien, il me le faut, mon fils! Il me le faut! Je ne veux pas qu'il soit élevé par ces gens-là... dans la haine de

13.

son père et le mépris de sa mère. Je veux l'élever, moi,
l'élever pour qu'il nous venge tous deux ! Il me méprisera
après, que m'importe, si je lui ai versé dans les veines toute
ma haine !

Francine était effrayante. On eût dit la Némésis antique.
Ses yeux pâles s'étaient encore agrandis, et ses prunelles
dilatées reflétaient l'éclat du feu intérieur qui la dévorait.
Ses longs cheveux de soie où jouait un rayon de soleil
semblaient de l'or en fusion pointillé de gouttelettes de sang.
Tout son corps frêle et nerveux frémissait. On voyait ses
dents blanches entre ses lèvres roses légèrement relevées.

— Voilà pourquoi je cache mon nom, voilà pourquoi je
ne veux plus qu'on m'appelle Francine Durand. Je ne suis
plus digne de ce nom, et jamais plus je ne le porterai, à
présent que je suis devenue infâme, que j'ai pu serrer dans
mes bras ce monstre qui m'avilit, sentir sa bouche sur ma
bouche, sans le mordre et le déchirer !

Et retombant sur le divan, Francine cacha son visage dans
ses mains.

Delmont s'approcha d'elle, écarta ses mains.

— Calmez-vous, Francine, lui dit-il. Vous avez souffert...
plus que moi, ce que je ne croyais pas possible, mais vous
n'êtes pas infâme, et vous auriez tort de vous mépriser, car,
moi, je ne vous méprise pas.

— Vrai ! s'écria-t-elle en attachant sur lui ses grands yeux
adoucis, pendant qu'une légère rougeur montait à ses pommettes. Vrai ! vous ne me méprisez pas !

— Non, sur l'honneur.

— Ah ! merci, merci ! Tenez, vous avez raison. Il me
semble aussi parfois que Durand, s'il revenait, me par-
donnerait, me plaindrait, m'aimerait encore ! car je lui
dirais :

« Vois-tu, si je me prostitue à cet homme, à ce voleur qui
m'a pris tout ce qui me restait, c'est encore pour toi ! Je
veux que ton fils apprenne à te chérir et qu'il ne baise jamais, par ignorance, la main de nos éternels ennemis ! Je
veux que les hontes même de sa mère lui mettent au cœur

la rage contre ceux qui ont fait de sa femme, de cette Francine que tu adorais... ce qu'elle est aujourd'hui ! »

— Maintenant, Francine, voyons, croyez-vous qu'il n'y ait pas d'autre moyen de ravoir votre enfant ? Croyez-vous qu'il ne serait pas possible de lui faire dire ce qu'il en a fait, de lui arracher son secret ?

— Non, répondit-elle avec accablement. J'ai cherché, je n'ai pas trouvé. Il est bien fort, allez ! Si je le quittais, ou il me ferait jeter à Saint-Lazare, comme il m'en a souvent menacée, et alors tout serait perdu, ou il ferait mourir mon pauvre petit Louis.

— L'en croyez-vous capable ?

— Parfaitement.

Delmont réfléchit un instant.

— Et vous ne savez rien dans sa vie, dans son passé, qui puisse donner prise contre lui ? Jamais il ne lui est échappé de paroles imprudentes ?

— Jamais ! reprit-elle. Ce que je sais seulement, parce qu'il ne s'en cache pas devant moi, c'est qu'il est un enfant naturel, qu'il est devenu prêtre, non par vocation, mais par nécessité, pour éviter la misère, ne pas rester petit paysan, afin d'avoir une position, une influence qui lui permettent de se venger de gens qu'il hait.

— Lesquels ?

— Je l'ignore.

— Et... — Delmont hésita, — il ne vous a jamais parlé de la famille Delmont... de ce procès...

— Oh ! si.

— Que vous a-t-il dit ?

— Il m'a chargé d'épier mademoiselle Delmont.

— Ah ! pourquoi cela ?

— Pour savoir si elle aime M. Olivier Steinbach, le fils de l'avocat qui a défendu son père.

Delmont devint très-pale, et, quelque effort qu'il fît pour se dominer, sa voix tremblait quand il reprit la parole.

— Vraiment ! Il voulait savoir cela ! balbutia-t-il... Et... et... est-ce qu'elle l'aime ?

— Oui, je les ai surpris ensemble. Ils se tutoient ! Elle lui a juré de n'en pas épouser un autre. Mais que vous importe ? Vous la connaissez ?

— Ils s'aiment ! pensait Delmont.

Puis, tout haut :

— Vous en avez parlé à l'abbé ?

— Naturellement.

— Comment ! vous avez consenti à trahir une jeune fille sans défense, à l'espionner, à livrer les secrets de son cœur à cet homme que vous savez capable de tous les crimes !

— Je consens à tout.

— Mais c'est infâme ! s'écria Delmont avec violence. Quoi ! vous n'avez pas hésité, quand cette jeune fille n'a plus de père ni de... protection, quand elle est bonne, charitable pour vous ! Au risque de la perdre, de compromettre son bonheur, vous n'avez pas eu pitié...

— Qu'est-ce qui a eu pitié de moi ? interrompit Francine.

Delmont eut un geste de colère, puis s'arrêta brusquement.

— C'est vrai ! murmura-t-il.

Après un silence, il reprit tout haut :

— Qu'a dit l'abbé ?

— Il a paru content.

— Et vous continuez cet espionnage sans dégoût ?

— Je le continuerai, s'il le faut. Je fais bien d'autres choses qui me dégoûtent autant, sinon plus !

— Même si je vous disais : — Francine, je m'intéresse à cette enfant. Je connaissais son père, j'étais son ami. J'ai juré de la protéger.

Francine ne répondit pas immédiatement. Enfin elle se leva et, s'approchant de Delmont :

— Ecoutez, lui dit-elle, vous êtes le seul qui m'ayez adressé une bonne parole, tendu la main depuis des années. Si bas que je sois tombée, je ne suis pas ingrate. Puisque vous y tenez, je respecterai mademoiselle Delmont. Je mentirai à l'abbé, s'il m'interroge.

— Merci, Francine ! Je compte sur vous.

Il lui prit la main et la serra.

— Vous m'avez tout dit ?

— Tout !

Delmont secoua la tête avec découragement.

Francine, qui l'observait, sourit d'un air d'amertume.

— Vous voyez que j'avais raison quand je vous disais que vous n'apprendriez rien qui pût vous aider à le frapper. Vous ne savez que mon histoire et vous avez juré de vous taire.

— Je tiendrai ma parole, mais...

— Oh! pas de mais! s'écria Francine avec violence. Je ne me suis pas déshonorée, avilie pour rien!... Si, par votre faute, j'étais séparée de l'abbé avant d'en avoir obtenu ce que je veux, avant d'avoir découvert où il cache mon enfant, ce qu'il en a fait, malheur, malheur à vous! Et, puisque vous vous intéressez à mademoiselle Delmont, malheur à elle !

— Rassurez-vous, encore une fois, Francine. Si j'agis, si je me sers de ce que je sais, ce sera sans vous compromettre, je vous le jure de nouveau.

Francine le regarda d'un air de doute, puis reprit plus lentement :

— Maintenant, me direz-vous qui vous-êtes ?

— Un ami de Georges Delmont, qui s'intéresse à sa famille, à sa fille surtout, et qui hait l'abbé Clodion autant que vous pouvez le haïr, car il possède un secret qui me touche autant que celui de la retraite de votre enfant peut vous toucher. Je suis Américain, et je me nomme don Ramon Llorente. Vous voilà renseignée. Unissons-nous donc, et tâchons de triompher ensemble.

Mais Francine, son exaltation tombée, gardait un fonds de défiance, et regrettait déjà presque d'avoir parlé.

Il était visible qu'elle ne comptait que sur elle-même, et qu'elle hésitait à faire cause commune avec cet inconnu, dans la crainte qu'il ne vînt en travers de son action à elle, et qu'il ne l'éloignât, même sans le vouloir, du but qu'elle poursuivait patiemment, au prix de tout ce qu'une femme peut avoir de cher et de sacré.

— En somme, répétait-elle, vous savez ce que je veux de l'abbé, et je ne sais pas, moi, ce que vous lui voulez.

— Et si je vous le disais ? reprit enfin Delmont en la regardant pour lire jusqu'au fond de son cœur. Serais-je sûr que vous n'iriez pas un jour livrer mon secret à cet homme, pour qu'en récompense il vous rendît votre enfant:

Francine rougit, baissa les yeux, garda un instant le silence.

— Eh bien, oui ! s'écria-t-elle avec effort, vous avez raison ! Gardez votre secret. Je ne puis répondre de moi. Je serais capable de vous trahir ! Vous m'avez fait, aujourd'hui, par votre pitié, par vos bonnes paroles, tout le bien qu'on pouvait me faire. Je ne voudrais pas vous tromper, me montrer ingrate. Agissez de votre côté, j'agirai du mien. J'ai eu tort, probablement, de vous avoir parlé... Vous m'avez dominée, entraînée, je ne sais comment, et je désire que vous n'ayez pas à vous en repentir.

Elle refusa de consentir à de nouveaux rendez-vous.

L'abbé le saurait, disait-elle. Elle se sentait surveillée, espionnée, par des yeux invisibles.

— S'il connaissait mes rapports avec vous, s'il apprenait que je vous ai parlé, que vous avez deviné le mystère de nos relations, je serais perdue sans ressources. Je n'aurais plus rien à espérer, je ne saurais jamais rien. C'est pour cela que j'ai eu si peur en me voyant surprise par vous ; c'est pour cela que je vous ai suivi en silence, de crainte de le réveiller ; c'est pour cela que j'ai voulu vous tuer, quand vous m'avez menacée de tout révéler. Ma vie n'a qu'un but. Je lui ai tout sacrifié, et je ne veux pas échouer. Cela me coûte trop cher !

Tout ce qu'elle consentit à promettre, ce fut de lui écrire, si elle apprenait que l'on tramât quelque chose au sujet de mademoiselle Delmont.

Ils se quittèrent, et Delmont resta profondément découragé.

Il n'avait entre les mains qu'une arme émoussée. Cette découverte, dont il avait tant espéré, aboutissait à un résultat presque insignifiant.

Il était bouleversé enfin de la révélation inattendue de l'amour de sa fille pour le fils de Me Steinbach, amour qui aurait pu être sa joie dans d'autres conditions, et qui, maintenant, achevait de déchirer son cœur, en lui rappelant combien était délicate et cruelle la position que les événements avaient faite à Georgette.

LIV

CONSULTATION

En quittant Francine, Delmont se dirigea vers la rue du Helder. Il voulait faire connaître à l'avocat ce qu'il avait découvert, chercher avec lui s'il y aurait moyen par là d'arriver jusqu'à l'abbé Clodion, de l'effrayer, de l'amener à révéler le secret de la mort d'Hippolyte Riccardi.

Tout en se rendant chez M⁰ Steinbach, Georges pensait à l'amour de sa fille pour Olivier, et cette pensée l'agitait des émotions les plus profondes qui puissent secouer le cœur d'un père.

Certes, cet amour était digne de Georgette et de lui, et s'il avait jamais rêvé, désiré un mari pour son enfant, c'eût été celui-là ! — Mais cet amour le surprenait dans des circonstances tellement compliquées, dans une situation tellement tragique, qu'il lui inspirait autant d'inquiétude, de terreur même, qu'il lui aurait inspiré de joie dans les conditions normales de la vie.

M⁰ Steinbach connaissait-il l'amour des deux jeunes gens ?

S'il le connaissait, pourquoi ne lui en avait-il pas parlé ? C'est donc qu'il le blâmait ?

Hélas ! rien de plus probable.

L'amitié a des bornes, comme tout, plus que tout ici-bas. Quelque amitié que l'avocat pût lui porter, à lui le mort vivant, l'homme déshonoré par un jugement qui le déclarait assassin, il devait aimer davantage encore son fils ·unique.

Quel était le père qui eût volontiers introduit dans sa famille une jeune fille dont le nom avait traîné sur les bancs d'une cour d'assises ?

Elle ·était innocente, évidemment, et méritait l'estime, l'admiration de tous les honnêtes gens. Il était innocent, lui aussi, et Me Steinbach le savait mieux que qui que ce soit.

Mais ce sont là des sentiments et des considérations philosophiques, qui cèdent presque toujours sous la pression des préjugés les plus stupides et les plus odieux de la société.

On ne partage pas ces préjugés, on les blâme, on les combat même en théorie ; mais le jour venu de l'action on leur tire lâchement son chapeau, et on les consacre par son adhésion !

Me Steinbach avait dû, devait rêver un mariage brillant pour son fils, devait avoir pour lui de l'ambition... Et Georgette ne pouvait être un parti qu'aux yeux d'un homme qui mettrait, au-dessus des considérations du monde, la pitié pour une jeune fille injustement frappée ; qui chercherait, dans le mariage de son fils, non pas des satisfactions d'amour-propre et d'intérêt, mais le bonheur qu'une femme de cœur et d'esprit, dévouée, courageuse, aimante, peut procurer à l'homme qui lui confie son existence et lui remet celle de ses enfants.

Me Steinbach était-il cet homme supérieur, vraiment au-dessus du troupeau ?

— Pauvre Georgette ! se répétait-il. Elle aime !

Et lui qui avait aimé, lui qui avait souffert tout ce qu'on peut souffrir par un amour mal placé, il frémissait en songeant que cette pure et héroïque jeune fille, sa fille, après avoir saigné par son amour filial, allait probablement trouver de nouvelles angoisses et de nouveaux désespoirs dans ce qui aurait dû être sa consolation, la récompense de sa noble énergie, la compensation de ses souffrances imméritées.

— Oh ! pensait-il avec rage, maintenant plus que jamais, il me faut ma réhabilitation, non pour moi, mais pour elle. Il faut que je prouve au grand jour mon innocence, que je puisse prendre Georgette par la main, la conduire dans les bras de Me Steinbach, en lui disant :

« Voilà la fille de Georges Delmont, l'honnête homme, l'homme estimé ! Elle aime Olivier qui l'aime. »

Il faut que Me Steinbach puisse me répondre, sans arrière-pensée, aux yeux de tous:

« Accordez-moi l'honneur d'unir nos deux familles! »

Ce fut sous l'empire de ces résolutions et de ces émotions que Delmont arriva chez l'avocat, qui le reçut avec ces témoignages d'affection dont il lui avait déjà donné tant de preuves rares et éloquentes.

Georges lui raconta dans tous ses détails l'emploi de sa nuit, comment il avait pénétré, derrière Francine, dans la cour de la maison du carrefour de l'Observatoire; comment il avait pu, en se hissant à la hauteur de la fenêtre, surprendre, jusque dans ses moindres péripéties, le secret de l'abbé; comment, enfin, il avait obtenu et reçu la confession complète de la jeune femme.

L'avocat écouta le récit de son ami avec une vive surprise et une attention profonde.

Il va sans dire que Delmont passa sous silence la partie de ces confidences qui avait rapport à l'amour de Georgette et d'Olivier, indiquant seulement que Francine avait mission d'épier celle-ci et de rapporter à l'abbé ce qu'elle pouvait apprendre ainsi sur son compte.

Quand le récit fut terminé, Me Steinbach réfléchit pendant quelques minutes. Il se promenait lentement dans son cabinet, les mains croisées derrière le dos suivant son habitude.

Delmont ne le quittait pas des yeux, tâchant de lire sur cette figure intelligente et mobile si l'homme d'affaires, l'habile familier du Palais de Justice, voyait un moyen de tirer parti d'une semblable découverte.

— Tout cela est fort grave, en effet, s'écria tout à coup l'avocat en s'arrêtant, mais...

Il secoua la tête d'un air de doute.

— Mais ? répéta Delmont.

— Mais je ne vois pas trop quel parti nous en pouvons tirer. On pourrait aposter des témoins surprendre l'abbé, le menacer d'un scandale... rien de plus facile. Cela serait assez malpropre; mais, dans votre position exceptionnelle, vous n'avez guère le choix des moyens.

— D'ailleurs, Francine n'y consentira pas, et je lui ai juré de ne pas la compromettre.

— Ce serment vous lie les mains et vous réduit à l'impuissance.

— Je ne pouvais faire autrement· D'abord, je n'aurais rien obtenu de Francine sans cela. Ensuite, je n'ai pas le droit, moi qui cherche à reconquérir ma fille, de lui ôter l'espérance de retrouver son enfant, quand, à cette espérance, elle a déjà sacrifié tout ce qu'une femme peut sacrifier.

— Sans doute. Ce sont là de fort beaux sentiments, des sentiments d'honnête d'homme. J'aurais peut-être agi comme vous, à votre place. Mais nous voilà à peu près désarmés.

— Si nous pouvions retrouver la trace de cet enfant, le lui rendre, nous redeviendrions libres, et elle servirait puissamment nos projets, ayant atteint par nous le seul but actuel de sa vie. La reconnaissance...

— Ne vous y fiez pas trop! C'est un cœur aigri et une nature dévoyée. On ne peut plus rien tabler sur elle. Évidemment son enfant est le nœud de la question. Si l'on pouvait convaincre l'abbé de ce rapt, c'est un fait criminel qui tombe sous le coup de la loi, et l'on le mènerait loin avec cela; tandis que ses rapports personnels avec Francine, alors même qu'ils fussent prouvés, ne relèvent que de la discipline ecclésiastique.

— Eh bien, il faut chercher et trouver!

— Chercher... oui... je m'en occuperai. Trouver, je ne crois pas que nous y arrivions.

— Comment cela?

— C'est bien simple. Du récit même de Francine il ressort ceci : qu'elle ne peut fournir aucun témoin lui ayant vu remettre son fils à l'abbé Clodion. Le sommer juridiquement de déclarer ce qu'il en a fait, est donc impossible. D'autre part, cet homme ne l'a point gardé chez lui. Où l'a-t-il caché? A qui l'a-t-il confié? Parmi les centaines de dévotes ou d'agents secrets qu'il tient par la confession, par mille autres moyens mystérieux et qui nous échappent, qu'elle est

la personne qui pourrait nous renseigner? Où et comment
la découvrir?

A-t-il placé l'enfant en nourrice, au loin, dans quelque
campagne retirée?

L'a-t-il fourré tout simplement aux enfants trouvés?

En aucun cas, il n'a agi directement, il n'a mis sa personne en avant, il n'a révélé le nom véritable de l'enfant,
son lieu de naissance, etc., etc.

Je l'ai beaucoup fait épier, vous le pensez bien. Jamais il
ne quitte Paris. On sait les rares maisons où il se rend quelquefois, et, parmi celles-là, se trouve celle de madame Riccardi.

Nous ne saurons donc rien, et je ne pense pas que Francine, malgré les moyens particuliers dont elle dispose, les
seuls sérieux après tout, soit jamais plus heureuse que nous.
Tant qu'il aura envie ou besoin d'elle, il la tiendra par là; et
quand il sera las, ou la croira dangereuse, bien loin de lui
rendre son enfant, il la brisera elle-même de telle sorte
qu'elle ne puisse, en aucun cas, lui devenir un obstacle, une
menace.

— Mais c'est désespérant ce que vous dites-là!

— Réfléchissez, et vous verrez que c'est exact. Le seul
moyen pratique, était de faire peur à cet homme, de menacer la considération à laquelle il tient et qui fait sa force.
Avec de la patience et de l'habileté on y serait arrivé. Peut-
être aurait-il acheté le silence par des révélations... Vous avez
juré...

— Encore une fois, je ne pouvais agir autrement.

— Il fallait laisser Francine de côté, ne pas vous montrer
à elle, ne pas lui apprendre qu'elle était suivie, surveillée
par vous, ne pas chercher à obtenir sa confiance, sa confession comme vous dites, et venir me trouver *avant*, non
après...

— Je pensais qu'elle savait...

— Ce qu'elle ne sait pas. — Vous ne connaissez guère les
gens d'église. Ils vous tiennent, et on ne les tient pas! Ils ne
se livrent jamais, et l'abbé, notamment, est un homme trop
habile pour laisser lire en lui par ceux qu'il domine et qu'il

exploite. Si vous aviez agi moins vite, la question serait entière, et nous pourrions aviser, tandis qu'à présent elle est aux trois quarts tranchée, et tranchée contre nous.

— Ah! je suis au désespoir! murmura Delmont. Car je sens bien que vous avez raison.

— Du côté de Riccardi, vous n'avez rien découvert?

— Rien! Et pourtant, je ne le perds pas de vue.

— Cela ne m'étonne point. Celui-là n'est pas prêtre, mais Italien très-fin et très-ferme, malgré son apparent verbiage, son expansion toute de surface, et son affectation de franc-parler bruyant.

— Néanmoins, c'est lui qui a commis le crime! Lui seul y avait intérêt.

— Cela nous paraît ainsi. C'est probable, à moins que ce ne soit l'abbé!

— Lui!! Dans quel but? Pourquoi?

— Eh! si je le savais, mon cher ami, vous seriez réhabilité depuis longtemps!

— Alors, tout est perdu!

— Il ne faut pas jeter le manche après la cognée. C'est quand on désespère le plus qu'on est parfois le plus près d'atteindre la vérité. Qui sait? Le moindre petit fait peut nous éclairer. On doit toujours compter un peu sur le hasard. Je vais songer à ce que vous venez de m'apprendre, et voir, en retournant à loisir la question sous toutes ses faces, s'il n'y a pas une fissure qui nous échappe actuellement, et par où nous pourrions arriver jusqu'à ce secret si bien caché! — Francine travaille pour ma femme, sur la recommandation de Georgette. J'aurai l'œil sur elle. Il est, après tout, impossible que ce que nous savons ne nous serve pas à quelque chose.

LV

AUTRE CONSULTATION

On se figure facilement dans quel état de bouleversement, sa scène avec sa fille avait plongé madame Riccardi.

Le pénible échafaudage élevé par elle, en sept années de mensonge patient et d'hypocrisie profonde, venait de s'écrouler sous ses yeux, en une minute, au souffle de Georgette.

Alors qu'elle croyait son secret à tout jamais enfoui dans le passé, le voilà qui se redressait devant elle et menaçait de renverser sa vie, de briser son existence.

Alors qu'elle avait réussi à égarer la justice, — ce qui est, d'ailleurs, assez facile, comme on sait, — et à tromper le monde, ce qui est souvent plus difficile; alors que, ni Me Steinbach, un homme habile, avocat et ami de l'accusé, n'avait rien pu découvrir de positif, une enfant, sa propre fille, la dernière dont elle se fut défiée, avait tout découvert, savait tout, connaissait le nom du vrai coupable, pouvait le révéler!

A cette idée, elle tremblait, mais autant de colère que de peur, et son vindicatif cœur italien se remplissait d'une haine violente. Elle se sentait poussée presque à rêver quelque crime abominable qui la délivrât du danger et la vengeât de ses craintes et de son humiliation.

Molle, nonchalante, égoïste, elle était capable de passion, quand on touchait à son repos, à son bonheur! Son horreur même de la lutte et de l'action contribuait encore à l'incliner vers quelque solution rapide qui lui permît de retomber ensuite dans sa vie de *farniente* matériel et moral.

Quelqu'un qui l'eût vue à ce moment, pâle, les traits crispés, les yeux brillants, les cheveux en désordre, eût été profondément surpris de l'expression de violence presque sauvage qui bouleversait son visage, d'ordinaire insignifiant et endormi.

De regret ou de remords, du reste, pas apparence. —

Elle avait sacrifié son mari, non pas sans hésiter ou souffrir, mais enfin elle l'avait sacrifié pour assurer sa propre tranquillité. Elle y était parvenue. Ce qu'elle regrettait, à l'heure actuelle, c'était cette tranquillité mise de nouveau en question. Rien de plus.

Dans son trouble, elle songea aussitôt à l'abbé Clodion, à cet homme qui possédait tout ses secrets sans exception, qui dirigeait depuis tant d'années ce qu'elle appelait sa conscience.

Lui seul pouvait, dans cette crise terrible, la conseiller, la guider encore.

Elle ferait ce qu'il lui dirait de faire.

Elle agirait comme il lui dirait d'agir.

Son habitude de dévote de ne point penser et de point vouloir par elle-même, l'aurait conduite à cette démarche, alors même qu'elle n'eût pas senti la nécessité de le prévenir et de lui faire part de cette nouvelle péripétie d'un drame dont il connaissait, depuis longtemps, les divers personnages et les scènes successives.

Une heure après avoir quitté sa fille, se trouvant plus calme, elle mit donc à la hâte un chapeau et un pardessus, sortit à pied, arrêta la première voiture qu'elle rencontra, et se fit conduire à la chapelle du couvent desservie par l'abbé.

C'était justement l'un des jours où il confessait son troupeau de pécheresses habituelles, et elle était sûre de le trouver.

Lorsqu'elle arriva dans la chapelle, il avait affaire à une jeune pénitente dont la conscience était sans doute fort surchargée, car il s'écoula plus d'une heure avant que l'abbé fût libre.

Madame Riccardi occupa ce temps en prières, implorant le ciel de venir à son secours, et de lui assurer les moyens de poursuivre paisiblement l'existence qu'elle s'était créée en livrant volontairement son mari à une accusation capitale.

Elle mit fin à sa pieuse oraison en entendant le pas de l'abbé qui s'approchait d'elle.

La petite église était vide, car il se faisait tard. Aussi, allant vivement vers son directeur :

— Ah ! mon père, s'écria-t-elle, quel évènement ! Et comme vous aviez prévu, prédit ce qui arrive !

— Qu'y a-t-il ?

— Georgette sait tout ! répondit-elle en baissant instinctivement la voix.

L'abbé ne put retenir un mouvement de surprise et d'inquiétude.

— Tout ! répéta-t-il avec précaution. C'est impossible.

— Tout ! vous dis-je. Tout !

— Elle a des soupçons peut-être...

— Non, des certitudes, et des preuves même.

— Comment cela ? Expliquez-vous.

Madame Riccardi alors raconta à l'abbé, dans le silence et la solitude de la chapelle, où le jour qui baissait jetait des ombres fantastiques et creusait des profondeurs sinistres, la scène qu'elle venait d'avoir avec sa fille.

L'abbé l'écouta attentivement, sans un geste, sans l'interrompre une seule fois, sans qu'il fût possible, au milieu de la lumière pâle et rare qui diminuait derrière les vitraux de couleur, de lire sur son visage les impressions que lui causait cette révélation.

— A-t-elle parlé à Mᵉ Steinbach ? demanda l'abbé, dès qu'elle eut fini.

— Non. Du moins, elle m'a dit que non, car c'est la première interrogation que je lui ai posé dans ma terreur.

— Et Olivier ?

— Comment, Olivier ?

— Elle ne lui a pas parlé ?

— Évidemment ! Je n'y ai pas pensé !... Mais, si elle n'a rien dit au père, à plus forte raison...

— Peut-être ! murmura l'abbé d'un air pensif.

— Du reste, reprit-elle, là n'est pas le plus grand danger. Je puis l'empêcher de les revoir, de communiquer avec eux. Non, non, ma crainte, crainte horrible, est ailleurs. Si elle parlait à Riccardi ! A mon mari ! Si, pour se venger, elle lui disait... ce qu'il doit ignorer toujours ! — Oh ! tenez, mon père, rien qu'à cette idée, je me sens devenir folle ! J'aimerais mieux mourir !

Et, d'un geste désespéré, elle porta ses deux mains à son front.

— Prenez garde, madame ! ce sont là des vœux impies, et qu'une femme chrétienne ne doit jamais ni concevoir, ni formuler. Il faut savoir se résigner aux coups du Seigneur, et, quand il frappe, le remercier et le bénir.

— C'est possible ; mais il faut me sauver, répondit madame Riccardi, avec une nuance de révolte qui ne lui était pas habituelle, et qui prouvait bien qu'elle était touchée à son seul endroit sensible. Il faut me sauver ! Oui, il le faut ! Vous le devez, j'y compte !... Après tout, ajouta-t-elle, devant le silence et l'immobilité de l'abbé, et craignant qu'il ne l'abandonnât dans cette circonstance, si je suis coupable, je ne le suis pas seule... Vous le savez bien ! Et, si je succombe, je ne succomberai pas sans entraîner quelqu'un avec moi !

L'abbé comprit parfaitement la menace, mais il jugea à propos de n'en rien montrer.

— Voyons, madame, lui dit-il, du calme, du sang-froid. Vous vous êtes toujours bien trouvée de mes conseils. Les sept années de tranquillité, de bonheur terrestre que vous venez de goûter, à qui les devez-vous ?

— A vous, certes. Je ne le nie pas.

— J'ai fait mon devoir, madame. Je le ferai jusqu'au bout. Dieu ne vous abandonnera pas, et mon appui ne vous fera pas défaut, car sa cause, ici, est en jeu.

— Que faire alors ? répliqua madame Riccardi un peu adoucie.

— Mademoiselle Delmont vous a-t-elle paru disposée à abuser du secret qu'elle a découvert avec une perspicacité si redoutable ?

— Je ne le crois pas... Pour le moment, du moins. Mais, demain, qui sait ?

Madame Riccardi réfléchit un instant.

— Je me rappelle maintenant, reprit-elle, qu'une de ses dernières phrases, au contraire, a été à peu près celle-ci :

« Les événements ne. dépendent pas de moi... Ce n'est pas moi qui aurai la responsabilité et le devoir de la justice ou du pardon ! »

L'abbé redressa vivement la tête.

— Elle a dit cela ?

— Oui, j'en suis certaine à présent. J'étais tellement troublée que cela m'avait échappé.

— C'est la chose grave.

— Qu'y voyez-vous ?

— Cela semblerait indiquer... qu'une autre personne... sait la vérité, peut-être.

— M⁰ Steinbach alors ?

— Elle vous a dit que non. Et s'il était au courant, lui, vous vous en seriez déjà aperçue.

— C'est vrai.

— A-t-elle vu quelque personne nouvelle dans ces derniers temps ?

— Non. Elle ne voit que l'avocat, et les amis que je reçois, vous, M. Florestan...

L'abbé paraissait vivement préoccupé.

— Vous lui avez, je crois, fit-il tout à coup, donné un professeur ?

— Oui.

— Recommandé par M⁰ Steinbach, n'est-ce pas ?

— Sans doute.

— Quel homme est-ce ?

— Un vieillard, un Américain, un étranger qui n'était jamais venu en France. Quel rapport voyez-vous ?...

— Aucun.

— Enfin que me conseillez-vous ?

— Le calme et la patience. Ne montrez ni colère, ni animosité à mademoiselle Delmont. Faites-vous douce, et même un peu humble avec elle, vous me comprenez. Qu'elle croie que vous avez peur ! Tâchez, en un mot, de la toucher au lieu de l'irriter. Il faut ménager ceux qui nous tiennent, et, actuellement, elle est maîtresse de la situation. — Surtout,

14

qu'il ne soit plus question de mariage, ni de Florestan avec elle. Cela l'exaspérerait, et, en l'exaspérant, ou en lui manifestant des sentiments de haine et de colère, vous la pousseriez peut-être, pour se venger, pour vous punir, pour se protéger, à parler à M. Riccardi... Car après tout, elle hésitera à divulguer ce qu'elle sait. Elle ne réhabiliterait son père qu'aux dépens de l'honneur de sa mère. Bien qu'elle n'ait pas les sentiments de soumission filiale et d'adhésion aux décrets de la Providence qui distinguent les jeunes filles élevées dans la religion, il y a là de quoi la faire reculer. Ainsi, vous comprenez bien la situation. Ayez l'air, au besoin, d'avoir des remords. Pendant ce temps, je vais réfléchir, étudier la question, voir ce qu'on peut faire pour réduire cette jeune personne à l'impuissance. Comptez sur moi, madame. Je ne vous l'ai jamais dit en vain.

Madame Riccardi saisit parfaitement ce que voulait lui insinuer l'abbé.

Ce rôle d'hypocrisie et de ruse ne répugnait nullement à sa nature de dévote, admirablement propre à prendre tous les masques qui peuvent assurer la victoire sur un adversaire sans défiance qu'on veut écraser.

LVI

LA BIBLIOTHÈQUE

Pendant les quelques jours qui suivirent sa rencontre et son explication avec Francine, Georges Delmont fut malade et dut garder la chambre, atteint d'une fièvre assez forte. Bien que d'un tempérament robuste et d'une vigueur peu commune, il avait fini par succomber à tant d'émotions et de déceptions répétées, et le découragement causé en lui par les paroles de Me Steinbach le livra sans défense à cette lassitude qui, seule, ouvre les portes à la maladie chez les natures énergiques.

Voir sa fille était pour lui, en même temps qu'une joie profonde, une secousse terrible. Savoir qu'elle aimait Olivier, et se sentir désarmé au moment où il s'agissait de lui conquérir le bonheur, achevait son accablement.

Il avait bien deviné aussi, dans sa dernière entrevue avec M⁰ Steinbach, certaines réticences nouvelles, inattendues. Toutes les difficultés que lui avait opposées son ami, étaient évidentes et parfaitement exactes. Néanmoins, quelque chose lui disait qu'au fond l'avocat souhaitait moins vivement de poursuivre la découverte de la vérité.

Pourquoi cela? — Que signifiait ce revirement dont il n'aurait pu fournir la preuve, mais dont il avait la conviction intime?

Cependant, à la fin de la semaine, il réagit contre le mal, l'enraya par un effort violent de la volonté, et, ne pouvant résister au désir de revoir Georgette, à l'inquiétude qui le dévorait quand il se trouvait loin d'elle, il se leva et se dirigea vers la maison de madame Riccardi.

Ce n'était point le jour de sa leçon, et on ne l'attendait pas. Qu'importe? Il n'y pouvait tenir. Qu'il pût causer un instant avec elle, ne fût-ce qu'une minute, et il serait soulagé!

Après une absence, sa visite, en dehors des heures convenues, n'avait rien d'ailleurs, d'insolite ou d'extraordinaire.

Il venait annoncer lui-même son rétablissement.

Il entra au salon pour attendre mademoiselle Delmont, que le domestique était allé prévenir, la croyant dans sa chambre.

On se rappelle que le cabinet contenant les livres de l'ancienne bibliothèque de Georges donnait dans le salon par une petite porte dont Georgette, à l'insu de sa mère, s'était procuré ou fait faire une clef.

Delmont était à peine depuis une minute dans le salon, quand cette porte s'ouvrit sans bruit.

Georgette apparut sur le seuil.

En apercevant don Ramon, la jeune fille poussa un cri de surprise et s'élança vers lui, tandis qu'il se levait, les bras ouverts, comme s'il voulait la serrer contre son cœur.

Mais Georgette s'arrêta à mi-chemin, et Georges laissa retomber ses bras, et tous deux se regardèrent en silence.

— Vous avez été malade, don Ramon, lui dit-elle. Vous êtes pâle, en effet... J'étais bien inquiète!

— Un peu de fièvre, répondit-il avec effort. Ce n'était rien. Me voilà remis... Je venais vous en prévenir. Vous aussi, ajouta-t-il en la considérant attentivement, vous avez changé depuis ces quelques jours; vos couleurs ont disparu, vous avez un peu maigri. Est-ce que vous souffrez?

— Moi? non. Les jeunes filles pâlissent et maigrissent pour rien, dit-elle en riant, et comme si elle voulait rassurer son interlocuteur par une gaieté factice.

La porte de la bibliothèque était restée entr'ouverte derrière elle.

— Nous ne prendrons pas de leçon aujourd'hui, n'est-ce pas! reprit-elle. Cela vous fatiguerait. Il faut vous reposer. Je ne veux pas que vous retombiez malade. Cela me cause trop... d'inquiétude..., puis cela doit être si triste d'être malade... tout seul... comme vous êtes!

« Je n'étais pas seul! J'avais ta photographie, ma Georgette, ma fille bien-aimée! » pensa Georges.

— Je suis tout à fait rétabli, dit-il à haute voix.

— Vous venez de surprendre un de mes secrets! continua-t-elle en souriant.

— Quel secret? demanda Delmont avec surprise.

Georgette se retourna, et, lui montrant la porte entr'ouverte :

— Ceci, c'est l'ancienne bibliothèque de mon père, dont je possède une chef à l'insu de tout le monde, et où je me réfugie quelquefois pour être plus près de lui, quand je ne crains pas d'être prise en flagrant délit.

— Ah! murmura Delmont.

Georgette alla à la grande porte du salon, et écouta.

— Nous sommes seuls, venez! fit-elle tout à coup d'un air de résolution, je veux vous la montrer.

Elle lui tendit la main. Delmont y déposa la sienne. Ces deux mains étaient moites et froides, et frémirent en se touchant, sans se serrer.

Elle l'entraîna vivement dans la petite pièce où nous l'avons vue pour la première fois, et poussa la porte derrière elle sans la fermer complètement.

Delmont s'appuya contre la muraille. Ses jambes tremblaient. Georgette était visiblement émue.

Georges regardait ces vieux livres dont la reliure et les titres lui étaient familiers, amis fidèles depuis si longtemps perdus, et qu'il retrouvait là, devant lui, tout pleins de sa vie passée.

Il n'en était pas un qui ne lui rappelât une émotion, une heure de son existence, une transformation ou un agrandissement de son cerveau.

C'était tout son passé qui se dressait devant lui. Il lui sembla qu'il retrouvait une famille.

Dans cette maison, qui aurait dû être la sienne, tous les objets matériels lui étaient nouveaux, indifférents.

Madame Riccardi ne s'était pas seulement contentée de quitter le logement où elle avait vécu avec son premier mari. Elle avait encore renouvelé le mobilier, effacé de son mieux toute trace de son ancienne existence.

Il ne reconnaissait rien autour de lui. Mais ces livres, que sa main avait feuilletés et chargés de notes, il les reconnaissait, et il croyait y lire, en lettres de feu, le récit des années écoulées, de la jeunesse envolée.

La première émotion disparue, il s'approcha des rayons, il regarda quelques ouvrages plus familiers, plus aimés, avec une attention attendrie.

Georgette, un peu en arrière, le suivait des yeux, sans dire un mot.

Georges, enfin, se retourna.

— Et c'est vous qui les avez sauvés! lui dit-il d'une voix troublée.

— Ce n'est pas moi qui les ai sauvés, répondit-elle doucement. — Ce sont eux, au contraire, qui m'ont sauvée.

Delmont parut étonné.

— Oui, continua-t-elle, je n'ai fait que les veiller, les soigner, les aimer. Eux, ils m'ont sauvée du plus grand des malheurs, qui eût été de devenir indigne de mon père, de

14.

ne point comprendre, partager ses idées, de les maudire
peut-être, et par conséquent de ne pas l'apprécier, le véné-
rer, lui, comme il le mérite!

Delmont fit un pas vers sa fille, mais il ne put parler.

— Vous avez paru quelquefois étonné de me voir certains
sentiments, de m'entendre exprimer certaines opinions. En
effet, j'ai été élevée dans un milieu religieux, catholique, où
aucun de ces sentiments ne sont admis, où toutes ces idées
sont condamnées. Mais ce n'est pas là que j'ai fait mon éducation. C'est ici! Ces livres, je les ai lus, relus, étudiés. Tous,
peut-être, n'étaient point faits pour tomber sous les yeux
d'une jeune fille, mais la vérité ne saurait faire de mal à
ceux qui l'aiment et la cherchent avec bonne foi... Puis,
quand j'étais embarrassée, inquiète ou troublée, une ombre
amie venait s'asseoir à mes côtés, se penchait sur mon
épaule, et, de son doux regard paternel, purifiait cette vérité
trop crue, ou commentait cette vérité trop élevée pour une
raison de petite fille. Je me disais que ce qui avait rendu
mon père bon, généreux, fier et courageux, devait me
rendre aussi, moi, sa fille, bonne, généreuse, fière et courageuse... Et c'est ainsi que je me suis formée, luttant contre
mon entourage, ne voulant pas frapper celui que tout écra-
sait, que tout condamnait, que je ne devais plus revoir, de
cette dernière et suprême trahison, qui eût été de ne point
partager sa foi, de lui laisser voler le cœur et l'esprit de
son enfant!... D'appui, dans cette lutte souvent pénible,
parfois cruelle, je n'eus que son souvenir, mon affection
pour lui, et ces livres qui, après avoir été ses amis, ont été
mes maîtres et mes confidents. Aussi, s'il revenait aujour-
d'hui, s'il me voyait, il n'aurait pas à rougir de moi. Je
serais devenue, restée, ce qu'il voulait que je fusse, sa fille,
la vraie fille de Georges Delmont!

Georges lui avait pris les deux mains, les lui serrait avec
force, la contemplait.

— Merci! murmura-t-il d'une voix étouffée. Merci... pour
lui!

Sa voix s'arrêta dans sa gorge sèche. Deux larmes coulèrent lentement le long de ses joues creuses,

— Vous pleurez! dit-elle avec des yeux humides et brillants; — et elle lui tendit le front.

D'un mouvement brusque, oubliant tout, Delmont la saisit dans ses bras, la pressa contre sa poitrine, et déposa sur ce front candide, un long baiser brûlant,

Tout à coup Georgette jeta une exclamation sourde, repoussa violemment don Ramon, et s'éloigna de lui, en regardant avec terreur un objet auquel ce dernier tournait le dos.

Surpris de l'action de la jeune fille et de l'expression de son regard, il se retourna rapidement.

LVII

OÙ L'ABBÉ CLODION COMMENCE A TENIR SA PROMESSE

L'abbé Clodion était debout sur le seuil de la porte.

En l'apercevant, Delmont eut un geste de fureur, et fit un pas en avant, puis, se rappelant sa position, il s'arrêta pâle, hésitant, mais le regard chargé d'une haine contenue, qu'un mot, un seul, pouvait faire éclater tout à coup.

Cet homme dont il connaissait les vices mystérieux et les forfaits cachés; cet homme, qui avait volé son enfant à Francine; cet homme, qui faisait espionner sa fille, qui savait le secret de ce cœur de vierge; cet homme, qui avait su son innocence à lui, et qui avait contribué sciemment, lâchement, à sa perte, à son déshonneur; cet homme, qui, d'accord avec sa femme, avec Riccardi, lui avait enlevé l'estime du monde, le foyer conjugal, les caresses de Georgette; — cet homme lui inspirait une horreur qu'il ne maîtrisait que par un effort prodigieux de volonté!

L'abbé supporta froidement son regard, sans qu'un muscle de son visage exprimât une émotion quelconque; mais ses yeux durs et perçants le dévisageaient avec une attention profonde.

Néanmoins, son examen fut court.

Il détourna tranquillement la tête, et, s'adressant à mademoiselle Delmont, il lui dit du ton le plus naturel du monde :

— Je croyais trouver ici madame Riccardi.

— Elle est sans doute dans son appartement, répondit Georgette, dont les lèvres étaient devenues blanches et dont la voix tremblait, quoi qu'elle fit pour la rendre ferme.

— Je vous remercie, mademoiselle. Excusez-moi de vous avoir dérangée.

Il s'inclina d'un mouvement humble et circulaire, de façon à saluer à la fois Georgette et Delmont, puis s'éloigna.

Dès qu'il eut quitté le salon, Georgette, s'adressant à son professeur, lui dit :

— Sortons de cette pièce. Je suis désolée que cet homme m'y ait surprise... avec vous.

Ils passèrent dans le salon.

Georgette referma la petite porte de communication, et en mit la clef dans sa poche.

Elle était agitée, nerveuse, préoccupée.

L'abbé avait-il entendu leur conversation, vu le baiser que lui donnait don Ramon ?

Elle ne voulait pas exprimer ces inquiétudes à haute voix, mais Georges Delmont les devinait, et les partageait.

— Vous craignez que l'abbé Clodion vous ait écoutée ? lui demanda-t-il.

Il n'osa ajouter : — M'ait vu vous embrasser.

Combien il regrettait cette imprudence, ce mouvement irréfléchi, provoqué par le mouvement de Georgette, et qui l'avait entraîné bien au delà des limites qu'il s'était juré de ne point dépasser !

— Oh ! j'espère que non, répliqua-t-elle. D'ailleurs, ce que je disais, je n'ai point à le cacher, et je suis prête à le répéter devant tous.

Elle releva hardiment son front plein d'intelligence, où la volonté marquait un léger pli près des sourcils fins et bruns.

— Ah ! défiez-vous de cet homme, reprit vivement Georges, ne pouvant résister au désir, au devoir de la mettre en garde, et ne pouvant lui dire, d'autre part, nettement ce qu'il savait de l'espionnage dont elle était entourée.

— Je m'en suis toujours défiée.

— Vous avez raison. Je ne le connais pas, mais il suffit de le voir. Il a l'air faux et dur. Je me figure qu'il ne vous aime point... et enfin... C'est un ennemi, croyez-moi.

— Je le sais, répondit-elle. Mais à quoi bon nous inquiéter de lui, après tout? Je ne le crains pas... ni lui... ni personne! Il a deviné mes sentiments, comme je sais les siens à mon égard.

En ce moment, la porte du salon s'ouvrit assez violemment, et madame Riccardi entra, suivie de l'abbé Clodion.

Elle s'avança au milieu de la pièce, les yeux allumés par la colère, et enveloppa sa fille d'un regard de triomphe haineux, tandis que l'abbé, immobile et calme, restait près de la porte.

Il y eut un moment de silence solennel entre ces quatre personnages.

On sentait que quelque chose de grave allait se passer.

Georges Delmont regardait tour à tour sa femme et l'abbé, tandis que Georgette, qui s'était redressée, regardait alternativement sa mère et don Ramon avec une expression d'angoisse profonde.

L'abbé avait évidemment tout surpris et tout rapporté.

Qu'allait-il s'ensuivre?

— Monsieur, dit enfin madame Riccardi d'une voix aigre et provocante, en s'adressant à Georges Delmont, — bien qu'il ne vous soit dû que quinze jours de leçons, voici votre mois entier.

Elle jeta sur la table, enveloppées dans du papier, quelques pièces de monnaie.

Georges frémit des pieds à la tête.

— Vous me chassez! balbutia-t-il d'une voix étranglée par l'émotion et la colère.

— Je vous paie, et vous prie de ne plus revenir ici.

Chassé! chassé! par cette femme! Séparé de sa fille!

Delmont eut comme un éblouissement, puis la colère tomba.

Pour un moment le père l'emporta sur l'homme. Dans l'affront, il ne vit que ce fait brutal : — On l'éloignait de Georgette.

Cela le rendit presque lâche.

— Pourquoi cela ? demanda-t-il après une courte hésitation.

— C'est à ma fille que je le dirai!... D'ailleurs, vous devez bien le savoir !

Madame Riccardi commenta ces paroles en lançant à Georgette, immobile et froide comme une statue de marbre, un regard chargé de tout le venin qu'une femme peut y mettre, quand elle croit humilier et perdre une autre femme.

Delmont semblait foudroyé sur place.

Il avait une envie folle de saisir cette femme et l'abbé, de les jeter sous ses pieds et de les broyer.

Mais Georgette était là. Sa présence le retenait et le contenait.

Se découvrir, alors qu'il ne savait rien, qu'il n'avait en main aucune arme contre ses ennemis, n'était-ce pas tout perdre, sacrifier tout espoir de vengeance et de réhabilitation?

Puis on l'accusait évidemment de quelque action honteuse, dont l'idée seule lui donnait le frisson. L'abbé avait surpris son baiser, l'avait dit à la mère. Et ce baiser d'un père, baiser si chaste et si pur, on le prenait pour la caresse de quelque vil et misérable séducteur.

— Je ne sais ce que vous voulez dire, s'écria-t-il enfin. Mais ce que je sais, c'est que Georg..., que mademoiselle Delmont est la jeune fille la plus digne de respect et d'admiration que je connaisse, que nul soupçon ne peut la flétrir, et que si quelqu'un osait en douter devant moi, quel qu'il soit celui-là, entendez-vous, je le briserais !

Et Georges, terrible, regarda sa femme, puis l'abbé.

Georgette, toujours silencieuse, s'avança d'un pas, se rapprochant de Delmont.

Madame Riccardi, effarée, stupéfaite, ne comprenant rien à cette audace, à ces menaces, recula en répétant d'une voix entrecoupée et comme étouffée par la colère :

— C'est trop fort! Oh! c'est trop fort!... Je vais appeler.

Et elle chercha des yeux le cordon de la sonnette.

L'abbé l'arrêta d'un geste.

— Monsieur, dit-il lentement, en scandant et soulignant chaque mot, — Mademoiselle Delmont n'a plus besoin de prendre de leçons. Dans un mois, elle épouse M. Jules Florestan.

C'en était plus que Georges n'en pouvait supporter. Il bondit vers l'abbé.

— Ce misérable! — hurla-t-il. — Elle épouserait ce misérable! — Moi vivant, jamais!

L'abbé Clodion croisa les bras sur sa poitrine en haussant les épaules.

— Adressez-vous à sa mère, monsieur, dit-il froidement.

— Eh bien, oui, à sa mère, à cette femme! répéta Delmont, qui avait perdu la tête, et ne surveillait plus ni ses paroles, ni sa voix. Ce mariage serait un crime, une infamie! Et il ne se fera pas! Non! Je ne le veux pas!

— Il est fou! répondit madame Riccardi, fou à lier! De quel droit vous mêlez-vous de cette affaire? Qui êtes-vous pour oser?...

— Qui je suis? Qui je suis? répétait Georges en s'avançant vers sa femme, le bras tendu, comme s'il allait l'écraser. Je suis...

Il ne put achever.

Georgette s'était élancée entre sa mère et lui. Sa main blanche s'appliqua sur les lèvres de don Ramon pour arrêter la parole qui allait éclater, pendant que, se penchant à son oreille, elle lui disait tout bas :

— Tais-toi, mon père!

Delmont s'arrêta foudroyé. Il chancela sur ses jambes. Il allait tomber.

Georgette le soutint, en lui glissant encore ces mots à l'oreille :

— Va-t'en, je t'en conjure, va-t'en! Dans une heure chez Me Steinbach!

Il se redressa, la regarda.

La joie, la surprise bouleversaient son noble visage, tout à coup rajeuni.

Il ne savait plus où il était, ni qui l'observait et l'écoutait.

Il avait retrouvé sa fille !

Elle l'appelait mon père !

Il était ivre, il était fou, en effet !

Il la dévorait des yeux, cherchant un cri, un mot, qui ne pouvaient sortir de son gosier devenu de pierre.

Georgette avait le visage empreint d'une si sublime énergie, illuminé d'une si sainte exaltation, son regard, en même temps, était si suppliant, contenait une prière si instante que, fasciné, dominé, éperdu, il céda à sa douce pression et se laissa conduire jusqu'à la porte, que Georgette referma sur lui, après lui avoir répété des lèvres et des yeux :

— Dans une heure !

Son père, une fois sorti, la jeune fille, restant appuyée contre la porte, comme pour protéger la retraite de Georges Delmont, se retourna vers sa mère, d'un air de résolution qui semblait dire :

— A nous deux maintenant !

— Ah ! voilà pourquoi elle ne veut pas se marier ! reprit madame Riccardi, exaspérée par tant d'audace.

Georgette frappa sa mère d'un regard si indigné, que cette dernière, stupéfaite et la bouche encore ouverte, la laissa sortir à son tour du salon, sans trouver une seule parole.

Enfin, elle se retourna vers l'abbé Clodion, toujours impassible.

— Eh bien, dit-elle, vous voyez à quoi cela aboutit et quelle est son impudence ! Vous m'aviez dit de chasser ce vieux coquin, d'être sans ménagement. Vous affirmiez qu'elle allait trembler, s'humilier, demander grâce ! Et elle me brave !

— Je dis, madame, que tout est pour le mieux. Mademoiselle Delmont se taira et, avant deux jours, vous apportera elle-même son consentement à son mariage avec M. Jules Florestan !

LVIII

PÈRE ET FILLE

Quand il fut dans la rue, sous l'impression du grand air, Delmont recouvra en partie ses idées.

Son premier mouvement fut de retourner en arrière, de rentrer dans cette maison maudite, d'en arracher Georgette, et de l'emporter avec lui. — Où? Il n'en savait rien.

C'était son enfant. Il la voulait. Il se sentait de force à combattre l'univers, si on essayait de la lui reprendre, de l'ôter à l'étreinte puissante de ses bras.

Il fit même quelques pas pour mettre à exécution cette idée folle, puis il s'arrêta.

Il revit le regard suppliant de Georgette, il entendit sa voix qui lui disait de se taire, de partir, qui lui promettait de le rejoindre avant une heure.

— Elle a raison, se dit-il. Je ferais quelque malheur. J'ai déjà commis assez d'imprudences. Il s'agit d'elle autant que de moi. Ce qu'elle ne veut pas, je n'ai pas le droit de le vouloir. Il faut lui obéir !

Alors, changeant brusquement de résolution, il s'élança pour arriver le plus tôt possible chez Me Steinbach, comme si sa fille y était déjà, l'y attendait, comme s'il allait l'y trouver en entrant dans le cabinet de l'avocat.

Lorsqu'il arriva, en ne la voyant pas là, quoiqu'il fût certain, évident, qu'il en serait ainsi, il ressentit une immense déception.

Il se laissa tomber sur une chaise, en sueur, bouleversé, pouvant à peine articuler quelques mots sans suite, car il avait fait ce long trajet en courant.

Me Steinbach le regardait avec une stupéfaction pleine d'inquiétude. Ses gros yeux vifs et pénétrants disaient visiblement :

15

— Il a fait encore quelque sottise. J'en étais sûr ! Il a entrepris une tâche au-dessus de ses forces. Ce n'est pas un flegmatique, un patient, c'est un passionné.

Enfin Delmont, ayant repris haleine et retrouvé quelque sang-froid, lui raconta en phrases hachées, palpitantes de l'émotion dont il était secoué, les événements inattendus qui venaient de s'accomplir.

Mᵉ Steinbach, après l'avoir écouté, d'abord, en fronçant ses sourcils épais, dans l'attitude d'un Mentor prêt à gronder, à faire de la morale, ne tarda pas à être ému, entraîné lui-même.

Pour un peu, il eût pleuré !

— Quel cœur s'écria-t-il enfin, que cette Georgette ! — Quel courage dans cette petite fille, qui, avec ça, est jolie comme un amour. — Tenez, Ramon, cette enfant vaut, dans son petit doigt, cent fois mieux que nous deux !

— Oh ! oui, répondit Delmont, qui serra le vieil avocat surpris dans ses bras. Ah ! vous l'aimez, vous, vous l'estimez, vous, autant qu'elle le mérite !

— Qui diable ne l'aimerait pas ! grommela l'excellent homme en se dégageant de l'étreinte de son ami.

— Néanmoins, ajouta-t-il, c'est fort grave tout cela, fort grave.

Il essayait maintenant de combattre son enthousiasme, de redevenir froid et sage.

— Êtes-vous sûr que les autres ne vous ont pas reconnu ?

— Ma femme ? oh ! non ! Elle me croit trop bien mort et elle en est trop heureuse ! répondit Delmont avec ironie.

— Mais l'abbé ?

— L'abbé ? Impossible. Si madame veuve Delmont ne reconnaît pas Georges Delmont, comment voulez-vous qu'un étranger, qui me connaît cent fois moins, après tout, puisse deviner...

— Hum ! Ce n'est pas une raison. Je me défie de ces gens d'église. Ils ont la perspicacité diabolique de la ruse, qui vaut celle du cœur... Enfin, si Georgette est seule à savoir la vérité !... Cela vaut peut-être mieux ainsi. Votre position sera moins fausse, votre personnage moins cruel... D'ailleurs, nous la consulterons, elle. Elle nous guidera. Nous n'avons pas tout à fait le droit d'agir, au risque de l'atteindre, sans son assentiment...

— C'est ce que je me disais en venant, interrompit Delmont.

— En attendant vous voilà à la porte de la maison, chassé. Impossible d'y revenir. Et ce projet de mariage avec le Florestan... Comment sortir de là ?

— Je n'en sais rien. Mais je sais qu'elle n'épousera pas cet homme vil, que je l'ai retrouvée, elle, et qu'on ne nous séparera plus.

En ce moment une main légère frappa à la porte du cabinet.

Delmont bondit en avant pour ouvrir, et Georgette tomba dans ses bras.

Elle avait pris une voiture, elle était venue au triple galop du pauvre cheval de cabriolet, en promettant un louis au cocher.

— Mon père ! s'écria t-elle.

— Georgette ! ma fille ! mon enfant ! murmura le pauvre Georges suffoqué.

Puis, d'un geste identique, tous deux à la fois se repoussant doucement, se contemplèrent un instant, comme s'ils se rencontraient pour la première fois.

— Ote donc ces vilaines lunettes, dit-elle en souriant, que je voie enfin tes yeux !

Et de ses doigts mignons enlevant les lunettes, elle les jeta au loin.

Alors Georges la saisissant de nouveau dans ses bras, la porta jusqu'à un fauteuil, s'agenouilla devant elle, lui prenant les mains.

— Pauvre enfant ! disait-il. Comme tu as souffert par moi ! Comme j'ai souffert loin de toi ! C'est ton absence qui a blanchi mes cheveux, vois-tu, continuait-il, oubliant, dans l'élan et la joie de sa passion paternelle, qu'avant son retour, avant de connaître la trahison, l'indignité de Marie Bonelli, la mère et la fille avaient occupé une place égale dans son cœur torturé.

Mais nous voilà réunis, poursuivait-il. Rien ne nous séparera plus! Ah! je n'ai pas trop payé cet instant de joie suprême, et s'il fallait souffrir dix fois plus pour la goûter, je serais prêt. Retrouver ma fille! Et la retrouver tel que toi! Aussi bonne que belle!

— Ainsi, papa, répondait-elle avec un doux sourire, je suis bien telle que tu m'aurais voulue? Je suis bien la fille que tu rêvais? Je me suis bien faite, loin de toi, ce que je serais devenue près de toi?

— Oh! meilleure, et plus belle, et plus noble, cent fois, mille fois !

Me Steinbach, furieux contre lui-même, et qui s'était éloigné de quelques pas, pleurait tout simplement, sans pouvoir s'en empêcher.

Il pleurait même si bien, qu'il ne s'aperçut pas qu'Olivier était entré dans la pièce quelques secondes après Georgette, et, plus blanc qu'un mort, assistait à cette scène.

L'amoureux jeune homme, devant cette révélation que rien ne lui avait fait prévoir, se sentait en proie à mille sentiments divers, tiraillé de mille émotions contradictoires.

— C'est donc là le secret qu'elle me cachait! pensait-il.

Puis, en voyant les caresses du père et de la fille, l'animation extraordinaire répandue sur les jolis traits de celle qu'il aimait, l'air de bonheur profond, d'extase avec lequel elle regardait le visages de Georges Delmont, encore noble et beau, mais cruellement labouré par les luttes et les douleurs de la vie, il se disait avec amertume:

— Elle ne pense plus à moi! Elle l'aime plus que moi !

Il se demandait aussi ce que cette péripétie si imprévue allait apporter, en bien ou en mal, à son amour; si la présence de Georges Delmont faciliterait ou rendrait impossible son mariage avec Georgette; si les mêmes circonstances qui redonnaient un père à mademoiselle Delmont n'allaient pas lui enlever, à lui, sa fiancée.

Il ne comprenait et ne voyait rien nettement, mais il avait peur de tout, et surtout il était malheureux, malheureux et jaloux !

Il l'avait été quelquefois du souvenir du mort. Maintenant que le souvenir c'était fait homme, était là en chair et en os, aux pieds de la jeune fille, il en était honteux, et souffrait.

Tout à coup, Me Steinbach aperçut son fils.

Il alla vivement vers lui.

— Comment, toi, ici! murmura-t-il avec brusquerie. Allons, il ne manquait plus que çà! Ce sera le secret de Polichinelle, bientôt! Pourquoi es-tu entré?

— J'avais vu Georgette traverser l'antichambre... Naturellement je l'ai suivie, et personne ne faisant attention à moi...

— Tu as écouté, entendu, et pas compris?

— C'est vrai.

— Viens. Laissons-les ensemble un moment. Ils ont beaucoup de choses à se dire et nous sommes de trop, bien qu'ils ne pensent guère à nous!

Les deux hommes s'éloignèrent sur la pointe du pied.

Delmont, toujours agenouillé en contemplation devant sa fille, leur tournait le dos et il ne s'aperçut de rien. Mais Georgette leva les yeux et ses yeux rencontrèrent ceux d'Olivier.

Il y a vraiment un génie du cœur, et la femme vraie, la femme digne de ce doux nom, a parfois le don de divination.

D'un seul regard, la jeune fille comprit ce qui se passait chez Olivier.

D'un seul regard, elle y répondit.

Ce regard disait:

— Pardonne-moi d'être heureuse sans toi, par un autre que toi. Je t'aime toujours autant, mais différemment.

Olivier, quand il se retrouva seul avec son père, était rayonnant.

LIX

LE ROMAN DE GEORGETTE

— Mais enfin, s'écriait Georges sans se lasser de la regarder, à quoi m'as-tu reconnu? Quand? Comment?

— A quoi? répondait Georgette. — A tout! — Quand? — Presque tout de suite. — Comment? — Par mille petites ruses. Vois-tu, je te tendais, chaque jour, des piéges où tu tombais innocemment. Puis, par moments, lorsque j'avais dit quelque chose qui te causait de l'émotion, ou te rappelait trop vivement le passé, tu oubliais ton accent étranger pour reprendre ta voix naturelle.

— Et tu te la rappelais?

— Comme si je l'avais entendue la veille. Elle était là!

Et Georgette frappait du doigt son oreille rose.

— Mais tu me croyais mort! Tu ne savais pas que Steinbach m'avait sauvé!

— Non, et c'est mal de sa part!

— Il le devait. N'accuse pas cet excellent cœur, cet ami si dévoué.

— Je lui pardonne à présent. J'aime mieux t'avoir découvert toute seule. Il me semble que tu es ainsi deux fois à moi!

Delmont insistait. Il voulait des détails.

Il était si heureux de pouvoir enfin être père tout entier, ouvertement, franchement; de rejeter loin de lui ce masque étranger qui l'avait si cruellement étouffé.

Puis, d'instinct, sans s'en rendre compte, il éloignait ainsi l'instant des explications cruelles, l'instant où il faudrait aborder le terrain des questions pratiques, envisager en face la réalité, et résoudre le problème difficile posé par les circonstances.

— Eh bien écoute alors mon petit roman, lui dit-elle. Quand je te rencontrai pour la première fois, avec Mᵉ Stein-bach, sans te parler, je fus frappée de ton bouleversement. Mᵉ Steinbach m'expliqua que don Ramon Llorente avait perdu une fille de mon âge, que ma vue la lui rappelait... Mais il était embarrassé. Il ne sait pas mentir.

Cela me parut singulier et m'intéressa tout d'abord à ce pauvre professeur, dont la belle tête portait la trace de tant • de douleurs!

Ensuite on te donnait un âge que tu n'avais pas, malgré ta longue barbe et tes cheveux blancs.

J'entrevis un mystère qui piqua ma curiosité, en même temps que je me sentais une sympathie vive, irraisonnée, pour ce proscrit espagnol qui semblait parfois si troublé, si ému, devant une petite fille comme moi.

Tu te rappelles que je te faisais beaucoup causer. Je te posais, sans avoir l'air, un tas de questions indifférentes, dont l'apparente innocence ne te permettait pas de te mettre sur tes gardes.

Je t'interrogeais sur tes voyages. Tu te coupais quelquefois. A certains faits, je découvris que tu te vieillissais au moins d'une bonne dizaine d'années.

Tu disais aussi n'être jamais venu à Paris, et tout à coup, sans que tu t'en aperçusses, je te faisais me donner mille petits détails de rien du tout, lesquels prouvaient que tu avais habité Paris pendant de longues années, que tu le connaissais sur le bout du doigt.

Alors je t'amenai sur les questions politiques et religieuses.

Je reconnus une foule d'idées et de sentiments qui étaient ceux-là mêmes de mon père.

Dans la bibliothèque que tu sais, j'avais découvert une collection de ton journal, la *Foi nouvelle*. Je retrouvais dans la bouche de don Ramon non-seulement les pensées, mais jusqu'aux tournures de phrase, au style de Georges Delmont.

Je te parlai à mon tour. Je te parlai de mon père. Ce jour-là, où, pour la première fois, j'y fis allusion, tu devins pâle, tu te troublas, tu te levas pour cacher ton émotion et appuyer ton front contre la vitre d'une fenêtre.

Quand tu me donnas la main, en me quittant, tu tremblais comme la feuille.

Une autre fois, je te parlais de projets de mariage que j'avais rêvés.

Oh! cette fois-là, ce fut le cri d'un père qui sortit de ta bouche, et ton émotion fut si profonde que j'en restai bouleversée.

Quelques jours plus tard, je mis un album sur la table, contenant, avec la tienne, ma photographie, que j'avais signée exprès... pour toi.

Tu la pris, tu la portas à tes lèvres, en murmurant mon nom.

— Mais tu n'étais pas là ! s'écria Delmont.

— Je guettais derrière la porte.

En m'entendant, tu perdis la tête, tu cachas la photographie, là, dans cette poche, comme un voleur surpris. Tu étais tellement troublé que tu ne vis pas même que je ne faisais point d'observation en trouvant vide la place occupée par mon portrait.

Enfin, à force de te voir, de t'étudier, de t'observer, je reconnus certains gestes qui te sont particuliers.

Sous la neige de tes cheveux et de ta barbe, malgré la trace des fatigues, au milieu des rides précoces, — et que ta fille effacera maintenant, — à travers tes vilaines lunettes sombres, — qui me donneraient de la colère, que je haïssais, parce qu'elles me cachaient tes yeux, — je retrouvai, je reconstituai les traits, le regard, de celui que j'avais connu jeune et beau, sept ans plus tôt.

D'ailleurs, qui aurait pu me voler ainsi mon portait, l'embrasser...?

— Mais un amoureux, par exemple, — dit Georges en souriant. — On aime à tout âge, et je n'aurais pas été le premier professeur pris...

— Oh! que non! — répliqua Georgette avec un sourire frais et une expression de malice. — Ce n'étaient point des façons d'amoureux... Je ne pouvais m'y tromper.

— Tu les connais donc? — demanda Georges.

Georgette rougit sans répondre.

— Lorsque je t'amenai dans la bibliothèque, — reprit-elle précipitamment, — je savais tout! Et, lorsque je te tendis le front, pour y recevoir ton premier baiser, c'était le baiser d'un père, d'un vrai père, que je quêtais!

On ne saurait exprimer ce qu'éprouvait Georges, en écoutant cette douce voix qui lui racontait comment mademoiselle Delmont, par la seule intuition de son cœur, la finesse de son esprit, la ruse patiente et délicieuse propre aux jeunes filles, avait découvert ce mystère qui eût échappé, et qui, de fait, avait échappé à tant d'autres regards.

Ce récit, où la grâce attendrie et la volonté persévérante se montraient à doses égales, le plongeait dans un ravissement dont il redoutait de sortir. Il était heureux et fier à la fois, de voir de quelle sorte cette enfant de dix-sept ans, la sienne, élevée presque seule, livrée à son propre instinct, au lieu de subir son milieu l'avait dominé d'assez haut, par l'effort de son courage, pour n'en être pas même atteinte.

A son tour, pourtant, il dut cesser d'écouter, pour prendre la parole, pour raconter comment Me Steinbach l'avait sauvé; comment il avait vécu, lui, en Amérique, y refaisant une fortune; comment enfin, voulant revoir sa femme et sa fille, il était revenu, malgré les recommandations, les défenses de l'avocat.

On se doute bien qu'il passa sous silence tout ce que son vieil ami lui avait appris sur le compte de l'épouse infidèle, de la mère indigne de Georgette.

Mais, si abrégé que fût le récit, il dura longtemps, interrompu par les questions de la jeune fille, repris, laissé, repris de nouveau, si bien que, deux heures s'étant écoulées, l'avocat ouvrit la porte et rentra, suivi d'Olivier, pour rappeler à la réalité et ramener sur la terre ces deux heureux dont le bonheur allait se briser à son premier contact.

LX

RETOUR A LA RÉALITÉ

Georges Delmont, pendant ces deux heures délicieuses, avait si complétement oublié le monde et la vie extérieure, qu'il regarda l'avocat et Olivier avec étonnement, ne se rappelant plus où ni chez qui il était.

Me Steinbach attribua son air de surprise à la présence de son fils.

— Olivier sait tout, lui dit-il. Ce n'est pas ma faute. Il est entré derrière Georgette et a tout entendu ; mais je réponds de sa discrétion, comme de la mienne.

Pour toute réponse, Georges, revenu à lui, tendit la main au jeune homme et la serra avec force.

Il aimait Georgette, il en était aimé ! Delmont l'eût adoré pour cela seul, alors qu'il n'eût pas été aussi le fils de son meilleur ami et du plus honnête homme qu'on pût rencontrer.

— Vous avez eu le temps de vous épancher, je suppose, continua le vieil avocat de son ton à demi-brusque. Il faudrait parler raison, nous rendre compte de la situation et prendre des résolutions sensées. Pour cela il n'y aura pas de trop de nos quatre têtes.

Les visages étaient devenus graves.

Me Steinbach s'adressa à Georgette.

— D'abord, lui dit-il, votre mère sait-elle que vous êtes ici ?

— Non. Je suis partie sans prévenir personne, à la hâte, désirant venir seule et n'être pas même accompagnée de ma gouvernante.

— Oui, c'était prudent. Mais il faudra expliquer cette fugue, en rentrant.

Delmont se retourna vivement.

— Comment, en rentrant! s'écria-t-il. Georgette retourne-rait dans cette maison! Elle est là, près de moi, et je la lais-serais partir! et je la perdrais de nouveau! Non, non, c'est impossible! C'est au-dessus de mes forces ; c'est même con-traire à mon devoir.

— Pardon, mon cher ami, mais je dois vous faire obser-ver qu'une fille mineure, tant que la justice n'en a point dis-posé autrement, n'a qu'un domicile légal, — celui de ses parents. — Or, mademoiselle Delmont n'ayant plus de père, — et l'avocat souligna fortement ces mots, — elle ne peut, sous aucun prétexte, ne pas réintégrer la maison maternelle.

— Malédiction! murmura Delmont. C'est vrai, légalement je n'existe plus, je suis mort, mort! Oh! cela ne peut durer! Que faire? Ne savez-vous donc pas que ma femme est abso-lument...

Il s'arrêta.

Il allait dire : « Absolument indigne de son rôle de mère » ; mais la présence de Georgette lui ferma la bouche.

Il ne savait pas ce qu'elle savait, ni ce qu'elle pensait sur le compte de sa mère, et il ne voulait pas accuser, flétrir, devant elle, celle qu'il était naturel qu'elle respectât.

— D'ailleurs, reprit-il, on veut la marier malgré elle à un misérable...

— On ne la mariera pas de force, interrompit Me Steinbach. Nous connaissons, l'un et l'autre, la tête qu'elle a, et, quand elle dit non, on ne lui fera pas dire oui, n'est-ce pas, Geor-gette?

— Certes, dit-elle avec effort. Il faut mon consentement,... et jamais je ne le donnerai.

En parlant ainsi, elle sentait peser sur elle le regard d'Oli-vier silencieux, et l'évitait, ne voulant pas répondre à une interrogation muette qu'elle devinait parfaitement.

— Soit! mais on peut l'abreuver de chagrin et de dégoût, et c'est ce que je ne veux pas.

— Qui a fourré cette idée de mariage dans la tête de ma-dame Riccardi? demanda encore l'avocat, en s'adressant de nouveau à Georgette,

— C'est l'abbé Clodion.

— Ah ! ah ! le vieux coquin ! On le trouvera donc partout !...
C'est plus grave.

— Et c'est pour cela, reprit Delmont, que je ne puis supporter cette persécution. Je suis son père, après tout ; je vis, puisque me voilà ; elle est là, à côté de moi. Il y a un devoir qui les domine tous, un devoir de protection auquel je ne puis renoncer. Je vais reprendre mon nom, revendiquer mon droit...

— Et on vous arrêtera, on vous fourrera en prison, et, comme vous n'avez guère plus de preuves de votre innocence qu'il y a sept ans, vous serez encore condamné. C'est-à-dire que Georgette, qui n'a pas beaucoup de père à présent, n'en aura plus du tout. Joli moyen !

— Je sais bien des choses que j'ignorais, et que vous m'avez apprises. Il faudra une enquête sérieuse, et cette fois on trouvera la vérité.

— Direz-vous aux juges, au public ce que je vous ai appris ?

Me Steinbach se rapprocha de Delmont, et, baissant la voix, il ajouta :

— Le direz-vous à Georgette ? — Traînerez-vous sa mère devant les tribunaux, quelle qu'elle soit, et, en faisant connaître madame Riccardi, irez-vous compromettre mademoiselle Delmont cent fois plus qu'elle ne l'est aujourd'hui ?

Delmont tressaillit et se tut.

Non, ce rôle de mari étalant l'adultère de sa femme, ce rôle de père déshonorant publiquement la mère de sa fille, ne pouvait lui convenir.

Après un moment de silence, il reprit :

— Vous avez raison Steinbach. Je ne ferai pas cela. Je ferai autre chose. — Attendre, temporiser, n'est plus possible ; ce serait lâcheté ! On m'a chassé, je ne puis plus remettre les pieds sous le toit que Georgette habite ; je ne puis plus la voir, et je ne puis ni ne veux l'abandonner. .

— Vous la verrez chez moi ! dit l'avocat.

— Oui, tant que cela plaira à madame Riccardi, ou à l'abbé Clodion. Le jour où cela ne leur conviendra plus, ils vous fermeront la porte, comme à moi ! — et rompront toutes les relations de Georgette avec vous !

Tout le monde se taisait, car tout le monde comprenait cette vérité, surtout Georgette, qui aurait pu dire:

— C'est déjà fait!

— Et alors, poursuivit Delmont, ma position serait celle-ci, que, vivant à Paris, et ayant ma fille, là, près de moi, je ne pourrais ni la voir, ni la défendre. Elle serait orpheline, et je n'aurais plus d'enfant! Vous, à ma place, y consentiriez-vous, Steinbach?

— Je ne dis pas... Je cherche un moyen pratique, voilà tout.

— Il y en a deux. Je puis repartir, fuir, gagner l'Amérique avec Georgette, m'y cacher avec elle...

Olivier, à ces mots, s'avança. Il était extrêmement pâle.

— Mais je l'aime, et je ne veux pas la perdre non plus! allait-il s'écrier.

La réponse de son père arrêta la parole sur ses lèvres.

— C'est absurde! disait l'avocat. Vous serez poursuivi, arrêté. On vous reprendra Georgette, et vous vous serez livré, vous, sans profit pour elle. En admettant que vous réussissiez, la belle vie que vous ferez là à votre fille! Obligée de se cacher, de taire son nom, ne pouvant même se marier, car il faut le consentement ou l'acte de décès des parents. Or, sa mère ayant seule aujourd'hui le droit de disposer de sa main, il faudrait de nouveau se livrer à elle, et alors...

Georgette voulut dire:

— Ne pensez pas à moi, ne pensez qu'à lui, à mon père!

Delmont lui mit à son tour la main sur la bouche.

— Non, tais-toi, fit-il doucement. Mon égoïsme paternel m'aveuglait. C'est vrai, je n'ai pas le droit de t'imposer cette existence de proscrit.

Il regarda Olivier, dont les traits contractés et le regard désespéré disaient assez tout ce qu'il souffrait; puis il embrassa Georgette sur le front.

— Pauvre enfant! murmura-t-il.

Me Steinbach avait repris sa promenade de long en large, ainsi qu'il faisait toujours sous l'empire d'une préoccupation violente.

— Donc, continua Delmont, il n'y a plus qu'un moyen.
L'avocat s'arrêta brusquement.

— Lequel? fit-il.

— Madame Riccardi peut seule dénouer la situation. Elle
connaît le véritable assassin. Je vais aller la trouver, lui dire
qui je suis, exiger la vérité et l'obtenir.

La figure de Georges avait pris une expression de froide
résolution si terrible, qu'il était évident qu'il ne reculerait
devant rien pour obtenir en effet cet aveu dont il espérait
tirer la possibilité d'une réhabilitation.

— Ce serait peut-être le mieux et le plus simple, dit alors
l'avocat; mais c'est diantrement dangereux.

— Qu'avez-vous donc? s'écria-t-il tout à coup en apercevant Georgette défaillante et qui chancelait.

Olivier s'était déjà élancé, et la tenait dans ses bras.

— Qu'as-tu, ma Georgette? Qu'as-tu? s'écria à son tour
Delmont, en lui prenant les mains.

— Rien! dit-elle, je me sens mieux.

En effet, elle se redressa.

— Ah! toutes ces émotions la tueront! murmura Olivier.

Georgette s'était remise par un effort héroïque de volonté,
puisant dans ses nerfs l'énergie de dompter ses nerfs ébranlés
par tant de commotions si diverses.

— Mon père, dit-elle d'une voix faible et basse, je vois
qu'il faut parler... J'aurais voulu me taire... Je ne le puis,
ni ne le dois davantage. Ce secret que tu cherches, ce secret
que Mᵉ Steinbach a cherché avant toi...

— Eh bien? dirent les deux hommes.

— Je le sais!

— Toi!

— Vous!

— Oui. Je connais l'assassin!

Pendant qu'elle parlait ainsi, son corps frémissait, et Olivier, qui continuait à la soutenir d'un bras, sentait la palpi-
tation de son être entier.

— Nous sommes sauvés! s'écria Delmont. Parle, Georgette,
parle, ma chérie! Ah! après t'avoir dû le bonheur, la joie,
la fierté, je te devrai l'honneur!

Georges, rayonnant, interrogeait du regard Georgette tremblante.

Mᵉ Steinbach, lui aussi, regardait la jeune fille, mais semblait plus inquiet que satisfait.

— Son nom! son nom! poursuivit le père, emporté par la
plus violente émotion qu'il pût encore ressentir.

— Si tu l'exiges, répondit-elle, je te le dirai... à toi seul!
C'est de toi qu'il s'agit, de ton honneur, toi seul es juge. Mais,
si tu m'en croyais, si tu écoutais ma prière, eh bien, tu n'i-
rais pas interroger ma mère, et tu ne m'interrogerais pas
moi-même.

Delmont recula, au comble de la surprise.

— Ah! vraiment! Et pourquoi cela? balbutia-t-il.

— Parce qu'il y a des vérités qu'il vaut mieux ne pas connaître...

— Elle est donc bien terrible celle-là?

— Oui.

Delmont passa la main sur son front.

Il regardait sa fille, il regardait Steinbach.

— Avez-vous des preuves? demanda ce dernier lentement.

— Oui, mais j'ignore si elles sont suffisantes pour les tribunaux, et il en n'existe pas d'autres que les miennes.

— Qu'importe! reprit Delmont en se rapprochant de la
jeune fille, je puis supporter toutes les vérités. Parle, je suis
fort!

— Je suis prête, si tu l'exiges, je le répète. Mais, encore
une fois, tu le regretteras..., et je doute que tu veuilles te
servir du moyen de réhabilitation... que je vais mettre entre
tes mains.

Devant l'émotion si profonde, les réticences si inattendues
de sa fille, Delmont hésita, non qu'il craignît la vérité quelle
qu'elle fût, mais il sentait combien cette révélation déchirait
le cœur de celle qu'il aimait par-dessus tout, et il n'aurait
voulu, au prix de sa vie, la voir, ni la faire souffrir.

Alors Olivier, qui avait gardé le silence jusqu'à ce moment,
prit la parole.

LXI

LA SOLUTION D'OLIVIER

— Mon père, dit-il en s'adressant à M⁺ Steinbach d'une voix émue, mais ferme, c'est à nous, ou plutôt c'est à toi de résoudre cette situation. Toi seul, je le crois, en as le pouvoir.

Steinbach regarda son fils sans trop de surprise.

— Je t'écoute, fit-il.

— Cette situation, la voici : M. Delmont, sauvé par toi, revenu en France, retrouve sa fille, et ne veut plus la perdre, ni se séparer d'elle. Tout homme, à sa place, sentirait et agirait comme lui. Pour cela, il veut reprendre son nom et le réhabiliter, afin de pouvoir exercer ses droits de père, afin d'arracher sa fille à une tutelle qu'il juge dangereuse, afin surtout, si je ne me trompe, d'effacer la tache qui s'étend sur le nom de mademoiselle Delmont.

Delmont écoutait attentivement Olivier, se demandant où il voulait en venir.

Steinbach, le front penché et les sourcils froncés, avait repris sa promenade, plus saccadée que d'habitude.

— Georgette, — continua Olivier, — a la preuve de l'innocence de son père, mais cette preuve est cruelle ou terrible, — à quel égard, je l'ignore. — Peu importe ! — Cette preuve, son cœur se déchire à la fournir. — Elle qui aime tant son père, elle qui a veillé sur sa mémoire et poursuivi sa réhabilitation, pendant sept ans, avec une énergie, un dévouement si admirables, — elle hésite, elle demande, comme une grâce, qu'on ne la force pas à parler. — Ce qu'elle sait, je ne le sais point. — Mais je sais qu'elle est une fille sublime, et que là où elle hésite, pour une cause quelconque, nul n'a plus le droit d'insister !

La voix d'Olivier s'était élevée. L'enthousiasme, l'ardeur du premier amour, d'un amour profond, complet, faisaient vibrer ses paroles, faisaient étinceler son regard.

— Maintenant, poursuivit-il, c'est à M. Delmont que je m'adresse, à cet homme qui a tant souffert, à ce père qui adore sa fille! Si quelqu'un la faisait vivre auprès de lui, sous le même toit que lui, libre, heureuse, le front haut, la joie au cœur, — pour obtenir ce résultat, renoncerait-il à tout le reste, renoncerait-il à poursuivre une réhabilitation qui, évidemment, ne s'obtiendra ni facilement, ni sans beaucoup de scandale, ni sans beaucoup de douleurs pour Georgette?

Il y eut une minute de silence.

Steinbach se promenait d'un pas de plus en plus agité, en fronçant de plus en plus ses gros sourcils, sans regarder son fils.

Delmont s'approcha alors de Georgette, lui prit la main et lui dit, les yeux dans les yeux :

— Georgette, une question, une seule, mais réponds franchement à ton père, c'est la première prière qu'il t'adresse.

— Je te répondrai loyalement, quoique tu veuilles savoir.

— Vaudrait-il mieux *pour toi* que je suivisse le conseil d'Olivier ?

Delmont avait parlé lentement, en pesant sur chaque mot. Georgette hésita.

— Je compte sur ta promesse.

— Oui, dit-elle, enfin, en rougissant. Pour moi… et *pour toi*.

— Pour moi, peu importe. Pour toi, cela suffit. Olivier, vous avez raison. Il ne sera pas dit que personne aime Georgette plus que son père. Je renonce à tout pour elle, pour mon enfant chérie. Qu'elle soit heureuse ! Son bonheur, c'est le mien.

— Eh bien, dit vivement Olivier à son père, tu as entendu?

— Quoi? fit brusquement l'avocat en s'arrêtant.

— La réponse de M. Delmont.

— Oui.

— Fais ton devoir, alors.

— Quel est mon devoir, s'il vous plaît?

Olivier prit Georgette par la main, la conduisit à Mᵉ Steinbach, mit la petite main blanche qui tremblait de la jeune fille
dans la grosse main un peu rouge de l'avocat, en ajoutant :

— Demande à M. Delmont s'il veut te faire l'honneur
d'accorder sa fille, Georgette, à ton fils, Olivier, car tous les
deux ils s'aiment.

Steinbach était devenu très-rouge.

Delmont, très-pâle, n'osait le regarder, craignant un refus
qui aurait brisé le cœur de sa fille, et le sien.

— Parbleu ! s'écria l'avocat, je le sais bien, et depuis longtemps !

— Steinbach ! murmura Delmont d'une voix suppliante.

Steinbach hésita encore une seconde.

Il regarda d'abord Georgette, toute blanche, dont les
grands yeux à demi-fermés étaient couverts par de longues
paupières aux cils bruns qui palpitaient, puis son fils dont
le visage était plein d'une attente anxieuse, puis Delmont,
bouleversé, haletant, ne sachant s'il devait implorer ou se
taire, torturé de mille craintes.

Alors, prenant tout à coup sa résolution, après un mouvement d'épaules intraduisible :

— Delmont, fit-il, votre renonciation est sérieuse et complète ?

— Oui.

— Eh bien, acceptez-vous Olivier ? moi, j'accepte cette
chère Georgette !

Et il déposa un gros baiser sur le front de mademoiselle
Delmont défaillante.

Georges poussa un cri de joie, et serra le vieil avocat dans
ses bras.

— Ah ! merci ! merci ! disait-il d'une voix entrecoupée.
Vous me sauvez plus que la vie, vous me rendez plus que l'honneur. Vous sauvez Georgette, et vous me rendez le bonheur !

— Tu vois, disait, pendant ce temps, Olivier à Georgette
qu'il tenait contre son cœur, en effleurant des lèvres ses
beaux cheveux bruns, tu vois qu'il consent, et que tu es à
moi, méchante !

— Olivier ! murmurait-elle, Olivier !

Et cette vaillante fille qui avait résisté à tant d'émotions, bravé tant de luttes, fondit en larmes.

— Mais ta mère ? dit-elle enfin.

— Elle t'adore, et te remerciera d'accepter !

— Mais la mienne ? reprit tout à coup Georgette.

— Comment, votre mère ! s'écria Me Steinbach, qui entendit son exclamation. Est-ce que vous croyez qu'elle oserait me refuser ? Allons donc ! Un gendre comme Olivier !

— Elle tient à M. Florestan, et l'abbé Clodion qui la domine, y tient encore plus !

— C'est vrai. Eh bien, nous vaincrons toutes ces résistances, avec un peu d'habileté.

Pourtant, il fallait que Georgette retournât chez elle. L'avocat voulut l'y reconduire lui-même, désirant causer seul à seul avec la jeune fille.

On dut employer presque la force pour arracher Georgette des bras de son père.

— Il me semble que je ne la reverrai plus ! pensait le malheureux Delmont.

Quant à Olivier, il avait beau se dire :

— Elle sera, elle est à moi ! il se sentait le cœur déchiré et rempli de mortelles inquiétudes.

Pourquoi ?

Il n'aurait su le dire.

En se rendant à Passy, Georgette crut devoir prévenir Me Steinbach du peu de sympathie que lui portait sa mère.

— Je m'en doutais depuis longtemps, lui dit-il, et cela ne m'étonne pas. Mais n'importe, je crois avoir des moyens d'action sur elle, qui valent à peu près ceux de l'abbé Clodion, et comme on ne vous mariera pas de force, nous arriverons, je vous le répète, à vaincre les obstacles que je prévois, avec quelque fermeté de votre part, et quelque habileté de la mienne.

Me Steinbach se contenta de déposer Georgette à sa porte, sans se présenter à madame Riccardi, ne jugeant pas venu le moment opportun.

LXII

L'EAU QUI DORT

Mᵉ Steinbach, comme il l'avait dit, connaissait depuis longtemps l'amour des deux jeunes gens.

Homme de cœur et d'esprit élevé sous des formes un peu rudes, la position de Georgette, fille d'un condamné, ne l'eût pas arrêté, et il eût, de lui-même, provoqué le mariage d'Olivier et de mademoiselle Delmont, si son père avait été effectivement mort, ainsi qu'on le croyait.

Après tout, il avait été son avocat. Devant les juges, devant le public, devant l'opinion, il s'était fait gloire d'être son ami. En donnant la fille de celui qu'il avait défendu à son propre fils, il prouvait tout simplement au monde que sa conviction n'avait pas varié, et, aux yeux des gens de sens généreux, ce mariage équivalait presque à une sorte de réhabilitation posthume.

D'autre part, Georgette lui inspirait une admiration sincère, une estime absolue, une affection profonde, sans compter que, de plus, ce qui ne nuit jamais en pareil cas, elle avait quelque fortune.

Mais Georges Delmont vivait, Georges Delmont voulait reprendre sa place dans la société. L'avocat ne se sentait pas le droit de le lui interdire. Seulement, après tout ce qu'il avait appris sur le compte de madame Delmont, il comprenait bien que la réhabilitation du mari ne pourrait s'acheter qu'au prix de l'honneur de la femme.

En effet, sans connaître le véritable assassin d'Hippolyte Riccardi, il savait que madame Delmont le connaissait, elle. Un nouveau procès, amenant une enquête plus sérieuse et portée sur d'autres points que ceux qu'elle avait abordés primitivement, ne pouvait manquer de faire éclater l'adultère de l'épouse, de démontrer qu'elle avait laissé sciemment, volontairement, condamner son mari, au lieu et place du vrai coupable.

L'existence de Delmont était donc une menace perpétuelle de quelque nouveau scandale formidable.

Elle remettait tout en question.

Il faudrait briser, d'abord, le second mariage, et cela amènerait nécessairement de si graves complications, que Me Steinbach, ne se sentant point maître des événements, n'osait prendre une décision définitive et reculait devant l'idée de cette union, qu'il souhaitait au fond.

Depuis plusieurs années déjà, son avis était que Delmont ferait mieux d'accepter le sort cruel créé par les circonstances. C'est pour cela qu'il avait tenté d'empêcher son retour en France. Après ce retour, il avait temporisé, n'agissant point, se contentant de lui prêcher la patience et la prudence, de lui faire entendre indirectement qu'il ne pouvait se sauver, lui, Delmont, qu'en perdant sa femme, et, par conséquent, en aggravant la situation de Georgette par un nouvel éclat bien plus terrible que le premier.

Dès que Delmont, sur l'intervention d'Olivier, eut déclaré qu'il renonçait à toute tentative de réhabilitation personnelle, devant ce grand sacrifice du père à la fille, Me Steinbach n'avait plus hésité.

Quant à l'opposition de madame Riccardi, fort de la connaissance de son passé, il se croyait en mesure de la vaincre.

Les considérations qui avaient fait reculer jusqu'alors l'avocat étaient les mêmes qui poussaient Georgette à refuser le nom d'Olivier.

Tant qu'elle cherchait la vérité, tant qu'elle poursuivait l'idée de sauver la mémoire de son père, elle ne se croyait pas libre.

Depuis qu'elle avait reconnu Delmont, depuis qu'elle savait la vérité entière, cette vérité lui avait paru tellement atroce, qu'elle en était venue, comme Me Steinbach, à trouver le remède pire que le mal.

Seule, elle eût peut-être, entraînée par l'exaltation de

l'amour filial et l'énergie de sa nature, poussé les choses jusqu'au bout, pensant que cela était son devoir, et ne s'accordant pas le droit, en l'absence de son père, de sacrifier l'honneur de celui qui n'était plus, et dont elle avait pris charge.

Lui présent, lui renonçant aux bénéfices de sa vengeance et d'un retour de justice, elle n'avait plus écouté que son amour, elle avait cédé au mouvement de son cœur qui la jetait dans les bras d'Olivier.

Après un premier cri de joie, le doute et l'inquiétude étaient rentrés en elle.

Elle ignorait quels moyens M⁰ Steinbach comptait employer pour décider madame Riccardi, mais elle connaissait l'influence exercée sur elle par l'abbé Clodion.

Elle savait que madame Riccardi ne l'avait jamais aimée, qu'aujourd'hui elle haïssait de toutes les forces de sa nature vindicative, de tout l'emportement de la bigote, celle qui avait découvert son secret, celle qui la jugeait, celle qui pouvait la faire rougir, celle dont la présence était une menace perpétuelle pour sa tranquillité, là seule chose, après l'amour de Riccardi, à laquelle elle tint.

Or, en engageant son père à ne pas agir, à ne pas s'emparer de l'arme qu'elle aurait pu lui fournir, elle s'était, du même coup, désarmée elle-même et condamnée à ne pas s'en servir, — même pour se sauver !

Le secret n'était plus sien. C'était le secret de Georges Delmont.

Tant qu'il voudrait l'ignorer et s'abstenir, son strict devoir, à elle, sa fille, devenait de l'ignorer et de s'abstenir aussi.

Lui seul pouvait désormais la relever du silence et de l'inaction.

Mais, s'il la relevait de ce silence et de cette inaction, l'écroulement qui se produirait autour d'elle, n'aurait-il pas aussi, pour résultat, de briser également tout espoir de mariage avec Olivier ?

Georgette avait les défauts de ses qualités. — Elle serait morte pour Olivier, elle serait morte de n'être pas à lui ; — mais elle n'eût pas consenti à devenir sa femme dans certaines conditions qu'elle eût jugées humiliantes ou compromettantes pour lui.

Par amour, autant que par fierté, elle s'y fût refusée, ne ménageant jamais sa douleur là où elle entrevoyait un devoir, fût-il exagéré.

En rentrant chez sa mère, Georgette s'attendait à être interrogée, à recevoir de vives observations sur son absence.

Il n'en fut rien.

Non-seulement elle put regagner sa chambre, sans rencontrer madame Riccardi, mais encore la gouvernante, qui l'y attendait, ne lui adressa pas une seule question au sujet de sa sortie, et n'eut pas l'air de s'en être aperçue, bien qu'elle aidât tranquillement la jeune fille à quitter son chapeau et son pardessus.

Evidemment cette femme avait reçu l'ordre de se taire, et un ordre sévère, car, assez bavarde, et relativement attachée à mademoiselle Delmont, il était extraordinaire qu'elle se montrât aussi discrète, quand les devoirs mêmes de sa position auraient dû lui imposer une attitude bien différente, et qu'elle ne la prévînt pas, tout au moins, de ce qui s'était passé en son absence.

Cette conduite parut singulière à Georgette, mais elle ne voulait pas interroger non plus.

A l'heure du dîner, elle descendit, suivant l'habitude, et se mit à table avec sa mère et son beau-père, qui l'accueillirent absolument comme si rien ne s'était passé.

Madame Riccardi semblait avoir complétement oublié les événements de la matinée. Ni un mot, ni même un regard de sa part, n'y fit la moindre illusion. Elle fut ce qu'elle était toujours.

Quant à Riccardi, ses rapports avec sa belle-fille ne sortaient jamais d'une froide banalité.

Il ignorait généralement ce qu'elle faisait, ne s'en inquiétant point.

De ce côté donc, elle n'avait pas à s'en étonner.

Selon sa coutume, il mangea beaucoup, but de l'eau, tint le dé de la conversation, sans s'occuper qu'on lui répondit ou qu'on l'écoutât.

Le repas fini, il alluma un cigare, puis alla se coucher.

Les deux femmes, restées seules, ne se parlèrent point, Georgette étant résolue à laisser venir les événements sans les provoquer et à suivre exactement la tactique de sa mère.

Enfin, madame Riccardi, après avoir donné ses ordres aux domestiques, se retira tranquillement dans sa chambre, et Georgette en fit autant.

— Qu'est-ce que cela veut dire? pensait-elle. Cela n'est point naturel. Elle a dû deviner que j'étais chez Me Steinbach... Que signifie cet air d'indifférence? Ce calme est trop exagéré pour ne pas cacher quelque piége.

Georgette se perdait en réflexions et en conjectures, quand sa gouvernante, ouvrant sa porte, la prévint qu'on l'attendait au salon.

— Qui cela? demanda Georgette surprise.

— Je l'ignore. C'est la femme de chambre de madame qui m'a priée de vous dire de descendre.

Georgette se leva du fauteuil où elle s'était jetée et descendit au salon, pensant que sa mère avait résolu d'avoir une explication avec elle, et se préparant à une scène fort pénible.

En passant le seuil de la porte, elle se trouva en face de l'abbé Clodion seul.

Sa mère n'y était pas.

LXIII

LE COUP DE FOUDRE

Le lendemain, vers midi, au moment où Delmont s'apprêtait à sortir, la concierge de l'humble maison dans laquelle il avait choisi un appartement à proximité de Passy, lui remit une lettre qui venait d'arriver par la poste.

Elle était, comme de juste, adressée au nom de don Ramon Llorente.

Il eut un violent battement de cœur. Il lui semblait reconnaître l'écriture de Georgette.

Il déchira vivement l'enveloppe, courut à la signature, et lut les lignes suivantes :

« Don Ramon,

» Ne cherchez pas à me revoir de quelque temps.

» Il y va de votre salut.

» Aussitôt après mon mariage avec M. Florestan, que » j'épouse dans un mois, nous nous reverrons.

» D'ici là, *je vous en supplie*, soyez patient, calme et » résigné.

» Georgette Delmont. »

Georges relut trois fois cette lettre. Les mots dansaient devant ses yeux. Il ne comprenait pas bien.

« Ne cherchez pas à me revoir... Mon mariage avec Florestan!... » répétait-il, rendu presque stupide par la surprise.

— Que signifie cela ?

Tout à coup la colère s'empara de lui, colère furieuse, aveugle.

— Ah! les misérables ! s'écria-t-il, ils l'ont violentée ! Quelle nouvelle infâmie y a-t-il là-dessous ?

Il relut encore la lettre.

— Pas un mot d'affection, de tendresse. Une écriture tremblée... Ici deux taches... deux larmes!... Elle pleurait!... C'est une lettre dictée. Oui... sans cela, elle m'eût expliqué...

Georges froissait la lettre entre ses mains. Il allait la déchirer. Tout à coup il s'arrêta, la porta à ses lèvres, la couvrit de baisers.

— Pauvre enfant ! murmura-t-il; elle souffre ! elle est malheureuse ! Je suis sûr qu'elle croit encore se sacrifier pour moi...

Il réfléchit un instant :

— Qu'a-t-on pu lui dire, pour lui arracher un semblable

16

billet, pour qu'elle renonce à me voir, pour qu'elle consente à épouser ce Florestan, quand elle aime Olivier, quand, hier, son père et moi, nous avons approuvé cet amour, quand...?

Delmont pressait avec violence son front dans ses mains.

Tous les sentiments de haine et de colère accumulés en lui, depuis sept longues années, tous les désirs de vengeance, tous les espoirs de justice lui revenaient, remontaient à son cerveau, s'emparaient de lui.

La veille, devant l'émotion de Georgette, devant la promesse de son bonheur, il s'était sacrifié sans arrière-pensée, avec joie.

Il voulait qu'elle fût heureuse, il voulait l'aimer, la voir près de lui, redevenir père.

Pour acheter toutes ces voluptés, pour payer le salut certain de son enfant, pour lui éviter une douleur, quelle qu'elle fût, il avait tout oublié, il avait consenti à rester sous le coup d'une condamnation infamante, il avait abandonné tout projet de réhabilitation future.

— Que les coupables restent impunis! Que ma femme jouisse en paix de son infamie et de sa trahison! Que Riccardi, que l'abbé Clodion, si l'un d'eux est le véritable assassin, échappent à la honte, à l'expiation, pourvu que Georgette soit heureuse! — s'était-il écrié.

Mais, aujourd'hui, le contrat tacite était rompu. Il était relevé de sa promesse.

Georgette souffrait, Georgette pleurait, Georgette lui était enlevée, Georgette se laissait contraindre à un mariage odieux!

Il voulait bien se sacrifier, mais à condition de la sauver! Rester don Ramon Llorente, abandonner Georges Delmont à la tombe, au déshonneur, mais à condition que mademoiselle Delmont, au bras d'un mari digne d'elle et qu'elle aimait, eût la vie douce et honorée!

En voyant s'écrouler cet espoir, toutes ses résolutions changèrent.

La soif de justice et de vengeance s'empara de lui.

— Elle connaît le vrai coupable! Je le connaîtrai! dit-il

pâle et les poings serrés. On la frappe, je la défendrai ! Que peut il arriver de pire que de la perdre, de lui laisser épouser un misérable qu'elle méprise, qu'elle hait ? Rien !
— Vous allez apprendre ce que peut Georges Delmont pour sauver sa fille et retrouver son honneur !

Il était terrible. — Toutes les passions, toutes les douleurs, toutes les haines, refoulées en lui, éclataient à la fois.

Il était terrible, disons-nous, mais calme, de ce calme farouche qui est comme la marque des résolutions suprêmes.

Il embrassa une dernière fois la lettre de Georgette, la plaça dans son portefeuille, et sortit.

En peu d'instants, il atteignit la grille de la maison habitée par sa femme et sa fille.

La grille était ouverte suivant l'habitude. Il entra et passa rapidement devant la loge du concierge pour gagner le perron.

Là il rencontra un domestique.

— Mademoiselle Delmont ? demanda-t-il d'une voix assurée.

— Elle n'y est pas, répondit en le toisant le domestique, qui avait reçu évidemment des ordres précis à son sujet.

— Alors, madame Riccardi ?

— Elle n'y est pas, répondit le domestique du même ton.

— Quand rentrera-t-elle ? insista Delmont, trop surexcité pour ne pas se contenir en apparence.

— Je l'ignore. Ces dames sont parties ce matin par le chemin de fer.

— Vous mentez ! interrompit froidement Delmont.

Le laquais se redressa.

— Comment, je mens ! — Voyez-vous ce monsieur qui m'insulte ! — Et, quand même ces dames seraient là, vous n'entreriez pas davantage. J'ai reçu l'ordre de vous mettre à la porte, et, puisque vous le prenez sur ce ton, je suis bien aise de vous le dire.

Ce disant, en effet, le domestique, un gaillard vigoureux, se campa en face de Delmont, de façon à bien boucher le passage.

C'était plus que Georges n'en pouvait supporter.

Brusquement, sans prononcer une parole, il saisit le domestique à la gorge, d'une main, de l'autre l'empoigna à la ceinture, et, par un effort, qu'on n'attendait pas d'un homme de son aspect et de son âge, il enleva l'insolent et le jeta dans le jardin, à dix pas de lui.

Il ne s'inquiéta point des cris du malheureux qui se relevait tout contusionné, et, furieux, s'élança dans la maison.

En deux secondes, il eut gravi l'escalier. Arrivé au premier étage, il pénétra dans le salon, ouvrit les portes, parcourut les pièces, pour y trouver soit sa fille, soit sa femme, soit Riccardi, ne se connaissant plus, capable d'un crime, obéissant à une double idée fixe : — Voir Georgette, savoir la vérité.

Les pièces était vides !

Il monta au second étage, bousculant devant lui la femme de chambre, renversant un autre domestique qui voulait l'arrêter.

Le second étage était vide aussi !

Le domestique ne l'avait point trompé. Il n'y avait personne.

Le matin même, effectivement, madame Riccardi et mademoiselle Delmont s'étaient fait conduire à la gare de l'Ouest et avaient pris le train s'éloignant de Paris.

Quant à Riccardi, c'était l'heure de la Bourse, et il ne manquait jamais d'y passer une partie de ses journées, s'enivrant du bruit de tous les millions qu'on maniait là, et spéculant lui-même avec autant de prudence que de finesse et de bonheur, grâce au pécule que lui amassaient quotidiennement ses prétendus vices.

Delmont redescendit.

Au bas de la porte d'entrée, il se trouva en face du concierge, des deux domestiques, de la cuisinière et de la femme de chambre, pérorant, exaspérés, menaçant, criant au voleur, parlant d'aller chercher la police.

En apercevant Delmont, et rassurés par leur nombre, les trois hommes et les deux femmes firent mine de lui barrer le passage.

Le concierge même, plus hardi, s'avança, manifestant l'intention de lui mettre la main au collet.

— Place! hurla Delmont, le premier qui me touche est un homme mort!

Il tira un revolver de sa poche.

Le rassemblement se dispersa comme par enchantement.

Les femmes s'enfuirent en criant: « A l'assassin! »

Les hommes se jetèrent de côté dans les buissons.

Georges s'élança devant lui, gagna la rue, sans qu'on osât le suivre, et, apercevant une voiture de place, fit signe au cocher qui s'arrêta.

— Carrefour de l'Observatoire, chez l'abbé Clodion, dit-il. Et vite! Dix francs de pourboire.

— Celui-là du moins, ne m'échappera pas! grommelait-il entre ses dents serrées, pendant que les chevaux filaient grand train vers la demeure de l'abbé. — Ah! c'est la guerre! ah! on enlève Georgette! ah! on veut la violenter! on la violente! Plus de ménagements! Je saurai bien le faire parler, il parlera.

Et Georges Delmont vérifia la charge de son revolver.

LXIV

CHOC EN RETOUR

Le même jour, à la même heure, le facteur remettait une lettre chez M⁰ Steinbach.

Ce dernier était au Palais, et son domestique déposa la lettre sur le bureau du cabinet de travail, bien en vue.

Olivier, qui se trouvait là, regarda machinalement la suscription, et tressaillit, puis il prit la lettre, la tourna, la retourna.

— On dirait l'écriture de Georgette, murmura-t-il avec une émotion profonde. Mais oui, c'est son écriture, je la reconnais! J'en suis sûr! Que peut-elle avoir à dire à mon père?... Il y a du nouveau! — Quoi?

Il avait une envie folle de briser le cachet, d'ouvrir l'enveloppe, de savoir ce que Georgette écrivait.

Il n'osa pas.

Après tout deux écritures peuvent se ressembler. Si la lettre n'était pas de Georgette? Une écriture de femme pourtant!

D'ailleurs, son instinct d'amoureux ne pouvait le tromper.

Deux fois, il fit le mouvement de déchirer l'enveloppe. Deux fois il s'arrêta.

— Et quand cette lettre serait d'elle!... Si elle avait voulu que je la lusse le premier, elle me l'aurait adressée.

Il n'y pouvait tenir.

Il mit la lettre dans son portefeuille, et se fit conduire au Palais de Justice.

Mᵉ Steinbach plaidait. Olivier dut attendre. Son père ne fut libre qu'à quatre heures. Malgré toute l'éloquence du vieil avocat, son fils l'avait trouvé terriblement verbeux!

En apercevant le jeune homme, au moment où il sortait de l'audience, Mᵉ Steinbach fut assez surpris.

— Qu'y a-t-il? — lui demanda-t-il.

— Une lettre de Georgette, je crois. Elle t'est adressée, je n'ai pas voulu l'ouvrir, mais l'impatience me dévorait, et je te l'apporte, pour que tu la lises sur-le-champ.

— Montons, d'abord, dans ma voiture, — dit l'avocat. — Tu as bien fait de venir, car je ne serais pas rentré avant le dîner.

Une fois tous deux dans la voiture et les chevaux partis, Mᵉ Steinbach ouvrit la lettre qu'Olivier lui avait apportée, et la lut:

— Oh! oh! fit l'avocat.

— De quoi s'agit-il, mon Dieu! Qu'y a-t-il? demanda le jeune homme au comble de l'inquiétude.

— Ma foi, lis toi-même.

Olivier se jeta sur la lettre et la dévora des yeux.

Voici ce qu'elle contenait.

« Monsieur Steinbach,

« Je vous prie instamment de renoncer et de faire renon-
« cer Olivier au projet dont nous avons parlé hier.

« Dans un mois, j'épouse M. Jules Florestan.

« En agissant ainsi, vous éviterez de grands malheurs.

GEORGETTE DELMONT. »

Olivier était devenu pâle comme un mort.

— Comprends-tu ce que cela veut dire? s'écria-t-il enfin
en s'adressant à son père.

— Très-bien, oui très-bien ! Georgette cède à des menaces quelconques. On l'a effrayée...

— Sans doute ! mais comment?

— C'est ce que j'ignore.

— Et c'est ce qu'il faut savoir !

— J'y compte.

L'avocat reprit la lettre, la relut en pesant chaque mot.

— D'abord, reprit-il, c'est une lettre dictée.

— Tu crois?

— Evidemment. Georgette, qui t'aime, livrée à elle-même,
libre d'écrire ce qu'elle voulait, aurait employé d'autres
termes que ces termes vagues, froids, contraints.

— Oui, tu as raison, cela saute aux yeux.

— Puis l'écriture est tremblée, précipitée... Elle était fort
émue.

— Qui lui aura dicté cette lettre ?

— Sa mère probablement...

L'avocat réfléchissait.

Olivier garda le silence. Les sourcils froncés, le regard
fixe, il semblait absorbé par quelque pensée secrète.

— En tous cas, reprit l'avocat, il faut qu'on ait usé des
grands moyens, car Georgette a de la tête et du cœur, de
l'esprit et de la volonté... Elle aime, et on ne l'effraye pas si
facilement que ça!

— Que vas-tu faire? Il faut la voir à tout prix.

— Certes ! Et cela me regarde ! Elle est ma fille à présent, doublement. J'ai dit qu'elle serait ta femme, et elle le sera, ou j'y perdrai mon latin.

La voiture s'arrêta. Ils étaient arrivés à leur porte.

— Descends! dit brusquement Me Steinbach, à son fils. Moi je garde la voiture.

— Où vas-tu?

— D'abord, chez Delmont, pour le prévenir. S'il apprend la nouvelle à l'improviste, tel que je le connais, il est capable de quelque sottise.

— Et puis?

— Et puis je cours chez madame Riccardi. Il est nécessaire, urgent, que nous nous expliquions ensemble. Je la forcerai bien à me donner des raisons, et je verrai ce qu'il y a à faire.

— Ah! merci, répondit Olivier d'un air distrait. Va, oui, va! Je compte sur toi.

Il embrassa son père presque machinalement.

L'avocat lui rendit son accolade, en lui serrant fortement la main.

Après s'être assuré que Georges Delmont ne s'était pas présenté rue du Helder de la journée, et, après avoir recommandé à Olivier de l'attendre sans sortir de la maison, il se dirigea au grand trot de ses excellents chevaux, vers la demeure de son ami.

Il était cinq heures du soir quand il arriva.

Là, le concierge lui apprit que don Ramon Llorente, parti depuis midi, n'était pas rentré.

Cela contraria vivement l'avocat, qui se sentit envahir par l'inquiétude. Il écrivit à la hâte un mot au crayon, priant le père de Georgette de passer immédiatement chez lui, recommanda au concierge de remettre ce billet à don Ramon dès qu'il rentrerait, et se fit conduire chez madame Riccardi.

Une bien autre déception l'y attendait!

D'abord, il apprit que madame Riccardi et sa fille avaient quitté Paris, le matin même.

Pour quelle destination? C'est ce qu'on ne put lui dire. Tout ce que les domestiques savaient, c'est que le cocher avait conduit ces dames à la gare de l'Ouest.

Quant à Riccardi, qui aurait pu le renseigner peut-être,

à moins qu'il n'eût reçu la consigne du silence, il avait prévenu qu'il ne dînerait pas chez lui.

En effet, comprenant, avec l'intuition du génie, ce que pouvait lui rapporter l'absence de sa femme, il suivait un plan approprié à son but, en désertant la maison conjugale. Il expliquerait à madame Riccardi, lorsqu'elle reviendrait, que, pendant son veuvage momentané, il s'était laissé entraîner par des amis!... De là justification et vraisemblance d'une note respectable des folies auxquelles il serait adonné, emporté par le désir de noyer au milieu des plaisirs, le chagrin que lui causait l'éloignement d'une femme *serrie!*

En conséquence, il dînait dans un restaurant à 80 centimes, vin compris, pain à discrétion.

Mais si l'avocat n'apprit rien sur le compte de Georgette et de sa mère, il n'en apprit que trop sur le compte de Georges Delmont.

Les domestiques lui racontèrent son arrivée, ses violences, avec force enjolivements et exagérations, et lui annoncèrent qu'ils avaient prévenu la police, qui guettait ce forcené et ne manquerait pas de l'arrêter s'il se représentait de nouveau pour violer le domicile de leurs maîtres.

Me Steinbach, en proie à la plus vive inquiétude, remonta dans sa voiture, retourna chez Delmont, qu'on n'avait point vu, et rentra enfin chez lui, dans un état d'exaspération complète.

— J'en étais sûr! — se disait-il. — Il a tout compromis, m'a perdu! Voilà maintenant la police sur ses talons. — Comment sortir de là?

Quand il arriva chez lui, le dîner était servi, et madame Steinbach l'attendait pour se mettre à table.

— Où est Olivier? — demanda-t-il brusquement.

— Est-ce qu'il n'est pas avec toi? Je ne l'ai pas vu, répondit madame Steinbach.

— Tu ne l'as pas vu! répéta l'avocat. Il n'est donc pas là, depuis deux heures, à m'attendre?

— Mais non!

— Je l'ai déposé à la porte, à quatre heures et demie.

— Il n'est pas monté alors.

On attendit Olivier. Olivier ne rentra pas.

Mᵉ Steinbach se rongeait les ongles jusqu'au sang. Son ir quiétude tournait à l'angoisse.

— Où diable peut-il être allé? murmurait le père.

Quant à madame Steinbach, elle avait envoyé à la r cherche chez les amis de son fils, à son café, partout en u mot où il avait l'habitude de se rendre.

Personne ne l'avait vu.

Enfin, à neuf heures, on apporta une dépêche télégra phique ainsi conçue:

« N'attendez pas. Reviendrai demain au plus tard.

» OLIVIER STEINBACH. »

— Tonnerre de Dieu! s'écria Mᵉ Steinbach, au comble d l'exaspération; il ne manquait plus que ça! Quelle folie a t-il inventée celui-là? Nous voilà dans de jolis draps!

LXV

OU L'ON RETROUVE ENFIN UNE BELLE
ET RICHE NATURE

Nous avons depuis quelques chapitres perdu de vu M. Jules Florestan. Il est temps d'y revenir, car le contre coup de tous ces événements arrivait jusqu'à lui.

Jules Florestan occupait dans le quartier Montmartre, a fectionné des artistes, des gens de lettres et, en particulier des journalistes, un appartement de garçon assez vaste fort luxueux.

Il gagnait, avons-nous dit, beaucoup d'argent, non-seule ment à titre de rédacteur en chef et de co-propriétaire d journal important où il donnait le *la* politique et religieux mais encore grâce à une foule de moyens plus ou moin propres, plus ou moins avouables.

Dans chaque métier, il y a, pour les malins et les gens peu scrupuleux, ce qu'on appelle les *tours de bâton.*

C'est là souvent la source la plus abondante, sinon la plus claire, des gros bénéfices.

Un journal surtout, qui ne craint pas d'exploiter les scandales publics et privés, peut établir une sorte d'agence de *chantage*, dont les produits remplissent la caisse, en vendant à beaux deniers comptant, — et sans reçus compromettants, — ou sa publicité ou son silence.

Il y a aussi, alors qu'on les rapporte, pour paraître bien informé, mille façons de présenter les faits les plus simples ou les plus connus, s'agit-il même du compte-rendu d'un procès.

Or, Jules Florestan connaissait son métier sur le bout du doigt, et lui demandait tout ce qu'il était possible d'en tirer. Aussi pouvait-il vivre sur un grand pied, qui était encore un calcul et avait cet avantage, — tant prisé des filles entretenues, — de lui permettre de taxer au maximum ses moindres faveurs, de se faire acheter au poids de l'or ses plus maigres complaisances et de vendre, rubis sur l'ongle, ses plus simples infamies.

Il avait, bien que garçon, puisqu'il était veuf sans enfant, domestiques mâles et femelles.

Les mâles, gaillards solides et choisis avec soin, lui servaient de garde du corps, et le protégeaient, au besoin, dans le cas où quelques personnes d'esprit mal fait, victimes de diffamations ou d'allusions trop transparentes, auraient cédé au désir, assez naturel, de le corriger, *manu propria,* à son domicile, et sans témoins.

Ils lui servaient encore à jeter à la porte ceux qui criaient trop fort.

Dans la rue, Florestan ne craignait rien, bien qu'il eût reçu quelqqes coups de canne. Là, il comptait sur les sergents de ville pour le garantir, et il savait que les tribunaux ensuite, avec le plus grand zèle et une extrême sévérité, vengeraient les affronts faits à son honorable individu, en dégoûtant, de plus, par de bonnes amendes ou de longs mois de prison, les imprudents ou les violents.

A son journal, enfin, il y avait les garçons de service et tout un bataillon de petits plumitifs prêts à le couvrir de leur corps.

Il était donc bien défendu.

Quant aux domestiques femelles, c'était autre chose.

Le personnel se composait d'une cuisinière assez vieille et peu séduisante, et de sa prétendue nièce, pauvre petite paysanne, toute jeune et assez jolie, qui lui servait à divers usages.

Orpheline et sans ressources, car sa parenté avec la cuisinière n'était que fictive, Florestan en avait fait un véritable souffre-douleur.

Il était de ces êtres qui aiment à dominer, à écraser, à faire pleurer, à se venger du mépris qu'ils inspirent et s'inspirent à eux-mêmes, sur une créature faible, soumise à leur bon plaisir.

Certes, il ne manquait pas de maîtresses en ville, filles de la rue et filles de coulisse, voire femmes du monde. Mais, avec elles, il n'était pas parfaitement à l'aise.

Il fallait faire l'aimable et le gentil, être doux, gracieux, souple, toutes choses contraires à son tempérament, dont une fausseté habituelle dissimulait à peine la brutalité native.

Avec la petite orpheline, outre qu'il trouvait la satisfaction de certains goûts populaires, il n'avait pas à se gêner.

Il pouvait être despote et grossier à son aise, au besoin la frapper, quand il rentrait ivre ou agacé des caprices des filles à la mode.

La petite criait, — ce qui ne lui déplaisait point, — pleurait, — ce qui lui était agréable, mais, — en somme, avait peur de lui et restait, se sachant sur le pavé s'il la chassait, et ne s'étant pas assez dégourdie pour oser le quitter et faire un commerce plus avantageux de ses charmes naissants, un peu verts et de saveur toute paysannesque.

Le jour même où Georges Delmont, après avoir reçu la lettre de sa fille, se livrait à l'emportement que nous avons rapporté, puis se faisait conduire chez l'abbé Clodion, où Me Steinbach, après avoir également reçu la lettre de Georgette, courait à la poursuite de Delmont sans le trouver, et constatait le départ de madame Riccardi et de mademoiselle Delmont, ce jour-là même, Jules Florestan rentrait chez lui vers les quatre heures de l'après-midi.

En gravissant le premier étage qui le conduisait à son appartement, il avait le teint plus suiffeux, les lèvres plus minces et le regard plus dur encore qu'à l'habitude.

Il donna à sa porte un coup de sonnette furibond et qui ébranla toute la maison.

Un domestique vint lui ouvrir. Il entra sans le regarder, tournant autour de lui ses yeux faux, comme s'il cherchait quelqu'un.

Un petit chien de la race des griffons havanais vint au-devant de lui en remuant la queue et en jappant.

Il l'envoya à l'autre bout de l'antichambre d'un coup de pied furieux.

La pauvre bête se ramassa et se mit à hurler, en le regardant d'un air de reproche étonné.

— Oui, oui, hurle! grommela-t-il entre ses dents.

La petite bonne pour tout faire, entendant les hurlements du chien, vint voir ce qui se passait.

En l'apercevant, Jules Florestan eut un éclair de satisfaction cruelle. Il s'avança sur elle, lui saisit l'oreille, et, la serrant de toutes ses forces, en la tiraillant dans tous les sens, de façon à lui faire le plus de mal possible :

— Qu'est-ce que tu viens faire là? lui dit-il d'une voix sifflante. Je t'ai défendu de te montrer quand on sonne... Je t'apprendrai à m'espionner!

La fillette, qui n'avait guère plus de quinze ans, et qui n'était pas grosse pour son âge, essayait de se délivrer.

— Vous me faites mal! Lâchez-moi! disait-elle, ou je crie!

Jules Florestan lui donna une dernière secousse qui lui arracha, en effet, un cri de douleur, et abandonna l'oreille toute rougie et presque saignante.

— Va-t'en! fit-il avec un ricanement.

Elle se hâta de disparaître en pleurant.

— Qu'est-ce qu'il y a encore? demanda la vieille cuisi-

17

nière en voyant entrer à l'office la jeune Louison, les yeux gonflés de larmes.

— Est-ce que je sais? Il m'a à moitié décollé l'oreille.... J'en ai assez! Je m'en irai! — continua-t-elle avec des sanglots. — Ah! si je savais tant seulement où aller!

La tante postiche haussa les épaules d'un air de grande philosophie.

— Tu n'es qu'une sotte! Imite donc celle qui était avant toi. Elle a fait sa pelote, sans rien dire, puis, un beau matin. — Bonsoir la compagnie! Plus personne.

LXVI

LE CALVAIRE DE FLORESTAN

Pendant ce temps, Florestan, ne trouvant plus sous sa main d'être faible à victimer, était entré dans son cabinet, dont il avait repoussé violemment la porte derrière lui, et se promenait à grands pas, gesticulant, sacrant comme un templier, roulant des regards furibonds et vraiment féroces autour de lui.

— Ah! le coquin! Le vieux misérable! L'hypocrite! Le voleur! Oui, le voleur! s'exclamait-il avec une fureur qu'il n'essayait plus de dissimuler.

Et, pendant un quart d'heure, il épuisa, sans se calmer, tout le vocabulaire d'injures et d'épithètes malsonnantes que peut fournir, dans sa pauvreté, la langue française.

Cette pauvreté proverbiale, — et fausse comme généralement toute affirmation proverbiale, — paraissait de plus en plus évidente au journaliste conservateur, qui ne trouvait plus de mots pour exprimer une colère qui ne faisait que s'accroître.

— Le vil Tartuffe, il me tient! Et il en abuse! poursuivait-il. Me voilà propre! Dépouillé comme dans un bois!

Joli mariage! La fille et pas le sou! Oh! je résisterai, je me vengerai! Mais comment? Au premier mot, il peut me briser, m'envoyer au bagne, ou à l'échafaud!

Il eut un frisson de terreur et blêmit.

— Le ferait-il, après tout? reprit Florestan en s'arrêtant.

— Certainement, il le peut! Mais l'oserait-il? Cela compromettrait diablement le parti conservateur et catholique... Car, enfin, j'en suis... et à la tête encore, et l'un des plus en vue!... Et les scandales ne lui manquent pas, depuis quelques temps, au parti, par les abbés, les moines, les ignorantins de toute robe, qui roulent sur les bancs de la correctionnelle ou de la cour d'assises!

Il réfléchit un instant.

— Ça ne fait rien, j'ai rudement fait de m'en mettre!... Sans cela, il y a beau jour que je serais perdu, que toute la cléricaille m'aurait dénoncé, poursuivi de ses accusations et de ses révélations!

Il réfléchit encore.

— Non, je ne crois pas qu'il oserait me livrer! — répétat-il avec force. — Ce serait cracher en l'air... ça leur salirait le nez à tous... Ah! j'aurais dû résister, refuser énergiquement...

Il s'arrêta.

— Je n'ai pas osé. J'ai signé; maintenant, plus moyen d'y revenir! — Il me fait peur, cet homme! — Ah! pourquoi suis-je si lâche?

Il se prit la tête à deux mains, avec un désespoir profond et comique.

— Oui, lâche, lâche, je suis lâche! Je ne peux pas faire autrement. C'est plus fort que moi! Cela me déshonore, cela me compromet, cela me diminue, cela me perd!... Cela me ruine! hurla-t-il avec fureur. Eh bien, après? Qu'est-ce que j'y peux?... Avec ça que je ne préférerais pas être brave, comme un tas d'autres!... J'arriverais à tout, mais je ne peux pas! Non, je ne peux pas! Et qu'on vienne encore me parler de la liberté humaine!... Le scélérat! il le sait, et il en abuse!... Et j'ai signé!

Et Florestan portait des mains convulsives à ses cheveux,

et les aurait arrachés à poignées, s'il n'avait craint de se faire du mal et de se défraîchir.

Or, tout ce désespoir, toute cette fureur provenaient de ce que l'abbé Clodion, de chez qui il sortait, lui avait annoncé la bonne nouvelle du consentement, longtemps différé, de mademoiselle Delmont à leur mariage.

Ainsi, après avoir tant et si ardemment désiré de convoler en secondes noces, d'effacer les souvenirs de son premier mariage, sous l'éclat d'une brillante union, au moment où il touchait au port, ce succès inespéré lui produisait l'effet de la plus sanglante et de la plus cruelle des catastrophes.

Telle est la vie. Souvent ce que nous avons rêvé comme le couronnement de nos ambitions en est l'écueil, et le fruit que notre main avide a cueilli, après de longs efforts, au lieu de nous désaltérer, nous empoisonne.

C'était le cas de ce pauvre Florestan.

Non seulement son mariage avec mademoiselle Delmont ne répondait qu'à moitié au programme qu'il s'était plu à tracer, mais encore, quand il se consolait, tant bien que mal, de n'épouser que la fille d'un condamné à mort, en songeant à la dot, il venait d'apprendre que cette dot ne serait qu'un leurre, et qu'il ne la toucherait que pour s'en séparer.

En effet, en même temps qu'il lui donnait la nouvelle du consentement de Georgette et lui déclarait que, dans un mois jour pour jour, il pourrait conduire à l'autel mademoiselle Delmont, vaincue et soumise à son sort, l'abbé exigeait que Florestan remplit et signât douze lettres de change, de cinquante mille francs chacune, avec la date en blanc, les dites lettres de change au nom de trois individus, inconnus de lui, mais qui n'étaient évidemment que des hommes de paille, ou des prête-nom de l'abbé lui-même.

Or, comme douze fois 50,000 francs font 600,000 francs, et que la dot de Georgette se composait d'une somme de 300,000 francs comptant, plus de l'autre moitié de la fortune de Delmont, soit également 300,000 francs, dont madame Riccardi, en vertu de son contrat, gardait l'usufruit, sa vie durant, il résultait de là que la fortune entière de sa femme passerait sous le nez de Florestan, pour aller retomber aux mains de l'abbé Clodion, au fur et à mesure de l'échéance des lettres de change, payables en deux fois, — le jour du mariage et le jour de la mort de la belle-mère.

En apprenant cette exigence, Florestan avait bondi, hurlé, protesté, déclaré qu'il préférait la honte, le bagne, l'échafaud, la roue, l'écartellement !

L'abbé l'avait laissé crier, tempêter, blasphêmer, pleurer, demander grâce. Toutefois Florestan avait obtenu la promesse que les lettres de change seraient annulées, au cas où le mariage n'aurait pas lieu.

— Mais il aura lieu, je le veux ! avait ajouté l'abbé.

— Si on me les présente avant que j'aie touché moi-même !... La belle-mère est jeune... Elle m'enterrera peut-être ! répétait le malheureux hors de lui.

— Soyez sans crainte, répondait l'abbé. On ne veut pas votre ruine. Vous ne pourriez faire honneur à votre signature, si vous ne touchiez pas et la dot et le douaire de la veuve de Georges Delmont, après son décès. C'est la fortune de cet homme, cette fortune seulement, qui ne peut, ni ne doit rester entre vos mains, qui doit faire retour à son véritable héritier, dépouillé par Georges Delmont. Soyez heureux, au contraire, d'être ainsi l'instrument d'une restitution exigée par la justice, de rendre son bien à l'héritier iniquement frustré. Vous racheterez, en partie, votre passé criminel...

— Vous m'aviez dit qu'elle avait trois cent mille francs de dot et autant d'espérances, vociférait Florestan.

— Eh bien, est-ce qu'elle ne les a pas ? Le tout vous reviendra !... Je ne vous avais pas dit que vous le garderiez.

Jules Florestan ne se sentait nullement heureux d'avoir été choisi, élu entre tous, pour réparer une iniquité, et ne croyait pas un mot de l'existence de cet héritier mystérieux.

On le volait, on lui prenait six cent mille francs dans la poche, et l'abbé comptait, sans doute, se les approprier, voilà tout ce qu'il voyait, tout ce qu'il comprenait.

Hélas ! c'était la lutte du pot de terre contre le pot de fer.

Effrayé par les menaces de l'abbé maître de son secret,

tremblant devant la froide résolution de cet homme d'acier, dominé par cette terreur qui livre les faibles aux forts et courbe les peureux à mauvaise conscience devant les coquins impassibles et résolus, il avait écrit, il avait signé, il avait livré ces lettres de change qui ne le ruinaient point, à la vérité, puisqu'il gagnait beaucoup d'argent, mais finalement ne lui laissaient plus du mariage que la seule chose à laquelle il ne tint pas, — la femme !

Donc, en épousant mademoiselle Delmont, non-seulement il ne trouvait pas, dans la famille de sa future, cet appui, cette considération, cet apparentage puissant qu'il avait rêvés, mais encore la compensation pécuniaire s'envolait en fumée, et allait enrichir, par ses mains, à ses dépens, l'homme du monde qu'il haïssait le plus, l'abbé Clodion ! Car, il n'admettait pas, nous le répétons, cette prétendue restitution, qui ne lui paraissait qu'un mensonge ajouté à une escroquerie.

L'abbé avait beau dire, Florestan n'en restait pas moins convaincu que l'abbé n'avait songé à ce mariage, ne l'avait préparé, poursuivi avec tant d'acharnement, que pour le dépouiller et s'attribuer ses dépouilles, ce qui eût été moins facile si Georgette avait appartenu à une autre famille en état de veiller à ses intérets et de les protéger efficacement.

— Je me suis jeté niaisement dans la gueule du loup ! se disait-il. Ah ! si je pouvais briser ce mariage à présent, et me sortir du guêpier où je me suis fourré de gaieté de cœur. Mais c'est impossible ! L'abbé ne lâchera pas sa proie ! Il faut lui obéir, il faut épouser !

De loin, le courage et le sang froid, le raisonnement, tout au moins, lui revenait. Il comprenait que s'il avait résisté, l'abbé Clodion n'aurait probablement pas osé le dénoncer. Il était trop tard ! Le mal était fait. Sa lâcheté lui avait joué un de ses mauvais tours habituels, en le livrant, sous l'empire de la peur, à la merci d'un adversaire trop habile et trop fort pour lui.

Il en était là de ses réflexions et de ses amers regrets, quand le domestique, après avoir frappé à la porte, lui remit une carte de visite cornée.

En lisant le nom, Jules Florestan ne put réprimer un geste de stupeur.

— Cette personne est là ? demanda-t-il d'une voix mal assurée.

— Oui monsieur.

Florestan hésita une demi-minute.

— Avez-vous dit que j'y étais ?

— Je n'ai rien dit.

— Eh bien, faites entrer, s'écria-t-il tout à coup, bien que fort pâle et visiblement ému. — Mais restez à portée de la voix, si j'appelais !

Le domestique s'inclina, en homme qui sait ce que cela signifie, en sortit.

— Hum ! grommela Florestan, lorsqu'il fut seul, je devais m'y attendre. J'aime encore mieux le recevoir ici que de le rencontrer dans la rue... D'ailleurs, il finirait toujours par me trouver !

La porte s'ouvrit de nouveau, et le domestique introduisit Olivier Steinbach.

LXVII

OU LE REMÈDE SEMBLE SORTIR
DE L'EXCÈS DU MAL

Les deux hommes se saluèrent, plus que froidement du côté d'Olivier, avec une obséquiosité plate du côté de Florestan qui avança un fauteuil à son visiteur, pendant qu'il s'installait lui-même sur un coin du sopha, en tournant le plus possible le dos à la lumière, afin de cacher son trouble et la décomposition de ses traits.

Comme il ne pouvait dompter absolument un certain tremblement nerveux, il s'appuyait avec force sur une table près de lui, pour obtenir ainsi une immobilité factice.

Olivier, en lisant la lettre de Georgette, après un premier moment de stupéfaction, avait immédiatement conçu son plan, qui était d'aller trouver le prétendu de mademoiselle Delmont et de le provoquer en duel, s'il ne renonçait, séance tenante, à la main de la jeune fille.

Il l'aurait fait depuis longtemps, si Georgette ne le lui avait défendu d'une façon absolue, et s'il n'avait craint de la compromettre par une démarche imprudente et intempestive.

Aujourd'hui, la situation était changée.

Georgette acceptait de devenir sa femme, son père y consentait, Mᵉ Steinbach aussi. Elle était régulièrement, officiellement, à tous les points de vue, sa fiancée. Il la regardait déjà comme à lui, comme portant son nom.

C'était donc à lui de la défendre, de la protéger, de l'arracher aux obsessions d'un misérable et de mettre fin à tous les projets de mariage, en tuant le prétendant ou, tout au moins, en obtenant qu'il se retirât d'une façon formelle.

Aussi, bien qu'il engageât son père à une démarche auprès de Georgette et de madame Riccardi, il avait profité de l'éloignement de l'avocat pour se rendre à grande vitesse chez le journaliste, se disant avec une logique parfaite que la meilleure manière et la plus courte de supprimer l'effet, c'est de supprimer la cause.

— Monsieur, commença-t-il d'une voix assez calme mais très-résolue, en regardant fixement Jules Florestan, dont les yeux évitaient de rencontrer ses yeux, vous devinez, sans doute, le motif qui m'amène chez vous?

— Moi, monsieur, répondit-il en ébauchant un pâle sourire, je n'en ai aucune idée.

— Vous avez demandé la main de mademoiselle Delmont.

— Nous y voilà! pensa Florestan. — J'ai eu cet honneur, en effet, répliqua-t-il tout haut, en essayant d'assurer sa voix.

— Et vous n'ignorez pas que ce mariage déplaît à mademoiselle Delmont et qu'elle n'en veut à aucun prix.

— Mais c'est une erreur, mon cher monsieur, une grave erreur! s'écria-t-il du ton le plus insinuant qu'il put imaginer. Je viens, au contraire d'apprendre qu'elle y consentait de la façon la plus empressée et la plus gracieuse.

— Je n'ai point à m'inquiéter d'un consensentement extorqué par une violence morale quelconque. En tout cas, ce mariage me déplait, à moi, je m'y oppose, et je viens vous prier d'y renoncer.

— C'est bien cela! se disait Florestan à lui-même. Je suis pris entre les provocations de l'amoureux et les menaces de l'abbé! Un duel, si j'épouse!... Perdu, si je n'épouse pas!... Malédiction! Comment sortir de là?

— Vous vous taisez? demanda Olivier.

— Eh! monsieur, s'écria Florestan fort agité, vous me demandez l'impossible!

— Alors, vous refusez!

— Certainement! C'est-à-dire... enfin cela ne dépend pas de moi tout seul... Que mademoiselle Delmont reprenne sa parole, et vous concevez bien que je ne l'épouserai pas de force! Il faut le consentement de la mère et de la fille... Toutes deux le donnent...

Olivier s'était levé.

Florestan se tut brusquement, ne sachant que dire pour ne pas trop irriter son adversaire et sentant bien qu'il pataugeait d'une façon ridicule.

Ce malheureux était assez intelligent pour comprendre, sans jamais en rien perdre, l'odieux et la platitude de sa conduite, et cette perception qui le faisait souffrir et l'humiliait, achevait de le troubler et de l'exaspérer, faute de pouvoir lui donner, fût-ce pour une minute, un peu de courage et de dignité.

— Cela suffit! répliqua Olivier. Puisque vous persistez, vous ne refuserez pas, je l'espère, de me rendre raison.

— Un duel, n'est-ce pas? Un duel à présent! hurla Florestan pris d'une colère blanche contre lui-même et l'absurdité de sa position. Non, monsieur, n'y comptez pas! Je ne me battrai point avec vous, je ne vous connais pas... Vous n'avez aucun droit sur mademoiselle Delmont, après tout!

17.

Elle n'est pas votre parente... Ses affaires et les miennes ne vous regardent point... J'ai bien le droit d'épouser qui je veux, en somme, sans aller me faire couper la gorge avec le premier venu.

Et Florestan, qui s'était levé à son tour, gesticulait vivement pour s'échauffer et se donner une contenance.

— Si vous refusez de vous battre, je vous y contraindrai, voilà tout!

— Et comment cela? Et pourquoi cela? Et de quel droit? poursuivait Florestan, criant de plus en plus fort.

— De quel droit? Rien de plus simple. J'aime mademoiselle Delmont. Elle m'aime! Nous sommes fiancés. Je ne veux pas qu'elle soit votre femme, et elle sera la mienne. Donc, vous renoncerez à vos poursuites, ou nous nous battrons.

— Nous battre! me battre! jamais! ce serait trop bête, par exemple! Mêlez-vous de vos affaires, et laissez-moi tranquille à la fin!

— Mon affaire, c'est que mademoiselle Delmont n'épouse pas un drôle de votre espèce! s'écria Olivier exaspéré et se laissant entraîner par la colère.

— Des injures à moi! des injures chez moi!

— Battez-vous alors.

— Je vais appeler mes domestiques et vous faire chasser.

— Ah! prenez garde! reprit Olivier sourdement, en lui saisissant le bras et le serrant à lui marquer ses cinq doigts dans la chair. Prenez garde! Je vous savais bien lâche, mais pas à ce point-là.

— Au secours! au secours! au meurtre! criait Florestan, blanc comme sa chemise et dont les jambes flageolaient.

La porte s'ouvrit brusquement, et les deux domestiques parurent avec toute la ponctualité désirable.

Olivier saisit vigoureusement Florestan par les deux bras, le plaça entre lui et les laquais, et lui murmura à l'oreille, avec un accent qui ne permettait pas de réplique :

— Renvoyez ces hommes ou je vous casse en morceaux!

— Sortez! dit Florestan d'une voix étranglée!

Les domestiques hésitèrent.

Olivier serra plus fort.

— Mais sortez·donc! — hurla Florestan. — Laissez-nous seuls. Vous voyez bien que je m'explique avec monsieur!

Les domestiques sortirent en dissimulant mal une certaine envie de rire, tant la figure de Florestan, luttant entre deux terreurs folles, était tragi-comique.

Lorsque les gardes du corps furent partis, Olivier lâcha Florestan inondé d'une sueur froide qui achevait de coller ses cheveux plats sur ses tempes jaunes.

— Monsieur, — murmura·t·il, — votre conduite est indigne.

— Voyons, reprit Olivier, une dernière fois, voulez-vous renoncer à la main de mademoiselle Delmont, ou voulez-vous vous battre?

— Mais, cela m'est impossible, s'écriait le malheureux sur un ton d'angoisse et de sincérité absolue.

— Je vous insulterai dans la rue, devant tout le monde.

— On vous arrêtera. Il y a des sergents de ville pour cela. Vous serez jugé, condamné!...

— Et après ma condamnation je vous tuerai comme un chien; car, en vérité, vous ne méritez pas qu'un honnête homme croise son épée contre la vôtre, ajouta Olivier, chez qui le dégoût et la colère luttaient ensemble, et qui voyait avec désespoir qu'il se heurtait en vain à cette lâcheté qui avait bu toute honte et dans laquelle il enfonçait, sans jamais rencontrer le terrain solide où l'on peut prendre pied.

— Ah! mon Dieu! mon Dieu! continuait à son tour Florestan éperdu, il n'a pas même peur de l'échafaud!... Si je le pouvais pourtant, oh! oui, je serais le premier à rompre ce mariage... S'il ne fallait pour cela que donner la moitié de ma peau ..

Il s'arrêta brusquement, comme si une idée le frappait.

Olivier le regardait surpris, se demandant si le misérable n'était pas fou, ne comprenant rien à ce mélange d'entêtement et de terreur, de couardise et de résistance forcenée, dont il lui offrait le spectacle.

Florestan s'était arrêté, avons-nous dit. Sa physionomie changea, il se toucha le front, et une espèce de sourire crispa ses lèvres blémies.

— Monsieur, dit-il à Olivier, en prenant, sans transition, la figure la plus insinuante et la plus aimable qu'il pût évoquer, — causons comme des gens raisonnables. Vous tenez beaucoup à ce que je n'épouse pas mademoiselle Delmont ?

— Vous devez vous en douter, je suppose, répliqua le jeune homme. Je crois que je ne m'en suis pas caché.

— Eh bien, — Florestan baissa la voix, — la vérité c'est que je n'y tiens pas plus que vous.

Il s'approcha d'un air de confiance et de confidence.

Olivier se recula plein d'un dégoût visible.

— Vous êtes un homme d'honneur, vous allez me comprendre. Que diable! on peut toujours s'entendre, quand la bonne volonté est égale des deux cotés. Vous n'obtiendrez jamais de moi que je renonce ouvertement, directement, à la main de mademoiselle Delmont... Je ne le peux pas! Non, je ne le peux pas, répéta-t-il avec un accent de sincérité désespérée qui frappa le jeune homme. Mais je puis vous fournir le moyen de rendre ce mariage impossible, de telle sorte qu'il se brise sans ma participation apparente.

— Je ne comprends pas, fit Olivier qui, en effet, ne comprenait rien à ce changement subit d'allures.

— Je puis vous donner le moyen d'aller retrouver mademoiselle Delmont.

— Comment d'aller la retrouver!

— Elle n'est plus à Paris.

— Depuis quand? Où est-elle? — s'écria Olivier stupéfait.

— Depuis quand? — Depuis ce matin. — Où elle est? — Je puis vous le dire, moi seul, mais à une condition...

Olivier le regardait en silence, avec autant de défiance que de surprise.

— Vous me donnerez votre parole d'honneur de ne dire à âme qui vive que vous tenez de moi son adresse.

— Et si vous mentez? Et si vous voulez m'éloigner?

— Eh! monsieur, répliqua l'autre avec un sourire d'une bassesse répugnante, je ne m'envolerai pas. Si je vous ai rompé, vous me trouverez toujours.

— Et, cette fois, je vous le jure, vous n'en seriez pas quitte à si bon marché !

— Votre parole, alors.

— C'est inutile. Vous avez ma promesse.

Jules Florestan hésita.

Mais la figure d'Olivier, qu'il interrogea d'un regard rapide et fuyant, lui indiqua qu'il aurait tort d'hésiter trop longtemps.

Aussi s'empressa-t-il de répondre :

— Mademoiselle Delmont est à Orléans, chez madame de Lessac, une vieille dévote de la connaissance de l'abbé Clodion, où elle doit rester jusqu'à notre mariage. Sa mère l'y a conduite ce matin. Elle revient demain. Sa fille y restera seule sous la surveillance de cette dame pieuse. Il est convenu que j'irai passer à Orléans les quelques jours qui précèderont la cérémonie, laquelle doit s'accomplir là-bas. Allez-y dès demain, dès ce soir. Mademoiselle Delmont vous aime... Vous y serez fort bien reçu par elle... Enlevez-là... Elle n'a rien à vous refuser... Faites un petit esclandre au besoin... Enfin, poussez les choses aussi loin que vous pourrez... Assez loin pour que... son mariage avec moi devienne absolument impossible... Vous me comprenez!

Florestan esquissa un sourire à demi-suppliant, à demi-graveleux, qui donna la nausée à Olivier.

Il avait envie d'écraser le misérable qui osait parler en pareils termes de la jeune fille qu'il adorait, lui, avec un respect plein d'admiration et d'enthousiasme.

Le dégoût l'arrêta.

Les hommes comme Olivier ne mettent pas le pied sur les êtres gluants qui s'aplatissent dans la fange.

— Mademoiselle Delmont est-elle bien où vous dites?

— A Orléans, chez madame veuve de Lessac, rue du Jardin, 19. — Je vous le jure. — Je le tiens de l'abbé Clodion lui-même.

— C'est bien, reprit alors Olivier. Si vous avez menti, nous nous reverrons!

Ecœuré de cette lutte, las de menacer cet être vil, contre lequel échouaient tous les moyens à la portée d'un homme d'honneur, il sortit, résolu à aller retrouver Georgette, à obtenir d'elle la vérité sur les motifs de sa conduite, à combiner avec elle les résolutions à prendre.

En effet, il n'y avait rien à espérer du côté de Florestan. Cet odieux individu ne voulant ni se battre, ni se désister, on ne pouvait que le tuer. C'eût été répugnant, d'une part, et, d'autre part, n'aurait guère rapproché Olivier de son but. Le meurtre de Florestan eût empêché son mariage avec mademoiselle Delmont, mais n'eût pas moins empêché probablement le mariage de Georgette et d'Olivier, en conduisant ce dernier en cour d'assises.

Il envoya une dépêche à son père, sans lui dire où il se rendait, et monta dans le dernier train du soir en partance pour Orléans.

Quant à Florestan, Olivier disparu, il respira, il se frotta même les mains.

L'excès de la terreur, en l'acculant au désespoir, lui avait inspiré un trait de génie.

Il avait enfin trouvé le joint, en jetant Georgette dans les bras d'Olivier, en réunissant, à son insu, ceux que l'abbé tenait à séparer.

De la sorte, il évitait les violences d'Olivier, il déjouait les secrets calculs de l'abbé; car il espérait bien que, de façon ou d'autre, son rival se chargerait de rendre impossible un mariage dont il n'osait s'affranchir ouvertement, mais qui lui causait de l'horreur.

On jaserait, sans doute, de ce mariage manqué; mais après tout, mieux valaient quelques brocards qu'être publiquement soulfleté par le fils de l'avocat, ou tué par cet enragé, dans un accès de folie furieuse, dont il lui paraissait fort capable.

Cela valait mieux aussi que de prendre une femme sans le sou, qui l'exécrait, afin d'enrichir l'abbé comme un sot, et de le faire réussir dans ses plans mystérieux.

— Je voudrais bien voir la tête du vieux coquin, murmurait-il presque joyeusement, lorsqu'il apprendra l'enlèvement de la petite par son amant! Car il l'enlèvera. — Ah! ah! monsieur l'abbé, je me venge à ma façon, en renver-

sant vos projets, en vous empêchant d'encaisser les six cent
mille francs que vous comptiez si bien extraire de ma poche
de benêt.

LXVIII

BELLE DÉFENSE

Olivier arriva fort tard à Orléans, beaucoup trop tard pour
se présenter chez personne, et surtout dans une maison
étrangère, où il était convaincu qu'on le recevrait, d'ailleurs,
de fort mauvaise grâce.

Mais peu lui importait l'accueil de madame de Lessac,
pourvu qu'il vît Georgette.

Toute la question était de parvenir jusqu'à elle.

A la gare même, en descendant du train, il s'informa au
premier employé qu'il rencontra de la rue du Jardin.

Elle existait bien, et cela acheva de dissiper les doutes
qu'il aurait pu conserver sur la sincérité de Florestan.

La rue était à l'autre extrémité de la ville.

Il ne songea pas un seul instant à se coucher. Il n'aurait
pu dormir, et son agitation lui donnait un besoin absolu de
mouvement.

On était dans l'été, la nuit était belle, le clair de lune resplendissant. Il s'achemina d'un pas rapide vers la rue du
Jardin. Il ne verrait sans doute pas Georgette, mais c'était
bien quelque chose que d'être près d'elle, que de regarder le
mur derrière lequel il la savait.

D'ailleurs, qui lui prouvait que Florestan, après son départ, n'aurait pas prévenu l'abbé Clodion, et que celui-ci ne
se hâterait pas d'envoyer un émissaire ou tout simplement
une dépêche pour avertir madame de Lessac, et l'engager à
lui fermer hermétiquement la porte, ou à faire disparaître
mademoiselle Delmont en la transférant chez quelque autre

personne dont il ignorerait l'existence et par conséquent l'adresse ?

Il se promettait donc de ne pas quitter la maison des yeux jusqu'à l'heure où il pourrait s'y présenter, afin de ne perdre aucune des allées et venues dont elle pourrait être le théâtre.

Dans cette ville où il n'avait jamais mis les pieds, et pendant la nuit, malgré sa clarté, il eut quelque peine à trouver la rue qu'il cherchait. Cependant, il finit par y arriver.

C'était une de ces petites rues des villes de province, assez étroite, dont les maisons basses et rares sont reliées les unes aux autres par de longs murs bordant de vastes jardins : d'où son nom. Elle était assez courte. A l'extrémité opposée à celle par laquelle il y avait pénétré s'élevait un immense bâtiment, sous l'invocation du *Bon Pasteur*.

Presqu'en face de la maison portant le n° 19, il distingua l'enseigne d'un petit café restaurant, — ce qui lui causa une vive joie. — Au jour, il pourrait s'y réfugier, et guetter, de là, la maison de madame de Lessac sans éveiller l'attention.

Cette maison, il la considéra longuement, avec passion.

Elle était grande, d'aspect froid et un peu monacal. C'était bien la maison de province et de bigote. Elle n'avait que deux étages. Des contrevents pleins fermaient hermétiquement toutes les fenêtres.

Cependant, à travers le trèfle découpé dans le haut du volet de la dernière fenêtre, à droite du second étage, un filet de lumière, qui allait frapper la muraille en face, lui donna un battement de cœur.

Une lumière, à cette heure avancée, dans cette habitation silencieuse, et qui semblait morte, annonçait peut-être la présence de Georgette, dont les inquiétudes et le chagrin chassaient le sommeil.

Il ne tarda pas à se convaincre de cette idée.

Un moment, il eut envie de lancer un caillou dans le contrevent, avec l'espoir que Georgette l'ouvrirait et qu'il la verrait. Mais il réfléchit à temps; d'abord, que rien ne lui prouvait que cette chambre fût celle de Georgette, ensuite que madame Riccardi pouvait se trouver avec sa fille, enfin qu'il n'avait pas le droit de commettre une imprudence.

Les heures s'écoulèrent lentement au milieu des préoccupations, des craintes, des espérances du jeune homme.

Le jour vint, brillant et joyeux. La rue sembla s'éveiller.

Une vieille bonne revêche apparut sur le pas de la porte dont elle venait de tirer les lourds verrous de prison et d'enlever la barre de sûreté.

Elle jeta un regard dans la rue et aperçut avec surprise Olivier planté au milieu de la chaussée, — puis elle referma la porte.

Olivier entendit son pas traînant sur les marches de l'escalier. Elle reparut bientôt à une fenêtre; elle poussait le contrevent, et regarda de nouveau si elle voyait l'étranger dont la présence à cette heure matinale paraissait peu explicable.

Mais Olivier s'était prudemment éloigné et dissimulé sous le porche d'une porte cochère, maudissant la paresse du cafetier qui faisait la grasse matinée et laissait son établissement clos.

Cependant, ce bienheureux refuge s'ouvrit à la fin ! Olivier s'y précipita; et, comme l'estomac a ses exigences, alors même que le cerveau et le cœur sont le plus remplis, il se sentit tout à coup cette faim dévorante qu'on éprouve au matin, quand on a passé une nuit de fatigue sans sommeil.

Il se fit servir quelque nourriture, en se plaçant à la table près de l'unique fenêtre qui lui permettait de ne point perdre de vue la maison de madame de Lessac.

Le maître du café était bavard et curieux. Olivier avait besoin d'être renseigné. Les choses allèrent le mieux du monde. Tout en mangeant avec l'appétit sérieux de la jeunesse l'omelette et la viande froide qu'on avait pu lui servir, il déclara qu'il avait à parler à madame de Lessac, et s'informa de l'heure à laquelle il pourrait se présenter chez elle.

Le cafetier lui donna tous les renseignements imaginables, lui apprit que cette dame très-religieuse recevait fort peu de monde, presque toujours des ecclésiastiques, et ne sortait guère que pour aller à la messe.

Cependant, la veille, événement extraordinaire, une voiture avait amené chez elle deux dames, l'une toute jeune et fort jolie, l'autre plus âgée, sans doute la mère et la fille, avec des malles. On avait installé le tout chez madame de Lessac.

— Et ces dames y sont encore? demanda Olivier plein d'anxiété.

— Non... c'est-à-dire que la mère est repartie, hier, dans la soirée; mais la jeune fille est restée, ajouta le cabaretier en dévisageant son interlocuteur avec une arrière-pensée qui se manifesta par un demi-sourire à peine dissimulé.

Olivier soupira fortement, sans s'inquiéter des commentaires muets du brave homme. On ne l'avait point trompé; et, en venant à Orléans, il s'était croisé avec madame Riccardi retournant à Paris.

Il se fit servir du café, et le savoura avec une impatience mêlée de joie.

Maintenant, il était bien sûr d'arriver jusqu'à Georgette.

Enfin, l'heure à laquelle il pouvait décemment se présenter chez madame de Lessac vibra lentement à l'antique coucou qui ornait le fond de la salle.

Il solda sa dépense, traversa d'un pas rapide l'étroite rue, et sonna discrètement à la porte.

La vieille domestique revêche vint ouvrir, et le dévisagea avec cette sorte de défiance inquiète qui est le propre des provinciaux et des bigots à la vue de tout ce qui leur est nouveau, choses, bêtes et gens.

Après ce premier regard instinctif, elle fit un mouvement. Elle reconnaissait l'individu étranger qu'elle avait aperçu quelques heures auparavant, dans l'aube matinale, au milieu de la rue. Sa physionomie en devint sensiblement plus renfrognée et moins hospitalière.

— Madame de Lessac, s'il vous plaît ?

— C'est ici.

— Je désirerais lui parler.

— Je ne sais pas si elle peut recevoir.

— Eh bien, veuillez vous informer.

La vieille servante le regarda encore des pieds à la tête, puis le pria d'attendre; mais, au lieu de l'introduire dans

quelque salle intérieure, elle referma soigneusement la
lourde porte, laissant Olivier dans le ruisseau.

Cinq minutes s'écoulèrent, cinq minutes d'attente mortelle!

Il avait levé machinalement la tête. Il lui sembla que le
rideau jauni d'une des fenêtres du premier étage s'agitait et
s'écartait avec précaution, puis que deux yeux, derrière des
lunettes, l'observaient.

En se voyant découverts, les deux yeux à lunettes disparurent vivement sous l'abri du rideau qui retomba.

Olivier allait sonner de nouveau, quand la servante rou-
vrit la porte, ou, plutôt, l'entrouvrit avec précaution et de
façon à pouvoir la refermer instantanément.

— Madame est occupée, dit-elle plus renfrognée et plus
hostile que jamais. Si monsieur veut laisser son nom et dire
ce qui l'amène...

— Madame de Lessac ne connaît pas mon nom, répondit
Olivier pris à l'improviste, et qui commençait à perdre patience.

— Alors, madame ne reçoit pas les gens qu'elle ne connaît pas.

Et le cerbère fit le geste de repousser la porte. Mais Olivier la retint d'une main vigoureuse, en ajoutant vivement:

— Je viens de la part de l'abbé Clodion!

La porte s'arrêta.

— De la part de qui? demanda la suivante.

— De la part de l'abbé Clo-dion! répéta Olivier en déta-
chant bien toutes les syllabes.

— Veuillez attendre.

La porte se referma tout à fait, au moment où Olivier sans
défiance croyait la voir lui livrer passage.

Il commençait à ressentir une des plus belles colères qu'il
eût jamais éprouvées. Mais il fallait se contenir.

Cette fois, il n'attendit que trois minutes, puis un guichet
qu'il n'avait pas remarqué glissa doucement dans sa rainure,
et le visage peu affable de la maudite servante se montra
dans l'encadrement.

— De quel abbé Clodion? fit-elle.

Olivier manqua d'éclater.

— Je n'en connais qu'un, répondit-il néanmoins, — celui qui demeure carrefour de l'Observatoire, à Paris.

— Et c'est lui qui vous envoie ?

— Certainement.

— Vous avez une lettre ?

On lui aurait demandé s'il avait l'obélisque dans sa poche, qu'il aurait répondu affirmativement pour pénétrer dans ce repaire de si difficile entrée.

— Oui ! fit-il résolûment.

— Donnez-la.

— Je la remettrai à madame de Lessac, en mains propres. Le guichet se referma.

Olivier crut devenir enragé.

Il n'en eut pas le temps. La porte s'ouvrit enfin, et il se jeta dans le corridor avec une telle violence qu'il manqua de renverser la fidèle portière de madame de Lessac.

La vieille grommela entre ses dents quelque chose de peu aimable, sans doute, mais Olivier s'en inquiétait peu.

Il était dans la place !

LXIX

DÉROUTE COMPLÈTE

On l'introduisit, au rez-de-chaussée, dans une grande pièce solennelle, maussade et renfrognée, elle aussi, dont les murs nus et glacés suintaient la malveillance et le cagotisme, et dont les chaises de paille faisaient la moue et semblaient devoir s'offenser du contact indécent d'un étranger.

— Attendez ! dit la domestique. — C'était décidément là son mot, et elle sortit.

Olivier ne voulut point attenter à la pudeur des siéges en leur imposant sa familiarité, et resta debout, les yeux fixés sur la porte, écoutant tous les bruits, se demandant si on ne l'espionnait pas par quelque judas invisible.

Au bout de dix minutes, qui lui semblèrent un siècle, sans avoir entendu aucun pas s'approcher, il se trouva en face de madame de Lessac.

C'était une femme entre cinquante et soixante-dix ans, grassouillette, rondelette, avec une toute petite tête jaune et ridée, où l'on distinguait deux lèvres minces et décolorées, un long nez recourbé, un menton fuyant, et des lunettes vertes derrière lesquelles se devinaient deux yeux ronds d'oiseau de proie aux aguets.

Une courge surmontée d'une tête de perruche, — telle était madame de Lessac.

Elle salua cérémonieusement le nouveau venu, lui montra une chaise de la main, en prit une, s'assit quand il se fut assis, et le regarda sans desserrer ses lèvres de dévote pincée.

Olivier, assez embarrassé, attendait une parole, une question.

Rien ne vint.

Il dut parler le premier.

— Madame, lui dit-il, je suis envoyé par M. l'abbé Clodion.

Madame de Lessac tendit la main.

— Vous avez une lettre ?

— Non, madame. Je n'ai point pensé à lui en demander une, et il n'a pas jugé que cela fût nécessaire.

— Alors, monsieur, qui me prouve que vous venez de sa part ?

— Les renseignements que je vais vous donner vous le prouveront. Hier, deux dames sont descendues ici, arrivant de Paris. L'une est repartie, l'autre est restée.

Olivier s'arrêta. Madame de Lessac gardait le silence.

— Est-ce bien cela ? insista-t-il.

— Je reçois du monde tous les jours, monsieur.

— Voilà un joli mensonge pour une dévote! pensa Olivier. — Mais la fin justifie les moyens.

Puis tout haut :

— Ces deux dames étaient la mère et la fille, madam
Riccardi et mademoiselle Delmont.

Madame de Lessac ne bougea pas.

— C'est madame Riccardi qui est repartie, c'est mademoi
selle Delmont qui est restée, et je désire lui parler pour un
communication d'importance.

Madame de Lessac se leva toute droite.

— C'est impossible, Monsieur.

— Et pourquoi cela, madame ?

La vieille dévote, sans doute prévenue par l'abbé ou pa
madame Riccardi, et mise sur ses gardes, avait, du premie
coup d'œil, soupçonné l'amoureux.

— Parce que, monsieur, dit-elle, il est inconvenant qu'u
jeune homme, qui n'est point son proche parent, parle
une jeune fille et que je ne le souffrirai pas sous mon toi
surtout en l'absence de sa mère.

— Mais, je vous le répète, j'ai une communication de l
plus haute importance...

— Faites-la moi connaître. Je la transmettrai, si je le jug
décent.

— C'est à elle seule...

— En ce cas, M. l'abbé Clodion eût chargé un vénérabl
ecclésiastique de cette mission, et non une personne étran
gère, un jeune homme, accentua madame de Lessac ave
une certaine intonation de pudeur affectée, qui a été surpri
guettant cette maison, au milieu de la rue, à une heur
absolument indue !

La vieille servante, on le voit, avait fourni sa quote-par
de renseignements.

Madame de Lessac, en disant ces mots, s'inclina cérémonieusement et se dirigea vers la porte.

— Pardon, madame, reprit Olivier à bout de patience e
élevant la voix, je suis venu pour voir mademoiselle Delmont, et je la verrai ! Après tout, elle n'est pas prisonnièr
ici, vous n'avez aucun pouvoir sur elle et nul droit de l
séquestrer !

Grattez la bigote, vous trouverez la mégère.

Madame de Lessac se redressa, et quittant sans transition

son ton mesuré et froidement doucereux, elle repartit d'une voix aigre et perçante :

— Et moi, monsieur, je vous dis que je suis chez moi, et que vous allez en sortir immédiatement !

— Madame...

— Croyez-vous que je me prêterai au scandale de vos rendez-vous! Ah ! l'on m'avait bien dit qu'il fallait surveiller cette jeune personne élevée dans l'irréligion et dans la corruption qu'elle enfante !

— Je vous défends d'insulter cette jeune fille, je vous défends de calomnier Georgette ! s'écria Olivier, que l'exaspération avait fini par dominer.

Cette dernière partie de la conversation avait pris un ton fort élevé, et Olivier surtout s'était appliqué à crier dans l'espoir que sa voix serait entendue de Georgette.

En effet, son espoir ne fut pas déçu à cet égard, car la porte s'ouvrit tout à coup, et Georgette parut.

— Ah ! la voilà, s'exclama Olivier triomphant.

— Mademoiselle, hurla madame de Lessac, retirez-vous à l'instant.

— Veuillez m'excuser, madame, reprit doucement Georgette. M. Steinbach est mon ami d'enfance, ami sincère et dévoué. S'il vient, c'est qu'il a à me parler, et moi-même j'ai différentes communications à lui faire.

— Je m'y oppose absolument, mademoiselle! Ah ! c'est M. Steinbach... ce monsieur dont on m'avait parlé, et qui vous pousse à la rébellion! Madame votre mère m'a délégué son autorité et son droit de surveillance. J'en userai! Je vous ordonne, mademoiselle, de faire cesser ce scandale, en rentrant dans votre chambre. J'ai la responsabilité de votre honneur !

— Je l'ai avant vous, madame, répliqua Georgette, et vous me permettrez de m'en fier surtout à moi-même.

Georgette s'avança vers Olivier, en lui tendant la main.

Madame de Lessac, furieuse de cette fureur que les vieilles femmes confites en dévotion éprouvent contre la jeunesse et l'amour, s'élança, avec une vivacité qu'on n'eût pas attendue d'elle, entre Olivier et Georgette, et, saisissant celle-ci par le bras, voulut la faire sortir de force.

Georgette s'arrêta frémissante, la regarda avec une expression de mépris et de dignité qui glaça madame de Lessac, et, la repoussant d'une main que la colère rendait irrésistible dans sa petitesse, elle dit seulement :

— Je crois, madame, que vous m'avez touchée !

Alors, se retournant vers Olivier :

— Viens ! ajouta-t-elle.

Elle passa, suivie d'Olivier, devant madame de Lessac, suffoquée par l'indignation, et qui perdait toute présence d'esprit au spectacle de cette audace diabolique qu'elle ne s'attendait pas à rencontrer chez une jeune personne, même élevée dans l'irréligion.

— Ah ! la malheureuse ! murmura-t-elle en se signant. — Quelle impudence ! Elle a levé la main sur moi ! Elle le tutoie, elle l'emmène ! Sous mes yeux ! C'est impossible... j'y mettrai ordre. — Seigneur Dieu, venez à mon aide !

Sur ces entrefaites, la vieille domestique, attirée par le bruit de la discussion, et qui en avait entendu les dernières paroles, entra toute bouleversée, les bras levés au ciel.

— Ah ! madame, s'écria-t-elle, quelle horreur !

— Où sont-ils ?

— Dans la chambre de cette demoiselle.

— Dans sa chambre !

— Oui, madame, dans sa propre chambre !

— Suivez-moi, Catherine. C'est une abomination !

Elle s'élança, accompagnée de Catherine, dans l'escalier qu'elle gravit rapidement, et se précipita sur la porte de la chambre de mademoiselle Delmont.

Cette porte était fermée au verrou.

Les deux femmes se regardèrent bouleversées, se signèrent en silence, et redescendirent la rougeur au front.

En arrivant au rez-de-chaussée, madame de Lessac fut prise d'une attaque nerveuse.

Laissons la sainte dame entre les mains de Catherine lui jetant de l'eau au visage, et remontons auprès de Georgette et d'Olivier.

LXX

OU GEORGETTE EXPLIQUE SA RÉSOLUTION

En arrivant dans sa chambre avec Olivier, Georgette poussa vivement le verrou de sa porte, sans songer un seul instant au caractère compromettant de cette mesure de précaution.

Elle avait l'audace tranquille de son absolue pureté.

— Nous avons peu de temps à nous, dit-elle en se retournant vers lui. Profitons-en vite.

D'un mouvement naturel, les deux jeunes gens se tendirent les bras, car Olivier avait une telle confiance en Georgette que, malgré les termes fort nets de sa lettre, il n'avait pas douté d'elle une seule minute, et la plaignait, venait à son secours, sans éprouver de colère ni de jalousie, à proprement parler. Il ne ressentait qu'une immense et cruelle inquiétude.

— Je suis bien heureuse et bien inquiète de ta présence ! fit-elle ; ce peut être un grand bien, ce peut être un grand mal... Je ne te demande pas comment tu as pu découvrir ma retraite. Cela perdrait du temps, et il va falloir nous séparer tout de suite.

— Georgette, explique-moi donc ce qui se passe et l'étrangeté de ta conduite, car cela n'est pas sérieux, n'est-ce pas, ce que tu as écrit à mon père ?

— Ecoute-moi d'abord, tu en jugeras ensuite. Je voulais t'écrire, écrire à mon père, pour vous tout expliquer et le mettre sur ses gardes. Mais cela n'est pas facile. Ici, on me surveille. Je ne puis ni sortir, ni mettre une lettre à la poste sans qu'on le sache, et, si on se doutait que j'ai prévenu mon père, tout serait perdu !

— Tout serait perdu ? répéta Olivier fort étonné.

— Oui, Olivier.

18

Georgette baissa la voix.

— L'abbé Clodion sait la vérité. Il sait que mon père existe, il l'a reconnu!

Olivier tressaillit.

— Et alors? demanda-t-il.

— Alors, quand je suis rentrée, l'autre soir, l'abbé m'a fait appeler au salon, chez ma mère, et là m'a déclaré que, si je ne consentais pas, à l'instant même, à épouser M. Florestan, il allait dénoncer Georges Delmont et le faire arrêter.

— Et tu as consenti?

— Oh! j'ai bien lutté, je t'assure. Mais cet homme est terrible, effrayant! Toutes ses mesures étaient prises.... Un mot, et mon père retombait entre les mains de la justice!...

— Les choses ne sont pas si faciles que cela. L'acte de décès de Georges Delmont est en règle. Il faudrait prouver qu'il n'est pas mort, constater son identité, et tout cela présente plus de difficultés que tu ne crois.

— Oui! mais on pouvait toujours l'arrêter, et, une fois entre les mains de la police, on aurait tout découvert. Puis, je le connais! Il aurait dit : Oui, c'est moi. — Non! non! Quand il est venu pour me revoir, quand il a tout risqué pour se rapprocher de sa fille, sa fille ne pouvait le livrer!.

— Mais il peut se cacher!

— Pour cela, il fallait le prévenir. Et je ne le pouvais pas; car j'ai dû également consentir à quitter Paris jusqu'à mon mariage, afin de m'éloigner de toi, de ton père.

— Tu as les preuves de son innocence.

— Et l'abbé le sait!

— Comment, lui! Il sait donc tout?

— Oui, tout! répéta Georgette en frémissant. Ah! c'est un homme effrayant, je t'assure, et redoutable!... Il sait tout, tout ce que je sais, et bien d'autres choses que je ne sais pas....

— N'importe, reprit Olivier, en le menaçant de parler, de révéler le nom du vrai coupable, tu mettais ses projets à néant.

— J'ai hésité, puis je ne l'ai pas fait. Ce secret n'est plus

à moi. Il est à mon père. Je n'ai plus le droit d'en user sans
son acquiescement.... Je ne suis plus la maîtresse. Il vit....
C'est à lui, à lui seul de décider s'il veut se servir de ce
moyen. Ah! si tu savais la vérité... tu comprendrais...

— Quelle est donc cette vérité? Tu m'avais juré de me la
dire.

— Je croyais mon père mort, à ce moment. Aujourd'hui,
elle n'appartient plus qu'à lui, je te le répète, et je me demande s'il voudra jamais se sauver à ce prix. Enfin, désespérée, n'ayant aucun moyen d'échapper à ce dilemme terrible : —accepter le mariage ou livrer mon père...,j'ai cédé...
j'ai accepté... j'ai écrit les deux lettres qu'on me dictait....

— Tu as consenti à épouser un misérable. Ce n'est pas sérieux.

— Tu le sais, Olivier, reprit-elle avec force, j'aimerais
mieux la mort que ce mariage! J'aimerais mieux la mort
que vivre sans toi! J'aimerais mieux la mort que manquer au serment que je t'ai fait de n'être à personne autre
qu'à toi... Mais je dois vivre, continua-t-elle avec une angoisse qui déchirait son cœur, pour sauver mon père; mais
je ne puis le tuer, moi qui l'aime et qui avais juré aussi
de réhabiliter sa mémoire, je ne puis l'abandonner aux
haines, aux vengeances des indignes qui veulent sa perte!

— Ta mère! s'écria tout à coup Olivier, ta mère consen-
tirait à livrer son mari!

— Elle l'a bien fait une fois déjà! répliqua Georgette avec
un sourire d'ironie et un éclair d'indignation dans ses yeux
noirs.

— C'est vrai, murmura Olivier.

— Elle le ferait encore, sans doute, ajouta Georgette. Heureusement pour elle, elle ne sait rien. Elle ignore que Georges Delmont n'est pas mort.

— Quoi!...

— Elle ne l'a pas reconnu, non! Sa fille l'a reconnu; un
étranger, un ennemi mortel, l'abbé Clodion, l'a reconnu!
Elle, elle ne pense pas même assez à lui pour cela. Non, elle
le croit mort, bien mort! J'étais seule avec l'abbé. Elle savait qu'il devait m'arracher, par un moyen quelconque, mon

consentement à un mariage odieux, infâme, et comme elle ne m'a jamais aimée, comme elle me hait aujourd'hui que j'ai découvert la vérité, comme elle veut m'éloigner à tout prix, comme elle compte sur Florestan pour me fermer la bouche, une fois que je porterai son nom, si jamais je voulais parler ; comme elle te hait toi et ton père dont elle connait les démarches, les recherches, les enquêtes, dont elle se défie à l'égal de moi ; comme l'abbé la domine, lui fait croire dire, faire ce qu'il veut, elle ne s'est pas inquiétée du moyen, pourvu qu'il réussit !

Georgette, en parlant ainsi, serrait l'une contre l'autre ses mains frémissantes. Le sang montait à son visage pâle. Ses yeux brillaient d'un éclat extraordinaire.

Jamais Olivier ne l'avait vu aussi belle, aussi admirable. Jamais il n'avait aussi bien compris la vigueur de cette nature exceptionnelle où l'esprit veillait sur le cœur, où le cœur agrandissait l'esprit, femme sans mièvrerie, portant la grâce jusque dans la violence de la passion, forte, souple et limpide comme l'acier.

Il la contemplait ravi, ému, ébloui.

— Et moi, continua-t-elle, je l'ai laissée dans l'ignorance, je ne lui ai rien dit, car je ne veux pas, si mon père doit agir, qu'elle soit sur ses gardes !

Une expression de dureté passa comme un éclair sur son visage animé.

— Mais enfin, s'écria Olivier revenu à la réalité, cette promesse, cette promesse arrachée par la violence, tu ne l'as faite que pour gagner du temps, tu ne l'accompliras pas !

— Que mon père soit à l'abri de leurs menaces et de leurs coups, et certes je la retirerai, cette promesse qui n'était pas libre... mais comment sauver mon père ? Car rappelle-toi bien ceci, Olivier je le sauverai... à tout prix !

— Même à ce prix ?

— Même à ce prix ! même au prix de ton bonheur, Olivier, qui m'est plus cher que tout au monde. Si j'en meurs, après, cela me regarde. A ma place, enverrais-tu ton père au bagne ou à l'échafaud ?

Olivier se tut. Il la regardait, l'admirait, et sentait qu'il était inutile de lutter, de combattre sa résolution.

— Eh bien, fit-il enfin, nous sauverons ton père. Rien de plus facile. Me voilà averti, je l'avertis, j'avertis mon père. Nous le cachons... au besoin, nous lui faisons quitter la France. Il retourne en Amérique, où nous irons le rejoindre, où tous les deux nous lui referons une famille... car, Florestan écarté, avec le consentement de ton père et du mien, nous irons nous marier là-bas...

Georgette souriait tristement. Elle voyait bien des difficultés qu'oubliait Olivier, mais elle ne voulait pas le décourager et le désespérer.

— Songe, lui dit-elle alors d'une voix plus basse, que l'abbé Clodion et ma mère sont prévenus ou vont l'être de ta présence ici, que l'abbé, devinant que je t'ai tout révélé et que tu vas mettre mon père sur ses gardes, prendra ou a pris déjà ses précautions. Voilà pourquoi ton arrivée inattendue m'a causé autant d'angoisses que de joie, et peut aussi bien tout perdre que tout sauver.

Olivier pâlit, car rien n'était plus vrai.

L'abbé n'était pas homme à lâcher ainsi son gage. Il avait dû prévoir cette péripétie ou quelque autre analogue, et s'arranger pour tenir Georges Delmont à sa merci.

— Je pars à l'instant. J'arriverai peut-être à temps.

— Oui, et je le désire plus que je ne l'espère... En tout cas, j'ai pris mes précautions.

Georgette dégraffa rapidement le corsage de sa robe et en tira une lettre volumineuse.

Elle la remit à Olivier en lui disant :

— Cette lettre contient le récit détaillé de tout ce que je sais sur le meurtre d'Hippolyte Riccardi, et le nom du meurtrier. Je te la confie. Tu la remettras à mon père. Il est trop menacé pour ignorer plus longtemps la vérité, quelle qu'elle soit !... A lui de décider, s'il veut accepter la lutte dans ces conditions... Si tu ne le trouves pas, si tu ne peux arriver jusqu'à lui, si l'abbé, en apprenant notre réunion, l'a déjà fait arrêter...

Georgette parlait d'une voix saccadée haletante.

— Eh bien ? demanda Olivier.

18.

— Eh bien, continua la jeune fille avec effort, tu donneras
cette lettre à ton père, vous la lirez ensemble, et vous avi-
serez... Maintenant pars, pars vite !

— Oui ! s'écria Olivier, et je reviendrai ! A revoir, ma
Georgette chérie, ma femme bien aimée !

— Adieu, Olivier, ne doute jamais de moi !

Leurs lèvres se rencontrèrent dans un baiser ardent. Georgette devint pâle et froide, ses yeux se fermèrent, et, pour une
seconde, elle s'abandonna tout entière aux bras de son amant,
à l'ineffable volupté de ce premier baptême de leur amour.

Mais, se redressant, elle se dégagea brusquement, courut
à la porte et l'ouvrit :

— Va, lui dit-elle.

Olivier avait à peine disparu que madame de Lessac se
montra, le visage enflammé d'une colère qui saupoudrait de
quelques taches de pourpre, le suif de son teint habituel de
vieille dévote.

— Mademoiselle, fit-elle d'une voix étranglée et d'un ton
insultant, j'ai télégraphié à madame votre pauvre mère et à
M. l'abbé Clodion le récit du scandale dont vous avez déshonoré mon toit vertueux. J'espère qu'avant peu ils m'auront délivrée de votre présence, qui offense ma pudeur, et
d'une responsabilité que je ne puis accepter. Les grilles d'un
couvent, sans doute, mettront pour quelque temps un terme
à votre dévergondage !

— Je m'en doutais, pensa Georgette sans lui répondre.
Olivier arrivera trop tard ! Je ne pouvais pourtant pas repousser ce moyen de faire prévenir mon père.

Elle réfléchit un instant, puis s'assit devant une table, prit
une plume et du papier et écrivit :

« Monsieur l'abbé,

« Vous m'avez juré que, tant que je tiendrais ma promesse,
« don Ramon serait en sûreté.

« N'oubliez pas, quoi qu'il arrive, que ma promesse est
« subordonnée à votre engagement, et qu'en frappant don
« Ramon, vous m'affranchiriez à l'instant !

                    « Georgette DELMONT. »

Par cette lettre, Georgette espérait rassurer l'abbé, et donner le temps à Delmont de se mettre à l'abri d'une arrestation que l'abbé pouvait juger nécessaire, sur le rapport de madame de Lessac.

Une fois son père en sûreté, elle serait, d'ailleurs, en droit de reprendre sa liberté, nul n'étant tenu de remplir une promesse immorale arrachée par la violence.

Dire qu'elle croyait au succès, ce serait mentir, mais elle voulait lutter jusqu'au bout, défendre le terrain pied à pied.

Restait à savoir maintenant si Georges voudrait se servir des révélations qu'elle lui envoyait.

Mais c'était là une autre question, et dont la solution ne dépendait pas d'elle.

Elle fermait les yeux, et attendait.

LXXI

LE SECRET DE L'ABBÉ CLODION

Nous avons laissé Delmont se rendant chez l'abbé Clodion.

Le malheureux père était arrivé à ce moment suprême de crise nerveuse et d'exaspération folle, où l'on renverse souvent, en quelques minutes, l'échafaudage entier de sa vie, où l'on joue sur une carte la fortune qu'on avait accumulée à force de travail, de sagesse, de modération et d'économie.

Pendant sept ans, au prix des efforts les plus héroïques, contenant toutes ses douleurs, *capitalisant* tous ses désespoirs, il avait pu se dominer, attendre patiemment l'heure de la revanche, se contraindre à saigner en dedans, à couvrir d'un masque impassible ses plus cruelles angoisses.

Ensuite, il était venu à Paris, et, là encore, même en face de sa fille, il avait poursuivi sa tâche, résolu de rester maître de lui-même jusqu'à la fin.

Mais chaque nature a sa limite qu'elle ne saurait dépasser, sa quantité d'émotions et de tortures qu'elle peut supporter, au delà de laquelle la raison s'avoue vaincue, la volonté abdique et laisse la place à la passion.

Georges Delmont était arrivé à ce point.

Le vrai fonds de son caractère, qui était l'emportement et l'amour de la lutte, reparaissait écrasant le reste.

Perdre Georgette après l'avoir retrouvée, était chose audessus de ses forces, en dehors de son tempérament.

Las de n'avoir rien découvert par la temporisation et tant de sacrifices faits à la prudence, poussé par l'amour paternel, que la perte de toutes ses autres affections et la déroute de toutes ses ambitions rendaient formidable, assoiffé de vengeance, il n'écoutait plus que la colère et la violence. Il voulait agir, agir, agir, vaincre ou succomber d'un seul coup.

C'est dans ces dispositions qu'il atteignit le carrefour de l'Observatoire et se présenta chez l'abbé Clodion.

Mais il eut beau sonner, personne ne vint lui ouvrir.

L'abbé était sorti, contre son habitude à pareille heure.

— Il finira bien par rentrer, — se dit Delmont, — et il alla s'asseoir sur un banc de la petite place de l'Observatoire.

Là, comme quelques semaines auparavant, il resta immobile, les yeux fixés, avec une sorte d'acharnement insensé, sur un seul point : — la porte de cette maison.

A six heures du soir, enfin, la silhouette sèche et dure de l'abbé Clodion apparut.

Il mettait la clef dans la serrure, quand une main s'abattit sur son épaule et une voix sourde lui dit:

— Monsieur l'abbé, je désire vous parler.

L'abbé se retourna sans surprise.

— Volontiers! répondit-il. Je vous attendais.

Il poussa la porte, s'effaça pour faire passer son visiteur, en ajoutant tranquillement :

— Veuillez entrer, monsieur Delmont.

Georges, qui avait fait déjà deux ou trois pas dans le corridor, tressaillit, s'arrêta, se retourna, et se trouva en face de l'abbé qui venait de fermer la porte.

— Delmont! répéta-t-il avec étonnement.

— Oui, Georges Delmont! répliqua l'abbé Clodion avec ironie, rédacteur en chef de la *Foi nouvelle*, condamné à mort par la cour d'assises de la Seine, enterré au Père-Lachaise, mais mal enterré, paraît-il, puisqu'il en est sorti!

L'abbé ricana.

Delmont hésita une seconde, puis haussa les épaules.

— J'aime autant cela! fit-il. Nous jouerons cartes sur table. A bas les masques!

— A bas les masques! répéta l'abbé d'un ton d'acquiescement. — Veuillez me permettre de vous montrer le chemin.

Il passa devant Delmont, gravit le petit escalier, et introduisit son hôte dans la pièce que nous connaissons déjà, pour l'y avoir vu avec Francine et avec Jules Florestan.

L'abbé Clodion avança une chaise à Delmont, et s'assit lui-même, sans s'inquiéter, contre son habitude, de rechercher l'ombre, exposant son visage déplaisant, ses traits osseux et rudes en pleine lumière, avec une sorte d'ostentation, regardant bien en face son adversaire, de ses yeux gris, au regard généralement faux et fuyant, aujourd'hui net et triomphant.

Les deux hommes gardèrent un instant le silence.

Ils se mesuraient comme deux lutteurs avant un combat à mort.

Ce fut Delmont qui prit, le premier, la parole.

— Puisque vous savez qui je suis, s'écria-t-il, vous savez ce qui m'amène.

— Je le sais.

— Et qu'avez-vous à répondre?

— Posez vos questions.

— J'ai reçu, ce matin, une lettre de ma fille m'annonçant qu'elle consentait à épouser un vil coquin, votre protégé, appelé Jules Florestan, et me disant qu'il fallait, d'ici là, renoncer à nous voir. — Qui lui a dicté cette lettre?

— Moi?

Delmont eut un frémissement de colère.

— Bien! dit-il. Je vois, du moins, que vous serez franc.

L'abbé Clodion ricana.

Delmont reprit :

— J'ai couru aussitôt chez madame Riccardi, pour arracher à cette misérable la vérité que je cherche, que j'attends depuis sept années.

L'abbé ricana encore.

— Oh! je l'aurais fait parler! ajouta Delmont, se trompant à son rire.

— Je ne dis pas non.

— Elle était partie enlevant ma fille. — Où sont-elles?

— C'est ce que je ne vous dirai pas.

Delmont se leva. Sa main dans sa poche caressait la crosse de son revolver.

— Prenez garde! Vous pensez bien que, venant chez vous et connu de vous, je suis décidé à tout!

— Et vous pensez bien que, vous connaissant et vous recevant chez moi, je n'ai peur de rien.

— Pas même de la mort?

— Pas même de la mort! J'ai tout prévu. Vous pouvez me tuer. On vous guillotinera, ce qui ne vous rendra ni votre fille, ni l'honneur, ni le bonheur, et je n'aurai rien à regretter. Car, cette fois, on s'arrangera pour ne pas vous laisser mourir en prison.

— En tout cas, s'il me convenait de donner ma vie pour la vôtre, nous serions quittes.

— Non, c'est moi qui aurais la belle. — Vous n'auriez rien appris de ce que vous voulez savoir, et rien retrouvé de ce que vous avez perdu. Croyez-moi, ce serait un mauvais moyen. Mais, après tout, faites. Je ne suis pas ici pour vous conseiller.

Delmont comprit que son adversaire avait raison.

Il se tut et contempla cet homme avec une stupeur qui avoisinait presque la terreur, cherchant le défaut de sa cuirasse, sans le trouver.

— Ainsi, reprit-il en se contenant, vous refusez de répondre à mes questions?

— Cela dépendra de ces questions.

— Vous refusez de me dire où est Georgette?

— Je refuse.

Delmont se rapprocha de lui.

— Vous savez que je suis innocent du meurtre commis à Sceaux, en 1866 ?

— Je le sais.

— Vous savez qui est le meurtrier ?

— Je le sais.

— Je veux savoir son nom.

— Je ne le dirai pas.

Delmont grinça des dents.

— Pourquoi cela ? fit-il d'une voix étranglée par la fureur.

— Pour mille raisons.

— Qui sont ?

— Ce secret m'a été confié sous le sceau de la confession. Je ne puis donc le révéler.

Et l'abbé se reprit à rire d'un air d'ironie cynique et provocatrice.

— Les autres raisons ? insista Delmont.

— Celle-là ne suffit pas ?

— Qui vous a fait cette confidence ?

— Votre femme.

— C'est bien cela ! murmura Delmont. — L'infâme !

Il passa la main sur son front inondé d'nne sueur froide.

— Eh bien, reprit-il en domptant la tempête qui le secouait, pourquoi a-t-elle caché la vérité ?

— Parce que c'était son intérêt, et que je l'ai vivement engagée à se taire.

Delmont bondit sur lui, lui saisit le poignet et, le forçant de se lever, poitrine contre poitrine, face contre face, les yeux dans les yeux :

— C'est donc vous, misérable, dit-il sourdement, qui m'envoyiez sciemment, volontairement, à l'échafaud !

— A l'échafaud ? Oh ! mon Dieu, non ; au bagne tout simplement. Je vous aurais obtenu une commutation de peine... Votre femme y tenait.

— Mais c'était pire que la mort !

— C'est mon avis.

— Pourquoi cela ? Pourquoi ?

— Parce que je vous hais ! Parce que je voulais vous perdre, vous déshonorer! C'est fait! Parce que je veux votre fortune qui est à moi, et ce sera!

Delmont lâcha le poignet qu'il meurtrissait sans que l'abbé parût s'en apercevoir, et recula, frappé de stupeur et d'épouvante devant cette explosion de haine et l'expression de triomphe farouche de son ennemi.

— Que vous ai-je fait? balbutia-t-il bouleversé.

L'abbé croisa les bras, s'avança à son tour vers lui, les yeux flamboyant, la peau marbrée de plaques verdâtres, les lèvres relevées et laissant voir de longues dents coupantes comme des rasoirs.

— Ah! s'écria tout à coup Delmont. Je comprends. Vous étiez l'amant de Marie!

L'abbé haussa les épaules.

— C'est faux!

— Elle était bien la maîtresse de Riccardi! Vous êtes bien...

Il allait nommer Francine. Il s'arrêta. Il se rappelait le serment fait à la malheureuse fille. Il se rappelait aussi qu'il invoquerait en vain son témoignage et son concours, qu'elle nierait et viendrait au secours de l'abbé, tant qu'elle n'aurait pas retrouvé son enfant.

— Oui, oui, je comprends, poursuivit-il. Ne connaissant pas l'autre amant, vous vouliez vous débarrasser du mari!

L'abbé haussa encore les épaules.

— J'étais le confesseur de madame Delmont, et je savais tout. — Tenez, ne cherchez pas. Vous ne trouveriez pas.

Il s'arrêta, se rapprocha encore, baissa la voix et ajouta :

— Je suis ton frère, Georges!

LXXII

LES FREDAINES D'UN PÈRE

— Mon frère ! répéta Delmont, se demandant s'il avait affaire à un fou, ou si lui-même il ne perdait pas la raison.

— Oui, frère ! frère aîné !... Votre famille est plus nombreuse que vous ne croyiez, n'est-il pas vrai ?

Delmont écoutait et se taisait.

— Or, poursuivit Clodion avec une fureur croissante, il y a sept ans, aujourd'hui, vous étiez au pinacle de la fortune, de la réputation et du bonheur ; et moi je croupissais, je me dévorais, misérable, obscur, malheureux. Vous étiez jeune, brillant, beau. J'ai toujours été vieux, et je suis laid ! Vous étiez riche. J'étais pauvre. Vous aviez toutes les joies de la vie à grandes guides, ouverte, en plein soleil, de cette vie de triomphe et d'éblouissements de l'artiste, de l'écrivain, du journaliste de talent, à Paris. Moi, enseveli sous ma soutane, comme en un suaire, je devais m'effacer, surveiller mes gestes et mes regards, vivre dans la solitude froide, n'ayant que les satisfactions sourdes et cachées du pouvoir terrible que donne le confessionnal ! Vous aviez des maîtresses, vous aviez une femme jeune et jolie, qui ne vous aimait pas, à la vérité, mais que vous aimiez et qui mentait, cela revient au même ! Vous aviez une enfant adorable et que vous adoriez. Moi, j'avais fait vœu de chasteté, et mon tempérament de taureau, — en disant ces mots il frappait sa poitrine de ses poings formidables, avec une rage désespérée, — se révoltait, me torturait, me brûlait, me rendait parjure à mes serments, me livrait à toutes les fureurs de la chair indomptée !... Ah ! j'ai bien lutté, allez !

En l'entendant parler ainsi, en voyant cette face brutale où la luxure amenait plus de bile que de sang, Delmont

19

revit passer sous ses yeux la scène qu'il avait surprise peu de semaines auparavant, et une sorte de pitié se mêla à son horreur.

L'abbé Clodion se tut, s'approcha de la table, saisit une carafe, la porta à ses lèvres, et la vida presque à longs traits.

— Tout cela ne me dit pas comment vous êtes mon frère.

L'abbé s'était calmé. Sa figure avait repris son expression de dureté impitoyable et de froide ironie.

— Vous allez le savoir, fit-il. Asseyez-vous.

Les deux hommes reprirent la place qu'ils avaient occupée au début de cette scène, et l'abbé commença son récit.

— C'est une histoire bien banale, au fond, tellement banale, que celui à qui je la raconterais, en dehors de vous, hausserait les épaules et bâillerait d'ennui. Aussi êtes-vous le premier et le dernier à qui je l'aurai dite.

Il y avait, vers 1831, aux Ponts-de-Cé, près d'Angers, une brave et honnête famille de paysans, pauvres fermiers sur la terre du comte de Rostang.

— Le comte de Rostang ! répéta Delmont.

— Oui, vous connaissez ce nom. C'était un ami de jeunesse de votre père. Donc, cette famille, extrêmement pauvre, se composait du père, de la mère, de deux grands garçons qui travaillaient aux champs, et d'une fille, la cadette, qui soignait la basse-cour et filait le lin à la maison.

Julie Clodion avait seize ans. Elle était charmante. Votre père, Paul-Émile Delmont, associé d'une maison de banque, à Paris, venait parfois, à la saison de la chasse, passer quelques semaines au château du comte, son ami.

A cette époque, c'était encore un jeune homme, et il était garçon. Il paraît même que c'était ce qu'on appelle un viveur, habitué des coulisses de l'Opéra, toujours en intrigue amoureuse quelque part, et avec la première venue.

Tout cela coûte. C'est pourquoi vous n'étiez pas plus riche, il y a sept ans, et pourquoi je ne le serai pas autant que je l'aurais voulu, plus tard, quand je serai rentré dans mon bien.

C'était la seconde fois que son interlocuteur faisait allusion à la question d'argent. Cela frappa Delmont, mais il ne voulut pas l'interrompre.

— Or donc, Émile Delmont, bourreau des cœurs, riche et sans scrupule, vit Julie Clodion. Il la trouva charmante. Je vous ai dit qu'elle l'était. Elle avait aussi, sans doute, un goût de fruit vert et une saveur villageoise qui le changeait de ses plaisirs ordinaires. Enfin, il l'aima... c'est-à-dire, non, elle lui plut, et il voulut l'avoir.

Julie Clodion, comme cela devait être, résista quelque temps, puisqu'elle était honnête, mais elle se laissa fasciner par le beau monsieur, et finalement devint sa maîtresse.

Delmont fit un mouvement.

— Oh ! je sais ce que vous allez me dire, poursuivit l'abbé avec son mauvais rire. Cela se voit tous les jours, et ce n'est pas la peine d'en parler. Vous avez raison, et j'en sourirais aussi, moi, si je m'appelais, comme vous, Delmont, au lieu de m'appeler, comme moi, Clodion !

Votre père, pour vaincre les dernières résistances de la petite paysanne, avait été même jusqu'à lui promettre le mariage... plus tard, — chose encore très-banale. Ma mère, qui était jeune, douce, confiante, amoureuse, ignorante et un peu bête, sans doute, le crut.

L'abbé s'arrêta, puis reprit :

— Vous voyez que je ne tiens guère de ma mère, et que je n'ai pas plus hérité de sa beauté, de sa candeur et de sa douceur, que je n'ai hérité du nom de monsieur votre père et de la position que ce nom devait m'assurer dans le monde.

— Vous êtes le fils naturel de mon père, interrompit Delmont, donc mon frère. Je comprends que vous ayez de la colère, et même de la haine, envers celui qui vous a évidemment abandonné contre tous ses devoirs, et qui a criminellement séduit la jeune fille à qui vous devez le jour. Mais moi, que puis-je à cela ? Quelle est ma part de responsabilité là-dedans ? Et pourquoi me haïssez-vous ?

— Ainsi que vous venez de le dire vous-même, continua l'abbé sans répondre à ces questions, je suis le produit bâtard de cette fantaisie de monsieur votre père.

Julie devint enceinte.

On s'en aperçut. Grand scandale au pays, fureur des parents, et, finalement, expulsion de la fille coupable, emportant pour dot la malédiction de son père, les soufflets de sa mère et les promesses de monsieur votre père !

De tout cela, il n'y avait de positif et de certain, de clair et de liquide, comme on dit, que la malédiction paternelle et les gifles maternelles.

L'abbé s'arrêta encore.

— Cela est odieux, je le reconnais ! s'écria Delmont. Mais, encore une fois, pourquoi vous en prendre à moi ?

— Odieux ? reprit l'abbé avec son éternel ricanement, mais non, c'est fort banal, et je ne tiens nullement à vous toucher. Vous avez voulu savoir pourquoi je vous haïssais. Je vous avais frappé sans que vous sachiez de quelle main venait le coup. Cela manquait à mon bonheur. Puisque vous voilà vivant, je profite de l'occasion pour compléter ma satisfaction et la rendre sans mélange, en vous narrant toute la part que j'ai prise à vos malheurs, et le motif qui m'a armé contre vous.

Donc, ma mère sur le pavé, à dix-sept ans, et grosse de moi, — voilà où nous en étions restés !

Quand il apprit la chose, votre père eut quelque honte, ou quelque pitié.

Toujours est-il qu'il assura une petite pension à Julie Clodion, pour m'élever, à condition qu'elle demeurerait au village et ne viendrait point à Paris.

Elle y consentit facilement. — Paris lui faisait un peu peur, puis votre père lui promettait toujours de l'épouser, et lui recommandait la patience... Histoire de la faire taire, vous comprenez, et de la payer moins cher !

En effet, la pension servie était misérable, et comme une fille-mère ne trouve pas facilement à se caser dans nos campagnes, elle vivotait péniblement, en nourrissant tant bien que mal elle et son fils, qui devenait laid à faire plaisir.

Cela dura ainsi cinq ans.

Les deux premières années votre père était encore venu voir Julie. La troisième année, il se contenta de lui envoyer ses compliments par la poste, sans signer. La quatrième année, il ne donna plus signe de vie. Et, à la fin de la cinquième, il oublia de payer la pension.

Julie Clodion pleurait et se désespérait, mais elle se résignait. Elle avait une nature de mouton !

Quand elle n'eut plus à manger, il fallut bien aviser.

Un gars du pays qui la guettait depuis longtemps et lui faisait la cour, avait fini, je crois, du reste, par la consoler quelque peu. Mais c'était un gaillard pratique. Ce qu'il aimait en elle, c'était la petite pension mensuelle payée par M. Delmont.

Quand il vit qu'elle faisait défaut, il poussa ma mère à l'aller réclamer en personne à monsieur votre père, en emmenant son marmot, pour le mieux attendrir, lui jurant qu'il l'épouserait à son retour.

Vous pensez bien que, depuis quelques années déjà, Julie n'espérait plus porter le nom de Delmont.

La voilà donc qui part, au cœur de l'hiver, avec moi.

Elle put prendre la diligence jusqu'à Paris. Arrivée là, il ne lui restait plus le sou. Elle me traîna derrière sa jupe, à travers les rues noires et boueuses de la grande ville, dans la neige fondue.

Elle était bien fatiguée, et moi je grelottais.

Elle eut quelque peine à trouver l'hôtel de M. Émile Delmont, hôtel magnifique, sis rue du Bac... Mais vous le connaissez bien, puisque vous y êtes né ! ajouta l'abbé en grinçant des dents.

Lorsque nous arrivâmes, nous étions si crottés qu'on ne voulait pas nous recevoir.

Cependant, ma mère insista tellement, répéta avec tant de force que M. Delmont l'attendait et serait enchanté de la voir, qu'on nous fit monter, moi toujours cramponné aux jupes maternelles, jusqu'au cabinet de *mon* père.

Ah ! quel escalier ! avec un riche tapis aux dessins éclattants, sur lequel mes gros souliers pleins d'eau, — j'avais cinq ans passés, — faisaient : floc ! floc ! — Et la bonne chaleur, douce et pénétrante, qui m'ôtait l'onglée ! — Et les bonnes odeurs ! — Partout des fleurs dans de grands vases, dans des jardinières, des fleurs en décembre, par la neige, comme je n'en avais jamais vues dans nos champs au grand soleil d'avril et de mai !

Il y avait sur les portes d'autres portes, tout en velours, avec des clous jaunes que je pris pour de l'or.

Ma mère grelottait dans une robe d'indienne, le vent jouait dans les trous de ma culotte.

Nous passâmes sans doute devant la salle à manger, ou l'office, car il me vint aux narines un fumet qui me fit baver.

Pensez, — depuis la veille au soir, ma mère et le fils aîné de monsieur votre père n'avaient, dans le ventre, qu'un petit pain d'un sou !

Enfin, nous entrons dans une pièce si éblouissante, que j'en fermai les yeux. Des dorures, des lambris, des rideaux, des tapis, des bibliothèques noires avec des livres rouges dedans, une cheminée de marbre blanc, où ce qui brillait le moins était le foyer, pourtant plein de flammes claires, avec un doux ronflement, dont les reflets dansaient dans les cuivres du garde-feu, de la pelle et des pincettes.

Je prenais toujours cela pour de l'or massif. J'en avais vu une fois, un louis tout neuf... Je savais ce que c'était !

Ma mère, en regardant, au lieu de se réchauffer, semblait se glacer.

Elle pleurait ! Moi, je me mis aussi à pleurer... Ah ! ces larmes !... je ne les regrette plus, car, depuis, j'ai fait couler les vôtres au centuple ! continua le narrateur en serrant les poings et en jetant un regard de joie féroce à Georges Delmont.

Il reprit :

— Tout à coup une porte s'ouvre. Ma mère se retourne, tremblante. C'était un enfant qui entrait, bouclé, rose, riant, heureux, beau, couvert de velours, de dentelles, de rubans ! Une sorte d'apparition paradisiaque !

Je le regardais avec de grands yeux, moi sale, gelé, triste, déguenillé, pleurant et morveux.

Il était entré en courant, il s'arrêta en nous voyant, nous dévisagea d'un air étonné.

C'était un petit garçon d'environ deux à trois ans.

Il s'approcha de moi et me dit : — Oh ! qu'il est laid !

L'abbé saisit brusquement la carafe vide, la porta à ses lèvres, la rejeta, et ajouta avec un rire strident :

— En effet ! il avait l'air d'un oiseau et moi d'un crapaud. Mais le crapaud a du venin... vous en savez quelque chose, aujourd'hui !

LXXIII

COMME ON SE DÉBARRASSE DU PASSÉ
ET COMME ON S'EN VENGE !

— Je vous plains ! dit Delmont, car vous avez souffert.

— Et moi, je ne veux pas de votre pitié, car je me suis vengé ! Et n'espérez pas qu'elle me touche, car je ne pardonnerai pas.

Je continue.

En ce moment, une voix de femme, fraîche et jeune, au timbre aristocratique, semblable à une musique pour mon oreille habituée aux voix enrouées des paysans et des femmes de la campagne, cria : — Georges ! Georges !

C'était vous, c'était mon frère cadet !

La femme qui appelait parut sur le seuil de la porte. Je crus que la vierge descendait du ciel avec sa belle robe parsemée d'étoiles et de rubis.

C'était madame Delmont, la femme légitime de mon père, dont Julie n'avait été que la concubine. C'était votre mère !

L'abbé précipitait son débit, parlait avec fièvre, et sa voix devenait rauque, résonnait comme un cuivre.

— En nous apercevant, la belle dame fronça ses fins sourcils, et vous dit avec colère, à vous, mon frère, qui vous étiez rapproché de moi, pour m'insulter :

— Mais viens donc, tu vas te salir !

Ah ! je n'ai rien oublié, allez !

Alors, s'adressant à ma mère :

— Que voulez-vous, bonne femme? Est-ce la charité? Pourquoi vous a-t-on introduite ici?

— J'ai à parler à M. Delmont... Je ne mendie pas, je réclame mon dû, répondit Julie Clodion, car l'insolence de la belle dame l'irritait; car elle comprenait, enfin, que son séducteur était marié depuis longtemps, car son cœur, à elle aussi, se gonflait de rage, en voyant tout ce luxe, en se rappelant toute sa misère.

— Votre dû! répéta la belle dame. Qu'est-ce que M. Delmont peut devoir à une femme de votre sorte?

— Un peu de pain pour cet enfant, répliqua-t-elle.

Madame Delmont devint pâle, puis rouge.

— A cet enfant? Que voulez-vous dire? reprit-elle d'un air de suprême insolence derrière lequel elle voulait en vain cacher sa colère.

— Je veux dire, madame, répondit Julie Clodion, heureuse de se venger et de rendre un peu du mal qu'elle ressentait depuis quelques instants, — je veux dire que si votre fils est couvert de velours, le mien crève de froid, et qu'ayant le même père, cela n'est pas juste, et que je viens le rappeler à Émile qui l'a oublié!

Sur ces entrefaites, M. Delmont, prévenu de notre présence, entra à son tour.

En nous reconnaissant, il devint rouge de colère et de terreur.

Sa femme se retourna vers lui :

— Eh bien, monsieur, dit-elle en ricanant avec effort, j'en apprends de belles! Vous choisissez de jolies maîtresses, et vous ne réussissez pas vos bâtards!

— C'est faux! hurla mon père exaspéré, et surtout humilié.

— Comment, c'est faux! s'écria, à son tour, ma mère, hors d'elle, avec sa grossièreté paysanne. — Tu oserais nier...

Il ne la laissa pas achever.

— Cette femme est folle! répétait-il pour couvrir sa voix. Je ne la connais pas, ni ce petit monstre! Qu'on les chasse!

Et, ayant sonné, sur son ordre, un laquais me prit dans ses bras et m'emporta hurlant.

Ma mère se mit à crier aussi, à l'accabler de reproches,

mais elle se sentait mal à l'aise dans ce beau palais, qui lui inspirait au fond autant de respect que de terreur, et elle finit par me suivre, intimidée, furieuse, ne sachant plus ce qu'elle faisait.

Nous nous retrouvâmes dans le ruisseau, sous la neige.

— Si vous ne calomniez pas mon père, sa conduite fut abominable, dit alors Delmont. Et ce n'est pas moi qui le défendrai, bien que je ne me rappelle pas cette scène.

— Vous aviez deux ans et demi et j'en avais cinq! — Vous restiez, on me chassait! — Vous aviez bien dîné, et j'ai jeûné ce jour-là! — Vous étiez le bien-être et le bonheur, j'étais la misère et la haine! — Voilà pourquoi vous avez oublié, et pourquoi je me souviens!

Il y eut un silence.

— Nous dûmes retourner au village à pied, sous la pluie et le vent, en plein hiver, mendiant notre pain le long des routes.

Ce qui soutenait ma mère, c'est qu'elle comptait retrouver le gars qui la courtisait depuis longtemps, et l'épouser. Mais, à notre arrivée, quand il sut qu'on nous avait chassés et que la pension était perdue à tout jamais... adieu paniers, les vendanges sont faites!

Il tourna les talons et nous planta-là.

Ce fut le coup. Ma mère se mit au lit et mourut huit jours après.

Au moment de mourir, ses dernières paroles furent :

« Souviens-toi! Venge-moi et venge-toi! »

Et je me suis vengé, et je me venge, et je me vengerai!

Il se leva formidable, étendant sa longue main aux doigts noueux sur la tête de Delmont, et la referma avec un bruit sec de tenailles, comme s'il voulait le broyer.

Puis il se rassit.

— Ma mère morte, je serais mort de faim, continua-t-il, si le vieux curé du village ne m'eût recueilli.

Il me trouva intelligent, s'attacha à moi, et me fit entrer au séminaire. Cela me parut le paradis! J'étais bien vêtu, j'avais chaud, et je mangeais mon comptant.

C'est ainsi que je devins prêtre, non par vocation, mais

19.

par hasard, par nécessité, parce que pour moi, bâtard, orphelin, pauvre et ambitieux, avide de m'élever, de conquérir
une position qui facilitât ma vengeance, l'Église était le
meilleur des boucliers et l'arme la plus sûre dans la lutte
que je comptais entreprendre.

Reçu prêtre, je vins enfin à Paris. — J'appris que vous
étiez marié... je voulus être le confesseur de votre femme, et
j'y parvins. J'attendais mon heure, guettant dans l'ombre,
déjà maître de votre existence, de vos joies, des secrets honteux de votre intérieur par madame Delmont que je tenais
et dominais.

Je n'eus pas même à faire naître les circonstances, je le
regrette. Elles vinrent à moi, je les saisis... et vous voilà
ici, sans nom, à ma discrétion, me redemandant votre enfant
et votre honneur !

— Pourquoi ne vous êtes vous pas adressé à moi ? Pourquoi
ne m'avoir pas dit tout cela ? Je vous aurais ouvert les bras,
et j'aurais partagé avec vous, répondit Delmont.

— Votre aumône, à vous, jamais ! Être votre ami, votre
obligé, jamais ! Vous m'aviez volé ma place, c'est la vôtre
tout entière qu'il me fallait. Vous m'aviez pris ma fortune,
c'est cette fortune que je voulais, et je la tiens !

— Mais enfin se venger sur le fils innocent des crimes du
père, c'est infâme !

— C'est la loi divine. Dieu lui-même l'a dit : — Je punirai
l'iniquité des pères sur les enfants...

— Mais ma fille, ma Georgette, interrompit Delmont.

— Jusqu'à la troisième et quatrième génération ! termina
l'abbé, en éclatant d'un rire triomphal.

Delmont laissa tomber sa tête dans ses mains, bouleversé,
anéanti.

L'abbé se releva.

— Maintenant, lui dit-il, vous savez ce que j'ai fait. Connaissant l'assassin de Riccardi, j'ai obtenu qu'il restât ignoré.
Grâce à moi, vous êtes condamné à mort, déshonoré, sans
femme, sans fille, sans fortune, frappé partout où un cœur
d'homme peut saigner. — Vous êtes moins que je n'étais, le
jour où votre mère vous rappelait près d'elle, de peur que je

ne vous crottasse de ma boue. — Vous n'avez plus même de nom à vous, et, innocent, vous ne pouvez prouver votre innocence.

Maintenant, je marie votre fille, malgré vous, à qui je veux, et ce mariage mettra votre fortune, votre fortune tout entière, entendez-vous, non pas la moitié, entre mes mains.

— Ah! misérable! Je pardonne tout ce que tu as fait contre moi; mais contre elle, non, non!

— Que m'importe?

— Tenez, reprit Georges d'une voix altérée, vous vouliez m'écraser, vous avez réussi. Je n'ai plus rien à moi, pas même le nom que je porte, c'est vrai!... Eh bien, je me résigne... Je renonce à tout! Ma fortune, je vous aiderai à la prendre. Mais respectez Georgette. — Grâce pour elle!

— Pas de grâce!

— Ah! c'est ainsi! Soit. La guerre à mort, alors! Je retrouverai ma femme et je lui arracherai ce secret qui doit me sauver.

L'abbé tira sa montre, la regarda.

— Bien, dit-il froidement. Elle doit être rentrée chez elle, à présent. Allez-y, trouvez-la, faites-vous connaître, et apprenez la vérité de sa bouche, si vous le pouvez... Cela vaut autant, et cela complétera la comédie. Car ce secret ne vous servira de rien, d'abord, parce que vous ne voudrez pas vous en servir, si vous aimez votre fille, ensuite parce que, le voulussiez-vous, vous ne pourrez jamais fournir de preuves, ou vous ne voudrez pas, ce qui revient au même, les faire fournir par la seule personne qui en possède peut-être.

Delmont s'était dirigé vers la porte.

— Cela suffit, répondit-il. Je jugerai ce que je dois faire, mais ma femme parlera!

— Oui, si tu arrives jusqu'à elle! murmura l'abbé, en le suivant des yeux pendant qu'il s'élançait au dehors. — Et ma foi, je le souhaite. Mon triomphe n'en sera que plus complet.

Il froissa ses mains l'une contre l'autre et en fit craquer toutes les articulations.

LXXIV

QUEL ÉTAIT L'ASSASSIN D'HIPPOLYTE RICCARDI?

En effet, madame Riccardi était depuis une heure de retour d'Orléans, après y avoir conduit Georgette et l'avoir confiée et recommandée à la surveillance de madame de Lessac, déjà chapitrée à cet égard par les soins de l'abbé, ainsi que nous l'avons vu.

En rentrant chez elle, après une si courte absence, et en apprenant que son mari n'avait pas été revu dans la maison depuis son départ, qu'il ne s'y trouvait même pas à cet instant, bien qu'il fût déjà tard pour lui, car neuf heures étaient sonnées, et jamais il ne se couchait passé huit heures, madame Riccardi éprouva une vive contrariété et beaucoup d'inquiétude.

Elle ne craignait ni pour les jours, ni pour la santé d'Ercole, qu'elle savait aussi prudent que solide, mais elle avait peur que sa soif des plaisirs, soif à laquelle elle croyait très-sincèrement, et d'autant plus qu'elle avait dû la désaltérer assez souvent, ne l'eût entraîné à quelqu'une de ces dépenses folles dont il lui présentait ensuite la carte à payer.

On se rappelle, en effet, que tel avait été le calcul de Riccardi qui, après avoir dépensé environ 1 fr. 60 à ses deux repas, dans les restaurants à 80 centimes, vin compris, et 50 centimes pour une tasse de café sans cognac, dans un établissement de second ordre où il comptait passer la soirée en lisant les journaux par-dessus le marché, s'apprêtait, lors de sa rentrée, à faire le récit le plus fantastique et le plus larmoyant des excès auxquels il se serait abandonné loin de sa femme adorée, pour se consoler d'une si cruelle absence. — Coût : trois mille francs !

Il y avait baisse à la Bourse. N'était-ce pas le moment d'acheter ?

Or, comme la femme adorée était d'une avarice extrême, cette prévision n'avait rien que de fort pénible pour elle, surtout au moment où la dot de Georgette allait lui enlever juste la moitié de son revenu.

Au lieu donc de rester dans sa chambre et de se coucher elle-même pour se reposer des fatigues du voyage, elle passa un peignoir de nuit fort élégant et très léger et descendit au rez-de-chaussée.

Sans avoir eu jamais sujet de douter de la fidélité de Riccardi, elle était passablement jalouse, et cette absence extraordinaire à pareille heure lui causait une certaine angoisse. Aussi avait-elle résolu, à tout hasard, de le charmer par un peu de coquetterie, et s'était-elle mise sous les armes.

Elle s'installa dans une petite pièce d'été dont la fenêtre était entourée d'une guirlande épaisse de chèvrefeuille, à l'odeur suave de laquelle se mêlait le parfum plus fort des héliotropes et des roses abondamment répandues à l'entour de la maison.

Le temps était orageux, la chaleur étouffante. Par instants seulement un souffle d'air embaumé pénétrait par la fenêtre ouverte, et madame Riccardi recevait avec joie cet air, relativement frais, sur ses épaules et ses bras nus.

Une lampe à globe dépoli éclairait la petite pièce. C'était l'unique lumière qu'on aperçût dans la maison.

La veuve de Delmont avait renvoyé sa femme de chambre pour se livrer en paix à ses réflexions. Les domestiques s'étaient retirés ou couchés. Le concierge seul veillait, attendant son maître, sur l'ordre de madame Riccardi.

Sans l'inquiétude que lui causait son mari, elle se fût, d'ailleurs, sentie parfaitement heureuse. Georgette était vaincue ! Elle cédait, elle épousait Florestan. Ainsi se trouvait éloignée sa fille, écarté un témoin incommode, réduit désormais à l'impuissance.

Par quels moyens l'abbé avait-il obtenu ce résultat ? C'est ce dont elle s'occupait le moins. Le résultat était tout. La fille qu'elle haïssait aujourd'hui, une fois mariée, ne serait plus un danger.

Jamais elle n'avait été plus rassurée sur l'avenir.

Au moment où la demie de neuf heures sonnait aux horloges du quartier, une ombre apparut à l'extrémité de la rue.

C'était Delmont qui s'approchait, après avoir quitté l'abbé Clodion, se demandant comment il ferait pour pénétrer dans cette maison, dont l'entrée lui était interdite.

Il était venu avec une extrême rapidité du carrefour de l'Observatoire à Passy, bien décidé à voir sa femme, à l'instant et à tout prix.

Plusieurs fois, pendant cette longue course, car il n'avait pas pris de voiture, éprouvant le besoin d'une fatigue physique quelconque, il lui avait semblé qu'on le suivait, mais sa cruelle préoccupation ne lui permettait pas d'y attacher une grande importance, ou de chercher à s'en assurer d'une façon certaine.

En approchant de la maison avec précaution, il aperçut le concierge assis devant la grille du jardin, demandant un peu de fraîcheur et de distraction à la rue, pendant sa faction.

C'était un avantage et un désavantage tout à la fois pour Delmont, puisque la grille était ouverte et, en même temps, gardée.

Pendant qu'il hésitait sur le résolution à prendre, ne voulant pas s'exposer à une nouvelle lutte avec les domestiques de la maison, le concierge se leva et fit quelques pas sur le trottoir, en lui tournant le dos.

Profitant de l'occasion, Georges s'élança dans le jardin, sans être vu, et se faufila jusqu'à l'habitation, en se courbant et se cachant derrière les buissons de lilas et les petits arbustes, dont l'ombre le protégeait d'autant mieux que la lune n'était pas encore levée.

En avançant, il aperçut une lumière, et se dirigea vers elle.

Arrivé au bas de la fenêtre du rez-de-chaussée, il se redressa doucement, et vit sa femme, seule et assise, qui regardait vaguement du côté du jardin, dont elle aspirait les senteurs éparses.

Une horrible angoisse lui serra le cœur, à la vue de cette créature qu'il avait tant aimée et qui l'avait si ignoblement trompé. Pour une seconde, son passé, sa jeunesse revécurent sous ses yeux, et cela avec d'autant plus de force que le négligé coquet de madame Riccardi, l'heure, la lumière pâle, rajeunissaient cette femme et semblaient la lui représenter telle que jadis, au temps de son bonheur et de son amour.

Cette faiblesse ne dura pas.

Il était arrivé au moment décisif de son existence. Pour la seconde fois, cette femme tenait sa destinée, sa vie, son honneur entre ses mains.

Il fallait qu'il lui arrachât enfin la vérité.

Il s'éloigna sans bruit, gagna le perron, poussa la porte qui n'était point fermée, et arriva devant la chambre où se trouvait madame Riccardi, guidé par la lumière qui filtrait à travers une légère tenture de toile de Perse, faisant portière.

Il souleva cette tenture et se trouva dans la chambre, derrière sa femme qui lui tournait le dos, et dont il ne distingua d'abord que les blanches épaules.

Au bruit léger qu'il fit, madame Riccardi se retourna de son air nonchalant, en s'écriant d'une voix à la fois satisfaite et un peu irritée :

— Est-ce toi, Ercole?

Mais aussitôt elle entrevit la figure amaigrie, les cheveux blancs et la barbe de don Ramon Llorente.

Elle se leva avec surprise et colère.

— Quoi? cet homme encore! s'écria-t-elle. Que venez-vous faire ici? C'est trop d'audace, sortez!

Delmont s'avança sans répondre, en la regardant fixement. Madame Riccardi eut peur. Elle recula.

— Prenez garde! je vais appeler... que voulez-vous, encore une fois?

Delmont croisa les bras.

— C'est donc bien vrai que tu ne me reconnais pas, Marie! dit-il lentement.

Madame Riccardi tressaillit, et ses yeux s'agrandirent.

Pour cette fois, la voix, la vraie voix de Georges, dépouillée de tout faux accent étranger, frappa son oreille d'un souvenir lointain et formidable.

Elle se pencha vivement en avant pour dévorer du regard ce visage que, jusqu'alors, elle avait à peine regardé.

— Oui, reprit Georges, regarde-moi bien. Cherche sous ces cheveux blancs les cheveux noirs que tu as connus, il y a sept ans! Cherche dans ces traits brûlés par le soleil, vieillis par la douleur, les traits de l'homme jeune, plein d'avenir, plein de force, que tu croyais si bien avoir tué.

Un tremblement convulsif agita le corps de madame Riccardi. Une pâleur mortelle s'étendit sur son visage faisant ressortir le velours noir de ses grands yeux démesurément ouverts.

Elle se rejeta en arrière, les bras étendus devant elle, comme pour éloigner quelque vision terrible, et s'appuya contre la muraille.

— Qui... qui êtes-vous? balbutia-t-elle d'une voix étouffée. Je ne vous connais pas... Il est mort!

— Qui je suis?

Delmont s'approcha d'elle, lui saisit le bras.

— Qui je suis? — Georges Delmont! Ton mari et ton juge.

Et, d'un mouvement sec, il la jeta sur le tapis, à ses pieds.

Madame Riccardi poussa un cri sourd de terreur.

Profondément superstitieuse, elle crut d'abord à un de ces miracles, à une de ces apparitions dont elle avait la tête farcie par ses lectures religieuses. Elle crut que la tombe lui renvoyait son hôte pour la punir, pour l'écraser.

Elle n'éprouva, sur le moment, qu'une peur horrible, irréfléchie, car elle ne pouvait douter. Maintenant, elle reconnaissait bien cette voix, cette parole ardente, ces yeux, ces traits amaigris et flétris, ce visage labouré par le chagrin, mais enfin tout cela resté semblable à lui-même.

— Grâce! murmura-t-elle.

— Grâce pour qui? répéta Delmont. Pour la femme adultère? Pour la mère dénaturée? Pour l'infâme qui livrait son mari innocent au bourreau?

Madame Riccardi, revenue à elle, et comprenant enfin qu'elle avait affaire non pas à une apparition fantastique, mais à un être réel, essaya instinctivement de se défendre par le mensonge et voulut articuler une dénégation.

Sa nature, au fond, n'était faite que de lâcheté, et cette résurrection qu'elle n'avait jamais prévue, la prenant à l'improviste, lui ôta tout sang-froid, toute idée de lutte, de résistance.

— Quoi! s'écria Delmont, tu n'étais pas la maîtresse de Riccardi avant notre mariage! Après ce mariage, tu ne m'as pas conduit à Milan pour y renouer tes relations avec ce misérable! Après notre retour à Paris, tu ne l'y as pas amené, pour y continuer vos amours! A Sceaux, dans la nuit du meurtre, ce n'est pas lui que tu attendais!...

Delmont élevait la voix.

Elle eût peur qu'on l'entendit.

— Si, si, dit-elle d'une voix suppliante, — plus bas! oh! plus bas!... J'avoue, j'avoue tout!

— Et ce malheureux frère qui vint à sa place, te sachant infâme, et pensant en profiter, continua Delmont, dont la voix s'élevait de plus en plus, devenait tonnante...

— Oui, oui, interrompit madame Riccardi, tordue par l'angoisse, regardant autour d'elle si personne ne venait, si personne n'entendait. — Oui, oui, j'avoue... C'est moi... c'est moi qui l'ai tué!... Mais plus bas... Oh! plus bas!

Delmont poussa un cri et recula à son tour, en portant ses mains à son front, d'un geste fou...

— Toi! balbutia-t-il. — C'était elle!

LXXV

CE QUI S'ÉTAIT PASSÉ DANS LA NUIT DU 12 AU 13

L'accent de surprise, de stupeur de Georges Delmont, en entendant cette révélation inattendue, fut si profond, si terrible, que madame Riccardi comprit le piége où la terreur l'avait fait tomber.

Elle se redressa tout à coup.

— Il ne le savait pas! s'écria-t-elle, et c'est moi qui le lui ai appris!

Elle se tordait les bras avec désespoir.

La situation était claire et nette.

Son mari était là, devant elle, en chair et en os, bien vivant.

Comment cela se faisait-il? peu importait. Le fait existait, voilà tout, et cela suffisait.

En le reconnaissant, en l'entendant parler avec cette certitude des détails du passé, elle avait cru qu'il savait tout, que Georgette, — car la pauvre enfant connaissait, en effet, l'atroce vérité, — avait révélé à son père le nom de la meurtrière.

Lorsqu'elle vit qu'elle s'était trompée, elle éprouva un affreux sentiment de désespoir. Ce n'était point le remords, non, mais le regret cuisant, la rage insensée de s'être livrée elle-même.

Cependant, avec cette intuition rapide de la femme, et cette netteté de coup d'œil que donne l'instinct de la conservation personnelle développé par l'extrême danger, elle résolut de ne point s'abandonner, de lutter jusqu'au bout, de tirer le meilleur parti possible, pour elle-même, de la situation redoutable où elle s'était jetée par son imprudence.

Elle avait d'abord cru que son mari voulait la tuer; puis elle avait essayé d'obtenir qu'il parlât bas, pour que le récit de ses crimes n'allât pas ainsi frapper à l'improviste des oreilles étrangères.

D'autre part, en voyant que Georgette, qui avait évidemment reconnu son père depuis longtemps, — elle le comprenait à présent, — s'était renfermée dans le silence, elle espéra que tout n'était pas perdu pour elle.

Si Georgette se taisait, c'est qu'il y avait, en effet, quelque chose d'abominable pour cette jeune fille à révéler l'adultère de sa mère et l'assassinat accompli par elle.

Mais ce qui arrêtait la fille, n'arrêterait-il pas le mari et le père?

Cet homme trompé, cet homme condamné à sa place, n'hésiterait-il pas aussi à la traîner devant les tribunaux, à ramasser son honneur dans son déshonneur à elle, à payer sa réhabilitation de ce prix honteux, à contraindre sa fille, — la seule qui pût fournir un témoignage et un ensemble de preuves, comme on l'a vu, — à déshabiller publiquement celle à qui elle devait le jour?

Tout cela passa devant les yeux de la femme coupable avec la rapidité de l'éclair et lui rendit un peu de sang-froid.

Dévote, elle était sans cœur.

Italienne, elle ne manquait point d'habileté.

Femme, elle avait de l'audace.

Appeler, dénoncer son mari, le livrer à la justice une seconde fois, elle l'eût fait, certes, si Georgette n'avait pas tout su, et si une erreur fatale ne lui avait pas arraché un aveu.

Dans ces circonstances nouvelles, il fallait user d'une autre tactique, et elle ne désespéra plus d'une victoire relative.

D'ailleurs, la physionomie de son mari, qu'elle observait attentivement, exprimait plus de surprise, d'horreur et d'angoisse, que de colère et de résolution menaçante pour elle.

— Ainsi, reprit enfin Delmont lentement, c'est vous qui l'avez tué!... Comment cela s'est-il passé?

Madame Riccardi s'était décidée à la franchise, comme au moyen le meilleur et le plus sûr.

— Soit! répondit-elle d'une voix humble et soumise. Vous savez tout... je suis moins coupable que vous ne croyez.

— Je vous écoute.

— Eh bien, ce soir-là dit-elle en hésitant, après le départ de ma femme de chambre, je me relevai, j'allumai la lampe, je passai un peignoir, et, laissant la lumière dans ma chambre, dont je refermai la porte, pour respecter un vœu que j'avais fait...

— Celui de recevoir votre amant dans l'obscurité, n'est-ce pas?

— Oui, c'est cela? répliqua-t-elle avec étonnement. Comment le savez-vous?

— Peu importe. Continuez!

— Je vins dans le salon, et j'ouvris la fenêtre... attendant le signal habituel.

— En effet! murmura Delmont. J'avais annoncé que je ne reviendrais pas cette nuit-là, et vous vous croyiez bien en sûreté.

— A l'heure dite, poursuivit Marie, quelqu'un, au dehors, frappa trois fois dans ses mains. Je répondis en frappant deux fois dans les miennes, et un homme, gravissant la fenêtre, entra dans le salon.

Marie s'arrêta. Elle était vivement émue et cherchait ses mots péniblement.

— Eh bien? demanda Delmont.

— La nuit était fort obscure. Il n'y avait pas de lune, et de lourds nuages couvraient le ciel, interceptant même la lueur des étoiles... Quant à la chambre, elle était absolument noire. L'homme que je croyais connaître... le prenant... pour Ercole Riccardi, s'avança en tâtonnant. Je m'avançai aussi vers lui... Il me saisit le bras, m'attira violemment contre sa poitrine... et pressa ses lèvres contre les miennes!... Je me retirai brusquement avec effroi... Je n'avais pas reconnu celui que j'attendais. Il me retint avec force, et je sentis d'instinct, à mille petits détails, que j'avais affaire à un étranger!...

— Qui êtes-vous? Laissez-moi! — dis-je à voix basse, en le repoussant, car je craignais d'être entendue, d'éveiller une femme de chambre ou un domestique.

— Un homme qui t'aime! répondit-on de la même voix basse et contenue.

— Allez-vous-en! dis-je encore.

— Non! non! répondait-on toujours. — Je suis venu, je resterai!... Marie, il est inutile de résister!

Et l'inconnu se jetant en avant, me saisit et me serra irrésistiblement.

— Laissez-moi! laissez-moi! répétais-je suffoquée par la terreur et d'indignation. — Je vais appeler!

— Non! non! disait-il en ricanant, tu n'appelleras pas! Ce serait tout découvrir, et tu ne pourrais plus revoir... Ercole.

Tout cela s'échangeait à voix basse, je le répète; car, autant que lui... je redoutais... le bruit.

Cependant, je luttais de toute mon énergie pour lui échapper... Je sentais ses lèvres qui brûlaient mes épaules ou mes bras, quand je les jetais en avant afin de le repousser... Sa violence augmentait... J'avais peur!... J'entendis son chapeau qui tombait et roulait au loin.

Tout à coup je fus acculée au guéridon, sur lequel il me renversait, en ployant mes reins sous son étreinte... D'une main, la gauche, je m'étais cramponnée à lui, je tenais l'étoffe de ses vêtements, je l'éloignais de toutes mes forces qui faiblissaient; de l'autre, de la droite, je cherchais un point d'appui sur cette table qui avait roulé jusqu'au mur, auprès de la fenêtre...

À ce moment, ma main étendue sentit un poignard...

— Ah! je comprends! — murmura Delmont.

— Je le saisis! — J'étais sauvée! — Je ne songeai pas aux conséquences... J'avais la tête perdue... Je diminuai ma résistance. Je me laissai coucher sur la table... et, comme il se rapprochait de moi... je frappai! Son mouvement en avant... aida le mien... Le couteau entra jusqu'au manche... Il se redressa comme mû par un ressort, poussa un cri sourd, un appel désespéré, et tomba raide sur le plancher!

— Voyons! continuez! — s'écria Delmont haletant, en voyant son émotion et ses hésitations.

— Je... je me relevai instantanément, et, sans bruit, — car j'avais les pieds nus, — je me précipitai dans ma chambre, dont je tirai la porte derrière moi... puis, j'écoutai environ une demi-minute... Il ne bongeait pas!... Cela me rassura... Je courus à ma lampe... mais j'eus une faiblesse... mes oreilles bourdonnaient... Je croyais entendre des murmures confus... Je fus obligée de m'asseoir. Cela ne dura pas.

Je voulais savoir quel était l'homme que j'avais frappé...

car je ne m'en doutais pas... Nous parlions trop bas, l'un et
l'autre, pour reconnaître les voix... m'assurer de sa mort, si
je l'avais tué... et le faire disparaître d'une façon quelconque... me débarrasser de son corps... Comment? je n'en
savais rien... je ne raisonnais plus...

C'est alors que que j'entrai... que je reconnus le frère de...

— De votre amant!

— Accroupi, près de lui...

— Votre mari!

— Et, contre la fenêtre, debout, deux gendarmes!...

Madame Riccardi se tut. La sueur inondait son visage.

Sur un geste d'impatience de Georges Delmont, elle
reprit :

— Je m'enfuis dans ma chambre, me croyant perdue; je
glissai à terre, où je restai sans connaissance...

Quand je revins à moi, la maison était pleine de bruit...
On me dit que vous veniez d'assassiner Hippolyte Riccardi...,
que vous étiez arrêté... On me plaignait...

— Et votre premier cri, le cri de la conscience, ne fut pas
de hurler : — C'est faux! Il est innocent! Moi seule ai tout
fait!

Madame Riccardi baissa la tête.

— Je le voulais... oh! certes, je le voulais!... Je vous le
jure!... Mais ma position était atroce... Dire cela!... c'était
avouer ma faute... mon adultère... devant vous!... devant
tous!... me déshonorer aux yeux du monde...

Delmont eut un geste d'indignation.

— Aux yeux de Georgette! reprit-elle vivement. — De
Georgette qui était accourue et qui pleurait... près de moi...

— Ah! oui, ricana Delmont. — Et vous l'aimez, et vous
la respectez, votre fille! notre enfant! Car vous êtes aussi
bonne mère que vous fûtes tendre et fidèle épouse!

— Et puis... et puis... celui que je venais de tuer... c'était
le frère...

Les mots s'étranglaient dans sa gorge.

— De votre amant! c'est vrai. — Et vous aviez peur qu'il
ne voulût plus de la femme couverte de ce sang, qu'il en eût
horreur! Ou, tout au moins, que la pudeur, le respect hu-

main, l'en éloignassent. Rien de plus juste. Il valait mieux la honte et l'échafaud pour moi!

— Non, non! Je voulais parler... j'aurais parlé, oui certainement... J'en fais serment!

— Mensonge!

— Ma conscience déchirée me conduisit aux pieds de l'abbé Clodion, mon directeur, un homme d'une piété austère, un saint prêtre... en qui j'avais toute confiance...

— Et vous lui avez tout dit?

— Tout!

— Il connaissait vos relations avec Ercole?

— Oui.

— Que vous répondit-il?

— Il me calma, me rassura, m'engagea à me taire... me déclara que, dans cette affaire, il voyait le doigt de Dieu...

— Infamie! murmura Delmont.

— Il me dit encore que vous étiez un impie, un athée, un matérialiste, un révolutionnaire, un ennemi de la religion et de l'Église, — ce qui est vrai; — que la Providence avait tout conduit pour faire éclater la vengeance divine, qu'en me taisant je servais la cause de Dieu lui-même, qui voulait vous frapper... Au contraire, si je me dénonçais, moi, femme chrétienne, bonne catholique, au su et au vu de tous, je causerais un grand scandale qui retomberait sur la religion!... Il fallait laisser agir la Providence. Si elle vous jugeait assez puni et voulait vous sauver, elle saurait bien faire éclater votre innocence! Je devais m'en remettre à la justice... Je n'avais point à parler... à vous accuser... ce qui serait un mensonge... mais à me taire. Il ajouta qu'on n'était jamais tenu de dire toute la vérité, pourvu que tout ce qu'on disait fût vrai... ni de se dénoncer soi-même... que, par conséquent, je n'avais pas de faux témoignage à porter, mais seulement un témoignage... restrictif... ne traitant que des faits connus, établis, indéniables...

Delmont se rongeait les poings.

— Ah! le misérable! Le misérable! disait-il avec rage. Et vous l'avez écouté, et vous ne l'avez pas étranglé de vos mains! hurla-t-il hors de lui.

— C'était mon confesseur! Un prêtre! Mon devoir de chrétienne était de croire et d'obéir... Cependant, je luttais, je pleurais. J'avais peur de la damnation éternelle !... Il me donna l'absolution d'avance... Je ne voulais pas, non plus... votre mort !... Il me jura d'obtenir une commutation de peine... si votre condamnation survenait.

Elle se tut, le regardant pleine d'anxiété pour savoir ce qu'il allait dire, ce qu'il allait faire.

— Et vous avez épousé le frère de celui que vous aviez tué !

— Il ne sait rien, répondit-elle avec un cynisme naïf.

Il y a, chez certaines natures, des abîmes qui donnent le vertige.

Georges n'avait jamais, jusqu'à cette heure suprême, bien compris, bien jugé sa femme, cette Italienne superstitieuse et dévote, ne connaissant au monde que son confesseur et son amant, ne craignant que l'enfer et le scandale, n'aimant qu'elle-même et sa tranquilité, dépourvue de sens moral et de sensibilité, qui, à condition d'avoir l'absolution et qu'on ne sût rien, implacable, sèche et rusée, était capable de commettre des crimes et de fouler aux pieds les sentiments les plus naturels, sans sortir de sa nonchalance.

LXXVI

FEMME ET MARI

— Et vous avec pu vivre tranquille, satisfaite, heureuse, avec tous ces crimes sur la conscience? reprit Delmont en la regardant avec une sorte de stupeur.

Pendant que lui, brisé par la douleur, usé par une lente agonie de longues années, il avait vieilli et n'était plus que l'ombre de cet homme plein de feu et de talent qui s'était assis sur le banc de la cour d'assises, — elle, elle s'était conservée jeune.

A cet instant surtout, animée par mille sentiments contraires de terreur et d'espérance, dans ce déshabillé galant destiné à un autre, — le seul être qu'elle eût aimé, après elle, — et qui laissait voir ses formes encore délicates et presque juvéniles, on aurait dit que les sept années écoulées avaient passé sur elle sans l'atteindre.

Rien ne conserve aussi bien que l'égoïsme!

Marie saisit le regard de Delmont, sans le comprendre.

Elle se sentait encore belle et désirable. Elle espéra qu'il s'en apercevrait. Elle se rappela combien il l'avait aimée. Avec une impudeur brutale, elle se demanda s'il ne serait pas possible de réveiller en lui quelque chose du passé, d'obtenir d'une surprise de l'homme une indulgence que le mari et le père ne pouvaient accorder.

D'autre part elle entrevoyait, sans en connaître la cause exacte, que Delmont éprouvait une certaine irrésolution et comme une détente des nerfs.

Cette irrésolution ne provenait, certes, ni de la pitié, ni de la faiblesse, ni d'un retour de l'ancien amour. Non. Il était bien mort sous le mépris. Delmont éprouvait seulement ce qu'avait éprouvé Georgette en découvrant la vérité.

Il se demandait, s'il devait s'en servir, comment, et jusqu'où? S'il irait ramasser sa vie dans cette fange?

En face de cette vérité si longtemps cherchée, poursuivie, il sentait le découragement s'emparer de lui. Il voyait de quelles terribles conséquences sa révélation publique serait entourée.

Quel bel avantage pour lui, condamné injustement comme auteur d'un meurtre qu'il n'avait point commis, d'aller crier sur les toits:

— C'est ma femme, ma femme adultère, qui a tué le frère de son amant, et qui, ensuite, a épousé cet amant!

Quel beau résultat pour Georgette d'avoir un père réhabilité et une mère couverte de sang et de boue!

Comme la position de la jeune fille en serait améliorée!

Toutes ces idées passaient rapides, confuses, dans son cerveau, et, sans éteindre l'indignation farouche du juge et de

20

la victime, mettaient du trouble dans son regard et dans son attitude.

Madame Riccardi ne vit que le trouble, l'hésitation, et voulut en profiter.

A tout prix, d'ailleurs, il fallait éviter un scandale, un éclat qui la perdrait, qui, tout au moins, rendrait impossible, à coup sûr, son existence avec Riccardi.

Quoi qu'il arrivât, si Delmont agissait, jetait au public la vérité, comment pourrait-elle garder l'homme qu'elle aimait?

C'était à cela, à cela par-dessus tout, qu'elle tenait. Elle avait fait à cette passion trop de sacrifices pour la sacrifier à son tour.

Rapidement, sans transition, elle se rapprocha de Delmont, se jeta à ses pieds, la gorge saillante, les bras étendus, la tête en arrière, cherchant à plonger ses yeux noirs dans les yeux de son premier mari, espérant le brûler peut-être de leur flamme, raviver des souvenirs mal éteints!

— Georges, dit-elle d'une voix suppliante, j'ai été coupable, criminelle, infâme, tout ce que tu voudras!... Tu peux me tuer... ce serait ton droit! Mais tu es bon, généreux, tu es grand! Ah! je ne le savais pas assez, autrefois!... je le vois, aujourd'hui... Seras-tu sans pitié, parce que je le fus, moi, aveuglée par la crainte de la honte et les conseils de celui qui dirigeait ma conscience, et que ma foi ne me permettait pas de discuter? Pourquoi me perdre? En me déshonorant, tu ne laveras pas ton honneur... Et Georgette, Georgette, ta fille... que deviendra-t-elle, quand tu m'auras salie, avilie? Quand tu auras dit, au monde entier, que ta femme, que la mère de ton unique enfant fut...

— Taisez-vous! interrompit violemment Delmont. N'invoquez pas son nom, c'est une souillure pour elle, et votre condamnation!

— C'est vrai! répliqua-t-elle humblement, mais..., elle qui sait tout!...

Delmont frémit, et cacha sa figure dans ses mains, avec une douleur profonde.

— Pauvre enfant! pensait-il. Quelle horrible révélation!

Et qu'elle a dû souffrir ! Ah ! je comprends qu'elle voulut se taire, me cacher la vérité !

— Elle sait tout ! continuait madame Riccardi... et elle ne veut pas que tu me perdes, car ce serait la perdre elle-même... Elle l'a compris... puisqu'elle t'a caché ce qu'elle savait..., puisque tu l'ignorais, en venant ici...

Cet argument était fort habile et portait juste. Il répondait aux secrètes angoisses de Delmont.

Brusquement il prit sa résolution.

— Où est Georgette ? demanda-t-il. — Où l'avez-vous emmenée, cachée, de complicité avec l'abbé Clodion ?

— Elle est à Orléans, chez madame de Lessac, une vieille dame pieuse. Je l'y ai conduite ce matin.

— Oui, pour l'empêcher de me revoir et la contraindre à ce mariage infâme.

— Il n'aura pas lieu, dit vivement madame Riccardi, s'il déplaît à son père.

Ignorant l'histoire de l'abbé Clodion et les raisons qui lui faisaient vouloir ce mariage, ainsi que les précautions qu'il avait prises pour le rendre inévitable, elle était sincère dans cette promesse.

Elle se rapprochait de lui, qui s'éloignait, se traînant sur les genoux. Elle cherchait à l'entourer de ses bras nus. Elle essayait de saisir ses mains.

Il la repoussa, en lui disant durement:

— Relevez-vous !

Elle s'arrêta, se releva frémissante, humiliée. Elle sentit qu'elle n'arriverait pas à corrompre son juge, à ranimer une étincelle dans les cendres du passé, à obtenir ce pardon qu devait, pensait-elle, l'assurer contre les menaces de l'avenir. Une haine furieuse s'ajoutait peu à peu, en elle, à la terreur grandissante, à l'espoir déçu.

Il la tenait, il pouvait parler à Riccardi, mettre entre elle et lui le cadavre d'un frère.

Elle eut poignardé Delmont, si elle l'avait pu, à cet instant, si elle l'avait osé ; mais, quoique absent, il y avait un témoin, Georgette !

Sa victime n'était plus que son ennemi. Elle ne voyait plus que le mal qu'il pouvait lui faire.

Cependant elle se contint.

— Je sais ce que vous craignez, et ce que vous désirez, continua-t-il. — Vous voulez que je vous laisse à Riccardi, à votre amant devenu votre mari. Vous voulez que je reste mort pour le monde, et que votre vie continue calme et paisible, au prix de toutes les infamies et de toutes les lâchetés qui vous ont procuré ces joies et cette tranquillité.

Il s'arrêta.

Anxieuse, pâle, froide, elle l'interrogeait du regard, se demandant ce qu'il allait décider, car elle voyait sur ses traits que l'hésitation avait cessé.

— D'abord, reprit-il, je veux que Georgette épouse Olivier qu'elle aime. Vous donnerez votre consentement immédiat.

— Oui, oui, répondit-elle avec empressement.

— Demain, je la ramène à Paris, chez Mᵉ Steinbach, où elle restera jusqu'à son mariage.

— Oui, répondit-elle encore.

— Et cela, quelles que soient les résistances de l'abbé Clodion. Vous m'entendez?

— Je le jure! Et... ensuite...?

— Tenez vos promesses.

— Oh! je les tiendrai.

— Et rappelez-vous bien ceci:

Si tout ce que je veux ne s'accomplit pas immédiatement, exactement... Si l'abbé s'y oppose, et si vous n'arrivez pas à vaincre son opposition...

— Je la vaincrai! s'écria-t-elle, ne prévoyant aucune résistance de ce côté, et se croyant libre d'agir à sa guise en cette affaire.

— S'il tente quoi que ce soit contre moi, poursuivit Georges, qui m'empêche de veiller au salut de Georgette, d'assurer son bonheur; n'ayant plus rien à perdre, je me vengerai! Tant que je vis, cela m'est possible, maintenant que je sais la vérité... Si je mourais par hasard, ajouta-t-il en la regardant dans les yeux, car il faut tout prévoir, d'au-

tres agiraient pour moi! Georgette, et, au besoïn, M⁰ Steinbach, avisé de tout... Vous êtes prévenue!

Et il sortit plus pâle, plus découragé, plus vieux, qu'il n'é-
tait entré dans cette maison, en possession de l'arme qu'il
avait voulu arracher à cette femme, arme à double tranchant
dont la lame empoisonnée ne pouvait frapper les coupables
sans ouvrir de cruelles blessures, des blessures mortelles
pour les innocents.

Quant à Riccardi, s'il avait jamais pensé à se venger de
lui, Delmont n'y songeait guère à cet instant.

Que lui importait cet homme? Il n'en était pas jaloux.

— Il faut se taire! se disait-il, et sauver Georgette de cet
immense naufrage.

Tout étouffer et tout cacher pour elle, — telle était son
unique préoccupation, telle était son unique volonté.

Au moment où il mettait le pied dans la rue, un peu calmé
par cette résolution définitive, un homme s'approcha de lui,
et lui posa la main sur l'épaule.

Delmont se retourna brusquement.

— N'est-ce pas vous, demanda cet homme en le dévisageant à la lueur d'un réverbère, qui vous faites appeler don
Ramon Llorente?

— Pourquoi cela? répondit Delmont surpris et défiant.
Qui êtes-vous?

L'homme écarta son paletot et montra une écharpe tri-
colore.

— Je suis commissaire de police, et je vous arrête au nom
de la loi.

— Ah! ah! l'abbé! — murmura Delmont.

Il fit un brusque mouvement en arrière pour s'échapper.

Lui arrêté, que deviendrait Georgette? Qui la défendrait?

Mais aussitôt quatre hommes embusqués dans l'ombre
d'une porte se jetèrent sur lui et le terrassèrent.

La lutte fut longue, la résistance de Delmont acharnée.

Cependant il finit par succomber.

On lui lia les pieds et les mains. Une voiture, qui station-
nait non loin, s'approcha. Il y fut déposé. Le commissaire de
police y monta à ses côtés, et les chevaux partirent.

20.

— Où me conduisez-vous? demanda Delmont.

— A la Conciergerie.

— De quoi suis-je accusé?

— C'est ce que vous dira le juge d'instruction.

LXXVII

OU FRANCINE POURSUIT SON BUT

A l'heure même où s'accomplissaient ces événements, où Delmont, arrêté, arrivait à la Conciergerie, désespéré, presque fou de rage et de douleur, en se voyant réduit à l'impuissance, en se figurant Georgette restée aux mains de l'abbé Clodion et de madame Riccardi, sans qu'il pût rien pour elle, une scène bien différente se passait dans la petite maison du carrefour de l'Observatoire.

Là, l'abbé Clodion triomphant, sûr d'avoir pris toutes les mesures nécessaires pour que mademoiselle Delmont ne pût échapper à la contrainte qu'il exerçait sur elle, bien convaincu que son père n'avait pas pu pénétrer jusqu'à madame Riccardi, ou que, s'il l'avait vue, s'il lui avait arraché son secret, il n'oserait s'en servir et reculerait au moment de l'action, l'abbé Clodion, disons-nous, recevait Francine avec les précautions habituelles, avide de goûter d'autres joies plus douces, après les joies de la vengeance satisfaite et de la victoire assurée.

Pour fêter cet heureux jour, il s'était même mis en frais de coquetterie, ce qui ne lui arrivait pas souvent, et s'était rasé avec soin, ainsi qu'en témoignaient la peau lisse de ses joues creuses et de son menton fuyant, et les deux rasoirs restés sur un coin de la table, dans un étui à demi-repoussé.

Francine avait revêtu une nouvelle toilette. Une robe de grenadine noire, semée de paillettes d'or, la drapait et faisait ressortir l'éclat satiné du décolleté, qui émergeait de l'étoffe sombre avec des blancheurs éblouissantes.

Ses cheveux, relevés sur les tempes et ramenés haut en arrière, dégageaient la nuque veloutée d'un duvet fin, court et léger.

Une longue épingle d'or les traversait.

Point de collier ni de bracelet, rien que la chair nue, neige et marbre à la fois.

Jamais elle n'avait été aussi belle, aussi provoquante, jamais son étrange amant ne s'était senti plus frappé de ces trésors offerts à ses convoitises insatiables.

Cependant ils restaient à distance l'un de l'autre, Francine, les sourcils contractés, les lèvres serrées, les prunelles dilatées et remplies d'éclairs menaçants, l'abbé Clodion ricanant avec un mélange d'irritation et de caresse.

— Voyons, ne sois pas méchante, ce soir! lui disait-il; tu es trop belle, et je suis trop content!

— Non, répondait-elle. J'en ai assez. Il faut que cela finisse... Voilà trop longtemps que cela dure... Remplissez vos promesses... ou alors...

— Eh bien, que feras tu?

— Je me vengerai!

— En quoi faisant?

— En ne revenant plus!

L'abbé haussa les épaules d'un air fort rassuré.

— Baste, fit-il, tu reviendras. J'ai ce qu'il faut pour te ramener. Je sais où est ton enfant et tu ne peux le savoir que par moi.

Francine s'approcha de lui.

— Clodion, dit-elle en essayant de sourire et d'adoucir la lueur de son regard, soyez raisonnable. Tout ce que vous m'avez demandé, vous l'avez obtenu; tout ce que vous avez commandé, je l'ai fait.

— C'est vrai.

Il voulut l'attirer vers lui, elle s'y prêta.

— Vous n'avez pas à vous plaindre de moi?

— Non.

— Mais, moi, j'ai à me plaindre de vous.

— Sois patiente! murmura-t-il. Je tiens toutes mes promesses... mais à mon heure.

— Quand sonnera-t-elle?

— Ah! vilaine fille!... C'est ta faute!

— Comment cela?

— Si tu m'avais aimé un peu, si je ne savais pas que le jour où tu seras satisfaite, tu me quitteras...

— Eh bien?

— Eh bien, tu aurais ton fils depuis longtemps.

Francine se redressa violemment.

— Et s'il est mort, comme je le crains? lui dit-elle en plongeant ses yeux dans les siens.

— Il vit!

— Donnez-m'en la preuve.

— Je ne puis... plus tard.

Elle s'éloigna de lui, s'arrachant à son étreinte avec une énergie inattendue.

— Ah! prenez garde! s'écria-t-elle. Je ne puis plus endurer ce supplice. Il est au-dessus de mes forces!... Ce doute, c'est l'angoisse de mes jours, la torture de mes nuits!... Si j'avais sacrifié... tout ce que j'ai sacrifié.... si je m'étais avilie.... perdue... pour rien! Si, au bout de ce calvaire, il n'y avait que le cadavre de mon enfant...!

— Mais non, mais non, te dis-je, il vit, tu le verras. J'ai des renseignements exacts, répéta l'abbé inquiet de son exaltation subite et de la colère qui décomposait ses traits, de la soif de vengeance qui y faisait explosion.

— Je veux le voir.

— Est-ce que je l'ai là, sous la main pour te le montrer?

L'abbé se leva, à son tour, avec un commencement de colère.

— Écoutez, reprit Francine, dont la respiration entrecoupée soulevait la poitrine, si vous me tenez, je vous tiens aussi... si je suis à vous, vous êtes à moi!

— Vraiment!

— Vous m'avez pris mon fils et mon honneur. Je puis vous prendre votre réputation et votre position, vous déshonorer, comme vous m'avez déshonorée, vous livrer à la risée du monde...

— Vraiment! répéta l'abbé.

— Je puis dire ce que vous êtes, raconter que je suis votre maîtresse, vous tuer, comme vous me tuez !

— Impossible.

— Vous m'en défiez?

— Je t'en defie. Mes précautions sont trop bien prises. Je nierai, et tu seras poursuivie pour diffamation. Qui te croira? Qui m'a vu te parler? Qui sait que je te connais? Les personnes auxquelles je t'ai fait recommander, même pour du travail, — sauf une, la première, qui n'est plus à Paris, — ignorent que la recommandation vient de moi. Tu n'es pas ma pénitente, tu n'as jamais mis les pieds dans la chapelle du couvent où j'officie, pas plus que je n'ai mis les pieds dans ta maison. Nous habitons aux deux extrémités de Paris. Dis ce que tu voudras. Jamais on ne croira que Francine Ledhuc puisse connaître l'abbé Clodion, se soit rencontrée une seule fois avec lui.

Francine l'écoutait avec une attention profonde. Son visage prenait une expression réfléchie, étrange, qui frappa l'abbé.

— A quoi penses-tu? lui dit-il tout à coup, étonné de la fixité de son regard.

— A ceci... qu'en effet... vous avez raison... et qu'il serait bien difficile de prouver... que je vous connais... que je suis venue chez vous !

— Tu vois ! s'écria l'abbé Clodion triomphant.

Elle changea d'allure, parut plus calme, se rapprocha de lui de nouveau.

— Voyons, lui dit-elle, dites-moi seulement ce que vous en avez fait, et je serai sage, patiente...

L'abbé la regardait en hésitant.

— Est-il à Paris ?

— Non.

— Alors, il est en province?

— Oui.

— Chez des paysans?

L'abbé hésita encore.

— Ah ! dit-elle avec fureur, vous l'avez mis aux Enfants trouvés ! — Perdu ! perdu pour moi ! Je le savais bien, je ne le reverrai plus !

Elle était effrayante.

Il comprit qu'il fallait la calmer, la rassurer, ou qu'il n'obtiendrait rien, et ces explications pénibles l'ennuyaient, quand il espérait toute autre chose.

— Tu te trompes, répliqua-t-il. Il est en effet chez des paysans. On peut le reprendre quand on voudra.

— C'est un mensonge.

Tremblante de la terreur qui la secouait, elle se contenait pour le laisser parler.

L'abbé se dirigea vers la table, tira de sa poche une clef, ouvrit le tiroir, y prit un petit paquet entouré de papier.

— Si, répéta-t-il, on peut le reprendre avec ceci.

Il se retourna du côté de Francine immobile qui suivait tous ses gestes d'un regard sombre.

— Qu'est-ce que c'est ? fit-elle, sans changer d'expression ni d'attitude.

L'abbé déploya le papier.

Il contenait un morceau d'étoffe sur lequel était brodée une lettre, plus une moitié de sou brisé en deux, et enfin un bout de papier jauni où il y avait quelques lignes d'une grosse écriture.

— Sur ce papier, continua-t-il, en le lui montrant à distance, sont indiqués le nom du village, le nom des personnes qui gardent l'enfant, et enfin le nom sous lequel il leur a été remis, — car elles ne connaissent pas son vrai nom, — et j'aurais pu oublier tout cela. Tu comprends bien que ce n'est pas moi qui l'ai porté, ton fils, et que je n'y suis jamais allé. Ce bout d'étoffe a été coupé dans la couverture qui l'enveloppait à ce moment, et reproduit la même marque. Enfin, cette moitié de sou correspond à une autre moitié cousue dans cette même couverture. Avec cela, il suffit de se présenter, et on recevra l'enfant. Sans cela, tu aurais beau savoir l'endroit où il est. Cela ne te servirait de rien... J'ai pris mes mesures. — Moi seul je puis te le rendre ou te le faire rendre.

— Ah! dit Francine haletante. Et vous êtes bien sûr qu'on le remettrait à la personne qui présenterait tout cela?

— Certainement ! mais à celle-là seulement, je le répète.

Elle s'élança d'un bond rapide pour arracher les objets que tenait l'abbé.

Il avait prévu cette tentative. Il arrêta la jeune femme d'un bras nerveux. Il n'y eut pas de lutte. Francine se recula presque instantanément.

— Est-ce ainsi que tu tiens ta promesse ? demanda l'abbé avec un sourire de raillerie.

— J'ai tort ! répondit-elle. Je sais ce que je voulais savoir,. merci ! me voilà rassurée.

L'abbé remit le paquet dans le tiroir, le referma soigneusement à clef, et fit disparaître la clef.

— Eh bien, lui dit-il, tu vois que je ne t'ai pas trompée. Es-tu contente ?

— Oui, oui ! s'écria-t-elle en éclatant de rire. Je suis contente, heureuse!

Et elle lui jeta ses bras souples et blancs autour du cou.

LXXVIII

OU TOUT EST DÉSESPÉRÉ

Quelques heures après avoir quitté Georgette, Olivier arriva chez son père, qui l'attendait avec une inquiétude facile à comprendre.

— Te voilà enfin! s'écria Me Steinbach en apercevant son fils. Ce n'est pas malheureux ! D'où viens-tu ?

— D'Orléans.

— D'Orléans ? répéta l'avocat. Que diable allais-tu faire là?

— J'allais voir Georgette, qui y était.

Me Steinbach regarda le jeune homme d'un air assez ébahi.

— Et comment as-tu su qu'elle était là?

— Par Florestan.

— Fichtre! si tu es le confident de ce monsieur, à présent... J'avais pensé, d'abord, que tu étais allé voir ce petit drôle, grommela le père, mais pour le provoquer... Or, vous ne vous êtes pas battus, je le sais... Comment t'a-t-il révélé alors le refuge de mademoiselle Delmont?

— Je t'expliquerai cela plus tard. Courons au plus vite. As-tu vu M. Delmont? Il est évidemment ici!

— Ici? Ah bien oui! Je n'ai pas revu Georges, et j'ignore absolument où il est. Ce qu'il y a de certain, c'est qu'il n'est pas rentré chez lui, hier, de toute la journée, ni cette nuit, ni ce matin... car tu penses que j'y ai veillé, et c'était là ma plus cruelle inquiétude.

Olivier devint très-pâle.

— Tout est perdu! s'écria-t-il. J'étais passé chez lui, avant de venir ici, et je le croyais chez toi, ou caché par toi!... J'arrive trop tard!... Georgette avait raison... Elle avait prévu...

— Quoi?

— Eh bien, M. Delmont est arrêté. C'est évident.

— J'en ai eu l'idée.

— Il fallait t'en informer.

— Diable! comme tu y vas! Aller dire à la police: — Est-ce que, par hasard, vous n'auriez pas coffré M. un tel? C'est attirer son attention sur ce M. un tel, et Delmont est de ceux qui ont tout intérêt à ce que la justice ne pense pas à eux. Voilà la raison qui m'a retenu, et me retient encore.

— Certes, mais il n'y a plus à hésiter, reprit Olivier, au comble de l'agitation.

Alors il raconta à Me Steinbach, qui l'écoutait attentivement, ce qui s'était passé entre lui et Florestan, son arrivée à Orléans, son entretien avec Georgette, ce que cette dernière lui avait appris, combien elle craignait que l'abbé ne fît incarcérer, ne fût-ce que par précaution et pour l'avoir sous a main, Georges Delmont.

En finissant son récit, Olivier remit à son père la lettre que lui avait confiée Georgette en prévision des événements.

— N'y touchons pas encore, dit le vieil avocat, en la resserrant dans son bureau. Sachons d'abord ce qu'est devenu

Delmont. Il n'y a plus à hésiter, en effet. Ou il s'est suicidé... mais c'est impossible !... L'idée de sa fille l'aurait retenu... Ou on l'a assassiné..., mais c'est aussi invraisemblable, car l'abbé a intérêt à ce qu'il vive, pour dominer Georgette..., Ou il est en prison, et c'est ce que je vais savoir.

L'avocat sonna.

— Faites atteler, dit-il au domestique qui entrait, et vite !

— Où vas-tu ? demanda Olivier.

— A la préfecture de police, parbleu ! Là, je saurai ce qu'il en est. Quant à toi, attends-moi ici, sans bouger... et que je te retrouve, cette fois !

Une heure après, Mᵉ Steinbach était de retour.

— Georgette avait raison, dit-il en entrant comme un boulet de canon, à Olivier qui se promenait avec une agitation fébrile, en proie aux plus affreux pressentiments. — On l'a arrêté, cette nuit. Il est déjà transféré à Mazas.

— Que te disais-je ! — l'abbé l'a dénoncé !

— C'est probable. On n'a pas voulu me faire connaitre de qui provenait la dénonciation, mais c'est une arrestation... comment dirai-je ?... de simple précaution.

Olivier regarda son père, de l'air surpris d'un homme qui ne comprend pas.

— Oui, continua l'avocat, il est accusé d'avoir pris part aux événements de la Commune. On suppose que c'est un proscrit qui, après avoir quitté la France pour échapper aux conseils de guerre, serait rentré sous un faux nom.

— Mais ce n'est pas l'abbé, alors, qui a fait opérer cette arrestation !

— Au contraire. Je saisis parfaitement son jeu. Cette accusation absurde, et qui sera reconnue erronée, le fera garder en prison, au moins un mois ou six semaines, — le temps nécessaire pour que Georgette épouse Florestan. Le mariage accompli, il sera relâché. Le tour est joué, et l'abbé a tenu sa parole. Si Georgette résiste... mais elle ne résistera pas, sachant son père à la discrétion de l'abbé.

— Il faut prévenir M. Delmont.

— Impossible ! il est au secret.

— Et cela durera ?

21

— Cela dure... autant qu'il plaît au juge d'instruction !
Or, comme Delmont lui est recommandé, ou lui sera recommandé par qui de droit, le secret durera ce qu'il doit durer
pour la réussite des projets obscurs de l'abbé !

Le raisonnement de l'avocat était aussi désolant qu'é-
vident.

Olivier avait envie de se casser la tête contre les murs.

Perdre Georgette, là, sous ses yeux ! Il n'y pouvait consentir.

Mais que faire ? que faire ? Et quel intérêt personnel l'abbé
avait-il au mariage de Georgette avec Florestan ?

Florestan seul aurait pu le dire. Pour Mᵉ Steinbach, c'était
le point noir, le mystère menaçant, obscur, où il n'entrevoyait pas la plus légère lueur.

Le désespoir d'amoureux d'Olivier causait une peine
cruelle au vieil avocat, déjà fort ému du danger que courait
l'ami sauvé par lui une première fois, — on se rappelle à
quel prix ! — et de la situation de Georgette, qu'il aimait
comme sa propre fille.

— C'est le moment, dit-il enfin, de lire la lettre que
Georgette t'a donnée, et d'aviser. Toutes les conditions re-
quises sont remplies.

Un éclair d'espoir traversa le cœur d'Olivier et ranima
son courage.

Peut-être, là, y avait-il le salut !

Les deux hommes ouvrirent la lettre et en prirent connaissance.

On sait ce que cette lettre pouvait renfermer.

Georgette y expliquait comment, par une série d'induc-
tions, en réunissant à ses souvenirs de petite fille mille
faits, en apparence indifférents, en étudiant et retournant
la question sous toutes ses faces, elle avait acquis la conviction affreuse que sa mère était l'auteur du crime de Sceaux,
et comment, après la scène qu'on a vue, entre la mère et la
fille, cette conviction était devenue une certitude.

Cette lettre, simple et touchante, se terminait par ces
mots :

« Voilà la vérité ! Agis, si tu crois devoir agir. Ne t'occupe pas de moi. Ne pense qu'à toi, et, si tu es menacé, défends-toi ! »

Après cette lecture, Olivier et son père, extrêmement émus, se regardèrent en silence.

— C'est bien grave ! murmura l'avocat, et Delmont seul aurait le droit de décider... Moi, je ne me reconnais pas le droit d'agir.

— Comment le prévenir ? comment arriver jusqu'à lui ? répétait Olivier bouleversé, hors de lui.

— Accorde-moi jusqu'à demain pour réfléchir ; reprit Me Steinbach. Il y aura lieu, sans doute, de voir madame Riccardi. C'est par elle seule qu'on peut sauver la situation.

LXXIX

UN FAIT DIVERS

En y réfléchissant pendant la nuit, Me Steinbach se confirma de plus en plus dans l'idée d'avoir recours à madame Riccardi.

C'était le seul moyen d'éviter un éclat terrible, et dont le retentissement l'effrayait.

Ainsi que Georgette, ainsi que Delmont, il se disait que le remède serait cent fois pire que le mal, et ne cherchait que le moyen d'ensevelir dans le silence cette horrible affaire.

Or, ignorant que Delmont avait vu sa femme et connaissait la vérité, il se disait qu'en terrorisant madame Riccardi et en la forçant à agir sur l'abbé, on pourrait peut-être arriver à une solution satisfaisante pour tout le monde, au moins à écarter le danger le plus immédiat.

Il s'apprêtait donc à sortir afin de se rendre à Passy, plus ému et plus agité, à l'idée de cette entrevue décisive, qu'il ne l'avait jamais été, depuis la nuit où il avait cru Delmont mort des suites de l'autopsie, lorsque Olivier se précipita dans son cabinet, la figure bouleversée, et tenant à la main le journal du matin, encore humide.

— Qu'y a-t-il? demanda le vieil avocat effrayé.

— Tiens! lis!... lis!

Me Steinbach jeta les yeux sur l'endroit du journal que lui montrait son fils, et lut à haute voix, en manifestant une stupeur croissante, les lignes qui suivent :

FAITS DIVERS

Un Crime mystérieux !

« Un horrible crime vient de plonger dans la terreur le quartier paisible de l'Observatoire.

« Là, habitait depuis plusieurs années, entouré de l'estime et de la considération générales, un vénérable ecclésiastique, M. l'abbé C..., dont on citait partout l'austérité.

« L'abbé vivait seul, dans une petite maison isolée, où il recevait peu de personnes. Il faisait son ménage lui-même, et, chaque jour, on lui apportait sa nourriture de la gargotte voisine.

« Hier, les voisins ne le virent pas sortir à son heure habituelle, et remarquèrent avec surprise que les volets restaient même clos à une heure assez avancée de la journée. Le petit garçon qui lui portait ses repas sonna à la porte plusieurs fois sans qu'on vint lui ouvrir, et dut remporter le dîner de l'abbé chez son patron.

« Le restaurateur, connaissant les habitudes régulières de l'honorable ecclésiastique, s'inquiéta, et, prévoyant un malheur, crut devoir aller prévenir le commissaire de police.

« Celui-ci vint aussitôt, accompagné d'un serrurier qui ouvrit la porte, et le commissaire, suivi de plusieurs agents, pénétra au rez-de-chaussée de la maison, où l'on trouva tout en ordre.

« On monta, alors, au premier étage, et on visita le cabinet de travail de l'abbé C..., qu'on trouva également dans son état habituel.

« On commençait donc à se rassurer, lorsqu'en pénétrant dans la chambre à coucher, qui suit le cabinet de travail, un spectacle affreux s'offrit aux regards des assistants.

« Là, sur son lit, couché sur le dos et la gorge ouverte par une horrible plaie, gisait le malheureux abbé, baignant dans son sang qui avait traversé les deux matelas, le sommier et formé une mare sur le plancher.

« La mort avait dû être instantanée, car la figure était calme, et on ne voyait nulle part de traces de lutte.

« Près du lit, par terre, on ramassa un rasoir ensanglanté.

« On se perd en conjectures sur cette affaire mystérieuse.

« S'agit-il d'un suicide ou d'un meurtre ?

« Et, s'il s'agit d'un meurtre, quel en a été le mobile, et qui l'a accompli ?

« Après vérification, on a constaté qu'il n'avait point été perpétré de vol. Chaque objet était à sa place, pas un seul meuble n'avait été forcé. Le tiroir de la table du cabinet de travail était seul ouvert, mais avec sa clef, et on y a trouvé de l'or, de la menue monnaie, deux billets de banque de cent francs chacun.

« Cependant, au pied de la table, on a relevé la trace de deux gouttelettes de sang.

« Serait-ce une vengeance ? On ne connaissait point d'ennemi à l'abbé C..., qui ne recevait presque personne, voyait peu de monde au dehors, et semblait exclusivement absorbé par les devoirs de son saint ministère.

« Une enquête est ouverte.

« Au dernier moment, on nous apporte une nouvelle étrange... et que nous ne reproduisons que sous toute réserve.

« La police aurait découvert, dans une armoire placée au fond d'un cabinet noir, un attirail complet de toilettes de femme, robes de bal, bijoux, etc., etc.

« Serait-ce le cas, une fois de plus, de dire : Cherchez la femme!

« Après tout, cela serait bien possible. Depuis quelque temps, le clergé nous a accoutumés à ne trouver, de sa part, aucun scandale invraisemblable! »

Après avoir lu ce récit, Mᵉ Steinbach laissa tomber le journal, et réfléchit un instant.

— Voilà qui change bien la face des choses! murmura-t-il enfin.

— Qui a pu commettre ce crime? demanda Olivier.

— Hum! grommela l'avocat pour lui même, je m'en doute un peu.

Il pensait à Francine.

Mais que ce fût elle ou un autre, peu importait.

L'abbé mort, le danger qui menaçait Delmont disparaissait, puisqu'il n'était pas à craindre que madame Riccardi, qui avait un intérêt tout contraire, fît contre son mari des révélations de nature à amener les contre-révélations de Georges.

Or l'abbé, n'ayant fait arrêter Delmont que sous une accusation absurde, et dont il lui était facile de se disculper, il n'y avait plus rien à craindre de ce côté.

En effet, au bout de trois semaines, la justice reconnut son erreur et consentit à remettre le prévenu en liberté en vertu d'une ordonnance de non-lieu.

Georgette, avertie par Olivier, était revenue chez sa mère, qui ne lui fit aucune allusion aux événements accomplis, et lui annonça seulement qu'il ne serait plus question de son mariage avec Jules Florestan, — tremblant toujours que Delmont n'accomplît ses menaces, si elle n'accomplissait pas ses promesses, s'efforçant d'obtenir, par sa soumission, le silence de son mari, et sinon qu'il lui pardonnât, — ce à quoi elle tenait fort peu, — du moins qu'il tolérât la vie qu'elle s'était faite près de Riccardi, toujours ignorant, — ce à quoi elle tenait beaucoup.

Un mois après la mise en liberté de son père, Georgette Delmont épousa civilement Olivier Steinbach.

Madame Riccardi joua parfaitement son rôle de mère.

Ercole Riccardi fut beau, et même un peu mélancolique.

Georgette mariée, cela voulait dire une dot à payer! Et tout argent parti lui crevait le cœur, bien que celui-là ne fût pas à lui; mais il en tirait toujours pied ou aile.

Steinbach et sa femme jouissaient d'un bonheur sans mélange, à la vue du bonheur des deux jeunes gens.

Don Ramon Llorente assistait à la cérémonie, pâle et debout dans l'angle le plus obscur de la salle municipale.

En prononçant le oui décisif, Georgette le chercha des yeux, et lui reporta, d'un regard, tout son bonheur.

Deux larmes, larmes de joie, coulèrent lentement sur le visage de Georges, rajeuni par l'espérance et le triomphe de l'amour paternel.

Quant au public, il admira fort la conduite de M⁰ Steinbach qui, n'ayant pu sauver jadis son ami, devant la cour d'assises, le réhabilitait, devant le monde, en faisant épouser, par le fils de l'avocat, la fille du condamné à mort.

L'enquête commencée sur la mort de l'abbé n'aboutit pas.

Comme l'abbé lui-même l'avait expliqué, pendant sa dernière nuit, à Francine, — qui l'avait trop bien compris, pour lui, — personne ne pouvait se douter de leurs rapports, — sauf Georges et M⁰ Steinbach, qui gardèrent, on le pense, un silence absolu.

Francine y avait compté, sachant que Delmont était seul en mesure de la dénoncer.

D'autre part, la justice, qui flairait un scandale, depuis la découverte de l'armoire aux toilettes féminines, ne demandait qu'à étouffer cette affaire.

Le jour même du mariage de Georgette, dans un petit hameau, loin de Paris, une jeune femme à la chevelure rousse, pauvrement vêtue, se présentait chez de vieux paysans, fournissait les renseignements et les pièces nécessaires, et emportait dans ses bras un petit garçon dont elle était la mère.

FIN

TABLE

I. — Le Prévenu. 1
II. — L'acte d'accusation 4
III. — L'interrogatoire. 9
IV. — Les témoins 17
V. — Le frère de la victime. 22
VI. — La femme du prévenu. 28
VII. — Les plaidoieries. 31
VIII. — Le verdict. 35
IX. — Un dénouement imprévu. 37
X. — Sept ans après 43
XI. — Où Olivier apprend à Georgette ce qu'elle sait
aussi bien que lui. 46
XII. — La fille du condamné 49
XIII. — Francine Ledhuc. 53
XIV. — Où l'on entend parler de Jules Florestan . . 56
XV. — Chez l'abbé. 62
XVI. — L'agent. 65
XVII. — Protecteur et protégé 69
XVIII. — Un journaliste du grand parti de l'ordre . . . 73
XIX. — Histoire d'un veuvage 77
XX. — Un caprice de Georgette. 83
XXI. — La maison de Sceaux 87
XXII. — Étude approfondie de divers effets d'acous-
tique. 90
XXIII. — Don Ramon Llorente. 95

XXIV. — Où l'on apprend que l'on peut vivre sans savoir comment cela se fait 98

XXV. — Le poison noir 101

XXVI. — Où le docteur X....s'avoue vaincu 106

XXVII. — Le récit du mari 110

XXVIII. — Comment on se marie. 114

XXIX. — Le récit de l'ami 117

XXX. — Le vœu d'une italienne 120

XXXI. — Où un pan du voile se soulève sans rien montrer 124

XXXII. — Induction et audition 129

XXXIII. — Madame Riccardi. 133

XXXIV. — Le doigt de Dieu 138

XXXV. — L'anse du panier 142

XXXVI. — Le professeur d'espagnol 148

XXXVII. — Le maître et l'élève. 151

XXXVIII. — Ce que l'on peut voir dans une vitre 155

XXXIX. — L'album 160

XL. — Les jeudis de madame Riccardi 164

XLI. — Où Olivier veut s'assurer de ce qu'il prévoit. . 167

XLII. — Le peignoir brodé. 172

XLIII. — Le pied de grue. 176

XLIV. — Le terrain à vendre. 179

XLV. — Derrière le rideau. 183

XLVI. — Escarmouches. 187

XLVII. — Changement de front 192

XLVIII. — Bataille. 196

XLIX. — L'enquête de Georgette 201

L. — La panthère 208

LI. — Une malheureuse. 213

LII. — Suite de l'histoire de Francine. 219

LIII. — Où Georges n'apprend pas ce qu'il espérait . . 225

LIV. — Consultation 231

LV. — Autre consultation. 237

LVI. — La Bibliothèque. 242

LVII. — Où l'abbé Clodion commence à tenir sa promesse 247

LVIII. — Père et fille. 253

LIX. — Le roman de Georgette 258

LX. — Retour à la réalité 262

LXI. — La solution d'Olivier. 268

LXII. — L'eau qui dort. 272

TABLE 371

LXIII. — Le coup de foudre. 276

LXIV. — Choc en retour 281

LXV. — Où l'on retrouve enfin une belle et riche
nature 286

LXVI. — Le calvaire de Florestan. 290

LXVII. — Où le remède semble sortir de l'excès du mal. 295

LXVIII. — Belle défense 303

LXIX. — Déroute complète. 308

LXX. — Où Georgette explique sa résolution 313

LXXI. — Le secret de l'abbé Clodion. 319

LXXII. — Les fredaines d'un père 325

LXXIII. — Comment on se débarrasse du passé et comment on s'en venge 331

LXXIV. — Quel était l'assassin d'Hippolyte Riccardi. . . 336

LXXV. — Ce qui s'était passé dans la nuit du 12 au 13 . 341

LXXVI. — Femme et mari 348

LXXVII. — Où Francine poursuit son but 354

LXXVIII. — Où tout est désespéré 359

LXXIX. — Un fait divers. 363

FIN DE LA TABLE

Imprimerie de Poissy — S. Lejay et Cie.

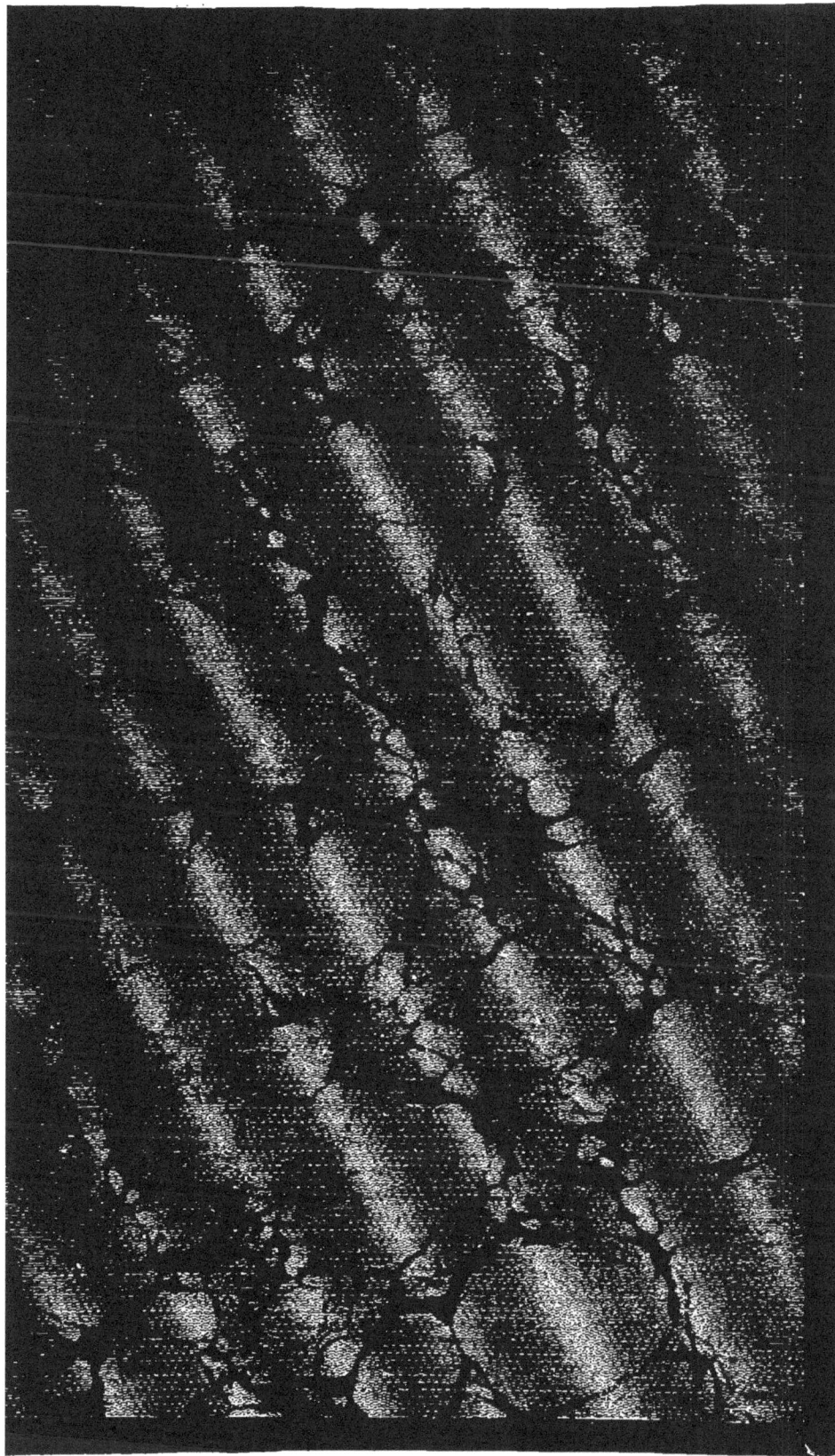